MIRA®

Der Preis dieses Bandes versteht sich einschließlich
der gesetzlichen Mehrwertsteuer.

Umwelthinweis:
Dieses Buch wurde auf chlor- und säurefreiem Papier gedruckt.

Kerstin Dirks

Die Wildkirsche

Roman

MIRA®

MIRA® TASCHENBUCH
Band 35010
1. Auflage: September 2007

MIRA® TASCHENBÜCHER
erscheinen in der Cora Verlag GmbH & Co. KG,
Valentinskamp 24, 20350 Hamburg
Originalausgabe

Konzeption/Reihengestaltung: fredebold&partner gmbh, Köln
Umschlaggestaltung: pecher und soiron, Köln
Redaktion: Rainer Neutzling
Titelabbildung: mauritius images GmbH, Mittenwald
Satz: Buch-Werkstatt GmbH, Bad Aibling
Druck und Bindearbeiten: Ebner & Spiegel, Ulm
Printed in Germany
ISBN 978-3-89941-384-7

www.mira-taschenbuch.de

1. KAPITEL

Frankreich, 1753

Doktor Gabriel Beaumont war ein ernster, aber gütiger Mann. Er liebte das Leben in der kleinen Stadt Gagnion nahe Paris, die Schlichtheit ihrer Bürger und ihre Freundlichkeit. Mit Vorliebe trug er edle Röcke, er puderte seine Perücke und rauchte ab und an eine Pfeife mit amerikanischem Virgin Tabak, für den er auf dem Markt einiges Geld zahlte. Die Abende verbrachte er gern mit seinem Freund, dem Winzer Giffard, bei einem gemütlichen Schachspiel. Ihre längste Partie, so verkündeten sie jedem, der es wissen wollte, habe ein Vierteljahr gedauert. Fragte man sie, wie das Spiel geendet hatte, erklärten sie zerknirscht: „Mit einem Remis" – was beiden nicht so recht gefallen mochte.

Der Doktor betreute seine Patienten sehr gewissenhaft. Er machte regelmäßige Hausbesuche und war für seine Fürsorglichkeit in der ganzen Stadt beliebt. Ebenso gern wie den Kranken widmete er sich den Kindern, die tagein tagaus in den Gassen spielten und sich die Zeit mit allerlei Schabernack vertrieben. Sie jagten streunende Katzen oder bewarfen die Mädchen aus dem vornehmen Nachbarhaus mit Kieselsteinen, wenn sie sich am Fenster blicken ließen. Beaumont studierte ihr Verhalten mit großer Leidenschaft. Seine Schriften füllten mehrere Bücher, und jede noch so kleine Beobachtung wurde akribisch notiert, denn Kinder hatten einen besonderen Platz in seinem Herzen. Es war immer sein Wunsch gewesen, eine Schule zu errichten, um Knaben und auch Mädchen aus armen Verhältnissen Bildung zu ermöglichen. An manchen Tagen lud er sie in sein Haus, wo er eigens für seine kleinen Gäste ein Spielzimmer eingerichtet hatte, und unterrichtete sie dort. Lesen, Rechnen, Schreiben.

Dies aber ist längst nicht alles, was sich über Gabriel Beaumont sagen ließe. Vor mehr als zwanzig Jahren hatte er in Paris – der Stadt der Eitelkeiten, wie Beaumont sie gern nannte – Yvonne Delarc lieben gelernt. Er hatte sie mit Geschenken überhäuft und ihr Pelze und prachtvolle Kleider gekauft. Sie hatte sich mit Bescheidenheit und Fürsorglichkeit bedankt. Es war eine Liebe gewesen, wie man sie nur einmal im Leben fand. Doch das Glück hatte nicht lange gewährt. Fünf Jahre nach der Hochzeit und der Geburt der gemeinsamen Tochter war Yvonne an einer rätselhaften Krankheit verstorben. Von Gewissensbissen geplagt und in dem festen Glauben, als Arzt versagt zu haben, war Beaumont der Alkoholsucht verfallen. Von diesem Tag an hatte man ihn bereits am frühen Morgen betrunken gesehen. Zuerst hatten sich die Patienten von ihm losgesagt, bald darauf seine Freunde. Ohne seine Haushälterin Amelie hätte er seine Tochter Lorraine niemals aufziehen können.

Schließlich hatte Beaumont beschlossen, der Stadt den Rücken zu kehren, weil ihn die Leute nach seinem Absturz in die Welt des Alkohols nicht mehr kennen wollten. In den Pariser Straßen und Cafés hatte er gelernt, die Oberflächlichkeit zu verabscheuen, die hier zum Leben gehörte wie das Atmen. Beaumont wusste, dass Paris auch heute noch dasselbe Gesicht hatte. Jeder war nur auf seinen Vorteil bedacht, jeder eiferte den hohen Herren und Damen nach. Und das Vergnügen – es stand bei allem im Vordergrund. Auf Bettler wurde gespuckt, an anderer Stelle das Geld zum Fenster hinausgeworfen. Er war froh, dieser Verlogenheit entronnen zu sein. Auch vom Alkohol war er losgekommen und hatte nicht nur seinen Frieden mit sich selbst gefunden. Er hatte auch seine Arbeit wieder aufgenommen – hier, in dem ruhigen Städtchen Gagnion.

Seit einigen Tagen wurde seine geliebte Ruhe jedoch empfindlich gestört, denn die Aufbauten für den Jahrmarkt hatten begonnen. Beaumont hielt wenig von solchen Ereignissen, da es die Menschen nicht allein wegen der exotischen Waren zum Markt zog, sondern vor allem wegen der Kuriositätenschauen. In Paris hatte er das Leid einer bärtigen Dame gesehen. Jahre später hatten die selben Betreiber zwei Männer vorgeführt, die am Unterleib zusammengewachsen waren. Noch heute lief ihm ein Schauer über den Rücken, wenn er an diese armseligen Kreaturen zurückdachte, die nicht nur ein grausames Schicksal, sondern auch den Hohn und Spott der Zuschauer hatten ertragen müssen.

Als das Wochenende näher rückte und das Treiben in den Straßen auf ein unerträgliches Maß anschwoll, hätte sich Beaumont am liebsten in sein Arbeitszimmer eingeschlossen und in seine Schriften vertieft. Doch es war ausgerechnet Beaumonts Freund, der Winzer Serge Giffard, der am frühen Vormittag im Vorgarten stand und ihn dazu brachte, gemeinsam mit ihm den Markt zu besuchen. „Wann gibt es schon einmal einen Jahrmarkt bei uns kleinem Völkchen“, sagte Giffard und schob Beaumont durch das Gartentor.

„Einmal im Jahr“, antwortete Beaumont widerwillig, der allein beim Gedanken an die Pariser Händler und ihre Sitten plötzliche Übelkeit verspürte. Er hatte eine tiefe Abneigung gegen ihre Profitgier.

„Möchtest du immer nur Kranke und Gebrechliche um dich haben, mein lieber Beaumont?"

„Es ist meine Berufung."

„Aber das Leben bietet mehr als das!"

„Erzähl das meinen Patienten, die an der Schwindsucht leiden und früher oder später daran sterben. Wenn ich ihnen nicht helfe, wer tut es dann?"

„Und dafür lieben dich die Leute. Trotzdem solltest du nicht immerzu trüben Gedanken nachhängen."

Der wohlbeleibte Weinbauer ging durch eine kleine Verkaufsgasse und streckte die Arme nach beiden Seiten aus. „Sieh dich um, mein Freund. Hier gibt es Dinge, die du nirgendwo sonst findest. Warum immer schwermütig sein? Genießen wir den Tag, gönnen wir uns etwas, was wir uns normalerweise nicht leisten würden!"

„Kaufen Sie dieses schöne Tuch für Ihre Gemahlin oder das Fräulein Tochter", pries ein Händler seine exotischen Stoffe mit orientalischen Mustern an.

„Ein Kleid in solchen Farben würde Lorraine sicher gut stehen", versuchte Giffard seinen Freund zum Kauf zu verführen. Beaumont winkte ab. „Der Kleiderschrank meiner Tochter droht schon zu bersten."

„Wie wäre es mit einem edlen Parfüm, der Herr", rief ein junger Mann vom Nachbarstand und öffnete eine kleine, bauchige Phiole. Er träufelte nur einen winzigen Tropfen auf sein Handgelenk und schnupperte genießerisch daran. „Ah, welch ein Duft!"

„Kauft Obst, frisches Obst! Früchte aus Afrika und Asien!"

Beaumont lief unbeirrt weiter und ignorierte die ausgestreckte Hand, die ihm eine Apfelsine hinhielt. Sein Weg führte ihn an einem kleinen Stand vorbei, hinter dem eine alte Wahrsagerin saß, hin zu einem großen Zelt, das fast den gesamten hinteren Teil des Platzes einnahm.

„Hereinspaziert! Immer hereinspaziert", rief ihnen ein Mann mit einem riesigen Zylinder zu, der ihn um zwei Köpfe größer erscheinen ließ. „Genießen Sie das beste Schauprogramm jenseits und diesseits der Seine."

„Oh, bitte nicht", sagte Beaumont mit einem schweren Seufzen, als Giffard zwei Eintrittskarten kaufte und ihm das Papierstück mit einem Grinsen reichte.

„Geht auf mich. Ich lade dich ein, alter Freund. Lehne es nicht ab, ich habe immerhin meine letzten Centimes für dich ausgegeben."

Widerwillig folgte Beaumont ihm ins Innere des Zeltes. Im Zentrum machten sie eine kleine, lieblos zusammengezimmerte Bühne aus, auf der ein Mann mit weiß geschminktem Gesicht ein Gebärdenspiel vorführte. Seine Bewegungen waren fließend, beinahe schlangenhaft, und es schien, als besäße sein Körper keine Knochen. Er war zu allerlei Verbiegungen fähig, die ein normaler Mensch nicht vollführen konnte, ohne sich dabei etwas zu brechen. Nur wenige Zuschauer hatten sich vor der Bühne eingefunden, der Applaus war äußerst verhalten.

„Ein Pantomime? Dafür verlangen die solch horrende Eintrittspreise", schimpfte Giffard und stemmte die Hände in die fleischigen Seiten.

„Mir gefällt seine Kunst", überraschten Beaumonts Worte nicht nur Giffard, sondern auch ihn selbst. Er hatte nicht damit gerechnet, dass ihn irgendeine Attraktion mitreißen würde. Doch dem jungen Mann mit dem weißen Gesicht war es gelungen, ihn innerhalb weniger Sekunden in seinen Bann zu ziehen. Mit wellengleichen Bewegungen streckte er die Arme nach vorne aus und öffnete die Hände, als wollte er sein Publikum berühren. Federleicht sprang er dann in die Höhe und landete auf einem Bein, drehte sich um seine eigene Achse und knickste vor den Zuschauern, wie es sonst nur junge Mädchen vor hohen Herrschaften taten.

„Du nennst dieses Gehopse Kunst?“

„Ach, Giffard, du verstehst nicht, was er mit seinem Tanz ausdrücken möchte. Es ist die Freiheit, die Loslösung von höfischen Sitten. Ich finde ihn inspirierend. Er bringt mich auf eine Idee für ein neues Spiel, das meinen Kindern sicherlich gefallen wird.“

„Deinen Kindern?“

Ein Lächeln huschte über Beaumonts Lippen. „Ich spreche von meinen Schülern, die ich im Lesen und Schreiben unterrichte.“

„Und demnächst wohl auch in der Kunst des Gebärdenspiels“, sagte Giffard und wandte den Kopf zur Seite. Durch einen Spalt in der Zeltwand erhaschte er einen Blick nach draußen. „Oh, là, là, sieh einmal dort hinüber.“

Giffards schwulstiger Finger deutete auf zwei hübsche Frauen, die sich alle Mühe gaben, einen Jüngling in ihren Wagen zu locken. Sie tänzelten um ihn herum, ließen anzüglich ihre Hüften kreisen und rückten immer wieder ihre üppigen Dekolletés zurecht. Die Haut der Mädchen, von der sie weit mehr zeigten, als es sich ziemte, schimmerte in einem warmen Olivton, und das Klimpern der Goldplättchen, die ihre Gürtel zierten, war bis ins Innere des Zeltes zu hören.

„Diese Tänzerinnen sind nicht zu verachten. Was würde mein italienischer Cousin Giovanni zu diesen kecken Frauenzimmern sagen? Mamma Mia!"

„Giffard!", stöhnte Beaumont. „Hast du denn immer nur das Eine im Kopf?"

„Wir sind doch hier, um uns zu amüsieren, oder nicht?"

„Ja. Aber dir tropft bereits der Speichel aus dem Mund."

„Ich bin eben ein Mann. Dir würde nebenbei bemerkt ein Weib an deiner Seite guttun, dann verlörest du vielleicht endlich diese elende üble Laune, die du mit dir herumträgst wie ein Geschwür."

Beaumonts Augen blitzten. Giffard merkte, dass er zu weit gegangen war, und senkte den Kopf. „Verzeih", stammelte er. „Manchmal bin ich ein Trampeltier. Ich weiß, dass dir Yvonne fehlt, gleich wie viele Jahre seit ihrem Tod vergangen sind."

Beaumont atmete tief ein und blickte Giffard versöhnlich an. „Im Gegensatz zu mir hast du noch eine Frau, die dich liebt. Kümmere dich besser um sie, anstatt fremden Röcken nachzustarren."

„Du hast ja recht, nur diese Mädchen ... wären eine Sünde wert."

Giffard blickte erneut zum Wagen. Mit einiger Enttäuschung musste er jedoch feststellen, dass die aufreizenden Tänzerinnen verschwunden waren. Auch von dem Jüngling war nichts zu sehen.

„Ich beneide den Jungen", sagte Giffard schwermütig und wandte sich erneut der Bühne zu, vor der sich inzwischen einige Leute versammelt hatten. Der Pantomime zog ein weißes Tuch aus seinem Ärmel und winkte der Menge zu, bevor er sich mit einem Rückwärtssalto verabschiedete. Der Applaus fiel trotz des Zuwachses im Zuschauerbereich gering aus. Erst als zwei südländische Männer die Bühne betraten, schwoll er merklich an. Der kleinere der beiden Gaukler grinste breit und offenbarte eine Reihe ungewöhnlich gepflegter Zähne, die allein durch seine dunkle Gesichtsfarbe noch mehr erstrahlten. Er hatte etwas Katzenhaftes an sich. Der andere war korpulent, überragte seinen Kollegen um gut einen Kopf und strahlte Gemütlichkeit aus. Zweifelsohne waren die beiden ein ungewöhnliches Paar. Dies allein rechtfertigte jedoch nicht die Begeisterung, die ihnen die Zuschauer entgegenbrachten.

„Meine sehr verehrten Damen und Herren, wir freuen uns, dass Sie so zahlreich erschienen sind und präsentieren Ihnen nun voller Stolz unsere Kuriositätenschau!"

Abermals schwoll der Beifall an. Beaumont schüttelte seufzend den Kopf. Hätte er geahnt, welche Art von Veranstaltung ihn hier erwartete, hätte er das Zelt nicht betreten. Er überlegte zu gehen. Aber der Andrang wurde immer größer. Die Menschen trieben ihn und Giffard in die erste Reihe, direkt an den Bühnenrand.

„Sie sind wie die Geier!"

„Es ist eben nicht viel los in Gagnion. Deswegen dürsten die Menschen nach Abwechslung, nach Spannung, nach einer Sensation."

„Hast du vorher gewusst, dass dies eine Kuriositätenschau ist?"

„Nein, ich las das Schild nicht", sagte Giffard aufrichtig. „Aber was ist denn an einer Schau so schlecht?"

„Du willst mich nicht verstehen, nicht wahr?"

„Nun warte doch erst einmal ab, was sie uns bieten."

„Eine Kuriositätenschau lebt von ihren Kuriositäten! Was also werden sie uns schon anderes vorführen als eine arme, geschundene Kreatur, aus deren Leid sie ihre Einnahmen beziehen?"

„Jetzt mal den Teufel nicht an die Wand, Gabriel."

Beaumont seufzte schwer. „Es bringt nichts, mit dir darüber zu debattieren. Ich gehe!"

Er wandte sich ab, doch Giffard hielt ihn am Arm zurück. „So warte doch! Vielleicht ist dies die Gelegenheit, Vorurteile abzulegen?"

„Vorurteile? Ich weiß, wovon ich rede." Widerwillig blieb der Doktor stehen. „Die Kuriositätenschauen, die ich gesehen habe, waren allesamt gleich. Sie zeichneten sich durch eine ungeheuerliche Menschenverachtung aus!"

„Seit du das letzte Mal auf einem Jahrmarkt warst, ist einige Zeit vergangen. Die Menschen haben sich geändert. Sieh es dir an, danach kannst du immer noch gehen."

Als wäre dies sein Stichwort gewesen, trat der katzenartige Gaukler einen Schritt nach vorn an den Bühnenrand und breitete die Arme aus. „Sehen Sie die unglaublichsten Dinge aus aller Welt! Meine Brüder und ich haben weder Kosten noch Mühen gescheut, um Ihnen heute den gefährlichen Wolfsmann zu präsentieren. Er ist halb Mensch, halb Tier!"

„Das ist doch was – ein Werwolf! Macht es dich nicht neugierig?", flüsterte Giffard aufgeregt.

„Wieso höre ich nur immer auf dich? Die Schau ist genau so, wie ich es erwartet habe. Wie vor zwanzig Jahren."

„Das kannst du mir nicht erzählen, Beaumont. Du willst einen Werwolf erwartet haben?"

„Nein, ich spreche von der Ausbeutung, die hier betrieben wird."

„Bewahren Sie bitte äußerste Ruhe, wenn wir ihn gleich auf die Bühne holen. Er lebte viele Jahre in der Abgeschiedenheit der Wälder, große Menschenmengen machen ihn aggressiv."

Der Dickwanst, der trotz seines massiven Leibesumfangs eine gewisse Leichtfüßigkeit an den Tag legte, eilte die Treppe hinunter und riss den Zeltvorhang auf. Das Rasseln schwerer Eisenketten erklang und das Grollen eines Tieres war zu vernehmen. Beaumont hielt den Atem an. Sein Herz pochte schneller, als ein junger, schwarzgelockter Jüngling in das Innere des Zeltes trat, einen anderen, merkwürdig gebückt laufenden Mann an einer Kette hinter sich herziehend. Brutal riss er an dem Eisen, das in einem Lederband um den Hals des Gefangenen endete, sodass dieser gezwungen war, hastig die Treppe emporzusteigen. Kaum hatte er die Bühne betreten, ging ein entsetztes Raunen durch die Menge. Der Gaukler stolzierte mit geschwellter Brust am Bühnenrand entlang, der Wolfsmann folgte ihm mit gesenktem Blick. Widersetzte sich die Kreatur, hob er den Rohrstock in seiner rechten Hand und ließ ihn auf den Rücken des Wilden niedersausen, bis dieser sich unter schmerzerfülltem Geheul fügte. Aufgeregt tuschelten die Frauen in der hinteren Reihe. „Welch haariges Biest", hörte Beaumont ihre Worte. „Hat man so etwas schon gesehen!" „Widerlich, einfach widerlich dieser Gestank."

Eine Dunstwolke umhüllte den Wilden und folgte ihm, wo immer er hintrat. Der Geruch von Schweiß stieg Beaumont in die Nase und ließ ihn würgen. Giffard ging es nicht besser. Jegliche Farbe wich aus seinem Gesicht. Rasch hielt er sich ein frisches Tuch vor Nase und Mund, als der Wilde an ihnen vorbeilief. Die schwarzen Haare hingen ihm ins Gesicht, sein Körper war von Striemen gezeichnet, Schmutz lag in einer dicken Schicht auf seiner krustigen Haut. Am Leib trug er nicht mehr als einen Lendenschurz. Sein Anblick war ekelerregend. Es kostete die Zuschauer einiges an Mühe, ihr Entsetzen zu verbergen. Gleichzeitig konnte niemand den Blick von der erbärmlichen Gestalt lassen. Alle ergötzten sich an seinem Leid.

Langsam zog der Jüngling seine Kreise, drohend den Stock hebend, wenn der Wilde nicht spurte.

„Mein Gott, ich frage mich, wo sie diesen menschlichen Abfall hergeschafft haben?", keuchte Giffard und drückte den feinen Stoff seines Tuches fester in sein schwammiges Gesicht.

„Lassen Sie sich nicht täuschen, der Herr, erklärte ein junger Mann zu Giffards Linken. „Wolfsmenschen gibt es nicht. Das sind Mythen. Ich bin überzeugt, diese abgewrackte Kreatur ist in Wahrheit ein Schauspieler, der sich sein tägliches Brot mit derlei Auftritten verdient. Zugegeben eine nicht gerade angenehme Tätigkeit, wenn man bedenkt, worin sich der Ärmste gesuhlt haben muss, um derart zu stinken. Heutzutage tun die Menschen vieles für Geld."

Wer genau hinsah – und das tat Beaumont –, bemerkte schnell, dass der Wolfsmann, der eigentlich eher einem verkrüppelten Affen glich, einen eigentümlichen Gang besaß. Er erschien Beaumont keineswegs gestellt und dem Wilden ganz natürlich inne. Mühelos ging er auf allen vieren, nicht jedoch auf den Knien, wie es ein kleines Kind tat, das noch nicht laufen gelernt hatte. Durch die unterschiedliche Arm- und Beinlänge war er gezwungen, sein Gewicht nach vorn zu verlagern und dabei das Hinterteil auf fast schon belustigende Weise in die Höhe zu recken.

„Lauf die gleiche Strecke zurück, unsere Zuschauer wollen dich sehen. Sie bekommen nicht genug von deiner Hässlichkeit“, rief der Gaukler und führte den Wilden nochmals über die Bühne. Dieses Mal konnte Beaumont dem Wilden ins Gesicht blicken. Der Ausdruck war stumpf, beinahe einfältig. Die Augen glanzlos und trüb. Nein, so gut konnte nicht einmal der beste Schauspieler eine Rolle verkörpern.

Nachdenklich rieb sich Beaumont die Stirn. Natürlich gab es keine Werwölfe, jedoch war es historisch belegt, dass es zu allen Zeiten Wildkinder gegeben hatte, die isoliert in den Wäldern aufwuchsen, manchmal sogar von Tieren aufgezogen wurden, und die keine menschliche Sitten kannten. Es existierten wenige Fälle, die ausführlich dokumentiert worden waren, doch die wenigen, die es gab, hatte er studiert, als er noch an der Universität war. Man hatte versucht, die Wolfskinder in das gesellschaftliche Leben zurückzuführen, ihnen Werte beizubringen, die Sprache zu lehren. Meist waren die Versuche erfolglos geblieben. Man hielt sie für schwachsinnig und brachte sie schließlich in einer Anstalt unter, wo sie ein trauriges Dasein fristeten und meist recht schnell verstarben.

Der Schrei einer Frau riss Beaumont aus seinen Gedanken. Sein Blick schweifte zur Bühne, auf der die drei Männer mit vereinten Kräften an der Kette des Wolfsmenschen zogen. Er war ins Publikum gesprungen. Zwei der Männer packten ihn an den Armen, der dritte riss an der Eisenkette, bis das Lederband den Wolfsmann strangulierte. Die Menge wich zurück. „Was für eine bösartige Kreatur!“, ertönten Rufe.

„Komm jetzt!“, brüllte einer der Männer, nachdem sie ihn auf die Bühne zurückbefördert hatten. Als sich der Wolfsmensch ihm zuwandte und gefährlich knurrte, hob er den Rohrstock.

„Schafft diesen Kerl endlich fort!“

„Eine Unverschämtheit, so etwas habe ich ja noch nie erlebt!“

Der Stock schnellte auf den ungeschützten Rücken des Wilden nieder und hinterließ einen kräftigen, rot schimmernden Abdruck.

„Aufhören!“, erhob Beaumont Protest, als er die Misshandlung sah. Doch niemand reagierte auf seinen Einwand. Im Gegenteil, die Leute belohnten den Gaukler mit Applaus und Zurufen.

Der Beifall schwoll derart an, dass der Wolfsmann verängstigt zum Ende der Bühne zurückwich, ohne jedoch den heftigen Hieben entrinnen zu können, die ohne Unterlass auf ihn niederprasselten.

„Lass es gut sein“, beruhigte der katzenhafte Jüngling seinen Gefährten und hielt ihn davon ab, den Wilden erneut zu schlagen. Dann griffen die Brüder nach den Armen des Wolfsmannes und schleiften die jaulende Gestalt aus dem Zelt. Kurz darauf kam einer der Männer zurück und wischte sich mit einem Tuch den Schweiß von der Stirn. Beschwichtigend hob er die Hände, um das aufgebrachte Publikum zu beruhigen.

„Warum ist der Wolfsmensch von der Bühne gesprungen?

Hast du das gesehen, Giffard?“, fragte Beaumont verwirrt.

„Er hat eine Frau angegriffen. Plötzlich ging er auf sie los, ohne ersichtlichen Grund.“

Beaumont blickte zu der jungen Dame, um die sich einige Herren versammelt hatten. Sie war hübsch, hatte jedoch nichts Auffälliges an sich, was einen plötzlichen Übergriff gerechtfertigt hätte. Auch schien sie den Wolfsmann nicht provoziert zu haben, schenkte er ihren Worten, sie habe wirklich nichts getan, Glauben.

„Meine Damen und Herren, es war nicht vorherzusehen, dass so etwas geschehen würde. Ich bitte Sie inständig um Verzeihung.“

„Ich verlange mein Geld zurück, Gauklerpack!“

„Mit den Fahrenden gibt es nur Ärger!“

„Wir verzichten in diesem Fall selbstverständlich auf die Bezahlung. Ihre Eintrittsgelder erhalten Sie an der Kasse zurück.“ Er deutete zum gegenüberliegenden Ausgang des Zeltes. Seine Worte beruhigten die Leute recht schnell. Etwas anderes hatte Beaumont von den Menschen nicht erwartet. Die meisten begaben sich zum Kartenverkäufer, um ihr Geld einzufordern, sodass sich eine lange Reihe vor seinem Stand bildete.

„Was machen wir nun?“, fragte Giffard, der mit Beaumont am Bühnenrand stehen geblieben war. „Ich habe keine Lust, mich dort anzustellen. Und von Vorführungen habe ich für heute ebenfalls genug. Wie wäre es mit einem Rotwein in der Taverne für mich und einem Glas Orangensaft für dich?“

„Warte einen Augenblick“, sagte Beaumont und blickte zu dem katzenhaften Gaukler, der von der Bühne sprang und das Zelt verließ. „Ich muss etwas erledigen“, sagte er dann ernst und folgte dem Jüngling nach draußen, wo er ihn jedoch zwischen den Wagen aus den Augen verlor.

„Wo willst du denn hin?“, fragte Giffard, nachdem er Beaumont eingeholt hatte.

„Ich suche etwas Bestimmtes.“

„Und was, wenn man fragen darf?“

Beaumont blickte sich um, ohne Giffard zu antworten. In der hinteren Wagenreihe entdeckte er einen überdachten Käfig. Entschlossen steuerte er darauf zu. Am Boden lagen Stroh und Exkremente, deren Geruch beißend in seine Nase drang und ihn ein Stück zurücktaumeln ließ.

In der Ecke entdeckte er eine zitternde Gestalt, die schwer atmend zwischen verschimmeltem Brot und fauligen Fleischresten kauerte. In diesem Drecksloch wurde nicht etwa ein Tier gehalten, sondern ein Mensch! Und das auf die entwürdigendste Weise, die man sich vorstellen konnte. Die Narben und blutunterlaufenen Striemen am Rücken des Gefangenen zeugten von unentwegt ausgeübter Gewalt. Das Herz schlug Beaumont vor Zorn bis zum Hals. Wie grausam konnte der Mensch sein, dass er für Geld selbst vor der Versklavung seiner eigenen Art nicht haltmachte. Während er noch immer um seine Fassung rang, legte sich eine schwere Hand auf seine Schulter.

„Was willst du hier? Dieser Bereich ist nicht für die Zuschauer“, erklang eine knurrende Stimme hinter ihm. Als Beaumont sich umwandte, blickte er in das feiste Gesicht des Dickwansts.

„Ich bin Arzt. Lassen Sie mich seine Wunden behandeln, wenn Sie morgen wieder mit ihm auftreten wollen.“

Der Dicke warf einen skeptischen Blick in den Käfig und verschränkte die Arme vor seiner Brust. „Das ist nicht nötig. Es geht ihm gut."

„Gut nennen Sie das? Er kann in dieser Kiste nicht einmal aufrecht stehen! Seine Wunden müssen gereinigt und versorgt werden!" Beaumonts Stimme überschlug sich vor Wut. Wollte der Kerl ihn für dumm verkaufen? Jeder, der nicht mit Blindheit geschlagen war, erkannte, dass die arme Kreatur litt!

Von Beaumonts Gebrüll angelockt, kamen die beiden anderen Gaukler vom gegenüberliegenden Wagen herbei. Der Jüngling, den Beaumont in Gedanken „Katzengesicht" getauft hatte, knabberte an einer Hühnerkeule und warf den Knochen, nachdem er das Fleisch abgenagt hatte, achtlos durch die Gitterstäbe in den Käfig.

„Gibt es Probleme, Ubaldo?", fragte er und musterte Beaumont abschätzig.

„Nein, der werte Doktor wollte gerade gehen."

Beaumont straffte die Schultern. Er durfte nicht zurückstecken, er musste handeln! Er wusste, dass der Wolfsmensch bei dieser menschenunwürdigen Haltung und den ständigen Misshandlungen bald sterben würde. „Ich kann nicht zulassen, dass Sie diesen Mann so behandeln."

Der Dickwanst lachte. „Was willst du tun, Doktor? Er gehört uns. Und es ist unsere Sache, was wir mit ihm machen. Ein Freund meiner Familie hat ihn mir und meinen Brüdern verkauft. Er war die Attraktion auf seinen Reisen und hat ihm viel Geld eingebracht. Eine Züchtigung ab und an erinnert ihn daran, wer sein Herr und Meister ist. Für heute hat er seine Lektion gelernt, er wird kein zweites Mal eine Frau aus dem Publikum angreifen. Glaub mir, Doktor, wir wissen, wie wir mit ihm umzugehen haben."

Diese Ungeheuerlichkeit war nicht zu ertragen! Hier wurde ein menschliches Wesen auf das Widerwärtigste ausgebeutet! Er durfte nicht zulassen, dass sein Martyrium weiterging. Aber was konnte er tun? Sollte er den Fall den Behörden melden? Am Ende brachte man den armen Kerl in ein Irrenhaus, was bedeutete, dass er von einer Gefangenschaft in die nächste geriet. Dazu war es fraglich, ob sich jemand fand, der sich seiner annahm und ihm die nötige Erziehung zuteil werden ließ, um ihn an ein normales Leben zu gewöhnen. Nicht zuletzt witterte Beaumont jedoch auch eine Chance, die sich ihm hier eröffnete und nicht so schnell wiederkehren würde. In keiner der dokumentierten Fälle war es gelungen, ein Wildkind zu zivilisieren. Wenn aber er, Beaumont, das Unmögliche möglich machte, würde sein Name in die Geschichte eingehen. Natürlich wäre Beaumont nicht Beaumont, hätte er allein an seinen Nutzen und den Ruhm gedacht. Vielmehr sah er die Möglichkeit, durch seinen gesteigerten Bekanntheitsgrad endlich eine Schule für Kinder zu eröffnen, deren Eltern nicht genügend Geld hatten, sie in eine Schule zu schicken. Nachdenklich blickte er zum Wolfsmann, der den Blick gesenkt hielt. Mit viel Geduld und der rechten Erziehung sollte es wohl gelingen, ihn zu zivilisieren, überlegte Beaumont. Auch wenn der Wilde ein Alter erreicht hatte, das seine Lernfähigkeit gewiss einschränkte.

„Geld ist es also, woran Sie interessiert sind?"

Der Dicke hob eine Augenbraue. „Wir sind Geschäftsmänner, werter Herr."

„Was, um alles in der Welt, hast du vor, Gabriel?", rief

Giffard, als ahnte er, dass Beaumont etwas ausheckte, was ihn Kopf und Kragen kosten konnte.

„Werde deutlicher, ich kann dir nicht ganz folgen", forderte der dicke Gaukler.

„Ich möchte Ihnen den Wolfsmann abkaufen."

„Was?"

„Sie haben richtig gehört, meine Herren. Ich möchte ihn kaufen."

„Was ist nur in dich gefahren?" Giffard raufte sich die Haare.

„Du bist ein Schelm, Doktor. Ein wahrer Spaßmacher", sagte der Dickwanst und brach in schallendes Gelächter aus. Seine Brüder stimmten ein. Doch Beaumont hob die Hand.

„Mitnichten. Ich möchte mit Ihnen ins Geschäft kommen. Aber hier ist nicht der rechte Ort, um alles zu besprechen. Seien Sie meine Gäste, bei einem Glas Wein im Gasthof Cerf Blanc."

„Wir würden ein Bier im Coq Doré, dem Goldenen Gockel, vorziehen, wenn du nichts dagegen einzuwenden hast."

„Ganz wie Sie wünschen. Ich richte mich nach Ihnen."

Wenig später fanden sie sich in einer dunklen Nische der Taverne wieder. Die fünf Männer beäugten sich noch immer misstrauisch. Der Rauch von Zigarren lag in der Luft. An der Bar saß ein leichtes Mädchen, das mit zwei Freiern flirtete. Viel mehr war um diese Uhrzeit nicht los im Coq Doré. Das Ambiente war nicht nach Beaumonts Geschmack, er zog den Gasthof Cerf Blanc vor, in dem eine weniger zwielichtige Atmosphäre herrschte. Doch hier, so glaubte er, konnte er ein gutes Geschäft mit den drei Gauklern machen, die nicht unterschiedlicher hätten aussehen können. Wahrscheinlich waren sie nicht miteinander verwandt, obgleich sie sich selbst als Brüder bezeichneten.

„Ich glaube, wir haben uns noch nicht vorgestellt. Ich bin Gabriel Beaumont, und dies ist mein Freund Serge Giffard."

„Man nennt mich Ubaldo", sagte der Dickwanst und deutete auf das Katzengesicht. „Das ist Chik, der Jüngste von uns. Der lange Dürre heißt Maryo."

„Sehr erfreut. Es verhandelt sich besser, wenn man weiß, wen man vor sich hat. Ich schätze, Sie drei kommen weit herum und haben viel von der Welt gesehen, nicht wahr?"

„Einiges! Wir sind überall in Europa zu Hause. Am schönsten ist es in Italien, meiner Heimat! Die Frauen sind heißblütig, und die Küche ist die beste, die es gibt!"

„Oh, das glaube ich Ihnen gern. Mein Cousin Giovanni sagt immer ..."

„Giffard! Bitte unterbrich unseren neuen Freund Ubaldo nicht."

Giffard warf Beaumont einen grimmigen Blick zu, dann lauschte er Ubaldos Ausführungen. Er hatte einiges zu erzählen, gestikulierte leidenschaftlich, lachte tief und ohne Unterlass über seine eigenen Witze und trank ein Bier nach dem anderen. Beaumont sorgte stets für genügend Nachschub, sodass seine Aussprache bald undeutlich wurde. Sorgen bereiteten ihm die beiden anderen Brüder, die zurückhaltend waren und noch immer ihre ersten Humpen vor sich hatten.

„So ... entschiehhhden wir ... unser Glüüück in ... in ... la France ... zu suchen ... wir waren ... in Paris! Und heu ... heute ... in Gagnion ... und morgen ... wieder in Gagnion."

„Sind Sie nur zu dritt angereist?“ Beaumont spülte mit seinem Apfelsaft das trockene Gefühl in seiner Kehle hinunter.

„Nein, wir … ziehen mit … unserer Sippe, ja … die Sippe … durch die Lande. Wir sind eine grrrroooße … bunte Gauklerfamilie!“

„Sie haben das Großmütterchen vielleicht bemerkt. Sie bietet als Wahrsagerin ihre Dienste auf dem Jahrmarkt an, und unsere Schwestern tanzen für die französischen Männer“, ergänzte Chik.

„Wie hätte ich die hübschen Mädchen übersehen sollen!“ Giffards Gesicht nahm einen seligen Ausdruck an.

„Noch ein Bier, werter Ubaldo?“ Beaumont hob den Finger und gab dem Wirt ein Zeichen, ehe sein Gast geantwortet hatte.

„Gern! Du … bist ganz schöööhn … flink. Uuund gro … großzühhgig bist duuu auch.“

Die Schankmagd stellte den nächsten Humpen auf den Tisch und verschwand mit einem Schmunzeln.

„Dann treffen Sie nicht allein die Entscheidungen und ich muss eigentlich mit Ihrer Sippe verhandeln?“

Ubaldo nahm den randvollen Krug, setzte ihn an die Lippen und trank ihn in zwei Zügen leer. Mit dem Handrücken wischte er sich den Schaum vom Mund.

„Das kommt … darauf an!“

„Worauf?“

„Hören Sie, Doktor, wir wissen, was Sie bezwecken“, ergriff Maryo das Wort. „Es nützt Ihnen nichts, wenn Sie unseren Bruder betrunken machen. Der Wolfsmann ist nicht zu verkaufen. Das entscheidet nicht die Sippe, sondern wir, weil er unser Besitz ist. Denken Sie daran, dass er uns Profit einbringt.“ Marios Stimme klang gereizt.

Aber noch wollte sich Beaumont nicht geschlagen geben. „Sie übersehen etwas Wichtiges, Maryo. Der Wolfsmann bringt Ihnen nicht nur Geld ein, er verursacht ebenso Kosten. Oder wollen Sie ihn auf Ihren Reisen verhungern und verdursten lassen?“

Maryos Mundwinkel zuckten kaum merklich.

„Verdursten?“, grölte Ubaldo ungläubig. „Wie ... gräääss-lich. Da brauche ich ... noch ein Bier... Mademoiselle!“

„Übertreiben Sie es nicht“, sagte die Schankmagd, als sie ihm einen weiteren Krug auf den Tisch stellte. Hastig griff er nach seinem Seidel.

„Langsam ist es wirklich genug, Ubaldo. Ich habe keine Lust, dich später nach Hause zu tragen.“

„Niemand weiß, wie sich Ihre Geschäfte in Zukunft entwickeln werden. Vielleicht geht das Interesse an dem Wolfsmenschen zurück oder er erkrankt und stirbt an einer Infektion. Eine medizinische Betreuung verweigern Sie ihm ja. Gewonnen hätten Sie dann nichts. Ich hingegen verspreche Ihnen eine fixe Summe ohne Risiken, die ich Ihnen bar auf die Hand gebe.“

„Von welcher Summe sprechen wir?“, fragte Maryo und blickte Beaumont kalt an.

Beaumont atmete tief durch. Er hatte bereits alles durchkalkuliert und entschied, alles auf eine Karte zu setzen. Auch wenn dies möglicherweise seinen Ruin bedeutete. Doch er fühlte sich verantwortlich, dem Wilden zu helfen. Und war bereit, einen hohen Preis dafür zu zahlen.

„Ich gebe Ihnen eine Summe, die Ihren Einnahmen innerhalb eines Jahres entspricht.“

Giffard zog für alle hörbar die Luft durch die Zähne und pfiff beeindruckt.

„Die Herren sehen also, dass ich Sie keineswegs übers Ohr hauen möchte."

„Warum ist Ihnen unser Wolfsmann so viel wert?", hakte Chik nach. „Sie geben ein Vermögen aus für einen Menschen, den sie nur einmal gesehen haben."

Beaumont zögerte, inwieweit er die Gaukler in seine Pläne einweihen sollte. Nachdenklich nahm er Tabak aus seiner Porzellandose, stopfte ihn in seinen Pfeifenkopf und entzündete ihn mit einem Schwefelholz.

„Es geht um ein wissenschaftliches Experiment", erklärte er schließlich, paffte an seiner Pfeife und bedachte die Anwesenden mit einem bedeutsamen Blick. Den drei Männern imponierten seine Worte, lediglich Giffard schüttelte seufzend den Kopf.

„Aber wie kann er Ihnen nützlich sein? Er ist einfältig und dumm, versteht keine Anweisungen und gehorcht nur der Peitsche."

„Mein lieber Chik, genau das macht ihn so wertvoll für meine Forschungen."

„Sie suchen also jemanden, der nichts kann?"

Beaumont lehnte sich zurück. „Ich suche jemanden wie ihn. Dies muss Ihnen als Erklärung genügen. Kommen wir ins Geschäft?"

„Das können wir nicht hier und jetzt entscheiden. Wir möchten uns vorher beraten, wenn Sie nichts dagegen haben. Unserem Bruder fehlt es momentan an klarem Verstand. Und die Entscheidung will wohlüberlegt sein."

„Niemand würde Ihnen mehr zustimmen als ich. Wie viel

Zeit werden Sie benötigen?“

„Wir werden uns heute Abend zusammensetzen, sobald Ubaldos Trunkenheit verflogen ist. Morgen teilen wir Ihnen unsere Entscheidung mit.“

„Einverstanden. Ich werde Sie aufsuchen.“ Beaumont nickte zufrieden. Zwar war das Verhandlungsgespräch nicht so verlaufen, wie er es erwartet hatte, doch zumindest hatte er seinen Standpunkt deutlich machen können, und es gab eine reelle Chance, dass sie auf seinen Vorschlag eingehen würden.

„Gut, dann gehen wir nun. Herzlichen Dank für die freundliche Einladung.“ Maryo und Chik erhoben sich, griffen Ubaldo unter die Arme und halfen ihm auf. Der Dickwanst torkelte voran und zog aufgrund seines Gewichts die anderen beiden hinter sich her. Das Trio gab einen köstlichen Anblick ab, fand Beaumont. Giffard schlug die Hände vors Gesicht und schüttelte den Kopf.

„Beaumont, du bist von allen guten Geistern verlassen“, sagte er, nachdem die Gaukler die Taverne verlassen hatten.

Beaumont legte einige Taler auf den Tisch. „Wie kommst du darauf?“

„Offenbar hast du dir keine Gedanken über dein ach so großartiges Vorhaben gemacht. Woher das Geld nehmen, um den Wilden freizukaufen?“

Beaumonts Züge wurden ernst. „Ich habe Ersparnisse, die ich eigentlich in die Errichtung einer Schule stecken wollte.“

„Du ruinierst dich selbst. Ich hoffe, dass ist dir klar? Und wo willst du den Wolfsmenschen unterbringen? Etwa in deinem Haus? Ich prophezeie dir, nach nur wenigen Tagen wirst du dein Heim nicht wiedererkennen!“

„Sieh nicht immer so schwarz, Giffard. Er kann im Gästezimmer wohnen.“

„Und was wird Lorraine sagen, wenn plötzlich ein fremder Mann bei euch wohnt? Noch dazu ein solches Exemplar, bei dessen Anblick einem Angst und Bange wird. Kein schöner Umgang für ein Mädchen in ihrem Alter.“

„Lass das meine Sorge sein, Giffard. Sie ist mit ihren achtzehn Jahren mitunter noch etwas naiv, aber sie wird es bestimmt verstehen.“

Der Winzer hob die Schultern. „Du musst wissen, was du tust. Vergiss trotzdem nicht, dass es sich auf deine Arbeit nachteilig auswirken wird. Niemand geht freiwillig zu einem Arzt, der sich ein wildes Tier im Hause hält.“

„Ich bin der einzige Arzt in Gagnion. Sie werden es vorziehen, zu mir zu kommen, anstatt sich auf den langen Weg nach Paris zu machen.“

2. *KAPITEL*

Das Läuten der Türglocke schreckte Lorraine auf. Eilig stieg sie aus dem Badezuber, hüllte sich in ein großes Stofftuch und schob vorsichtig den Vorhang zur Seite, um aus dem Fenster zu spähen. Ihr Herz pochte heftig, als sie Etienne Poméroy, den Sohn des Apothekers, im Vorgarten entdeckte. Er hatte angekündigt, heute Medikamente zu liefern. Dass er allerdings so früh vor ihrer Tür stehen würde, hatte sie nicht erwartet.

Lorraine öffnete leise das Fenster, vergewisserte sich, dass kein neugieriger Nachbar zu sehen war, und schaute vorsichtig heraus.

„Bonjour, Etienne. Vater ist nicht da. Warte einen Augenblick, ich komme sofort“, rief sie ihm zu.

„Lorraine!“, erwiderte Etienne und winkte. Sein strahlendes Lächeln ließ sie förmlich dahinschmelzen. Er war ein gut aussehender Mann! In seinem marineblauen Rock machte er eine hervorragende Figur, und die Zopfperücke stand ihm gut zu Gesicht. Außerdem besaß er Charme und Witz. Auch war er eine gute Partie. Eines Tages würde er die kleine Apotheke seines Vaters am Ende der Straße übernehmen.

Lorraine rannte aus dem Bad, hielt jedoch vor der Haustür inne. Sie hatte sich sehr auf ihr Wiedersehen gefreut. Nun, da es unmittelbar bevorstand, hatte sie plötzlich Angst, er könne schlecht von ihr denken. Schon längere Zeit hatte er versucht, sie zu berühren, doch Lorraine hatte ihn stets zurückgewiesen. Bis auf das letzte Mal im Wald, als sie sich an den kleinen See gesetzt hatten. Er hatte sie geküsst und dann Dinge mit ihr angestellt, die sie sich in ihren kühnsten Träumen nicht ausgemalt hatte. Sie straffte ihre Schultern und atmete tief durch, bevor sie die Tür öffnete.

Kaum hatte sie ihn eingelassen, zerstreute er sämtliche Zweifel, indem er einen Arm um ihre Taille legte und sie leidenschaftlich küsste. Lorraine hielt vor Schreck den Atem an und streckte beide Hände aus, um die Tür hinter ihm zuzustoßen. Niemand sollte mitbekommen, dass sie einen Geliebten hatte.

„Ich habe dich so vermisst“, stöhnte Etienne und fuhr mit einer Hand durch ihr dunkles, nasses Haar.

„Oh Etienne, mir geht es genauso.“

Er schob sie ins Wohnzimmer, stellte den Beutel, den er unter dem Arm geklemmt hatte, auf den Tisch und griff mit beiden Händen nach ihrem Gesicht.

„Ich habe deinem Vater die Salbe für seinen Ausschlag gebracht. Er muss sie zweimal täglich auftragen, aber das weiß er sicherlich selbst.“

„Ich richte es ihm aus.“ Ihre Worte gingen in seinem Stöhnen unter. Fordernd schob er seine Zunge in ihren Mund, und Lorraine schloss seufzend die Augen, weil sie endlich das bekam, wonach sie sich so sehr verzehrt hatte. Bis vor Kurzem hatte sie nicht einmal gewusst, dass man beim Küssen auch die Zunge zum Einsatz bringen konnte. Nun ließ sie die ihre spielen, indem sie sanft seine Lippen nachfuhr. Etienne war ihr Lehrmeister gewesen. Von ihm wusste sie alles, was eine Frau normalerweise erst nach ihrer Heirat erfuhr. Am liebsten hätte sie sich ihm ganz und gar hingegeben, doch das war im Moment nicht möglich.

„Ich ... ich muss mich ankleiden“, keuchte sie atemlos und wich einen Schritt zurück, als sie merkte, dass die Situation außer Kontrolle geriet.

„Warum? Du gefällst mir gut, wenn du nur in ein Stück Stoff gehüllt bist." Er lächelte verwegen.

Lorraine wickelte das Tuch enger um ihre weiblichen Rundungen. „Vater könnte jeden Augenblick vom Jahrmarkt zurückkommen. Ich weiß nicht wieso, aber das Frühjahrsfest hat es ihm dieses Jahr angetan. Dies ist bereits der zweite Tag, an dem er es aufsucht. Wenn er uns hier sieht, wird er gewiss böse mit dir, Etienne."

Das sah er glücklicherweise ein.

„Ich bin gleich zurück", versprach Lorraine und lief in den Flur, die Treppe hinauf zu ihrem Zimmer. Auf ihrem Bett lagen ihr hellbraunes Kleid, das Mieder und die Unterröcke bereit. Sorgsam legte sie das durchnässte Tuch zusammen und wollte in einen der zahlreichen Unterröcke schlüpfen, als sie zwei warme Hände auf ihren nackten Pobacken spürte. Erschrocken fuhr sie herum und blickte in Etiennes Gesicht.

Ein breites Grinsen bildete sich auf seinen Lippen. „Überrascht, mich zu sehen?"

„Das ... war nicht sehr ... anständig von dir." Sie schluckte, als er sacht seine Hände auf ihre prallen Brüste legte. Ein süßer Schauer jagte durch ihren Körper. Die sanfte Berührung raubte ihr sekundenlang den Atem und weckte ihre Lust auf mehr. Wie hatte er es nur geschafft, sich unbemerkt an sie heranzuschleichen? Mit Zeigefingern und Daumen begann er, ihre Knospen zu zwirbeln.

„Etienne ... Denk doch an Papa!"

„Der Jahrmarkt bietet dieses Jahr viele Attraktionen. So bald ist nicht mit ihm zu rechnen."

Ihre Brustwarzen reckten sich ihm willig entgegen. Sie hätte es gern gesehen, wenn er sie, eine nach der anderen, in den Mund genommen und an ihnen gesaugt hätte. Doch seine Hände glitten tiefer, streichelten ihren Bauch und umkreisten ihren Nabel. Sie wusste, was er damit bezweckte und wohin seine Hand alsbald wandern würde.

„Das ist keine gute Idee", besann sich Lorraine und wollte ihm ausweichen. Als sie jedoch einen Schritt zurück machte, fiel sie rücklings auf ihr Bett und fand sich zwischen ihren Kissen wieder.

„Und ich hatte geglaubt, du hättest mich vermisst", flüsterte Etienne, ihre hilflose Lage schamlos ausnutzend. Geschmeidig ließ er sich neben ihr nieder. „Hat es dir nicht gefallen, als ich dich liebte?"

Lorraine richtete sich auf und bedeckte ihren Körper mit dem Unterrock, den sie noch immer in den Händen hielt. „Es war wundervoll, Etienne." Nein, eigentlich war es sogar mehr als das gewesen! Nachdem er sie genommen hatte, war keine Nacht vergangen, in der sie nicht von ihm geträumt hatte. Insgeheim schämte sie sich für ihre verruchten Gedanken. In ihrer Fantasie ging es hoch her, und Etienne liebte sie in allen nur erdenklichen Positionen. Sie wusste, dass es sich nicht ziemte, an solcherlei Dinge auch nur zu denken, aber sie konnte nichts dagegen tun. Die Gedanken schwirrten durch ihren Kopf und bereiteten ihr in einsamen Nächten die schönsten Gefühle, denn das Erlebnis an dem kleinen See im nahegelegenen Wald hatte sie so sehr beeindruckt, dass sie es weder vergessen konnte noch wollte.

„Dann verstehe ich nicht, warum du dich plötzlich sperrst. Entspann dich, ma chère."

Er beugte sich über sie und versuchte sie ein weiteres Mal zu küssen, doch Lorraine hielt schnell den Unterrock vor ihren Mund, sodass seine Lippen lediglich den Stoff berührten.

„Ich kann nicht“, wisperte sie.

„Warum?“

„So versteh mich doch! Wenn Vater uns erwischt, spricht er nie mehr ein Wort mit mir. Und was würden die Leute sagen, wenn sie davon erführen?“ Sie sah ihn flehend an. Lorraine wusste, wenn er nicht aufgab, würde sie früher oder später schwach werden und seiner Verführungskunst erliegen. Jetzt schon verspürte sie ein unwiderstehliches und drängendes Prickeln, das ihren Unterleib erfasste und ihr Blut derart erhitzte, dass es nicht ihre Wangen allein waren, die nun feurig glühten.

„Die Leute reden viel. Ganz besonders die Bürger von Gagnion sind ein geschwätziges Völkchen. Aber ich verspreche dir hoch und heilig, dass kein Mensch von unserem Stelldichein erfahren wird. Es ist unser Geheimnis.“

Vorsichtig zog er ihr den Rock weg und warf ihn auf den Boden.

„Ich werde eines Tages heiraten. Spätestens dann wird herauskommen, dass ich keine Jungfrau mehr bin.“

„Ma chère, was redest du denn da? Ich habe dir doch versprochen, dass ich um deine Hand anhalten werde. Dein Vater wird nichts dagegen haben. Ich bin der Sohn seines alten Freundes und zudem ein ehrbarer Mann. Es gibt also nichts, wovor du dich fürchten musst.“

Lorraine schloss die Augen und dachte über Etiennes Worte nach. Als er sie am See genommen hatte, hatte er das erste Mal von seinen Heiratsabsichten gesprochen. Eigentlich war es jener Moment gewesen, von dem sie schon oft geträumt hatte und der im Leben jeder Frau eine wichtige Rolle spielte. Doch seltsamerweise hatten Etiennes Worte ein Unbehagen in ihr ausgelöst, das sie sich nicht erklären konnte. Gewiss mochte sie ihn. Wenn er in ihrer Nähe war, schlug ihr Herz vor Aufregung Purzelbäume. Nur, warum bekam sie Zweifel, wenn es darum ging, sich auf ewig an ihn zu binden?

Sanft berührten seine Lippen ihren Mund. Der Moment der Unachtsamkeit hatte genügt, um Etienne einen Vorteil zu verschaffen. Er legte sich auf sie, nahm ihr Gesicht mit beiden Händen und hielt es fest. Zuerst wollte sie sich wehren, ihn hinunterstoßen oder zumindest seine Zunge aus ihrem Mund verdrängen. Doch die Zärtlichkeiten, mit denen er sie überhäufte, ließen ihre Gegenwehr erlahmen. Es war wie beim letzten Mal. Ihr Unterleib begann zu vibrieren, als entwickelte er ein Eigenleben. Dann wurde ihr abwechselnd heiß und kalt, da seine Hand quälend langsam ihren Bauch hinabstrich und auf ihre pochende Scham zusteuerte. Alles, was ihr eben noch Sorgen bereitet hatte, verlor an Bedeutung. Die Gefahr, dass ihr Vater nach Hause kommen und sie in Etiennes Armen erwischen könnte, genauso wie die Angst vor der Schande, sollte jemand von ihrem frivolen Geheimnis erfahren. Vermutlich hätte es sie in diesem Augenblick nicht einmal gestört, wenn sie von einem Nachbarn des gegenüberliegenden Hauses heimlich durch das Fenster beobachtet worden wäre.

„Du bist so schön“, sagte er in einer kurzen Atempause, bevor er sie erneut leidenschaftlich küsste. Dabei schloss sich seine Hand um ihre Vagina und massierte sie in einem sachten Rhythmus.

Lorraine spürte, wie ein Schwall süßer Feuchtigkeit aus ihr austrat, begleitet von einem schmatzenden Geräusch. Sie sehnte sich danach, Etienne in sich zu spüren. Und sei es nur sein Zeigefinger.

Genau diesen ließ er nun lustvoll über ihre Schamlippen gleiten. „Gefällt dir das?“, flüsterte er in ihr Ohr.

„Oh ja!“

„Es gibt viele Arten, eine Frau zu lieben, ma chère. Ich will dir jede einzelne zeigen.“

Sein Finger spielte an ihrem Eingang und tauchte nur ein winziges Stückchen in ihren Lustsee. Doch dieses winzige Stückchen genügte, ihren Körper vor Leidenschaft erbeben zu lassen. Lorraine wollte mehr! Die Erkenntnis erschreckte und erregte sie gleichermaßen. Erstaunlich, wie schnell sie zu Wachs in seinen Händen wurde! Und wie spielend es ihm gelang, ihren Widerstand auf diese quälend sanfte Weise zu brechen! Sie hatte nicht die Kraft, sich ihm länger zu erwehren. Gierig streckte sie sich ihm entgegen, hoffend, seinen Finger ganz und gar in sich aufnehmen zu können, damit er ihre pochende Grotte ausfüllte und sich in ihr bewegte, so lange, bis es ihr kam.

Doch Etienne hatte ihre Absichten längst durchschaut. Lachend schüttelte er den Kopf. „Wer hätte das gedacht? Die sonst so zurückhaltende Lorraine ist in Wahrheit ein kleiner Nimmersatt. Nur keine Sorge, ich habe etwas für dich, das deine Lust stillen wird.“

Er richtete seinen Zeigefinger auf ihren Mund. Neugierig blickte sie auf die schimmernde Flüssigkeit, die seine Fingerkuppe glänzen ließ. Wollte er sie von ihrem eigenen Liebessaft kosten lassen? Der Gedanke war absurd und gefiel ihr ganz und gar nicht, denn in diesem Augenblick verzehrte sie sich nach etwas ganz anderem. Sie wollte ihn darauf aufmerksam machen, aber kaum hatte sie den Mund geöffnet, schob Etienne seinen Finger einfach zwischen ihre Lippen und bewegte ihn vor und zurück, ungeachtet ihres Protestes. Sie spürte den feuchten Finger auf ihrer Zunge und den sanften, erregenden Druck, den er auf sie ausübte. Der Rhythmus begann sie an einen anderen, aufregenden Rhythmus zu erinnern. In ihren Gedanken nahm sein Finger die Form eines kleinen Penis an. Ihre Scham begann erneut zu glühen. Erst schwach, dann derart stark, dass sie glaubte, das Feuer würde sich nun nicht nur in ihrem Unterleib ausbreiten, sondern von ihrem ganzen Körper Besitz ergreifen. Sie verspürte den unwiderstehlichen Drang, von Etienne gestreichelt zu werden, und bewegte unruhig ihr Becken vor und zurück.

Etienne beobachtete sie mit wollüstigen Blicken. Rasch befreite er mit einer Hand sein steifes Glied aus seiner Hose. Lorraine bekam große Augen, als sie den prachtvollen Phallus sah. Unter der Vorhaut kam eine rote Eichel zum Vorschein, und dicke Adern umrankten seinen Schaft.

Bei dem imposanten Anblick kam ihr eine Idee. Getrieben von der Neugierde, zog sie sein Handgelenk zurück, sodass sein Finger aus ihrem Mund glitt und bedeutete ihm, sich hinzulegen. Dann beugte sie sich über seinen Penis, um zaghaft seine Eichel zu lecken.

„Was hast du vor?“, stöhnte Etienne.

Lorraine genierte sich, ihr Vorhaben in Worte zu fassen.

Stattdessen kicherte sie verlegen. Zögerlich bedeckte sie seine Spitze mit einem zarten Kuss und ließ Etienne dabei keine Sekunde aus den Augen, weil sie seine Reaktion beobachten wollte. Mit Erleichterung stellte sie fest, dass es dem jungen Mann zu gefallen schien, wenn sie seinen Penis mit ihren Lippen verwöhnte. Stöhnend warf er den Kopf in den Nacken, und sein Körper begann zu beben. Wahre Schauer schienen durch seinen Unterleib zu jagen.

„Das fühlt sich gut an!"

Ermutigt presste sie ihre Lippen um seine Eichel, um sodann an seinem Schaft hinab- und wieder hinaufzugleiten.

„Oh ja, wundervoll!"

Sein Phallus schwoll in ihrem Mund zu seiner vollen Größe an. Sie spürte das Zucken und Pulsieren, wann immer sie den Kopf senkte. Seine wachsende Erregung in sich zu fühlen, machte sie fast wahnsinnig. Das unanständige Kribbeln in ihrer Scham nahm zu, wurde intensiver und geradezu unerträglich!

„Nimm ihn ganz in den Mund", verlangte Etienne.

Überrascht hielt sie inne. Ganz? Ihr Mund war bereits ausgefüllt. Mehr konnte sie unmöglich aufnehmen. Sie nahm ihn für einen kurzem Moment heraus. „Ich schaffe nicht mehr", sagte sie verunsichert.

„Bitte, Lorraine. Versuche es."

„Aber …" Sein Blick ließ sie dahinschmelzen.

„Gib dir ein wenig Mühe, meine Schöne." Liebevoll strich er ihr über die Wange.

Lorraine wollte ihn nicht enttäuschen. Gleichzeitig fürchtete sie sich vor der enormen Größe. Zögerlich stülpte sie ihre Lippen ein weiteres Mal über sein Glied. Erneut spürte sie seine Erregung, das Pochen der Adern und das lustvolle Zittern seiner Manneskraft. Gierig schob er ihr sein Becken entgegen und begann, es zu bewegen. Erst langsam, dann schneller und kraftvoller. Seine Stöße wurden immer heftiger, und Lorraine verlor alsbald die Kontrolle, sodass sein Phallus mit einem Mal tief in ihren Rachen drang und sogleich wieder hervorkam, nur um erneut in sie zu stoßen. Ihr Hals zog sich schmerzhaft zusammen. Dann aber merkte sie, dass sie entspannt bleiben musste, um in den vollen Genuss seines Spiels zu kommen. Etienne stieß weiter in sie, und wieder und wieder. Er legte die Hand auf ihren Schopf und drückte ihren Kopf ein wenig tiefer. So lange, bis er kurz davorstand, zu kommen. Doch dann zog er sich mit einem Mal aus ihr zurück, denn offenbar hatte er noch etwas anderes mit ihr vor. Schweiß tropfte von ihrer Stirn, und ihre Arme zitterten vor Erschöpfung. Aber sie war glücklich.

Er nahm ihr Gesicht in beide Hände. „Ich werde mich nun revanchieren", flüsterte er.

„Was hast du denn vor?"

„Ich sagte dir, dass es viele Arten gibt, eine Frau zu lieben. Setz dich auf die Bettkante und spreize deine Beine, dann zeige ich dir den Himmel auf Erden, mein Täubchen."

Bereitwillig tat sie, was er von ihr verlangte. Etienne kletterte aus dem Bett und setzte sich vor sie. Interessiert beobachtete sie jede seiner Bewegungen. Er leckte sich über die Lippen, beugte sich vor und tauchte seine Zunge in ihre nasse Spalte! Lorraine erstarrte vor Schreck. Seine Nasenspitze rieb an ihrer Klitoris, während er ihren Quell gierig trank, als sei er ein Verdurstender, der in der Wüste die Quelle einer Oase gefunden hatte. Nie hätte sie gedacht, dass ein Mann jemals so etwas tun würde! Doch Etienne tat es. Ohne jegliche Hemmung leckte er nun über ihre Liebesperle, die angeschwollen aus ihrem Fleischmantel ragte. Jedes Mal, wenn seine Zunge ihre empfindlichste Stelle streifte, war es, als würden Blitze durch ihren Körper jagen.

„Das ist ... wahrlich der Himmel", seufzte sie, während Etienne sein Gesicht fester an ihre Scham presste, mit seiner Zunge in ihre Höhle eindrang und ihren Lustquell trank. Sein heißer Atem kitzelte ihre Schamlippen, wann immer er die Luft aus seinen Nasenlöchern blies. Gott, dieser Moment war aufregender als alles, was Lorraine jemals erlebt hatte.

„Habe ich dir zu viel versprochen?", keuchte er und tauchte erneut mit Nase und Mund in ihre Feuchte. Sein Gesicht glänzte überall.

„Nein! Es ist ... berauschend", wimmerte Lorraine und drückte ihren Unterleib kraftvoll an seinen süßen Mund. Doch ausgerechnet in diesem Moment, in dem die Erlösung so nah war, dass sie sie fast greifen konnte, hielt Etienne inne.

Fassungslos sah sie ihn an, als er sich erhob, ein Tuch aus seinem Ärmel zog und sich den Schweiß und ihren Lustsaft von Wangen, Kinn und Stirn tupfte.

„Etienne ... was soll das?" Ihre Stimme zitterte. Nein, er konnte nicht so grausam sein, erst ihren Appetit zu wecken und sie dann verhungern zu lassen.

„Dreh dich um, chérie", sagte er sanft.

Umdrehen? Verwirrt sah sie ihn an.

„Keine Sorge, es wird dir gefallen", sagte er.

Lorraines Lust brannte wie das Höllenfeuer. Wenn sie wollte, dass er es löschte, musste sie ihm Folge leisten. Bereitwillig ging sie auf alle viere und streckte ihm ihren Po entgegen. Die Stellung war ungewohnt. Eigentlich zog sie es vor, ihm in die Augen zu blicken, während sie sich liebten. Aber ihre Gier nach Befriedigung war größer. Etienne trat hinter sie und führte seinen Penis ein. Mit einem schmatzenden Geräusch drang er in sie und füllte sie Stück für Stück aus.

Lorraine war noch immer eng. Doch er ging behutsam mit ihr um, streichelte sanft ihren Rücken und machte keine unbedachte, ruckartige Bewegung. Als er seinen Phallus bis zum Anschlag in sie gebracht hatte, legte er beide Hände auf ihre Hüften, um sich an ihr festzuhalten.

„Lass mich nicht länger warten“, keuchte Lorraine und rieb mit einer Hand ihre Vagina, während sie sich mit der anderen abstützte.

„Geduld, meine Schöne.“

Quälend langsam zog er sich zurück, nur um erneut in sie zu dringen. Mit jedem Stoß beschleunigte er den Rhythmus. Lorraine spürte, wie sie sich weitete und die Stöße allmählich kraftvoller wurden. Schon bald schlugen seine Hoden gegen ihren Po, und das Bett begann zu wackeln. Lorraine schloss die Augen und konzentrierte sich auf den nahenden Höhepunkt. Wellengleich brandete die Lust durch ihren Körper, ergriff Besitz von ihr und gab sie erst wieder frei, als sie mit einem lauten Aufschrei kam. Das Blut rauschte heiß durch ihre Adern. Für einen kurzen Moment drohten ihr die Sinne zu schwinden, dann fiel alle Last mit einem Mal von ihr ab, und ein Gefühl der Entspannung breitete sich in ihr aus. Erschöpft ließ sie sich in ihr Bett sinken und beobachtete ihren Liebhaber, der im Stehen an seinem Phallus rieb und den warmen Saft mit dem Stofftuch auffing.

Es gefiel ihr zu sehen, wie sich die Lust in seinem Gesicht spiegelte.

„Es war wunderschön“, gurrte sie und räkelte sich.

„Dann bereust du also nicht, dass du dich mir hingegeben hast?“ Er streifte seine Breeches über und setzte sich zu ihr.

Lorraine schmiegte ihren braunen Schopf an seine Schulter. „Nein“, sagte sie überzeugt. „Du lehrst mich so wundervolle Dinge. Dafür bin ich dir dankbar. Ich hoffe, ich werde bald geschickter, damit ich dir Freude mache, so wie du mir.“

Er streichelte ihre Wange. „Das ist süß von dir, ma chère. Die Erfahrung wächst mit den Jahren.“

Sie kicherte, hielt dann aber inne, weil ihr ein Gedanke gekommen war, den sie nur zögerlich auszusprechen wagte. „Woher hast du deine Erfahrung?“

Etienne schien einen Moment zu brauchen, um eine Antwort zu finden. „Manche Dinge sollte ein Kavalier für sich behalten“, sagte er.

„Heißt das, du sagst es mir nicht?“

„Es ist besser so.“

„Ich will es aber wissen! Wenn du mich einmal heiraten willst, soll es keine Geheimnisse zwischen uns geben.“

„Geheimnisse beleben die Ehe, mein Liebchen.“ Er knöpfte seinen Rock zu und strich die Falten aus dem schimmernden, blauen Stoff.

„Warum schweigst du dich darüber aus? Was ist daran so schlimm? Hast du ein Pärchen heimlich beobachtet, als es miteinander schlief? Oder hat dir jemand erzählt, wie es geht? Hast du ein Buch darüber gelesen?“

Er runzelte die Stirn.

Sie sah ihm in die Augen, doch er wich ihrem Blick aus. „Oder hast du …“ Sie biss sich auf die Zunge, denn sie wollte den Gedanken nicht aussprechen.

„Ja? Was habe ich?“ Er sah sie ernst an.

„Ich … weiß nicht“, stammelte sie.

„Sprich deinen Verdacht aus, Lorraine.“

„Nein … Es war nur ein dummer Gedanke. Vergiss, dass ich etwas sagte.“

Seine Hand legte sich auf ihre Wange und streichelte sie sanft. „Nein, es gibt keine dummen Gedanken. Da du es unbedingt wissen willst, werde ich es dir sagen. Du gibst sonst vermutlich keine Ruhe.“

Sie spürte, wie ihr die Röte ins Gesicht stieg. Ihr Herz pochte heftig, weil sie fürchtete, etwas zu hören, das ihr nicht gefiel.

„Du hast recht“, sagte er und machte eine bedeutungsvolle Pause, ehe er fortfuhr. Ich habe es … in einem Buch gelesen!“ Ein breites Grinsen bildete sich auf seinen Lippen.

Lorraine atmete auf. Warum hatte er sie derart aufziehen müssen? Scherzhaft schlug sie ihm die Faust gegen die Brust.

„Jage mir nie mehr solch einen Schrecken ein! Ich dachte schon, du hättest mit einer anderen Frau geschlafen.“

„Ach, Lorraine. Wieso reagiert ihr Frauen nur immer auf diese Weise? Gott hat uns unterschiedlich gemacht. Ihr werdet von romantischen Gefühlen getrieben. Mit uns Männern ist es anders. Wir können den Verlockungen des Weibes nur schwer widerstehen. Ich kann den Körper einer Frau begehren, ohne ihr Herz besitzen zu wollen.“

Lorraines Stirn legte sich in Falten. Waren Gefühl und Körperlichkeit nicht untrennbar miteinander verbunden? Wieso hatten nur Männer die Fähigkeit, beides voneinander zu trennen?

Das Geschrei von Kindern schreckte sie plötzlich aus ihren Gedanken.

„Was ist denn vor eurem Haus los?", wunderte sich Etienne und schritt zum Fenster, um den Vorhang zur Seite zu ziehen.

„Pass auf, dass dich niemand sieht", beschwor Lorraine ihn und spähte neugierig über seine Schulter.

Vor dem Garten hatten sich die Kinder der Nachbarschaft um Beaumont und Giffard gesammelt. Die beiden Männer hatten Schwierigkeiten, an ihnen vorbei zum Gartentor zu gelangen. Was hatte dieser Andrang zu bedeuten? Ihr Vater war zwar bei den Kindern sehr beliebt, da er sich gern um sie kümmerte, ihnen Geschenke machte und sie manchmal unterrichtete. Doch nie war es zu einem derartigen Ansturm gekommen. Hastig zog sie Etienne vom Fenster weg, aus Sorge, ihr Vater könne ihn zufällig erblicken.

„Wer ist denn dieser merkwürdige Mann neben deinem Vater?"

„Das war Giffard. Du kennst ihn doch."

„Nein, es war noch jemand bei ihm. Merkwürdig, ich könnte schwören, er lief gebückt."

„Gebückt? Bist du dir sicher?"

„Ich habe ihn doch mit eigenen Augen gesehen."

„Vielleicht ist er ein Patient, der einen Hexenschuss hat?"

„Das klingt einleuchtend."

Lorraine streifte sich eilig ihr Kleid über und band die Haare zu einem Knoten. „Vater darf dich hier nicht sehen. Am besten kletterst du aus dem Fenster, sobald er das Haus betreten hat."

„Lieber nicht. Die Kinder werden mich sehen, und dann ist unser Geheimnis im Nu Stadtgespräch!"

Nachdenklich fuhr sie sich mit dem Zeigefinger über das Kinn. „Das stimmt. Dann lenke ich Vater und Giffard ab, damit du dich aus der Hintertür hinausschleichen kannst."

„Viel lieber würde ich noch ein Weilchen bei dir bleiben, ma chère."

„Oh Etienne!" Sie seufzte glücklich. „Das würde mir auch sehr gefallen."

„Wie soll ich die Zeit ohne dich nur überstehen? Heh, ich habe eine Idee!" Seine Hände legten sich auf ihre Wangen. „Geh heute Abend früh zu Bett und warte auf mein Zeichen."

Verwirrt blickte sie zu ihm auf.

„Ein heimliches Treffen, heute Nacht", erklärte er.

Lorraine war begeistert! Überglücklich schlug sie die Hände zusammen.

Ihre Lippen wollten sich gerade sinnlich berühren, als ein Poltern von der Treppe zu ihnen heraufdrang. Erschrocken wichen sie auseinander.

„Was war das?", flüsterte Lorraine.

Ehe Etienne antworten konnte, vernahmen sie das Knurren eines Tieres.

„Leila", sagte Etienne erleichtert, doch Lorraine schüttelte den Kopf. Die zierliche Hündin, die sie einst aus einem Bach gefischt hatte und zu einer treuen Gefährtin geworden war, klang anders. Sie hatte ein viel helleres Stimmchen.

„Soll ich nach dem Rechten sehen?“, fragte er.

„Warte einen Augenblick.“ Sie legte das Ohr an die Tür und lauschte. Auf der anderen Seite meinte sie ein Grollen zu hören, das sie keinem Tier zuordnen konnte. Fast zeitgleich erklang die Stimme ihres Vaters.

„Hier entlang, so ist es gut, immer einen Schritt vor den anderen.“

„Ich habe dir gesagt, dass das niemals gut gehen wird“, sagte Giffard. „Du hättest die Finger von ihm lassen sollen, Beaumont.“

„Er ist nur aufgeregt. Die Kinder, die neue Umgebung, das alles macht ihn nervös.“ Die Stimmen entfernten sich, dann schlug eine Tür zu, und Ruhe kehrte ein.

„Sie sind im Gästezimmer“, sagte Lorraine und drehte sich zu Etienne um, der die Arme um ihre Taille legte und sie näher an sich heranzog.

Tief blickte er ihr in die Augen und senkte sein Haupt.

Sie stellte sich mit klopfendem Herzen auf die Zehenspitzen und bot ihm ihre Lippen dar. „Ich freue mich auf heute Abend“, flüsterte sie, bevor er ihren Mund mit einem Kuss verschloss.

Dann schritt er zur Tür und legte ebenfalls sein Ohr an die Tür. „Meinst du, ich kann es jetzt wagen?“

„Lass mich vorgehen.“

Sie öffnete die Tür einen kleinen Spalt, schlüpfte hindurch und winkte ihn die Treppe herunter. Danach dirigierte sie ihn in die Küche, nahm im Vorbeigehen ein Stück Speck aus einem Holzkasten und steckte es ihm hastig zu, als sie die Hintertür erreichten.

„Gib es Leila, damit sie nicht bellt, wenn sie dich im Garten sieht.“

„Ich danke dir, ma chère. Sehr umsichtig.“

Er wollte seine Hand auf ihre Schulter legen, streifte jedoch stattdessen ihre linke Brust, woraufhin ein wohliger Schauer über ihren Rücken jagte. Ihr Nippel reckte sich und stieß gegen den Stoff. Peinlich berührt legte sie die Hand auf ihren Busen. Doch Etienne nahm sie weg und führte sie zu seinem Mund, um einen Kuss anzudeuten.

„Schlaf mir heute Abend nicht ein“, sagte er und zwinkerte ihr zu.

„Keine Sorge, ich werde viel zu aufgeregt sein.“

Er ließ ihre Hand los, legte den Arm um ihre Taille und gab ihr einen glühenden Abschiedskuss, der sie schwindelig und ihre Knie weich werden ließ, sodass sie sich am Türrahmen festhalten musste.

Nachdem Etienne gegangen war, lehnte sie sich erschöpft und doch aufgewühlt mit dem Rücken gegen die Tür und legte die Hände auf die Brust, um ihr wild schlagendes Herz zu beruhigen. Vielleicht hatte sie sich geirrt. Vielleicht war Etienne doch der Mann ihres Lebens? Warum sonst wurde sie in seiner Gegenwart immer so nervös, wenn es keine Liebe war, die sie für ihn empfand? Etienne hatte es selbst gesagt, eine Frau schlief nur mit einem Mann, wenn sie Gefühle für ihn hatte.

„Verflucht noch eins!“, dröhnte eine tiefe Stimme aus dem oberen Stockwerk.

Lorraine zuckte zusammen, weil die Donnerstimme wie nahendes Unwetter unerwartet über ihr hereinbrach.

„Diese elende Missgeburt!“

„Beruhige dich, alter Freund."

„Ich denke nicht daran!"

Warum um alles in der Welt herrschte im Gästezimmer nur solche Aufregung? Lorraine machte sich auf den Weg nach oben. Als sie die Tür öffnen wollte, riss Giffard plötzlich die Tür auf und zwängte sich mit hochrotem Kopf durch den Spalt nach draußen. Braune Flecken prangten auf seiner Jacke, die er hektisch mit einem seidenen Tuch abzuwischen versuchte.

„Was ist geschehen, Monsieur Giffard?", fragte Lorraine und stolperte einige Schritte zurück.

„Beaumont hat den Verstand verloren!", knurrte der Winzer, ohne sie anzusehen. Sein verschmutzter Rock roch nach Erbrochenem. „Geh nicht hinein, wenn du Wert auf saubere Kleidung legst."

„Wer ist der Mann, den Papa mitgebracht hat?"

„Lass dir das von deinem Vater erklären. Ich habe für heute genug!"

Mit grimmigem Blick stampfte er die Treppe hinunter.

„Wollen Sie wirklich schon gehen? Ich mache Ihnen einen Tee, wenn Sie möchten. Der wird Sie beruhigen."

Giffard blieb stehen. „Das ist sehr lieb von dir, Lorraine. Dennoch muss ich ablehnen. Die ganze Aufregung bekommt meinem Herzen nicht. Und der Tee wird daran nichts ändern. Vielleicht ein anderes Mal, sei mir nicht böse."

„Wie Sie meinen."

Lorraine wollte gerade die Tür öffnen, da stieß sie fast mit ihrem Vater zusammen, der gerade aus dem Zimmer trat.

„Ich hätte aber gern einen Tee", sagte er sanft, trat in den Flur und zog die Tür hinter sich zu. Zu Lorraines Verwunderung schloss er sie ab.

„Natürlich, Papa. Ich kümmere mich darum. Nur sag mir doch vorher etwas."

„Ich werde dir sogleich alles erklären", versprach er und hob die Hände.

Lorraine nickte, lief an Giffard vorbei nach unten in die Küche, setzte heißes Wasser auf und nahm eine Dose mit chinesischen Teekräutern aus dem Regal, die Etienne ihr geschenkt hatte. Der alte Poméroy verkaufte nicht nur Medizin, sondern handelte auch mit exotischen Gewürzen und Teekräutern, die er immer dann mitbrachte, wenn er geschäftlich in Paris zu tun hatte. Paris – Lorraine dachte oft an die Stadt, in der sie einen Teil ihrer Kindheit verbracht hatte, bevor sie nach Gagnion gezogen waren. Irgendwann würde sie zurückkehren, um sich die Metropole mit den Augen einer erwachsenen Frau anzusehen. Bis dahin würde das kleine Städtchen, an das sie viele schöne Erinnerungen knüpfte, ihre Heimat bleiben. Mit einem Schmunzeln dachte sie an ihre erste Begegnung mit Etienne, der ihr damals die Umgebung, die Weinberge und den Wald gezeigt und sie über das Heimweh hinweggetröstet hatte. Kaum zu glauben, dass aus dem kecken Knaben von damals ein stattlicher, junger Mann geworden war, der ihr noch dazu starke Avancen machte. Mit halbem Ohr hörte sie, dass ihr Vater sich mit Giffard versöhnte und ihn verabschiedete. Dann kam er in die Küche und setzte sich mit einem schweren Seufzen an den Tisch. Es war ihm anzusehen, dass ihn Sorgen plagten.

„Papa, sag mir bitte, wenn ich dir helfen kann."

Er hob die Hand. „Es ist alles in bester Ordnung, Lorraine. Ich bin lediglich etwas erschöpft."

„Erschöpft von was?“

Er lachte heiser. „Dein Vater hat eine Entscheidung getroffen, die unser Leben verändern wird.“

„Hat es etwas mit diesem Mann zu tun, den du mitgebracht hast?“

Er nickte und deutete auf den Stuhl neben sich.

„Bitte sehr“, sagte sie und reichte ihm einen dampfenden Pott, wischte sich die Hände an der Schürze ab und setzte sich mit vor Neugier funkelnden Augen an den Tisch.

„Ich danke dir, mein Liebling.“ Beaumont atmete das Aroma ein, schloss genießerisch die Augen und nippte an der Tasse.

„Wer ist der Herr, der Giffards Geduld strapazierte? Ist er ein Gast? Ein Patient? Oder hat er einfach nur zu viel getrunken und schläft seinen Rausch aus?“

Beaumont stellte die Tasse ab. „Nein, er ist kein Trunkenbold. Mach dir deswegen keine Sorgen.“

„Aber wer ist er dann?“

„Genau genommen ist er sowohl Gast als auch Patient.“

„Das verstehe ich nicht.“

„Unser Gast hat ein sehr trauriges Schicksal zu beklagen. Er lebte lange ohne menschlichen Einfluss in den Wäldern. Gott allein weiß, was er alles durchmachte, bevor man ihn fand.“

„In den Wäldern?“

„Es mag für unsere Ohren unglaublich klingen. Noch weniger können wir uns vorstellen, was es heißt, in der Isolation aufzuwachsen, da der Umgang mit anderen Menschen zu unserem täglichen Leben gehört.“

Beaumont versuchte Lorraine die Situation des Fremden

zu erklären. Schon bald machte sie die Geschichte sehr betroffen und sie empfand Mitleid für die arme Kreatur, die keine Menschenseele auf der Welt hatte, die ihr als Freund zur Seite stand. Staunend hörte sie den Ausführungen ihres Vaters zu, der ihr seine Theorien in allen Einzelheiten schilderte, und entwickelte dabei immer mehr den Drang, ihn bei seinem Vorhaben zu unterstützen.

„So beschloss ich, ihn aufzunehmen. Ich konnte nicht anders handeln“, endete er und warf ihr einen fragenden Blick zu, als erwartete er ihren Segen.

Lorraine war verunsichert. Ein fremder Mann in ihrem Heim? Schon oft hatte ihr Vater Patienten über Nacht im Haus behalten, manchmal sogar über mehrere Tage und Wochen. Sie waren jedoch schwer krank gewesen und nach ihrer Genesung heimgekehrt. In diesem Fall verhielt es sich anders. Allem Anschein nach würde der Fremde auf nicht absehbare Zeit bleiben. Es war zu früh, sich ein Urteil zu bilden. Natürlich würde die Umstellung schwer werden und einige Zeit in Anspruch nehmen. Wenn damit jedoch einem Menschen geholfen war, würde sie sich schon irgendwie damit arrangieren.

„Wie heißt denn unser Gast?“

Sichtlich erleichtert darüber, dass Lorraine keinen Einspruch erhob, zog Beaumont ein verschmutztes Stoffstück aus seiner Tasche und hielt es ihr hin. Zögerlich nahm sie es und betrachtete es stirnrunzelnd. Der Stoff schimmerte grau. Vermutlich war er einmal weiß gewesen.

„Ich habe ihn Julien genannt. Dieses Tuch hatte er an seinen Lendenschurz geknotet. Es scheint sein einziger Besitz zu sein. Siehst du die eingestickten Initialen? J.U.L.“

Die blauen Stickereien gingen in dem schmutzigen Grau beinahe unter.

„J.U.L? Was soll das bedeuten?“

„Ich nehme an, es handelt sich um eine Abkürzung. Fest steht, dass es mit diesem kleinen Stückchen Stoff eine Bewandtnis hat. Er reagierte aggressiv, als ich es ihm wegnahm.“

„Was macht dich sicher, dass es ihm gehört? Vielleicht hat er es jemandem gestohlen oder es irgendwo gefunden? Sieh nur, es trägt Spitzen am Rand. Das Tuch war sicherlich teuer.“ Sie reichte es Beaumont, der es wegsteckte.

„Im Prinzip ist alles möglich. Hoffen wir, dass wir eines Tages Antworten auf unsere Fragen finden.“

3. KAPITEL

Es roch nach Eintopf in der kleinen Küche des Hauses Beaumont. Seit die Haushälterin Amelie die Familie vor einigen Wochen verlassen hatte, um eine alte Liebe zu heiraten, gehörte es zu Lorraines Pflichten, jeden Abend eine warme Mahlzeit auf den Tisch zu bringen. Sie hatte die Reste der Vortage in einen Topf geworfen, Wurst klein geschnitten und dazugegeben und schließlich einen Eintopf daraus zubereitet, dessen würziger Geruch sich im ganzen Haus ausbreitete. Sie hoffte, dass sich ihr „Gast" mit diesem einfachen Mahl zufriedengab und das Gemüse nicht verschmähte, denn sie fürchtete, dass ein Wolfsmann Fleischkost bevorzugte.

Seit der Ankunft des Fremden lief Leila, die Pudeldame, aufgeregt durch das Haus, verharrte immer wieder vor dem Gästezimmer und knurrte, wenn sie auf der anderen Seite Geräusche hörte. Sie war nicht einmal mit Leckereien zu beruhigen, die Lorraine ihr hin und wieder zuwarf.

Je mehr Lorraine darüber nachdachte, desto aufregender fand sie den Gedanken, dass Julien von nun an bei ihnen wohnte. Er würde gewiss spannende Geschichten über das Leben in der Wildnis zu erzählen haben. Vielleicht verstand er sogar die Sprache der Tiere?

Ihr Vater hatte einige Mühe gehabt, die neugierigen Kinder fortzuscheuchen, die vor dem Garten verharrt hatten und deren Rufe ohne Unterlass zu ihnen ins Haus gedrungen waren.

„Zeig uns den Wolf, Onkel Gabriel!"

Es hatte nicht lange gedauert, da hatten sich die Nachbarn über die Sprechchöre und das Geschrei beschwert. Und bald darauf hatte schließlich die ganze Stadt gewusst, dass der „Wilde“ ins Haus Beaumont gezogen war. Lorraine hatte so manchen Schaulustigen durch das Fenster beobachtet, der offenbar hoffte, einen Blick auf den Wolfsmann erhaschen zu können. Gott sei Dank hatte sich die Aufregung bis zum Sonnenuntergang gelegt, da die meisten heimkehrten, um den Abend bei der Familie zu verbringen.

So setzte sich auch Beaumont nach einem anstrengenden Tag und einem Hausbesuch bei Madame Pirot an den Tisch in der Küche, wo Lorraine ihm das Abendessen auftat.

„Wenn wir gegessen haben, sehen wir nach Julien“, entschied Beaumont und tunkte ein Stück Brot in den Eintopf.

„Ganz wie du willst, Papa.“

Er lächelte. „Ich möchte, dass du dich mit ihm vertraut machst.“

„Das werde ich. Ich habe mir viele Gedanken zu ihm gemacht und bin sehr neugierig auf ihn. Nachher bringe ich ihm eine Schüssel mit meinem Eintopf. Denkst du, er wird ihn mögen?“

„Er wird dir dankbar sein. Wahrscheinlich hat er lange Zeit nichts zu essen bekommen. Er ist derart abgemagert, dass seine Rippen durch die Haut schimmern.“

Lorraines Neugierde wuchs. Nun, da er ausdrücklich gesagt hatte, sie solle sich mit ihm vertraut machen, freute sie sich, dem Fremden zu begegnen. Wie er wohl aussehen mochte? Sicherlich war er sehr muskulös, denn um in der Wildnis zu überleben, musste man sicherlich sehr stark sein.

Nachdem sie ihr Mahl beendet hatten und das Geschirr im Spültrog verschwunden war, begaben sie sich in den ersten

Stock. Leila lief ihnen zwischen die Beine und kläffte ohne Unterlass. Als sie merkte, dass man sie ignorierte, sprang sie an Lorraine hoch und zerrte an ihrem Kleid.

„Ruhig, meine Kleine. Dir passiert doch nichts", sagte Lorraine und bückte sich zu dem Energiebündel hinunter, um ihr mit einer Hand liebevoll den Kopf zu tätscheln. In der anderen hielt sie eine Schüssel mit heißem Eintopf.

„Ich gehe vor. Achte darauf, dass Leila im Flur bleibt, sie würde uns nur stören." Mit diesen Worten betrat Beaumont den Raum.

Lorraine folgte ihm und schlug rechtzeitig die Tür hinter sich zu, damit Leila nicht durch den Spalt schlüpfte. Die Hündin heulte empört auf, wie sie es immer tat, wenn man sie aussperrte. Dann blickte sich Lorraine im Gästezimmer um. In dem Bett, das am Fenster stand, lag eine ausgemergelte Gestalt, die wohl der Wilde sein musste, äußerlich jedoch nicht im Geringsten ihrer Vorstellung eines Wilden entsprach. Er wirkte sehr drahtig, was aber wohl daran lag, dass er, wie ihr Vater angedeutet hatte, unterernährt war. Unsicher trat sie näher. Leilas Kläffen weckte Julien, der sich zunächst verwirrt umsah, dann Lorraine und ihren Vater erblickte, sich sogleich aufbäumte, den Kopf wie ein Besessener von einer Seite zur anderen warf und Laute ausstieß, wie sie die junge Frau noch nie gehört hatte. Lorraine schrak zurück. Ihr Blick wanderte zu den gespannten Stricken, deren Enden um seine Hand- und Fußgelenke lagen und um die Bettpfosten gewickelt waren. Sie sah die zerschundene Haut, den sich windenden Körper und die aufgerissenen Augen, die sie anstarrten.

„Habe keine Angst, Julien. Ich bin es, Doktor Beaumont.

Ich werde dir nichts tun."

Er griff nach einem Laken und breitete es mit einem entschuldigenden Blick zu Lorraine über Juliens Körper aus. „Verzeih, mein Kind."

Lorraine begriff, worauf er anspielte. Natürlich glaubte ihr Vater, dass eine junge, anständige Dame wie sie noch nie einen nackten Mann gesehen habe und dieser Anblick sie verstören würde.

„Ich möchte gerne, dass du Julien kennenlernst", sagte Beaumont.

Lorraine wandte ihren Blick ab und stellte den Eintopf auf den Nachtschrank.

„Warum hast du ihn gefesselt?", sagte sie leise.

„Es blieb mir nichts anderes übrig. Wir konnten ihn nicht beruhigen. Er hätte das Zimmer auseinandergenommen, wenn Giffard und ich ihn nicht überwältigt hätten."

Lorraine wandte sich wieder der Kreatur zu und sah in das von Blutergüssen gezeichnete Gesicht. Der Mann war sehr abgemagert. Seine Wangen waren stark eingefallen, und die Augen saßen derart tief in ihren Höhlen, dass man fürchten musste, sie würden vollständig in seinem Schädel versinken. Außerdem stank er nach Schweiß und Kot. Seine Haut war verschmutzt. Lorraine schluckte. Welch grässlicher Anblick! Allein die irre Fratze des Mannes ließ ihr das Blut in den Adern gefrieren. Strähnige Haare umrahmten sein schmutziges Gesicht, Speichel hing in seinem zottigen Bart.

Beaumont schien ihre wachsende Abneigung zu bemerken. Versöhnlich legte er die Hand auf ihre Schulter und lächelte ihr aufmunternd zu. „Wir müssen beide viel Geduld aufbringen. Sprich mit ihm. Ich bin sicher, es wird ihn beruhigen, deine sanfte Stimme zu hören." Er zog einen Hocker ans Bett und setzte sich, was den Wilden dazu veranlasste, erneut aus Leibeskräften zu schreien und wie ein trotziges Kind, das seinen Willen nicht bekam, zu strampeln.

„Ich ... soll ..." Lorraine öffnete den Mund, um zu protestieren, doch ihre Stimme versagte. Nein, sie konnte sich beim besten Willen nicht vorstellen, mit dieser Kreatur unter einem Dach zu leben. Wie hatte ihr Vater nur auf solch einen absurden Gedanken kommen können? Sie verspürte nicht den geringsten Wunsch, sich näher mit ihm zu befassen. Sie fand ihn abstoßend.

„Gib ihm bitte etwas zu essen, Lorraine. Ich bin sicher, er hat großen Hunger."

„Papa ..." Wieso tat er ihr das an? Konnte er diesen Affen nicht selbst füttern? Oder zumindest losbinden, damit er sein Essen selbstständig zu sich nahm?

Doch Beaumonts ungeduldiger Blick verriet, dass er keine Widerrede duldete. Langsam erhob er sich, um Platz zu schaffen für Lorraine, die widerwillig nach Schüssel und Löffel griff und sich auf den Hocker setzte.

Sie vermied es, dem Wilden ins Gesicht zu sehen, spürte jedoch, dass er sich eindringlich jede ihrer Bewegungen ansah.

„Bon soir, Julien", sagte sie zögerlich. Er antwortete nicht.

„Er scheint dich zu mögen", stellte Beaumont erfreut fest.

„Nur weil er nicht sofort schreit, heißt das noch lange nicht, dass er mich mag", entgegnete sie trotzig und schob ihm einen Löffel in den Mund.

Julien verzog das Gesicht, als wollte man ihn vergiften, und spuckte den Eintopf aus. Die Essensreste landeten in seinem Bart. Angewidert sprang Lorraine auf. Sie kämpfte gegen ein Würgegefühl an und stellte schnell die Schüssel auf den Nachtschrank zurück, um sich abzuwenden und die Hand auf den Mund zu pressen.

„Ich kann das nicht“, stammelte sie aufgebracht. „Er ist so so ekelhaft.“

„Beruhige dich, Kind. Es gibt wahrlich Schlimmeres!“

„Sieh ihn dir doch an! Er ist widerwärtig, von Kopf bis Fuß!“

„Was hast du erwartet? Er hat keine Tischmanieren, er weiß nicht, was sich gehört, weil es ihm niemand beigebracht hat.“

Lorraine wusste, dass ihr Vater recht hatte. Dennoch sträubte sich alles in ihr gegen dieses Wesen, das für sie kein Mensch, sondern ein Affe war, der mit viel gutem Willen entfernt menschliche Züge aufwies. Wie sollte sie ihrem Vater nur begreiflich machen, dass er zu viel von ihr verlangte, wenn er sie zu Juliens Kindermädchen machte? Gerade als sie etwas sagen wollte, schreckte sie das penetrante Läuten der Türglocke aus ihren Gedanken.

„Erwartest du noch Besuch?“, fragte Lorraine überrascht.

Beaumont schüttelte den Kopf. „Ich sehe nach, wer es ist“, sagte sie und eilte aus dem Gästezimmer, froh, von diesem stinkenden Halbaffen fortzukommen. Vor der Tür stand ein junger Mann, der vollkommen aus der Puste war. Es war Phillippe Alan, der Sohn der alten Bäckersfrau, die ihren Laden vor einigen Jahren an ihren Sprössling abgetreten hatte. Der Schweiß rann von seiner Stirn.

„Schnell, ist Beaumont daheim?“

„Er ist oben. Was ist denn geschehen?“

„Maman liegt kreidebleich in ihrem Bett und kann nicht richtig atmen!"

Auch das noch! Ausgerechnet jetzt. „Ich hole ihn!", sagte Lorraine und rannte zu ihrem Vater zurück.

„Papa! Es ist ein Notfall, du musst sofort kommen", sagte sie atemlos, als sie das Gästezimmer erreichte.

Beaumont stürzte ohne zu zögern ins Treppenhaus und eilte an ihr vorbei. „Pass auf Julien auf."

Lorraine seufzte betrübt. Sie blickte über das Geländer ins Erdgeschoss und sah gerade noch, wie ihr Vater seinen Ärztekoffer aus dem Büro holte und mit Monsieur Alan verschwand. Die Tür knallte hinter ihnen zu. Lorraine straffte die Schultern und stellte sich dem Unvermeidbaren. Sie versuchte den Ekel niederzukämpfen und betrat den Raum. Julien hob den Kopf und schnupperte. Ihr Blick fiel auf den Nachtschrank, wo der Eintopf stand.

„Hast du also doch Hunger bekommen!"

Seufzend griff sie nach der Schale, tunkte den Löffel ein und beugte sich über ihn.

„Hier habe ich etwas Schmackhaftes für dich. Mach brav den Mund auf."

Er starrte sie an.

„Sag Aaaaah." Sie machte es ihm vor und kam sich dabei lächerlich vor. Dann ließ sie den Löffel verführerisch über seinen Lippen kreisen. „Ich weiß, dass es dir schmecken wird, vertrau mir."

Ein grollender Laut drang aus seiner Kehle. Als sie noch versuchte, ihm den Löffel in den Mund zu stecken, warf er den Kopf zur Seite und zerrte an seinen Fesseln.

Lorraine verlor allmählich die Geduld. Es war eine Zumutung, sie mit dieser Kreatur allein zu lassen. Sie sah ein, dass ihr Vater keine andere Wahl gehabt hatte, als Monsieur Alan zu folgen. Schließlich ging es um das Leben seiner Mutter. Dass ihr Vater jedoch von ihr erwartete, dass sie sich in seiner Abwesenheit um Julien kümmerte, war wirklich zu viel verlangt! Energisch legte sie die Hand auf sein Kinn und drückte es nach unten, sodass sich sein Mund öffnete. Fauliger Geruch stieg ihr aus seinem Rachen entgegen. Fast hätte sie sich übergeben.

Eilig löffelte sie den Brei in seinen Mund, doch Julien spuckte den Eintopf erneut aus. Die zähe Flüssigkeit blieb in seinem langen, dunklen Bart hängen.

„Friss nicht wie ein Schwein!“, fuhr sie ihn an und schob ihm einen weiteren, vollen Löffel in den Mund.

Julien stieß ihn mit der Zunge zurück und schüttelte heftig den Kopf.

„Etwas Besseres haben wir nicht im Haus.“ Wütend stellte sie die Schale auf den Boden.

Leila, die unbemerkt durch den Türspalt in das Zimmer gekommen war, stürzte sich sogleich auf das Mahl und begann, die Schüssel auszulecken.

„Gibt es überhaupt irgendetwas, das nach deinem Geschmack ist?“, fluchte sie und sah angewidert auf ihn hinab.

Erst jetzt fiel ihr auf, dass sein Blick merkwürdig starr war. Die dunklen Pupillen schienen auf irgendetwas fixiert. Verwirrt folgte sie seinem Blick und bemerkte mit Schrecken, dass es ihre Brüste waren, die seine Aufmerksamkeit fesselten und voll und prall aus den Körbchen direkt in sein Gesicht zu springen drohten. Ein seliges Lächeln bildete sich auf seinen Lippen. Das war es also, worauf er Appetit hatte!

„Was genug ist, ist genug“, rief sie empört und verließ das Zimmer. Sollte dieser undankbare Wilde doch verhungern!

Mit Schwung warf sie sich rücklings auf ihr Bett und verschränkte die Arme hinter dem Kopf. Nie zuvor war ihr ein Mensch so schnell unsympathisch geworden. Natürlich, er konnte nichts für seine Andersartigkeit. Sicher war er ein Opfer unglücklicher Umstände geworden. Trotzdem konnte sie sich nicht überwinden, zu ihm zurückzukehren. Er machte ihr Angst und verursachte ihr Ekel. Wie sollte sie die nächsten Wochen, Monate oder sogar Jahre aushalten, wenn er mit ihr unter einem Dach lebte?

Bald richtete sie ihre Gedanken auf Etienne, der bereits zweimal verlautbart hatte, er würde um ihre Hand anhalten, wenn der rechte Zeitpunkt gekommen sei. Mit einem Mal erzeugte diese Vorstellung kein Unbehagen in ihr. Im Gegenteil, nun freute sie sich umso mehr darauf, ihn in wenigen Stunden wiederzusehen und dachte an die Überraschung, von der er gesprochen hatte. Was mochte er sich einfallen lassen, um sie zu verwöhnen? Etwas Neues, Aufregendes, das ihr die Sinne raubte? Vielleicht nahm er sie dieses Mal in dem kleinen See, unter Wasser!

Lorraine kicherte vergnügt. Wenn sie an Etienne dachte, dauerte es nicht lange und ihr fielen die unanständigsten Dinge ein. Sie schob ihren Rock zurück, winkelte die Beine an und ließ ihre Hand zu ihrer Scham gleiten. Liebevoll streichelte sie die lockigen Haare, die ihren Venushügel schmückten. Etienne war ein Mann, der wusste, was ihr gefiel, fast so, als steckte er in ihrer Haut. Die Aussicht darauf, neue Spielarten kennenzulernen, regte sie an, ihre eigene Fantasie schweifen zu lassen. Wie mochte es sich anfühlen, mit ihm nackt durch den Wald zu reiten? Den Wind auf der Haut zu spüren, Etienne zärtlich zu küssen und seine Manneskraft in sich zu spüren? Lorraine steckte ihren Zeigefinger in ihre Scheide und stellte sich vor, es wäre sein Glied, das sich vorwitzig in ihr auf und ab bewegte. Sie schloss die Augen und sah das Bild vor sich: Sie saß rückwärts auf dem Pferd, Etienne zugewandt, und sein Penis pulsierte in ihr. Dieser mächtige, heiße Schwengel, der sie bis zum Anschlag ausfüllte, immer wieder in sie drang und sie derart reizte, dass es ihr die Luft raubte und sie nur noch stoßweise atmen konnte. Der Apfelschimmel setzte zum Galopp an, wodurch Etiennes Stöße schneller und härter wurden. Ihre nassen Körper schmiegten sich aneinander, verschmolzen zu einem Wesen. Sonnenstrahlen drangen durch das Blätterdach der Baumkronen. Sie wärmten ihre von Schweißperlen bedeckte Haut. Rasant ging der Ritt weiter, führte sie tiefer in den Hain. Während er mit einer Hand die Zügel hielt, streichelte er mit der anderen ihren wohlgeformten Busen, der im Galopp anzüglich auf und ab wippte. Lorraine legte sich auf den Rücken des Pferdes und hielt sich, um ihr Gleichgewicht kämpfend, mit den nach oben gestreckten Händen an der Mähne des Apfelschimmels fest. Ihr Unterleib vibrierte vor Wonne. Kraftvoll legten sich ihre Beine um Etiennes Taille, während seine Hand unter ihr Gesäß wanderte und es leicht anhob. Sie sah zu ihm auf und erzitterte, als sie die flammende Begierde in seinen Augen sah. Es war nicht zu übersehen, wie sehr er sie begehrte. Und als wollte er sie diese Begierde körperlich fühlen lassen, stieß er hart zu. Ein Ruck ging durch ihren Körper. Lorraine verlor das Gleichgewicht und drohte vom Pferd zu fallen. Doch seine Hand schnellte vor, packte ihre Schulter und brachte sie durch einen sanften Stoß in ihre sichere Position zurück, ohne dass er dabei den Blick von ihr abwandte. Erst jetzt wurde ihr bewusst, wie riskant ihr Spiel war. Aber das machte es nur interessanter. Als sie dankbar zu ihm emporsah, erstarrte sie beim Anblick seiner feurigen Augen. Leidenschaft, Begierde, Verlangen. Sie konnte so vieles in diesen funkelnden Pupillen erkennen. Sie spürte, wie ihr das Blut zu Kopfe stieg, in ihre Wangen schoss und sie förmlich zum Erglühen brachte. Etienne drohte sie mit seinem leidenschaftlichen Blick geradezu zu verschlingen. Erneut rammte er seinen Schwengel in sie. Dieses Mal drang die Erschütterung tief in ihr Innerstes vor. Ein lüsterner Schrei entsprang ihrer Kehle. Sie wusste, wie sehr er es liebte, ihr zuzusehen, wenn sie sich ihrem Höhepunkt näherte. Besitzergreifend krallten sich seine Finger in ihre Oberschenkel, als wollte er sie nie mehr freigeben. Lorraine spannte jeden Muskel ihres Körpers an, schloss die Augen und gab sich ganz seiner Lust hin. Wieder und wieder drang er in sie, stieß kraftvoll zu und gönnte ihr keine Pause. Lorraine wusste bald nicht mehr, wo oben und unten war. War es Einbildung oder legte das Pferd nochmals an Geschwindigkeit zu? Nein, es war einzig Etiennes Rhythmus, der sich gesteigert hatte und ihr den Atem raubte. Sie stöhnte heiser. Unaufhaltsam trieb er auf den Höhepunkt zu. „Gleich, gleich!" Es kam ihr, noch bevor sie den See erreichten.

Lorraine seufzte glücklich, genoss das Nachglühen und richtete sich auf, um sich an Etiennes männliche Brust zu schmiegen. Er schloss sie sanft in seine Arme und streichelte ihren Rücken. Liebevoll knabberte er an ihrem Ohrläppchen.

Am Ufer angelangt, sprang er ab und reichte Lorraine die Hand, um ihr beim Abstieg zu helfen. Sie kicherte leise, als ihre nackten Füße den feuchten Boden berührten. Etienne führte sie an eine Stelle, die ihm geeignet erschien, und bettete sie im hohen Gras.

„Du riechst so süß, ma chère“, hauchte er in ihr Ohr und ließ sich neben sie sinken.

Lorraine betrachtete den herrlichen, weißen Männerkörper, dessen Haut im Mondlicht silbern schimmerte und der nun, im Gras liegend, nur auf sie zu warten schien. Beim Anblick seiner muskulösen Brust und der strammen Schenkel spürte sie, wie ihre Lust erneut wuchs. Sie kniete sich über sein Gesicht.

Seine feurigen Augen weiteten sich ungläubig. „Was hast du vor, ma chère?“, flüsterte er.

Sie wusste, dass er ihre Absichten längst erahnte und zwinkerte ihm zu. „Etwas Schönes.“

Dann senkte sie sich langsam, bis ihre Schamlippen verführerisch über seinem Mund schwebten.

Etienne sog ihren weiblichen Duft in sich auf und schloss genießerisch die Augen. „Worauf wartest du?“, fragte er leise.

Lorraine lachte glockenhell. Sie hatte eigentlich vorgehabt, ihn noch ein wenig zu necken. Denn sie wusste genau, dass er ihrer tropfnassen Scham nur schwer widerstehen konnte. „Geduld, mon amour“, sagte sie keck.

Aber die konnte er offensichtlich nicht länger aufbringen. Ihr Geruch schien ihn wahnsinnig zu machen. Gierig krallten sich seine Finger in ihren nackten Po und drückten ihn tiefer. Lorraine erschrak. Er zog sie so tief, dass sie fast auf seinem Gesicht saß. Schon begann er lüstern über ihre Labien zu lecken. Seine Zungenspitze drang in ihre Spalte und reizte ihre pochende Klitoris, während seine Hände ihren Rücken hinaufstrichen, ihre Seiten entlangfuhren und sich auf ihre Brüste legten. Verspielt zwickte er in ihre Brustwarzen, die sich aufrichteten und sich ihm willig entgegenreckten. Sie spürte jede Bewegung seiner Zunge, fühlte seinen heißen Atem auf ihren Schamlippen. Ihre Feuchtigkeit perlte über sein Kinn und drang auch in seinen Mund und seine Nasenlöcher. Sein flinkes und doch so sanftes Lecken trieb sie ihrem Höhepunkt zu.

„Ich bin gleich so weit“, keuchte sie.

Doch als Etienne das hörte, hielt er inne. „Nicht so schnell, chérie. Ich möchte auch etwas von deiner Lust haben.“ Er deutete auf seinen Phallus, der noch immer erigiert war.

Lorraine blickte über ihre Schulter und richtete sich eilig auf, um sein bestes Stück einzuführen und Etienne in gleichmäßigen, kraftvollen Bewegungen zu reiten. Es gefiel ihr, nun selbst den Rhythmus vorzugeben. Schwungvoll bewegte sie sich auf und ab, genoss es zu spüren, wie sein Schwengel in sie glitt, und streichelte dabei ihre Brüste, die in ihrem Takt mitwippten. Lorraine reckte sich stöhnend. Als der ersehnte Orgasmus endlich ihren Körper erfasste, riss sie die Arme in die Höhe und schrie ihre Wonne in die Nacht hinaus. Sie liebte dieses herrliche Gefühl, das von ihrem Unterleib Besitz ergriff und sich wie ein süßes Gift in ihren Adern ausbreitete.

Etienne seufzte sehnsüchtig, da er selbst keinen Orgasmus gehabt hatte und sein harter Stab noch immer wild und nach Erlösung lechzend in ihr zuckte.

„Ich werde dir Erleichterung verschaffen“, versprach Lorraine und kniete sich zwischen seine Schenkel. Sanft strich ihr heißer Atem über seine Eichel, aus deren Auge ein Lusttropfen trat und über seinen Schaft glitt. Ihre Lippen schlossen sich um seinen Stab. Vorsichtig begann sie an ihm zu lutschen. Oh, es hatte ihr schon beim ersten Mal sehr gefallen, ihn mit ihrem Mund zu befriedigen. Dieses Mal war es jedoch noch aufregender! Sie erkannte, dass sie ihn nicht nur mit der Zunge kontrollieren konnte. Sie konnte auch bestimmen, ob und wann es ihm kam. Langsam glitt ihr Mund über seinen heißen Schaft und wieder hinauf zu seiner pochenden Eichel. Sie fand Gefallen daran, seine Reaktion zu beobachten, während er mit geschlossenen Augen ausgeliefert vor ihr lag, sich vor Wollust räkelte und den Kopf wie in einem Fiebertraum hin und her warf.

„Das tut gut“, flüsterte er heiser.

Da spürte sie das Zusammenziehen seiner Hoden. Rasch gab Lorraine seinen Phallus frei, denn sie wusste dieses Zeichen mittlerweile zu deuten. Schon spritzte seine heiße Sahne einer Fontäne gleich durch die Luft und verteilte sich auf seinem Bauch. Bei dem Anblick der milchigen Flüssigkeit, die sich in seinem Nabel sammelte, kam Lorraine eine neue Idee. Wie mochte wohl die Creme eines Mannes schmecken? Entschlossen beugte sie sich über seinen Leib und tunkte ihre Zunge in seinen Bauchnabel, um von seiner Liebe zu kosten. Einem Kätzchen gleich, das aus einer Milchschale naschte, schluckte sie sein Sperma hinunter. Gerade als sie erneut über seine Haut lecken wollte, um sie auch von den letzten Resten seines Ergusses zu befreien, riss sie das Heulen eines Wolfes aus ihrem Tagtraum.

Erschrocken riss Lorraine die Augen auf und lauschte in die Stille hinein. Hatte sie sich das Heulen eingebildet? Gespannt hielt sie den Atem an und wartete. Wartete, bis es erneut erklang, dieses Heulen, das durch Mark und Bein ging. Es kam aus dem Gästezimmer.

Julien! Wie hatte sie ihn nur vergessen können? Sie machte sich auf den Weg zu seinem Zimmer. Die Schreie wurden lauter, als sie in den Flur trat. Was, in Gottes Namen, war in ihn gefahren? Sie öffnete die Tür einen winzigen Spalt und lugte hindurch. Der Wilde zerrte an seinen Fesseln, als hätte er den Verstand verloren. Wenn er so weitermachte, würde er sich die Haut einreißen oder das Blut abschnüren. Eine winselnde Leila schlüpfte eilig durch die offen stehende Tür und flüchtete sich in den Flur. Lorraine hatte die Hündin versehentlich eingesperrt. Es war verwunderlich, dass sie nicht früher auf sich aufmerksam gemacht hatte. Lorraine nahm sie auf den Arm und tätschelte ihren wuscheligen Kopf. Dann schloss sie seufzend die Tür und eilte mit Leila in ihres Vaters Büro, das sich im Erdgeschoss befand, um nach Schlaftropfen zu suchen. Sie hatte nicht die Nerven, sich um Julien zu kümmern. Dennoch musste sie ihn irgendwie ruhigstellen, damit er ihren Vater nachts nicht weckte und dieser womöglich bemerkte, dass seine Tochter einen heimlichen Ausflug unternahm. Beaumont hatte einen kleinen Medikamentenvorrat angelegt, um die Patienten, die zu ihm kamen, Vorort versorgen zu können. In einem Regal entdeckte sie eine kleine Flasche mit der Aufschrift Meconium, das in seiner Wirkung schwächer als Opium war und gern als Schlafmittel verwendet wurde. Sie setzte Leila auf den Boden, holte einen mit Wasser gefüllten Becher aus der Küche und mischte Meconium in das Gefäß. Nachdem sie die Flüssigkeit mit dem Zeigefinger umgerührt hatte, brachte sie den Becher zu Julien, um es ihm einzuflößen. Glücklicherweise schluckte er das Gemisch ohne Gegenwehr hinunter und lächelte sie sogar dankbar an. Zufrieden setzte sich Lorraine auf den Hocker vor ihm und wartete, bis ihm die Lider schwerer wurden und er schließlich ins Land der Träume entschwand. In diesem Moment hörte sie das Zuschlagen der Haustür und schwere, müde Schritte im Flur. Ihr Vater war zurückgekehrt.

„Du bist noch nicht nachtfertig?", sagte er überrascht, als Lorraine ihm entgegenkam.

„Ich habe mich die ganze Zeit um Julien gekümmert. Nun ist er endlich eingeschlafen."

Beaumont lächelte zufrieden. „Dann hast du dich also mit ihm arrangieren können."

Lorraine nickte und blickte dabei zu Boden. Eigentlich war es nicht ihre Art, ihren Vater anzulügen. Aber in diesem Fall musste sie eine Ausnahme machen. Es war immer noch besser, als dass er von ihrer Affäre mit Etienne erfuhr.

„Wie geht es Madame Alan?", fragte sie, um das Gespräch auf ein anderes Thema zu lenken.

„Sei mir nicht böse, Liebling. Ich bin so müde, dass mir die Augen zufallen. Ich werde dir morgen alles erzählen. Nur so viel sei gesagt, sie ist außer Gefahr."

„Das ist gut. Willst du zu Bett gehen, Papa?"

Beaumont nickte. „Es ist besser, wenn ich morgen ausgeschlafen an meine Arbeit gehe."

Lorraine umarmte ihn und gab ihm einen leichten Kuss auf die Wange.

„Gute Nacht, Papa." Sie drehte sich noch einmal auf der Treppe um und winkte ihm zu, bevor sie in ihrem Zimmer verschwand, wo sie nicht lange warten musste, bis ein kleiner Stein gegen die Scheibe schlug. Es war das Zeichen, auf das sie gewartet hatte! Sie öffnete das Fenster und versuchte die dunkle Gestalt im Vorgarten zu erkennen.

„Etienne, bist du es?", flüsterte sie aufgeregt.

„Aber ja. Wen hast du denn erwartet?"

„Natürlich dich, du Scherzbold! Hör zu, Papa ist erst vor wenigen Minuten heimgekehrt. Ich warte noch, bis er eingeschlafen ist, dann komme ich zu dir."

„Auf dich würde ich eine Ewigkeit warten!"

Seine Worte ließen sie erröten. Bei Etienne wusste sie nie recht, ob er etwas ernst meinte oder Scherze mit ihr trieb. Sie schloss das Fenster, zog ihre Schuhe und den Mantel an und legte alte Kleider unter die Bettdecke, damit ihr Vater, sollte er nach ihr sehen, glaubte, sie würde in ihrem Bett liegen und schlafen. Dann wartete sie einige Herzschläge, schlich aus ihrem Zimmer ins Erdgeschoss hinab und legte das Ohr an die Tür zu ihres Vaters Schlafgemach. Sie meinte ein Schnarchen auf der anderen Seite zu vernehmen und atmete auf. Mit etwas Glück schlief er die ganze Nacht durch und würde ihr Verschwinden nicht bemerken. Erleichtert trat sie in den Garten hinaus und begann, obgleich der Sommer vor der Tür stand, zu frösteln. Kühler Wind strich über ihre Wangen. Er wirbelte ihr Haar auf und strich es verwegen in ihr Gesicht. Sie war froh darüber, ihren Mantel mitgenommen zu haben. Eng zog sie den Stoff an ihren bebenden Körper.

„Etienne?", rief sie so leise wie möglich, ging einige Schritte und drehte sich in alle Richtungen, doch sie konnte ihn nirgends entdecken. Wo mochte er bloß sein? Sie lief bis zum Tor, atmete tief durch und spürte plötzlich zwei Arme, die sich von hinten um ihre Taille legten. Lorraine unterdrückte einen Schreckensschrei und begann leise zu kichern. „Nicht doch, Etienne, das kitzelt."

Er drehte sie vergnügt zu sich herum und küsste sie stürmisch, sodass ihr die Luft wegblieb.

„Du hast mich ganz schön erschreckt", sprach sie mit gedämpfter Stimme, nachdem er sie für einen kurzen Moment freigegeben hatte. „Wo wollen wir denn hin?"

„Das wirst du schon sehen, ma chère! Vertrau mir."

4. KAPITEL

Etienne ritt mit Lorraine, die vor ihm im Sattel saß, auf dem Pferd seines Vaters zu den Weinbergen, die zum Gut des Winzers Giffard gehörten. Der Reitsitz war ein wenig hart und somit recht ungemütlich. Lorraine musste sich erst daran gewöhnen, ritt sie doch nur selten und bevorzugte zudem einen Damensattel. Das feste Leder scheuerte an ihren Oberschenkeln. Dass sie im Gegenzug nah genug an Etienne lehnte, um seinen Atem in ihrem Nacken zu spüren, war ihr Entschädigung genug. Der sommerliche Wind ließ die Blätter der Weinreben leise rauschen. Sie schloss die Augen und genoss die Einsamkeit um sie herum. Kein Mensch war um diese Zeit noch auf der Landstraße. Einzig das Zirpen der Grillen begleitete sie auf ihrem Weg. Am Fuß des Rebbergs brachte Etienne den Rappen zum Stehen, sprang elegant vom Rücken des Tieres und reichte Lorraine die Hand, um ihr beim Absteigen zu helfen. Dann ließ er das Pferd, das übermütig wieherte, nachdem man es von seiner Last befreit hatte, grasen, und führte sie zu einer Decke, auf der ein Korb und eine Flasche Wein für sie bereitstanden.

„Ich habe an alles gedacht", sagte er.

Lorraine sah sich mit großen Augen um. Sie konnte nicht glauben, welche Mühe er sich gemacht hatte. Es fehlte nur noch ein Flötenspieler, um das Bild perfekt zu machen. „Oh Etienne, ich danke dir für diesen romantischen Einfall."

„Setz dich zu mir und mach es dir bequem." Etienne schritt voran und ging in die Hocke.

Sie überlegte nicht lange, zog sich die Schuhe aus und nahm neben ihm auf der karierten Decke Platz. Neugierig streckte sie die Hand nach dem prall gefüllten Korb aus, doch Etienne hielt sie am Handgelenk zurück und hob tadelnd den Zeigefinger.

„Nicht doch, meine Liebe. Zuerst musst du die Augen schließen."

„Warum?" Sie sah ihn verdutzt an.

„Die eigentliche Überraschung kommt erst noch."

Sie verstand und kniff die Lider fest zusammen. Ein Schmunzeln konnte sie sich jedoch nicht verkneifen.

„Ich werde überprüfen, ob du tatsächlich nichts sehen kannst", erklärte er misstrauisch und winkte mit seiner Hand vor ihrem Gesicht. Als sie zurückwich und dabei ihre Nase kräuselte, glaubte er, sie ertappt zu haben. „Aha! Wie ich es mir dachte", rief er triumphierend. „Das verlangt nach einer kleinen Bestrafung."

„Ich schummle nicht! Ich habe lediglich den Luftzug bemerkt." Entrüstet ballte sie die kleinen Hände zu Fäusten.

„Du bist wohl nie um eine Ausrede verlegen." Etienne lachte leise.

„Es war keine Ausrede!"

„Schon gut, wenn du meinst." Er näherte sich ein weiteres Mal ihrem Gesicht. Diesmal zuckte sie nicht zurück. Sie blieb aufrecht sitzen und wartete geduldig ab, was als Nächstes geschah. Etienne konnte der Versuchung nicht widerstehen, ihre vollen Lippen zu liebkosen und küsste sie zart. Lorraine erschrak, öffnete dann aber ihren Mund und gewährte seiner Zunge Einlass. Oh, Etienne war ein sinnlicher Küsser. Sie liebte das Gefühl seiner seidigen Lippen, die sich sanft und doch verzehrend gegen ihre schmiegten. Seine Hände legten sich auf ihre Wangen, hielten ihr Gesicht und schoben sanft ihren Kopf in den Nacken. Neckisch rotierte seine Zungenspitze um die ihre, bevor er erneut ihren Mund verschloss. Ein leises Stöhnen drang aus ihrer Kehle, als seine Zähne verspielt in ihre Unterlippe zwickten, bevor er wieder – zu ihrem großen Bedauern – von ihr abließ.

„Bist du nun überzeugt, dass ich nichts sehe?“, fragte sie seufzend und spitzte die Lippen, weil sie hoffte, er würde sie dann noch einmal so leidenschaftlich küssen.

„Das bin ich“, sagte er außer Atem. „Nun versprich mir, deine Augen nicht zu öffnen, völlig gleich, was passiert.“

„Ich verspreche es hoch und heilig.“ Sie hob die Hand zum Schwur.

„Ich vertraue dir.“

Lorraine hörte das Knistern des Korbdeckels, als er hineingriff. Ihre Neugierde wurde größer. Was mochte er nun mit ihr vorhaben? Und was befand sich in dem Korb?

„Öffne deinen Mund“, flüsterte er sinnlich. Aber Lorraine schüttelte energisch den Kopf.

„Ich stecke nichts in den Mund, das ich vorher nicht gesehen ha…“ Ohne sie ausreden zu lassen, legte er ihr frech eine Wildkirsche auf die Zunge. Dann verschloss er ihren Mund mit einem Kuss. Ein herrliches Prickeln breitete sich in ihrem Schoß aus, doch Lorraine war zu abgelenkt, um sich ganz diesem wundervollen Gefühl hinzugeben.

„Mmmh“, stöhnte sie, als sie die Kirsche genüsslich zerkaute und ihr süßer Geschmack sich auf ihrer Zunge verteilte. Den Kern spuckte sie in ihre Hand und warf ihn fort.

„War es schlimm?“

„Nein“, sagte sie hastig, um sogleich deutlich ruhiger fortzufahren: „Wenn du mich auf diese Weise verwöhnst, bin ich mehr als zufrieden. Was hast du denn noch für mich dabei?“, fragte sie wissbegierig und schluckte das rote Fruchtfleisch hinunter.

Etienne lachte nur.

„Was ist denn?“, knurrte sie peinlich berührt. Hitze stieg in ihre Wangen.

„Nichts. Du bist nur zuckersüß, wenn du deine Neugierde nicht im Zaum halten kannst. Mach bitte einen Kussmund für mich.“

Sie musste nun auch grinsen, tat dann aber, was er verlangte. Etwas Weiches schmiegte sich warm an ihre Lippen. Zaghaft tippte sie mit der Zungenspitze die Frucht an und kostete von der Creme, die sie umgab. Es schmeckte köstlich. Herrlich süß. Mutiger geworden streckte sie die Zunge nun ganz heraus und leckte die Sahne von einer Erdbeere, die er mit Daumen und Zeigefinger vor ihren Mund hielt. „Beiß ruhig ein Stück ab, mon amour.“

Sie nickte, nahm einen Bissen und ließ ihn auf der Zunge zergehen.

„So sehr wurde ich noch nie verwöhnt“, sagte sie und öffnete die Augen. Etienne steckte die andere Hälfte der Erdbeere in seinen Mund und zerkaute sie genüsslich.

„Es ist mir stets eine Freude! Aber ich bin noch lange nicht fertig. Leg dich bitte hin. Und halte deine Augen weiter geschlossen.“

Lorraine hob keck eine Braue und musterte ihn, in der Hoffnung, er würde ihr dieses Mal verraten, was er noch plante. Aber Etienne schwieg und deutete nur mit dem Zeigefinger auf die Decke. Sie seufzte leise und folgte seiner Aufforderung, indem sie sich der Länge nach hinlegte und die

Augen erneut schloss. Etienne setzte sich zu ihren Füßen, zog ihre Schuhe aus und begann nun damit, ihre Sohlen zu massieren.

„Ich liebe schöne Frauenfüße“, sagte er hingebungsvoll und hauchte Küsse auf ihre feinen, strumpfbekleideten Zehen. Lorraine kicherte. Dieser verrückte Kerl kam doch tatsächlich immer wieder auf neue Ideen, die sogar noch verrückter waren als er selbst.

„Aber noch mehr mag ich nackte Frauenfüße.“ Er schob ihr Kleid und die Unterröcke nach oben und befreite sie von den langen Strümpfen. Vorsichtig zog er den Stoff herunter, unter dem ihre makellose, weiße Haut zum Vorschein kam.

„Mir ist ein wenig kalt, Etienne.“

„Das wird sich schnell ändern.“

Zarte Hände wanderten ihre Waden hinauf, ihnen folgten feuchte Küsse. Etienne ließ keinen Zentimeter ihrer Haut aus. Seine Lippen schienen überall zu sein. Bereit dazu, sie zu verwöhnen, ihrer Lust zu dienen. Willig spreizte sie ihre Beine, als er sich ihrer Scham näherte.

„Noch nicht“, hauchte er und widmete sich erneut ihren Füßen. Er hob ihr rechtes Bein an, küsste ihren großen Zeh und nahm ihn vorsichtig in den Mund. Zuerst nur ein kleines Stück, dann umschloss er ihn ganz und gar, um liebevoll an ihm zu saugen. Aus Lorraines Kichern wurde ein Lachen.

„Hör auf damit! Das kitzelt.“

Erstaunt hielt sie inne, als seine Zunge unvermittelt über ihre Fußsohle leckte. Es fühlte sich merkwürdig an. Feucht und rau zugleich. Sie wusste nicht recht, was sie von dieser Geste halten sollte und war dankbar, als seine Lippen von ihrem Fuß abließen und stattdessen ihre Scham liebkosten.

Das Rascheln des Korbes verriet, dass er eine weitere Überraschung für sie bereithielt. Etwas Kühles schob sich in ihren Eingang. Es hatte eine annährend runde Form.

„Noch eine Erdbeere?“

„Hast du deine Augen etwa geöffnet?“

„Nein, ich habe es nur geraten.“

Etienne schmunzelte.

Mit dem Zeigefinger schob er die Frucht in ihre Grotte, bis nur das Ende aus ihr herausschaute.

„Du ahnst nicht, wie appetitlich du gerade aussiehst, Lorraine.“ Sein heißer Atem kitzelte ihre Schamlippen, die willig pochten. Lorraine kicherte heiser. Beruhigend legte er die Hand auf ihren Venushügel, um ihre krausen Locken zu kraulen. Der Druck, den er auf ihn ausübte, ließ sie innerlich erbeben.

Dann leckte er vorsichtig über die Beere und übte einen sanften Druck auf sie aus, sodass das Obst tiefer in Lorraines Enge glitt, bis es fast vollständig in ihr verschwand. Die Fäden ihrer Lust spannten sich um die rote Frucht, weichten sie auf und durchtränkten sie mit ihrem Saft.

„Was geschieht nun?“, fragte Lorraine mit zitternder Stimme. Die Lust drohte sie zu überwältigen.

Etienne neckte sie weiter, zog die Erdbeere wieder ein Stück heraus, nur um sie kurz darauf erneut in ihr zu versenken. Lorraine stöhnte und warf den Kopf von einer Seite zur anderen. „Du bist grausam“, keuchte sie.

„Aber es gefällt dir doch?“

„Ja.“

Er nickte zufrieden, drang mit Zeigefinger und Daumen in ihre Höhle und beförderte die triefende Erdbeere aus ihrem Lustteich zu Lorraines Lippen, die sie bereitwillig öffnete. Er steckte die Beere zwischen ihre Zähne und biss selbst ein Stück von der Frucht ab. Den anderen Teil schob er mit der Zunge in ihren Mund und küsste sie.

„Was wäre ein romantischer Ausflug ohne einen guten Wein?", sagte er dann und griff nach der Flasche, die er neben den Korb gestellt hatte. „Du kannst deine Augen öffnen, wenn du magst." Er zog den Korken heraus. Dann beugte er sich über sie und setzte den Kopf der Flasche an ihre Lippen. „Koste ihn."

Lorraine trank nur selten Alkohol und kannte sich mit Weinen nicht sonderlich aus. Sie wusste jedoch, dass durch den Genuss eines guten Tropfens die Hemmschwelle sank. Also nahm sie einen großen Schluck, um der Sache auf den Grund zu gehen und herauszufinden, wie weit sie unter dem Einfluss von Alkohol gehen würde. Vielleicht gelang es ihr, die letzten Hemmungen abzuschütteln und sich ganz fallen zu lassen, die Angst hier, im Freien, von jemandem entdeckt zu werden, zu verdrängen und sich einzig auf ihre Lust zu konzentrieren.

„Mundet er dir?"

„Er ist vorzüglich."

„Dann sei nicht bescheiden, trink so viel du willst." Er schüttete ihr mehr von dem herrlichen Tropfen in den Mund, und Lorraine schluckte den Wein bereitwillig hinunter. Als Etienne die Flasche absetzte, bekam sie einen Schluckauf und musste kichern.

„Der Wein zeigt seine erste Wirkung, wie mir scheint", sagte Etienne.

Doch Lorraine war nicht sicher, ob es tatsächlich am Alkohol lag oder ob es lediglich ihre eigene Aufgekratztheit war, die ihren Tatendrang plötzlich wachsen ließ. Gierig schlüpften ihre Hände unter seinen Gehrock, bahnten sich ihren Weg unter das Rüschenhemd und berührten seine warme Haut. Gleichmäßig strichen sie über seinen warmen, muskulösen Bauch. Wie herrlich er sich anfühlte. Hart, als sei er aus Marmor gemeißelt. Zu gern hätte sie ihn ohne seinen marineblauen Rock gesehen. Sie fand, dass er unbekleidet besser aussah als in seiner eleganten Gewandung, die ihm zwar ebenso gut zu Gesicht stand, ihn jedoch irgendwie brav erscheinen ließ. Als hätte er ihre Gedanken gelesen, stellte er die Flasche neben sich, streifte den Rock ab und knöpfte das Rüschenhemd auf. Nach und nach kam eine weiße, unbehaarte Brust zum Vorschein. Achtlos warf er Rock und Hemd auf die Wiese. Nur seine Strümpfe und Schuhe ließ er an.

„Hilfst du mir aus dem Mieder?“, fragte sie und richtete sich auf, damit er das Kleid über ihren Kopf ziehen und die Schnüre lösen konnte.

„Gern, ma chère.“

Der enge Schnürleib öffnete sich und fiel hinab. Lüstern betrachtete Etienne ihren nackten Körper, dann bettete er sie auf der Decke und streichelte ihren blanken Busen, nahm einige Trauben aus dem Korb und verteilte sie auf ihrem Körper. Eine nach der anderen legte er in ihren Bauchnabel, in ihre Halsbeuge und auf ihren Venushügel. Die vierte Traube zerteilte er in zwei Hälften und platzierte je eine auf ihren Brustwarzen.

„Welch köstliches Mahl. Und du bist der schönste Tisch, an dem ich je speisen durfte“, gurrte er und betrachtete zufrieden sein Werk, bevor seine Lippen über ihren Leib glitten, um die Früchte aufzunehmen und genüsslich zu zerkauen. Zuerst aß er die Traube, die er auf ihren Venushügel gelegt hatte, dann küsste er zärtlich ihre Halsbeuge, um auch nach der sich darin befindenden, süßen Frucht zu angeln. Die heiße Spur seines Atems überzog ihre Haut, wo immer seine weichen Lippen hinwanderten. Lorraine bekam eine Gänsehaut und bebte vor Wonne überall. „Ruhig, ma chère", flüsterte er. Sie spürte die Vibration seiner Stimme an ihrem Bauch. Gierig fischte er eine Traube mit der Zunge aus ihrem Nabel. Es kitzelte unerträglich. Dann nahm er die beiden Traubenhälften auf ihren Brüsten auf, verzehrte sie und widmete sich darauf ihren erregten, steifen Nippeln, die sich aufgerichtet hatten und rot schimmerten. Mit der Zungenspitze tippte er die rechte Knospe an, nahm sie ganz in den Mund und zwickte sie mit den Zähnen.

Lorraine wimmerte, aber Etienne kannte keine Gnade. Er saugte härter an ihrer Brustwarze, so lange und so fest, bis sich Lorraines Körper aufbäumte, gleich einem wilden Pferd, das seinen Reiter abwerfen wollte, und sie einen leisen Schrei ausstieß. Erst dann gab er sie frei und fuhr beruhigend mit der Hand über ihre Brust. Lorraine hingegen atmete heftig und deutete mit dem Zeigefinger zu ihrer Scham, in der sich das Blut kochte. „Bitte, Etienne, ich halte es nicht länger aus."

Überrascht sah er sie an, als hätte er nicht im Geringsten damit gerechnet, wie sehr sie sein Spiel erregen würde. Dann kroch er ein Stück zurück, liebkoste ihren Venushügel, ihre Schamlippen und ihre feuchte Enge mit seinem Mund. Forsch drang seine Zunge in ihre Höhle, um von ihrem Liebessaft zu kosten.

„Ich werde dich auf meinen Schwengel vorbereiten", sagte er dann und steckte den Zeigefinger bis zum Anschlag in ihre Scheide. Lorraine erschrak und zuckte zusammen, als er auch noch den Mittelfinger hinterherschob. Beide Finger ergaben zwar längst nicht den Umfang seines Penis, aber es fühlte sich dennoch ungewohnt an.

„Du bist sehr heiß", stöhnte Etienne.

Sein Ausspruch erschien ihr jedoch untertrieben. Durch ihre Adern floss ein Strom glühender Lava! Sie fühlte sich, als wäre sie ein lebender Vulkan, der kurz vor einem Ausbruch stand."Ich will dich in mir spüren", stöhnte sie vor Erregung zitternd.

Etienne grinste, legte ihre Beine auf seine Schultern, beugte sich über sie und drang in sie mit einem einzigen, kraftvollen Stoß. Ein leiser Aufschrei drang aus ihrer Kehle. Dann gewöhnte sie sich an den enormen Umfang seines Penis, der ihr härter und dicker erschien als es sonst der Fall war, und gab sich ganz den Eruptionen hin, die sich in ihrem Körper entluden. Ihr wurde schwindelig, und obgleich sie auf der warmen Decke lag, meinte sie die Orientierung zu verlieren. Alles um sie herum schien sich zu drehen. Sie fühlte sich wie in einem Rausch. Fest kniff sie die Augen zusammen, um sich nun ganz auf ihre Lust zu konzentrieren. Ohne Unterlass stieß er zu. Ein Schwall süßer Erregung schoss durch ihren Unterleib. Gleich! Sie wusste, dass es gleich soweit war. Gleich würde ihr Körper explodieren. Sie bäumte sich auf, drückte ihren Brustkorb durch und verkrampfte sich sekundenlang. Ihre Finger krallten sich in sein Fleisch, wo sich Kratzspuren und rote Striemen abzeichneten. Gleich! Sie rang nach Atem. Gleich! Sie biss sich erwartungsvoll auf die

Unterlippe, bewegte ihr Becken in seinem Rhythmus, und schließlich erschütterte ein gewaltiger Orgasmus ihren Körper. Eine wahre Flut an Glücksgefühlen brandete über sie hinweg.

Erst als sie mit einem seligen Gesichtsausdruck auf die Decke zurücksank, zog Etienne sich langsam aus ihr zurück. Sie wandte den Kopf zur Seite, öffnete die Augen und beobachtete ihn dabei, wie er auf die Wiese abspritzte.

Ihre erste Liebesnacht war ein faszinierendes Erlebnis gewesen. Dass es noch besser ging, hatte er vorhin, in ihrem Zimmer, bewiesen. Dieses Mal hatte er sich jedoch noch einmal übertroffen. Lorraine wusste nicht, wie er es geschafft hatte, sie derart anzuheizen. Ihr Verstand hatte völlig ausgesetzt. Sicherlich hatte auch der Wein eine Rolle gespielt. Und nun … war alles vorbei. Die Ruhe nach dem Sturm.

Etienne legte sich neben sie. Sein schneller Atem verriet, dass der Ritt auch ihn geschafft hatte. Sie schloss die Augen, schmiegte sich an ihn und genoss die Freiheit, die sie durch ihn kennengelernt hatte.

* * *

Lorraine kehrte noch vor dem Morgengrauen nach Hause zurück. Trotz aller Aufregung war sie sehr müde, als Etienne den Rappen vor dem Gartentor zum Stehen brachte.

„Soll ich dir vielleicht beim Absteigen helfen?“, fragte er fürsorglich.

Doch sie verneinte und sprang elegant aus dem Sattel. „Wir sehen uns bald wieder“, versprach sie und warf ihm eine Kusshand zu, huschte wie eine streunende Katze durch den dunklen Garten und schloss die Haustür auf.

Leila kam ihr schwanzwedelnd in der Küche entgegen und gab glücklicherweise keinen Laut von sich. Damit es dabei blieb, warf sie ihr ein Stück Speck zu, das zäh genug war, die Hündin eine Weile zu beschäftigen. Anschließend goss sie sich Milch in einen Becher und ging die Treppe hinauf in ihr Zimmer. Dort legte sie sich auf ihr Bett und dachte an diesen verrückten Tag zurück. Ihre Gedanken kreisten um ihren Vater, Julien, vor allem aber um Etienne, der ihre Gefühle mehr denn je durcheinanderbrachte. Was ihre romantischen Gefühle für ihn anging, so war sie noch immer unsicher, wie stark sie waren oder sein sollten. Ein wenig Schwärmerei war dabei, sie gehörte dazu, sonst hätte sie sich nicht auf ihn eingelassen. Aber fühlte sie auch mehr? Genug, um ihm ihr Jawort zu geben? Sie schlüpfte unter die Decke und wälzte sich zur Seite. Woran lag es, dass ihr nur unanständige Gedanken kamen, wenn sie an Etienne dachte? Wenn er in ihrer Fantasie auftauchte, sah sie ihm nur selten in die Augen. Stattdessen konzentrierte sie sich auf seine körperlichen Vorzüge, seine Bauchmuskeln, die schmalen Hüften und den harten Stab, der sich ihr verführerisch entgegenreckte. Verwirrt über diese Erkenntnis zog sie die Decke über den Kopf. Das Nachdenken wurde allmählich schwerer. Immer wieder fielen ihre Augenlider zu. Ihre Gedanken wurden träge, begannen zu kreisen, und als die Sonne aufging und ihre warmen Strahlen durch Lorraines Fenster sandte, war die junge Frau bereits eingeschlafen. Doch ihr Schlaf hielt nicht lange an. Schon wenige Stunden später wurde sie von einem energischen Hämmern aus ihrem Schlummer gerissen. Verwirrt rieb sie sich die Augen, kletterte aus dem Bett und schlüpfte in ihre Pantoffeln, um nach dem Rechten zu sehen. Sie stellte sich vor den Standspiegel, richtete ihre Haare und strich den zerknitterten Stoff ihres Kleides glatt, in dem sie eingeschlafen war. Zufrieden nickte sie ihrem Spiegelbild zu und eilte ins Gästezimmer, aus dem das Hämmern zu ihr herüberdrang. Beaumont stand am Fenster und vernagelte es mit zwei langen Brettern, die er in einem großen X anordnete.

„Was wird das, wenn es fertig ist?", fragte sie schlaftrunken. Hätte ihr Vater nicht längst die ersten Patienten empfangen müssen?

Beaumont blickte sie über seine Schulter hinweg an und hämmerte konzentriert weiter. „Entschuldige, Lorraine, ich wollte dich nicht wecken."

„Schon gut, das macht nichts. Aber warum nagelst du Bretter vor unser Fenster?"

„Die frechen Bengel aus der Nachbarschaft sind die Ranken hochgeklettert, um Julien anzugaffen."

Ihr Blick schweifte zu dem gefesselten Mann, der die Augen längst aufgeschlagen hatte und apathisch die Decke anstarrte. Wahrscheinlich tat das Meconium noch immer seine Wirkung.

„Ich hoffe, die Leute verlieren bald das Interesse an ihm, ich habe keine Lust, die nächsten Jahre im Mittelpunkt des Geschwätzes zu stehen."

„Mach dir keine Sorgen, früher oder später wird ihre Sensationsgier verebben."

„Dein Wort in Gottes Ohr. Sag, Papa, wie lange willst du ihn hier eigentlich festketten?"

Beaumont schlug den letzten Nagel ein, dann wandte er

sich ihr zu und nahm auf dem Hocker Platz.

„Das hängt von ihm selbst ab. Im Moment verhält er sich ruhig, doch ich habe keine Ahnung, wie lange der Frieden anhält." Er deutete zu einer kleinen Schale mit Brot, die er auf den Nachtschrank neben der leeren Eintopfschüssel gestellt hatte. „Ich wäre dir dankbar, wenn du ihm das Frühstück geben könntest. Ich muss gleich zu einem Hausbesuch bei Madame Alan."

„Geht es ihr denn besser?"

„Es ist das Herz. Aber sie noch einmal Glück gehabt und muss nun eine strenge Diät einhalten."

Lorraine wusste, dass Madame Alan die gute Küche viel zu sehr liebte, um sich tatsächlich auf leichtere Kost umzustellen. Sie konnte nur hoffen, die alte Dame würde vernünftig werden.

Beaumont schaffte den Hammer und die Nägel in einen Koffer, den er in den Schrank stellte, und wischte sich die schmutzigen Hände an seiner Hose ab. „Ich kann mich auf dich verlassen?"

Lorraine nickte tapfer. „Natürlich, Papa." Sie griff nach einer Scheibe Brot und riss einen Teigbrocken ab. „Julien und ich werden schon zurechtkommen."

„Ich danke dir. Zum Mittag bin ich spätestens zurück."

Lorraine seufzte. Es wurde Zeit, dass ihr Vater endlich eine neue Haushälterin anstellte, die sich um die Zubereitung des Essens und um Juliens Fütterung kümmerte! Andererseits konnte sie sich nur schwer vorstellen, dass eine Frau, die bei klarem Verstand war, eine Anstellung in diesem Haus annahm. Allein Juliens Anblick würde sie davon abhalten. Und wenn sie darüber hinwegsehen konnte, so würde sein unmögliches Verhalten sie spätestens nach den ersten Tagen vertreiben, dessen war sich Lorraine sicher.

Gedankenverloren rollte sie das Stück Teig zwischen ihren Fingern zu einer Kugel zusammen, die sie in ihren Mund steckte und zerkaute. Sie beäugte ihn voller Skepsis, doch Julien erwiderte ihren Blick nicht und starrte stattdessen noch immer die Decke an. Da bimmelte es. Hatte ihr Vater etwas vergessen? Lorraine lief nach unten, um nachzusehen. Zu ihrer Überraschung stand Isabelle Giffard, die jüngste Tochter des Winzers, vor der Tür. Lorraine mochte sie nicht sonderlich leiden, weil sie eingebildet war und stets künstlich lachte. Das puppenhafte Gesicht der zierlichen Person war gepudert, die Wangen mit Rouge bestäubt. Ihre blonden Locken verbarg sie unter einem reizenden, mit Blumen verzierten Hütchen. In den Händen hielt sie eine Porzellandose, die sie Lorraine beim Eintreten in die Hand drückte. „Guten Morgen, liebste Lorraine. Ist es nicht ein herrlicher Tag?“

Misstrauisch schaute Lorraine in die Porzellandose und entdeckte darin einige Kekse in verschiedenen Formen und Farben.

„Die habe ich selbst gebacken.“

Lorraine runzelte die Stirn. „Deswegen kommst du hierher? Nur um mir die Kekse vorbeizubringen?“

„Aber nein!“ Isabelle kicherte. „Ich wollte mir den Wilden ansehen. Mein Vater hat mir von ihm erzählt. Er soll sich tatsächlich auf Papas Rock erbrochen haben. Kannst du dir das vorstellen?“

„Der Wilde heißt Julien. Und er braucht Ruhe!“

„Bitte, sei doch nicht so. Lass mich nur einen ganz kurzen Blick auf ihn werfen.“

„Das geht nicht."

Leila kam bellend um die Ecke gerannt und stellte sich vor Isabelle auf die Hinterbeinchen, um sich ihre Streicheleinheiten abzuholen. Doch das blonde Püppchen verzog das Gesicht. „Ich hoffe, der Köter hat keine Flöhe." Mit dem Fuß stieß sie die Pudeldame zurück, die daraufhin ein entsetztes Quietschen ausstieß und rasch das Weite suchte.

„Isabelle!", rief Lorraine entrüstet und stemmte eine Hand in die Seite.

„Tut mir leid. Ich wollte dein Tierchen nicht beleidigen. Was ist denn nun? Darf ich diesen Julius sehen?"

„Julien!"

„Julius, Julien. Ist doch völlig gleich, wie er heißt. Mein Vater sagte, dass man seinen richtigen Namen ohnehin nicht weiß."

„Selbst wenn …"

„Bitte! Sei nicht so hart zu mir. Ich bin den weiten Weg nur wegen ihm gekommen."

Isabelle warf ihr einen Blick zu, mit dem sie gewiss jeden Mann um den kleinen Finger gewickelt hätte. Auf Lorraine hatte er jedoch lediglich eine nervtötende Wirkung. Sie spielte mit dem Gedanken, diese aufdringliche Person einfach vor die Tür zu setzen, aber dann kam ihr eine bessere Idee. „Du kannst mir helfen ihn zu füttern, wenn du dir das zutraust?"

„Zu gern! Um ihn sehen zu dürfen, würde ich alles tun."

Ein schadenfrohes Grinsen spiegelte sich auf Lorraines Zügen, als sie Isabelle die Treppe mit einer einladenden Bewegung hinaufführte. Auf den letzten Stufen hielt die Winzertochter noch einmal inne und fasste Lorraines Arm. „Ich sage dir, ich bin so gespannt, wie er aussieht!"

„Ich hoffe, du bist nicht allzu enttäuscht, wenn du ihn siehst."

„Das kann ich mir nicht vorstellen!", sagte sie und winkte lässig ab.

Isabelles strahlendes Lächeln wandelte sich schnell. Ihre Lippen kräuselten sich voller Unbehagen, als sie wenige Augenblicke später am Bett des Wilden stand, dem der eigene Speichel aus dem Mund tropfte. „Wolltest du ihn nicht füttern?", fragte Lorraine und drückte ihr ein Stück Brot in die Hand. Widerwillig nahm die Blondine den Kanten entgegen und brach ein Stück heraus.

„Ich dachte, er wäre … animalischer. Wie ein Werwolf. Sieh doch, er hat nicht einmal einen Pelz."

„Dafür hat er Hunger."

Kritisch beäugte Isabelle den Brotkrumen in ihrer Hand und legte den Kanten auf den Nachtschrank. „Wie mache ich das am besten?"

„Stecke es ihm in den Mund."

„Ohne eine Gabel?"

Lorraine nickte ernst.

„Wie ekelhaft! Ich hoffe nur, dass ich keinen Speichel abbekomme!"

Mit zwei Fingern hielt sie den Krumen über seinen Mund und wartete ab, bis er ihn öffnete. Dann ließ sie das Teigstück fallen und klatschte voller Freude in die Hände. „Ich habe es geschafft!"

„Großartig, dann mach so weiter."

„Kann es sein, dass ich zufällig deine Aufgabe erfülle?"

„Du wolltest ihn sehen. Nun musst du auch etwas für

das Privileg tun."

Mürrisch brach Isabelle ein weiteres Stück ab. Als sie sich über den Wilden beugte, um ihn zu füttern, spuckte er plötzlich den ersten Krumen aus – in Isabelles Gesicht. Sie schrie auf und wedelte hektisch mit den Armen, als kämpfte sie um ihr Gleichgewicht. Lorraine hielt die Hand vor den Mund, um ihr Grinsen zu verbergen.

„Abscheulich!", schrie Isabelle in ihrer höchsten Tonlage und warf mit dem Kanten nach Julien, der laut losbrüllte und erneut wie von Sinnen an seinen Fesseln zog, dass man fürchten musste, er würde das Bettgestell auseinanderreißen. Isabelle verlor beim Anblick des Wüterichs die Nerven und eilte so schnell sie nur konnte aus dem Zimmer.

„Wo willst du denn hin?", rief Lorraine ihr nach.

„Ich bleibe keine Sekunde länger mit diesem Irrsinnigen in einem Haus!" Mit diesen Worten raffte Isabelle ihr weißes Kleid und die Unterröcke, rannte die Stufen hinunter und riss die Haustür auf. Doch bevor sie endgültig verschwand, blickte sie noch einmal am Geländer empor zu Lorraine, die ihr einige Schritte gefolgt war, und erklärte: „Die Porzellandose hole ich mir später ab!" Dann schlug sie die Tür hinter sich zu.

Lorraine zuckte amüsiert die Schultern. So leicht war sie diese Gans noch nie losgeworden. Zudem stellte sie erfreut fest, dass sich Julien nach dem kurzen Ausraster gefasst hatte und Ruhe im Gästezimmer einkehrte. Zufrieden betrat sie den Raum und ging zum Nachtschrank, um den Kanten zu greifen.

„Das hast du wirklich gut gemacht. Vielen Dank, Julien." Sie brach ein Stück Brot ab und blickte es nachdenklich an.

„Ich hoffe, du machst mir nicht dieselben Schwierigkeiten, wie du sie Isabelle gemacht hast.“ Er wandte ihr den Kopf zu und sah sie an, als würde er sie verstehen. „Wenn es dir nicht schmeckt, musst du es nicht essen. Nur bitte spuck mir das Brot nicht ins Gesicht, versprochen?“

Sie gab Julien das Stück und hob sogleich schützend beide Hände vor das Gesicht. Zu ihrer Überraschung nahm er es an und kaute schmatzend. Krümel verfingen sich in seinem verfilzten, schwarzen Bart. Der Anblick war alles andere als appetitlich. Wer wusste schon, was sich über die Jahre hinweg in diesen zotteligen Haaren alles verfangen hatte und sich womöglich immer noch darin befand. Es hätte sie nicht überrascht, Fliegen, Spinnen und anderes Getier in dem schwarzen Dickicht vorzufinden. Wenn sie diesen Anblick nicht ewig ertragen wollte, half nur eines: Der Bart musste ab!

Entschlossen ging sie in ihres Vaters Zimmer, öffnete seinen Schrank und holte eine Rasiermessersammlung und eine Schere heraus. Danach lief sie in die Küche, um eine Schüssel mit Wasser und ein trockenes Tuch zu besorgen. Als sie die Utensilien beisammenhatte, kehrte sie zu Julien zurück. Sein Blick war voller Misstrauen und Furcht, als sie die Schere zur Hand nahm und nach seinem Bart griff.

„Keine Sorge, mon ami, es wird nicht wehtun.“

Ratsch! Die erste Strähne fiel zu Boden. Julien schrie in Panik auf, warf den Kopf von einer Seite zur anderen und gab ihr absolut keine Chance, die Schere ein zweites Mal anzusetzen.

„Julien! Hör auf, verdammt!“, rief sie. „Ich will dir nichts Böses. Beruhige dich.“

Aber das gute Zureden half nicht. Er zerrte wie ein Besessener an den festen Stricken, die sich in sein Fleisch schnitten, und kam nicht zur Ruhe, sodass es ihr unmöglich war weiterzuarbeiten.

„Sieh her, ich lege die Schere zur Seite, siehst du? Sie ist nicht mehr in meiner Hand."

Sie hielt ihm die leeren Hände vor das Gesicht, doch selbst das brachte nichts. Er schien sich durch nichts besänftigen zu lassen, spuckte und schnappte sogar nach ihr. Lorraine sah in ihrer Not nur noch einen Ausweg. Rasch erhob sie sich, um das Meconium aus dem Büro ihres Vaters zu holen. Wenige Augenblicke später kehrte sie mit einem Becher in der Hand zu dem noch immer tobenden Julien zurück und hielt ihm kurzerhand die Nase zu. Überrascht riss er den Mund auf, um zu einem Schrei anzusetzen, da goss sie ihm das mit Wasser verdünnte Schlafmittel in den Rachen. Um zu verhindern, dass er es ausspuckte, legte sie die Hand, mit der sie ihm zuvor die Nase zugehalten hatte, auf den Mund, sodass er keine andere Wahl hatte, als mit einem angewiderten Gesichtsausdruck das Gesöff hinunterzuschlucken.

Es dauerte nicht lange, da wurden seine Schreie leiser und die Bewegungen fahriger. Sein Widerstand erlahmte zusehends. Schließlich kniff er die Augen zusammen, warf den Kopf hin und her, als hoffte er, die Müdigkeit fortschütteln zu können, und sank kapitulierend in sein Kissen. Lorraine atmete auf. Mit der Schere kürzte sie den Bart soweit es möglich war. Dann rieb sie sein Kinn und die Halspartie mit Seife ein, ließ sie einziehen und setzte das Rasiermesser an. Es war einige Zeit her, seit sie ihren Vater das letzte Mal rasiert hatte. Aber dafür, dass sie aus der Übung war, ging es ihr gut von der Hand. Eine makellose, bräunliche Haut kam unter den Stoppeln zum Vorschein. Als sie mit der Prozedur fertig war, wischte sie den übrig gebliebenen Schaum mit Wasser ab und trocknete sein Gesicht mit dem Stofftuch. Zufrieden betrachtete sie ihr Werk. Seine Züge hatten etwas Freundliches, fast Warmes angenommen. Friedlich lag er vor ihr, in seinen Träumen versunken und nichts Böses ahnend. Sein Kinn war markant geschnitten, die Nase ein winziges Stück zu groß. Er wirkte trotz seiner Drahtigkeit männlich. Nicht so jungenhaft wie Etienne. Fasziniert betrachtete sie seine sinnlichen Lippen. Ihr Herz pochte schneller, als seine Lider kurz zuckten, weil sie fürchtete, er könne aufwachen. Doch das tat er nicht. Lediglich ein leises Seufzen drang aus seiner Kehle. Es war erstaunlich, wie sehr ein Bart einen Mann verändern und sogar verunstalten konnte. Julien sah nun wie ein völlig anderer Mensch aus! Ein Mensch, der geradezu schön und anziehend war, dem man gern ins Gesicht blickte. Verwirrt wandte sich Lorraine von ihm ab. Ja, er sah nun anders aus, aber er war noch immer der gleiche unbändige Wilde, den außer seinen Fesseln nichts unter Kontrolle hielt. Sie durfte sich nicht von seiner neuen Erscheinung blenden lassen. In seiner Brust schlug das Herz eines Primitiven, der keine Sprache beherrschte und weder Recht noch Sitten kannte. Wieso also fiel es ihr schwer, die Augen von ihm zu lassen? Sie ertappte sich dabei, wie sie seinen hageren, dennoch männlichen Körper erneut betrachtete, denn das Laken, das ihr Vater über ihm ausgebreitet hatte, war längst verrutscht. Wenn Julien sich erst an die regelmäßigen Mahlzeiten gewöhnt hatte und etwas auf die Rippen bekam, würde er athletisch aussehen. An seinem Hals entdeckte sie eine Narbe, die quer über seine Kehle verlief. Sie war schon alt und hell geworden und fiel stark auf, da seine Haut einen dunklen Farbton hatte. Ihr Blick wanderte tiefer, hin zu seinem flachen Bauch. Die Haut war stark verkrustet. Von altem Blut abgesehen klebte auch Dreck an ihr. Sie wollte besser nicht wissen, worin er sich gesuhlt hatte. Lorraine nahm die Wasserschüssel, tauchte das Tuch ein, und begann, den Schmutz von seinem Leib zu schrubben. Er hatte sich an einigen Stellen so tief in seine Haut gefressen, dass Lorraine alle Kraft aufwenden musste, um den Dreck zu entfernen. Längst verheilte Wunden rissen auf und begannen erneut zu bluten. Die stark behaarte Brust bereitete ihr Schwierigkeiten. Es war schwer, den Unrat aus dem verfilzten Haar zu entfernen. Nachdem sie aber das Gröbste beseitigt hatte, fiel ihr Blick zu seinem Lendenschurz. Ihre Neugierde wuchs, denn sie begann sich zu fragen, inwiefern sich Etienne und Julien wohl ähnelten. Und wo die Unterschiede lagen. Vorsichtig rieb sie das nasse Tuch über die Innenseiten seiner Schenkel und arbeitete sich zu seinen edelsten Teilen vor. Sie wusste, wie empfindlich diese Stellen bei einem Mann waren, und gab sich daher alle Mühe, keinen allzu großen Druck auszuüben. Mit einem Schrecken stellte sie fest, dass die beiden Männer nicht unterschiedlicher hätten sein können. Julien hatte große Hoden, soweit sie das beurteilen konnte, und sein Penis erschien ihr selbst in seinem schlaffen Zustand lang und prachtvoll. Ihr Herz klopfte schneller. Wer hätte eine solche Überraschung erwartet? Angetan reinigte sie mit der Spitze des Tuches die Hautfalten des Hodensacks, löste verklebte Haare und widmete sich mit wachsender Intensität dem Penis, um den sie den Stoff wickelte und diesen auf und ab gleiten ließ. Da schwoll sein Glied an. Erschrocken blickte sie auf und sah ihm ins Gesicht, um sicherzugehen, dass er nicht aufgewacht war. Aber seine Augen waren noch immer geschlossen und sein Atem ging ruhig. Vielleicht war es eine jener geheimnisvollen männlichen Reaktionen, von denen Etienne ihr erzählt hatte. Angeblich hatte er im Schlaf eine Erektion bekommen und sie daraufhin gefragt, ob sie auch schon einmal feuchte Träume gehabt habe. Lorraines Neugierde wuchs. Die Situation war verrucht und unerträglich aufregend. Vor ihr lag ein Mann, der offensichtlich schlief, dessen Penis ein Eigenleben entwickelte und zu einer wahrlich imposanten Größe anschwoll! Nie hatte sie sich die Zeit genommen, sich das männliche Geschlechtsorgan so genau anzusehen. Sie legte das Tuch zur Seite, um jede Einzelheit seines Gliedes betrachten zu können. Der Schwengel sah appetitlich aus und fühlte sich aufregend hart an. Wärme schoss ihr in die Wangen, weil sie sich vor sich selbst genierte. Wer konnte es ihr jedoch verdenken, dass ihre Fantasie mit ihr in einer solch pikanten Situation durchging? In ihrer Vorstellung beugte sie sich vor, stupste seine Eichel verspielt mit der Zunge an und nahm seinen Riesen in den Mund, so weit es möglich war. Die Bilder, die vor ihrem geistigen Auge auftauchten, ließen ihren Unterleib vibrieren. Sie war versucht, den Traum Wirklichkeit werden zu lassen. Niemand würde es jemals erfahren. Es wäre ihr Geheimnis. Aber war es rechtens, wenn sie es ohne Juliens Wissen tat? Und was war mit Etienne? War er nicht der Mann, den sie liebte? Wie konnte sie ihn dann schamlos hintergehen? Unentschlossen wickelte sie das Tuch erneut um den Penis und rieb an ihm. Dann hielt sie erneut inne, da sie nicht glauben konnte, was sie in ihrer Hand fühlte. Der Schwengel hatte nochmals an Umfang und Länge zugelegt!

Mon Dieu! Die Natur hatte Julien wahrlich gut ausgestattet. Wie mochte es sich anfühlen, einen solchen Koloss in sich zu spüren?

Nur für einen Moment, ich werde ihn nur ganz kurz berühren, dachte Lorraine und legte das Tuch neben ihn auf das Bett, um seinen Schaft mit der Hand zu umschließen, sein warmes Fleisch, das Pochen seiner Lust und die dicken Adern zu spüren, die seinen Penis wie Zierwerk umrankten. Sie hörte ein leises Stöhnen. Als sie in sein Gesicht sah, bemerkte sie ein sanftes Lächeln, das seine Lippen umspielte. Spürte er vielleicht doch etwas? Da! War das nicht ein kurzes Blinzeln? Erschrocken ließ sie von ihm ab.

„Bist du wach?“, fragte sie.

Angespannt beobachtete sie ihn eine Weile. Es wäre fatal, wenn er irgendetwas von ihrem Treiben mitbekommen hätte! Aber Julien blieb reglos liegen. Nur sein Brustkorb hob und senkte sich.

„Ich werde jetzt besser gehen“, sagte sie und griff nach den Rasiermessern, von denen ihr Vater für jeden Tag der Woche eines besaß. Vorsichtig steckte sie es in eine speziell angefertigte Tasche und verstaute diese in Beaumonts Schrank. Auch die Wasserschüssel und das nasse Tuch brachte sie in die Küche zurück.

Danach begab sie sich in ihr Zimmer, legte sich aufs Bett und ließ ihre Hände unter ihren Röcken verschwinden. Sie schloss die Augen und dachte an Juliens Körper, der ihr mit einem Mal alles andere als widerwärtig erschien. Fäden der Lust spannten sich um ihre Finger, als sie tiefer in ihre Enge drang. Langsam bewegte sie ihren Zeigefinger vor und zurück und stellte sich vor, Juliens Knüppel in sich zu spüren. Dieser Mann übte plötzlich eine Faszination auf sie aus, die sie sich nicht erklären konnte. Allein der Gedanke an sein Glied machte sie heiß. Es war jedoch nicht sein Phallus allein, der sie nervös werden ließ. Es war dieser drahtige Körper und die straffe Haut, unter der sich jede Sehne und jeder Muskel abzeichnete. Nicht zuletzt fühlte sie sich zu seinen sinnlichen Lippen hingezogen. Heiß schoss das Blut in ihre Scham. Die Labien schwollen an und pochten vor Erregung.

„Himmel!“, stieß sie mit einem Seufzen aus. Es war kaum zu glauben, doch die Wildheit, das Tierische und Unberechenbare, das an ihm haftete und das sie zuvor abgestoßen hatte, erschien ihr nun äußerst verführerisch. Sie war verwirrt, verstand sich selbst nicht. Ihre Lust wuchs, wenn sie an ihn dachte. Die Muskeln ihrer Vagina krampften sich zusammen. Fest und unnachgiebig schlossen sie sich um ihren Finger und lösten sich erst, nachdem sie ihren Höhepunkt erreicht hatte. Nun versank sie in tiefe Entspannung, räkelte sich zufrieden in ihrem Bett und streichelte sich beruhigend über das Schamhaar. Ob Julien tatsächlich nichts von ihrem kleinen Überfall mitbekommen hatte? Ein Schmunzeln huschte über ihre Lippen. Seit sie es mit Etienne trieb, fühlte sie sich erwachsen: Sie war eine Frau, kein unbedarftes Mädchen mehr, das weder Ahnung von der Welt noch von der Liebe hatte. Etienne hatte sie wachgeküsst. Eigentlich hätte ihr das ausreichen sollen. Aber er hatte nicht nur die Frau in ihr zum Leben erweckt, sondern auch eine Gier, die sie nur schwer unter Kontrolle halten konnte. Nicht auszudenken, wenn ihr Vater von alldem wüsste! Für ihn war sie immer noch das kleine Mädchen.

Ein leises Wimmern drang aus Juliens Zimmer durch die offen stehende Tür zu ihr vor. Offenbar hatte das Schlafmittel seine Wirkung dieses Mal recht schnell verloren. Lorraine wollte nach dem Rechten sehen und erschrak, als sie das Zimmer betrat und Blut bemerkte, dass unter den Seilen an seinen Hand- und Fußgelenken hervorquoll.

Julien blickte ihr aus gequälten Augen entgegen. Er musste starke Schmerzen haben. Lorraine legte beruhigend die Hand auf seine Stirn und merkte, dass sie warm war, vermutlich hatte er erhöhte Temperatur.

Sie wusste, dass sich die Wunden stärker entzünden würden, wenn sie ihn nicht von den Fesseln befreite! Es blieb ihr keine andere Wahl, als ihn loszubinden. Mit geschickten Fingern knotete sie ein Seil nach dem anderen auf. Die Haut darunter war gerötet und angeschwollen. Die Stricke hatten sich tief in sein Fleisch gefressen.

„Du musst dringend verarztet werden, daran führt kein Weg vorbei."

Julien rollte sich auf dem Bett zusammen wie ein Kätzchen, das Schutz suchte, leckte die wunden Stellen und verzog jedes Mal schmerzerfüllt das Gesicht, wenn seine Zunge die Verletzungen streifte. Lorraine wusste nicht recht, was sie tun sollte. Konnte sie es wagen, ihn allein lassen, um zur Apotheke zu gehen und Wundsalbe zu besorgen? Es war nicht abzusehen, wann ihr Vater heimkehren würde. Madame Alan würde ihn sicherlich eine Weile für sich beanspruchen.

„Ich hoffe sehr, du stellst keinen Unsinn an, während ich weg bin. Ich beeile mich und komme so schnell wie eben möglich zurück."

5. KAPITEL

Niemand war in der Offizin, als Lorraine die kleine Apotheke am Ende der Straße betrat. „Monsieur und Madame Poméroy? Etienne? Ist jemand hier?“, rief sie in die Stille hinein. Niemand antwortete.

Auf dem Ladentisch entdeckte sie ein kleines Glöckchen. Rasch lief sie zur Theke, um es zu läuten. Vermutlich war Jacques Poméroy im Labor und mischte Salben. Die Herstellung von Medizin erforderte Ruhe und Konzentration, die man am besten in der Abgeschiedenheit fand. Auf das Läuten der Glocke reagierte niemand. Wie merkwürdig. Hatte die Apotheke etwa geschlossen? Das war unmöglich. Die Tür hatte offen gestanden. Es sah dem alten Poméroy gar nicht ähnlich, sein Geschäft am helllichten Tag unbeaufsichtigt zu lassen. Wenn er einen Hausbesuch machte, um einer alten Dame ihre Medikamente zu liefern, ließ er zumindest Etienne in der Offizin zurück, damit er die Kunden bediente. Schließlich konnte es jederzeit einen Notfall geben. Lorraine ging an den Regalen mit Salbenschüsseln, Phiolen und Gewürzbeuteln vorbei, blieb an der Treppe stehen, die in den Keller der Apotheke führte, und lauschte. Bildete sie es sich nur ein oder hörte sie tatsächlich ein leises Stöhnen dort unten? Vielleicht war der alte Poméroy gestürzt und hatte sich verletzt?

Beherzt griff sie nach einer Kerze und stieg die Treppe ins Dunkel hinab. Die Stufen knarrten gespenstisch bei jedem Schritt.

„Monsieur Poméroy?“, flüsterte sie aufgeregt.

Zu ihrer Überraschung vernahm sie nun auch eine weibliche Stimme, die angestrengt keuchte. Misstrauisch hockte sie sich auf die unterste Stufe und lugte um die Ecke in den Raum hinein. Nur wenige Kerzen beleuchteten die Szenerie. Aber das Licht genügte, um Lorraine zu offenbaren, was tatsächlich im Labor der Apotheke vor sich ging. Eine nackte Frau saß auf einem kleinen Tisch, umgeben von zahlreichen Apparaturen, und ließ vergnügt die Beine baumeln. Ihre Haut glänzte ölig. Vor ihr stand Etienne, der abgesehen von seinen Schnallenschuhen, den langen Kniestrümpfen und der Puderperücke ebenfalls nichts am Leibe trug. Er tauchte seine Hand in eine kleine Schale, die auf einem Regal stand, und rieb seine Gespielin mit einer öligen Flüssigkeit ein, die sich wie eine zweite Haut über ihren Körper legte.

„Dieses Öl stammt aus China. Vater hat es auf einem Markt in Paris erworben“, erklärte er.

„Es riecht betörend.“ Ein Gurren drang aus ihrer Kehle. Ihr Leib wand sich unter seinen Berührungen wie eine Schlange. Dann wanderten ihre Hände über seinen Bauch. „Soll ich dich vielleicht auch damit einreiben?“

Etienne presste seine Stirn gegen ihre. „Wenn es dir gut gefällt?“

„Oh ja, das würde es.“

Langsam näherten sich seine Lippen den ihren. „Mir auch“, sagte er und reichte ihr die Schale.

Ihre Fingerspitzen tunkten verspielt in die Flüssigkeit, bevor sie erneut über seinen Unterleib glitten und eine Spur aus Perlen auf ihm zurückließen.

„Du bist göttlich, chérie.“

Ein deutlich sichtbarer Schauer jagte über seinen Rücken, als sie sich den tieferen Regionen näherte. Sanft streichelte sie sein blondes Schamhaar. Dann griff sie nach seinen Hoden, um sie behutsam in den Händen zu wiegen. Sein ohnehin schon steifes Glied richtete sich nun zu seiner vollen Größe auf.

„Nimm ihn in die Hand, bitte."

„Nein", neckte sie ihn und spielte weiterhin mit seinem Hodensack.

„Oh, du Grausame. Wieso willst du mich quälen?"

„Du sollst nicht vergessen, wer von uns beiden den anderen in der Hand hat."

„Natürlich du, ma chère. Du allein. Aber lass mich nicht länger leiden. Ich sehne mich so nach deiner Berührung."

Die Frau lachte und streckte schließlich die Hand aus. Kraftvoll schlossen sich ihre Finger um seinen pochenden Stab.

„Das fühlt sich gut an", stöhnte er.

Gleichmäßig verteilte sie das Öl auf seinem Schaft, sodass er bald genauso stark wie ihr kurvenreicher Körper glänzte. Mit einem genussvollen Seufzen schloss Etienne die Augen. Sein Becken bewegte sich im Rhythmus ihrer Hand. Eine Weile befriedigte sie ihn, schob die Vorhaut vor und zurück. „Ich hoffe, du denkst auch an mich", sagte die Frau schließlich mit einem frechen Grinsen.

„Natürlich. Gönn mir nur noch ein paar Sekunden. Ich glaube, ich bin gleich so weit."

„Halt, halt. So soll es nicht enden." Sie zog die Hand zurück und deutete auf ihre apfelförmigen Brüste. „Sei ein wenig lieb zu ihnen."

Etiennes Enttäuschung verflog schnell. Er folgte ihrer Aufforderung ohne zu murren und legte gierig die Hände auf ihre prallen Wölbungen. Dann näherten sich seine Lippen ihren Knospen und er begann an ihnen zu saugen.

„Herrlich!", seufzte sie und warf den Kopf in den Nacken. „Ich hoffe nur, dass dein werter Herr Vater nicht überraschend zurückkehrt. Ich möchte unser Zusammensein nur ungern unterbrechen."

„Ma chère, er bringt Madame Pirot einen Hustensaft. Die alte Dame ist sehr geschwätzig. Ich bin sicher, sie wird ihn in ein Gespräch verwickeln, das ihn lange genug aufhalten wird."

Lorraine spürte einen heißen Stich in ihrem Herzen. Sie konnte nicht glauben, was sie sah und kniff sich in den Arm, in der Hoffnung, sich aus einem schrecklichen Albtraum zu erwecken. Etienne vergnügte sich mit einer anderen Frau, die zu allem Überfluss viel weiblichere Formen besaß als sie selbst! Die blonden Locken der anderen reichten bis zu ihren Hüften, und ihre Haut schimmerte golden im Licht der Kerzen. Gegen diese Schönheit kam Lorraine sich vor wie eine graue Maus. Sie versuchte einen Blick auf das Gesicht der Fremden zu erhaschen und erschrak fast zu Tode, als sie die rundlichen Züge, das feine Kinn und die leichte Stupsnase erkannte. Es war Isabelle Giffard! Diese falsche Schlange! Deswegen war sie zu so früher Stunde nach Gagnion gekommen. Sie hatte eine Verabredung mit Etienne!

Mit einem lockenden Blick lehnte sich Isabelle auf dem Tisch zurück und spreizte die Beine, bereit, Etiennes Penis in sich aufzunehmen. Dieser stellte sich zwischen ihre Schenkel, um seinen Schwengel in ihre Scheide zu führen. Rhythmisch stieß er in sie. Wieder und wieder. Isabelle jauchzte und stöhnte und grub ihre Nägel in das weiße Fleisch seines

Rückens. Etienne stöhnte. Der Schmerz schien ihn nur noch mehr anzuheizen und seinen Stößen mehr Schwung zu verleihen. Eng schlangen sie die Arme umeinander, hielten ihre bebenden Leiber, während sie miteinander verschmolzen. Es litt Höllenqualen mit ansehen zu müssen, wie Etienne sich mit einer anderen vereinte. Dennoch gelang es ihr nicht, sich von diesem Anblick loszureißen. Irgendetwas zwang sie hinzusehen. Bald merkte sie, dass es ihre eigene Lust war. Es kribbelte in ihrem Unterleib, als hätte sich dort ein Ameisenstaat eingenistet. Das Gefühl machte sie verrückt, dass sie versucht war, ihre Hand unter die Röcke zu schieben und einen Finger in ihre Enge zu schieben. Ein Lusttropfen perlte die Innenseite ihres Schenkels hinab. Oh, es war ungehörig, ein Paar beim Liebesakt zu beobachten! Sie musste weg von hier, bevor sie den Verstand verlor und sich dem wilden Treiben anschloss. Eilig drehte sie sich um und rannte die Treppe hinauf. Dabei verfing sich ihr Fuß im Stoff ihres Kleides, und Lorraine stürzte. Ein gewaltiger Rums erschütterte den Kellerraum. Die Kerze fiel zu Boden und erlosch.

„Was war das? Ist dein Vater heimgekehrt?“, erklang die aufgeregte Stimme Isabelles.

„Das ist unmöglich. Bleib hier, ich sehe nach.“

Keinen Wimpernschlag später bestieg Etienne die Treppe. Notdürftig hatte er sich die Breeches übergestreift. In der Hand hielt er eine in einen Halter gefasste Kerze, deren Lichtkegel Lorraines Gesicht traf.

„Was … machst du denn hier?“, stammelte Etienne aufgelöst, als er sie erkannte.

Lorraine richtete sich stöhnend auf, die Hand an die schmerzende Stirn gepresst. „Ich … brauche … ich wollte nur …“ Herrje, wie sollte sie sagen?

„Hast du mich etwa heimlich beobachtet?“, entfuhr es ihm. Wütend stemmte er die Hand in die Seiten.

„Nein … ja … ich …“

„Lorraine! Wie konntest du nur?“

Da stieg Wut in ihr hoch. Er wagte es tatsächlich, ihr Vorwürfe zu machen, obwohl er es war, der sie betrogen hatte!

„Hör zu, mein Lieber, so geht das nicht! Ich kann nichts dafür, wenn ihr so laut stöhnt, dass man es im ganzen Haus hört. Ich bin nur gekommen, weil ich Wundsalbe brauche. Hätte ich geahnt, dass du dich hier mit einer Hure vergnügst, hätte ich besser darauf verzichtet.“

„Ich werde gehen“, sagte Isabelle und huschte an Etienne und Lorraine vorbei die Treppe hinauf. Es war erstaunlich, wie schnell sie sich angekleidet hatte.

„Isabelle!“, rief Etienne ihr nach, aber sie drehte sich nicht nach ihm um.

„Lauf ihr doch nach“, knurrte Lorraine. „Offenbar ist sie es, der dein Herz gehört.“

„Bitte, mach mir jetzt keine Szene. Niemand ist mir wichtiger als du.“

„Das sah für mich anders aus.“

Etienne riss sich die Perücke vom Kopf und fuhr sich mit beiden Händen durch das Haar. „Es ist zum verrückt werden. Ich hatte dir schon einmal erklärt, dass ich Liebe und Leidenschaft strikt voneinander trenne. Du bist die Frau, die ich liebe und die ich heiraten will. Isabelle könnte niemals deinen Platz einnehmen.“

Seine Worte besänftigten ihren Zorn nicht im Geringsten. Im Gegenteil. Sie fragte sich, ob sie überhaupt einen Mann lieben konnte, der die körperliche Nähe einer anderen Frau vorzog. Es mochte in höheren Kreisen üblich sein, sich Favoriten und Maitressen zu halten. Für Lorraine war die Vorstellung einer ständigen Rivalin unerträglich.

„Isabelle ist wirklich nicht mehr als …"

„Lass es gut sein! Nun weiß ich, warum du mich in den Weinbergen verführtest. Du wolltest in ihrer Nähe sein."

Etienne schüttelte den Kopf. „Das ist nicht wahr. Sie kam hierher, um Duft- und Badeöle zu kaufen."

„Und du hast sie ihr bei der Gelegenheit vorgeführt."

„Es war ein Fehler, es tut mir leid. Bitte, vergib mir, Lorraine. Es kommt nicht mehr vor."

Sie atmete tief durch. Die Situation überforderte sie. Etienne schien nicht zu verstehen, wie sehr es sie verletzte, ihn in den Armen einer anderen zu sehen. Sie fühlte sich gedemütigt, hintergangen. Womöglich war Isabelle nicht die einzige, der er Avancen machte? Wie viele Maitressen mochte er noch haben? Ihr Vater hatte sie stets vor jenen Männern gewarnt, die den Hals nie voll bekamen. Es gab reisende Händler, auf die an jedem Ort der Welt ein anderes Mädchen wartete. Gehörte Etienne zu dieser Sorte Mann?

Lorraine erhob sich, raffte ihre Röcke und eilte die Treppe hinauf in die Offizin.

„So warte doch, Lorraine!"

„Ich brauche Wundsalbe. Hast du welche im Haus oder nicht?"

Sie wollte keine Zeit verlieren. Julien war allein zu Hause. Wer wusste, was er in der Zwischenzeit angestellt hatte. Noch dazu war er verletzt. Sie wollte sich beeilen, statt den verlogenen Worten Etiennes zu lauschen.

„Natürlich."

Er ging zu einem Regal, nahm eine kleine Schüssel und tunkte sie in einen Kübel mit einer cremigen, zähen Flüssigkeit. „Trage sie auf die Verletzung auf und lege einen Verband um die angegriffene Stelle. Für wen ist die Salbe eigentlich?"

Sie nahm die Schale entgegen und bezahlte. „Du kennst ihn nicht."

„Ihn?" Etienne runzelte die Stirn.

„Ja, ihn. Leb wohl, Etienne."

„Lorraine, du kannst doch nicht einfach gehen. Was wird aus uns? Wann sehen wir uns wieder?"

Er wollte sie aufhalten, da betrat eine junge Frau mit verweintem Gesicht die Apotheke.

„Etienne, ich muss mit dir reden", brachte sie schluchzend hervor.

„Jacqueline, das ist gerade ein schlechter Zeitpunkt." Er drängte sich an der mitleiderregenden Gestalt vorbei und versuchte Lorraine vor dem Haus einzuholen, fasste ihren Arm und wirbelte sie herum. Aufmüpfig sah sie zu ihm empor und pustete eine braune Locke aus dem Gesicht.

„Kümmere dich besser um deine Kundschaft!", sagte sie ärgerlich, riss sich los und lief die Straße hinauf.

6. KAPITEL

Als Lorraine das Gästezimmer aufschloss, erwartete sie eine böse Überraschung. Die Vorhänge waren heruntergerissen, der Schreibtisch war verwüstet, und sowohl das Kissen als auch die Bettdecke lagen vor dem offen stehenden Schrank. Der einst so penibel eingerichtete Raum erinnerte an ein Schlachtfeld. Ihr Vater würde einen Wutanfall bekommen, wenn er dieses Chaos erblickte.

„Julien, was hast du nur angestellt?", rief sie und schaute unter das Bett, wo sich der Wilde verkrochen hatte und sie mit Unschuldsmiene anblickte, als könne er kein Wässerchen trüben.

„Komm bitte hervor, damit ich dich wenigstens verarzten kann."

Aber Julien dachte überhaupt nicht daran, ihrer Bitte Folge zu leisten.

Seufzend bückte sie sich und hielt ihm die Schale mit der Wundsalbe hin. Seine Nasenflügel blähten sich, doch der Geruch der Salbe war beißend, sodass er angewidert das Gesicht abwendete.

„Habe keine Angst. Ich will dir nur helfen."

Sie rutschte auf den Knien nach vorn und tunkte ihren Finger in die Creme, um anschließend die Hand unter das Bett zu schieben und vorsichtig die wunden Stellen einzureiben. Julien zischte, als die kühle, zähe Flüssigkeit die brennende Haut berührte. Hastig leckte er die Creme ab.

„Nein! Hör auf damit. Die Salbe ist nicht zum Essen gedacht", stöhnte sie.

Da vernahm sie schwere Schritte hinter sich. Jemand stieg

die Treppe nach oben. Im nächsten Moment stand Beaumont in der Tür.

„Großer Gott, was ist denn hier geschehen!“ Stocksteif stand er da, mit aufgerissenen Augen und einem Gesichtsausdruck, der pure Fassungslosigkeit offenbarte.

„Oh Papa, es tut mir so leid. Es ist alles meine Schuld.“

Er betrat den Raum und bückte sich nach den Scherben einer Vase, die zu seinen Füßen lagen.

„Nein … nicht Mutters Geschenk“, brachte er heiser hervor.

„Was ist geschehen?“ Seine Stimme klang bitter.

„Juliens Armgelenke bluteten, daher löste ich seine Stricke. Ich wollte seine Wunden versorgen, aber es war keine Salbe im Haus. Also bin ich zur Apotheke gerannt und …“

„Du hast ihn befreit und auch noch unbeaufsichtigt gelassen?“ Enttäuschung spiegelte sich in seinem Blick.

Sie nickte zögerlich. „Ich konnte doch nicht ahnen, dass er so wüten würde.“

„Was hast du denn anderes erwartet? Ich hätte dir mehr Verstand zugetraut, Lorraine. Wie konntest du nur so verantwortungslos sein? Warum habe ich nicht auf Giffard gehört? Er hatte recht! Julien ist ein wildes Tier. Ich mache mir nur etwas vor.“

„Aber Papa!“

Beaumont ließ die Scherben fallen und wankte er aus dem Zimmer.

„So warte!“ Lorraine hob die Scherben, verschloss das Zimmer und folgte ihm in die Küche.

Beaumont saß schweigend am Tisch. Sie setzte sich zu ihm. Bereute er wirklich, Julien ins Haus geholt zu haben?

Gestern war er doch so voller Begeisterung für sein Projekt gewesen.

„Ach, Papa", flüsterte sie, legte die Scherben auf ihren Schoß und drückte seine Hand. „Ich wünschte, ich könnte rückgängig machen, was geschehen ist. Verzeih mir."

Er sah sie ernst an. „Nein, ich muss mich entschuldigen. Ich hätte die kostbare Vase nicht im Gästezimmer stehen lassen dürfen. Es war abzusehen, dass so etwas früher oder später passieren würde. Ich wusste, worauf ich mich einließ, als ich Julien bei uns aufnahm. Es wäre naiv zu glauben, dass er sich von einem Tag auf den nächsten menschliche Sitten aneignet."

„Dann wirst du ihn nicht fortschicken?" Lorraine war überrascht von ihren eigenen Worten. Nach ihrer ersten Begegnung hätte sie Julien am liebsten vor die Tür gesetzt, nun sorgte sie sich um ihn.

„Ich halte an meinem Vorhaben fest. Wie stünde ich da, wenn ich nach den ersten Tagen aufgebe? Ich würde mich zum Gespött machen."

„Es freut mich, dass deine Zuversicht zurückgekehrt ist."

„Dennoch hätte ich nicht die Selbstbeherrschung verlieren dürfen."

„Julien macht es dir nicht gerade leicht. Wir müssen eine Lösung für ihn finden. Wenn wir ihn erneut an das Bett fesseln, werden die Wunden nicht heilen."

„Außerdem soll er nicht das Gefühl bekommen, er wäre ein Gefangener. Aber frei herumlaufen kann er zumindest vorerst auch nicht. Wagen wir ein Experiment und speisen heute Abend gemeinsam mit ihm."

„Glaubst du, das geht gut?“

„Irgendwann müssen wir den ersten Schritt tun. Er soll sehen, wie ein gewöhnlicher Tag bei uns aussieht.“

„In Ordnung. Aber was geschieht in der Zeit davor und danach?“

Nachdenklich schloss Beaumont die Augen. Tiefe Furchen bildeten sich auf seiner Stirn, wie immer, wenn er sich konzentrierte. „Ich überlasse ihm das Zimmer. Soll er darin alles auf den Kopf stellen, wenn es denn sein muss. Das ist mir lieber, als ihn wie einen Verbrecher anzuketten. Früher oder später wird er seine Zerstörungswut schon unter Kontrolle bekommen.“

„Dein Wort in Gottes Ohr, Papa.“

* * *

Am selben Abend gab es Kalbfleisch und Gemüse. Lorraine hatte drei Teller auf den Tisch gestellt und rutschte ungeduldig auf ihrem Stuhl hin und her. Ihr Vater war nun schon seit einer halben Stunde in Juliens Zimmer, um ihn unter dem Bett hervorzulocken und in die Küche zu bringen. Die junge Frau atmete erleichtert auf, als endlich die Tür aufging und Beaumont hereinkam. Julien zog er an seiner Hand hinter sich her. Misstrauisch blickte sich der Wilde, der in eines von Beaumonts alten Nachthemden gekleidet war, in der kleinen Küche um.

„Ich freue mich, dass du uns heute Abend Gesellschaft leistet“, sprach Lorraine mit ruhiger Stimme.

„Den aufrechten Gang werden wir üben, mein lieber Julien“, sagte Beaumont und brachte ihn zu dem Stuhl, der für ihn vorgesehen war.

„Warum hat es denn so lange gedauert, Vater? Ich habe mir Sorgen gemacht."

„Um mich oder um Julien?", fragte Beaumont amüsiert.

„Um euch beide."

„Dieses Mal verlor ich nicht so schnell die Geduld. Mit einer Wurstscheibe lockte ich ihn aus seinem Versteck, danach sah ich mir seine Wunden an und legte ihm einen kühlen Verband um."

Beaumont klopfte mit der freien Hand auf die Sitzfläche des Stuhls. „Nimm Platz, Julien."

Folgsam sprang er auf den Stuhl und winkelte die Beine an.

„Das hast du sehr gut gemacht", lobte ihn Beaumont.

Da sah Julien den großen Teller vor sich, auf dem mehrere gebratene Fleischscheiben lagen. Gierig griff er nach der obersten, grub seine Zähne hinein und riss ein Stück heraus, das er schmatzend hinunterschlang.

„Halt! So war das nicht gedacht." Beaumont versuchte ihm das Kalbfleisch aus der Hand zu nehmen, doch Julien knurrte ihn an, um seine Beute zu verteidigen.

„Jetzt gib es schon her", sprach Papa ein Machtwort, nahm es ihm energisch ab und warf es Leila zu, die es begeistert aus der Küche trug. „Wir essen hier mit Messer und Gabel." Demonstrativ nahm er sein eigenes Besteck in die Hand und führte es vor. Julien beobachtete ihn genau und versuchte ihn zu imitieren.

„Nicht doch, du musst das Messer in die rechte und die Gabel in die linke Hand nehmen! Jetzt hältst du das Messer falsch herum. Pass auf, dass du dich nicht schneidest. So ist es richtig. Nun sieh genau hin, wie ich das Fleisch durchtrenne."

Säuberlich schnitt Beaumont eine Ecke vom Bruststück ab, welches Lorraine ihm aufgetan hatte.

Julien stach mit der Gabel in das Fleisch und spießte sein komplettes Stück auf.

„Nein, nein! So wird das nichts. Pass auf, ich zeige dir, wie es geht", sagte Lorraine. Sie beugte sich über ihn, griff seine Handgelenke vorsichtig mit beiden Händen, bemüht, die verbundenen Stellen nicht allzu sehr zu belasten, und löste die Gabel vom Braten, um dann ein kleineres Stück für ihn abzutrennen. Es klappte vorzüglich. „Und nun – bon appétit!" Sie führte es zu seinem Mund.

Julien schnappte sofort gierig danach und zerkaute es genüsslich.

„Du bist wahrlich nicht auf den Kopf gefallen. Ich habe als kleines Kind länger gebraucht, um das zu lernen." Ihr Busen drückte gegen seine Seite, rieb sich unbewusst an dem dünnen Stoff, der seine Haut bedeckte.

„Ausgezeichnet, Julien! Aber auch dich muss ich loben, Lorraine. Du bist eine hervorragende Köchin und wirst deinem Mann eines Tages viel Freude bereiten", sagte Beaumont und wischte sich mit einer Serviette über den Mund.

Lorraine setzte sich mit einem Seufzen auf ihren Stuhl zurück und kostete das Mischgemüse. Ans Heiraten wollte sie nicht denken, denn das erinnerte sie an Etienne, und diesen Schuft wollte sie ganz aus ihren Gedanken verbannen.

„Erstaunlich, wie geschickt Julien ist. Man möchte fast meinen, es ist nicht das erste Mal, dass er mit Messer und Gabel isst", schreckte sie die Stimme ihres Vaters auf.

Julien hatte ein Stück Fleisch abgetrennt und steckte es sich in den Mund. Er sah noch immer unbeholfen aus. Zumindest hatte er das Prinzip verstanden und setzte es selbstständig um.

„Vielleicht ist es tatsächlich nicht das erste Mal, Papa. Wir wissen nicht viel über ihn. Möglicherweise durfte er mit den Gauklern an einem Tisch speisen?“

Beaumont wog den Kopf hin und her. „Das kann ich mir nicht vorstellen. Sie haben ihn wie ein Tier in einem Käfig gehalten, warum sollten sie ihm Tischmanieren beibringen?“

Julien stieß laut auf und sprang von seinem Stuhl, da er offenbar keinen Hunger mehr hatte. Lorraine verzog das Gesicht und senkte den Blick auf ihr Essen.

„Nicht so schnell, Julien“, sagte Beaumont. „Du hast schon an deinem ersten Tag bei uns große Fortschritte gemacht. Den kleinen Zwischenfall in deinem Zimmer wollen wir vergessen. Aber noch bin ich nicht fertig mit dir.“

„Was hast du denn vor?“, fragte Lorraine neugierig, legte das Besteck zur Seite und sammelte das Geschirr, um es in die Spülschüssel zu legen.

„Ich will ihm zeigen, was einen Menschen ausmacht. Den aufrechten Gang.“

Beaumont erhob sich, stellte sich vor Julien und griff nach seinen Händen, um ihn vorsichtig hochzuziehen. Verwirrung und Unbehagen spiegelten sich im Gesicht des Wilden, als sich sein Oberkörper langsam aufrichtete. Anstatt den Rücken in eine senkrechte Position zu bringen, beugte er sich nach vorn und streckte den Po unnatürlich weit heraus, um das Gleichgewicht zu halten.

„Er hat sich so sehr an seine eigentümliche Körperhaltung gewöhnt, dass es ihm schwerfällt, den Rücken durchzudrücken."

„Vielleicht kann ich helfen, Vater?"

Lorraine stellte sich hinter Julien, legte die Arme um seinen Brustkorb und drückte seinen Körper in die entgegengesetzte Richtung. Ein entsetzter Aufschrei drang aus Juliens Kehle, als Lorraine an ihm zog.

„Sieh doch nur, wie groß du plötzlich bist! Du überragst Lorraine und mich um mindestens einen ganzen Kopf!", rief Beaumont.

„Kann ich ihn loslassen?", fragte Lorraine, die den Hünen mit all ihrer Kraft stützte.

„Warte bitte noch einen Moment, er muss erst die Balance finden."

Es war zu sehen, dass Julien die neue Körperhaltung nicht behagte. Er versuchte erneut auf alle viere zu gelangen, doch Lorraine hielt ihn zurück.

„Wagen wir die ersten Schritte."Beaumont trat an Juliens Seite und klopfte auf dessen rechten Oberschenkel. „Schau zu mir, mach einen Schritt. Benutze das rechte Bein, dann das linke."

Er machte die Bewegungen mehrere Male vor. Aber Julien schien einzig ein Interesse daran zu haben, sich möglichst schnell aus Lorraines Umklammerung zu befreien. In einem unbedachten Moment gelang es ihm, ihre Arme auseinanderzudrücken.

„Nicht doch!", rief sie.

Da hockte er auch schon wieder auf allen vieren. Es dauerte einige Stunden, ehe sie Julien so weit hatten, dass er die ersten Schritte machte. Beaumont nahm seine Hand und führte ihn durch die Küche, gleich einem kleinen Kind, dem man das Laufen beibrachte.

„Sehr gut“, lobte der Doktor seinen Schüler.

Juliens Bewegungen waren unsicher. Mehrere Male drohte er das Gleichgewicht zu verlieren, was gewiss auch geschehen wäre, hätten ihn Lorraine und Beaumont nicht aufgefangen. Nach einigen Runden um den Tisch machten sie eine Pause, in der sich Julien erschöpft auf den Boden sinken ließ. Zur Belohnung gab ihm Lorraine eine Scheibe Wurst.

„Wir können zufrieden sein. Für heute hat Julien genug geleistet. Morgen machen wir weiter.“

Mit diesen Worten führte Beaumont den Wilden zurück in sein Zimmer. Lorraine kümmerte sich um den Abwasch, ging danach hinaus in den Vorgarten und setzte sich auf die kleine Bank. Überrascht stellte sie fest, dass noch immer einige schaulustige Gören am Gartentor standen und die Hoffnung, den Wilden zu Gesicht zu bekommen, nicht aufgegeben hatten.

„Müsst ihr nicht schon längst zu Hause sein?“, rief sie verwundert.

Als die Kinder Lorraine bemerkten, suchten sie rasch das Weite. Ein kühler Windstoß streichelte ihre Wange, und ein Regentropfen traf ihre Stirn. Schwarze Gewitterwolken schoben sich bedrohlich über die Stadt. Von einem Augenblick zum nächsten wurde es kühl. Lorraine rieb sich die fröstelnden Arme, doch sie versuchte die Kälte zu verdrängen. Erneut kreisten ihre Gedanken um Etienne. Mit wie vielen Frauen mochte er geschlafen haben? Und wie vielen hatte er einen Heiratsantrag gemacht? War sein Versprechen an Lorraine eine Farce gewesen? Nein! So etwas würde er ihr niemals antun, meldete sich eine leise Stimme in ihrem Kopf. Er kannte sie seit ihrer Kindheit. Die Familien Beaumont und Poméroy waren miteinander befreundet, seit Beaumont nach Gagnion gezogen war.

Ein Blitz erhellte die Nacht, ihm folgte ein gewaltiger Donner. In Strömen prasselte der Regen herab. Lorraine zog sich eilig ins Haus zurück, schloss sich in ihrem Zimmer ein und kroch unter die warme Bettdecke. Schon als kleines Mädchen hatte sie Gewitter verabscheut. Ihr Vater hatte ihr erzählt, dass es immer dann blitzte und donnerte, wenn Gott wütend war. Wenn das stimmte, so konnte sie nur hoffen, dass sein Zorn nicht ihr und ihrem anrüchigen Lebenswandel galt.

„Ach, Etienne, warum hast du mir das angetan?", sagte sie mit einem Seufzen und lauschte dem Regen, der gegen die Fensterscheibe schlug. Aus weiter Ferne ertönte das Heulen eines Wolfes. Lorraine überfiel eine Gänsehaut.

Es werden sich doch hoffentlich keine Wölfe in Gagnion herumtreiben, überlegte sie und schlüpfte aus ihrem Bett, um aus dem Fenster zu spähen. Auf dem niedrigsten Ast des Apfelbaumes, der vor ihrem Fenster stand, hatte eine Sperlingskolonie Unterschlupf gefunden. Die Krone schaukelte im Wind, aber der Baum hatte schon so manchem Sturm standgehalten. Wölfe konnte sie nirgends entdecken. Als das Heulen erneut ertönte, war sie sich plötzlich nicht mehr sicher, ob es von draußen gekommen war! Sie schnappte sich eine Kerze und ging zu Juliens Zimmer.

„Nein!", schrie jemand aus Leibeskräften.

Verblüfft hielt sie inne. War es Julien, oder spielten ihr die

Ohren einen Streich? War er denn der menschlichen Sprache fähig?

„Lass sie!“

Eilig schloss sie die Tür auf und stürzte zu seinem Bett, in dem er sich wie von Fieberträumen geschüttelt hin und her wälzte.

„Nein!“

„Julien! Wach auf!“ Sie stellte die Kerze ab und rüttelte ihn wach. Nochmals zuckte ein Blitz, der das Zimmer in gleißendes Licht tauchte.

Erschrocken riss er die Augen auf. Dann schüttelte er verzweifelt den Kopf und hob schützend die Hände vor sein Gesicht, als versuchte er Schläge abzuwehren.

„Es war nur ein Traum.“ Lorraine fühlte sich hilflos, wusste nicht, was zu tun war, und spielte mit dem Gedanken, ihren Vater zu wecken.

Aber dann nahm Julien die Arme herunter und blickte sie mit großen, traurigen Augen an.

„Erkennst du mich? Ich bin es, Lorraine. Alles ist gut. Niemand tut dir etwas.“ Zaghaft streckte sie die Hand aus, um seinen dunklen Schopf zu streicheln. „Das Unwetter macht dich nervös, nicht wahr? Das geht mir auch oft so.“

Er antwortete nicht. Stattdessen schnüffelte er an ihrer Hand und atmete ihren süßen Duft ein. Lorraine ließ ihn gewähren. Vorsichtig berührten seine Lippen ihre Haut.

„Hör auf damit“, sagte sie und entzog ihm kichernd ihre Hand.

Nachdenklich blickte sie ihn an. Dieser Mann gab ihr immer mehr Rätsel auf. Wer war er? Und wer um alles in der Welt war ihm in seinem Traum erschienen und hatte ihm solche Angst gemacht?

Ein Blitz schlug in der Nähe ein. Julien fuhr mit einem markerschütternden Aufschrei hoch und klammerte sich an Lorraine.

„Es ist nichts passiert, keine Angst!“ Mit aller Kraft drückte sie ihn wieder in sein Kissen zurück. „Nur ein Blitz, Julien.“

Er zitterte am ganzen Körper.

„Du bist ängstlicher als ich damals.“ Gerührt blickte sie auf den Riesen hinab, der sich bei dieser imposanten Größe eigentlich vor nichts auf der Welt hätte fürchten müssen und gleichwohl Schutz bei ihr suchte. „Wie konntest du nur so lange allein im Wald überleben, wenn dich schon ein Gewitter derart verstört?“ Liebevoll strich sie ihm eine lange, schwarze Strähne aus dem Gesicht.

Julien erhob sich zögernd und schmiegte sich an sie. Ihre Nähe schien ihm gutzutun.

Behutsam legte sie einen Arm um die breiten Schultern. „Ich bleibe bei dir, bis das Unwetter vorbei ist“, flüsterte sie in sein Ohr, in der Hoffnung, dass er sie vielleicht verstand.

Sie schloss die Augen und lauschte dem Regen, der allmählich verklang. Ein Lächeln huschte über ihre Lippen. Hätte ihr jemand vor einigen Tagen gesagt, sie würde in nicht allzu ferner Zukunft einen fremden Mann in den Armen halten, den sie äußerlich sehr anziehend fand, der jedoch das Gemüt eines wilden Tieres besaß, sie hätte die Person ausgelacht! Äußerlich anziehend, wiederholte sie in Gedanken. Ja, das war Julien! Er hatte eine gute Figur, lange, wilde Haare und strahlend blaue Augen, die so durchdringend schauen konnten, dass man das Gefühl bekam, er würde einem tief in die Seele blicken. Und dies waren nicht seine einzigen Vorzüge! Mit einem Grinsen erinnerte sie sich an den Moment, als sein Schwengel in ihren Händen gewachsen war. Verstohlen öffnete sie die Augen und suchte sein Nachthemd nach einer verräterischen Wölbung im Schritt ab. Sein Penis war in ihrer Erinnerung derart groß, dass er sicherlich selbst im schlaffen Zustand nicht zu übersehen war. Lorraine fand, wonach sie gesucht hatte – eine beeindruckende Beule, die sich unter dem Stoff seines Nachtgewands abzeichnete. Zu gern hätte sie dieses Prachtstück noch einmal berührt. Und sei es nur für einen kurzen Moment.

Julien lehnte sein schweres Haupt an ihre Schulter und atmete erleichtert auf. Es schien, als hätte er sich nun endlich beruhigt.

Wenn er von meinen sündigen Gedanken wüsste, würde es ihn sicher erschrecken, überlegte Lorraine. Sie konnte sich nicht vorstellen, dass er jemals mit einer Frau geschlafen hatte. Vielleicht hatte er sich unbewusst nach Liebkosungen gesehnt, denn Triebe ließen sich nicht unterdrücken.

Sacht legte sie die Hand auf seinen Oberschenkel und erschrak, als sie den festen Muskel spürte. Er zeigte keine Reaktion. Vielleicht war er zu einfältig, um ihr Begehren zu verstehen. Vielleicht musste sie deutlicher werden.

Oh, was tue ich nur?, rief sich Lorraine zur Vernunft. Sie war drauf und dran, ihres Vaters Schüler zu verführen. Wie konnte ihr so etwas nur einfallen? Rasch zog sie ihre Hand zurück. Da spürte sie plötzlich Juliens Finger an ihrer Scheide.

„Julien!“, stieß sie überrascht hervor.

In seinem Blick flammte Begierde auf. Und als sie dieses unbändige Feuer sah, wusste sie, er würde sie nehmen! Er war nun einmal ein Wesen, das vollends von seinen Instinkten beherrscht wurde und den Unterschied zwischen Recht und Unrecht nicht kannte.

„Hör auf damit", sagte sie halbherzig.

Aber Julien ignorierte ihre Worte. Seine Hand glitt über ihren Körper. Sie spürte seine Finger durch den Stoff ihres Nachthemds und zog die Luft mit einem Zischen durch ihre Zähne ein. Besitzergreifend hielt er sie fest und vergrub sein Gesicht in ihrem Schritt. Lorraine konnte der Versuchung nicht widerstehen und öffnete ihre Beine.

„Wenn herauskommt, was wir hier tun, geraten wir in Schwierigkeiten", stöhnte sie.

Doch dann ließ sie sich nach hinten auf das Bett gleiten und zog ihr Nachthemd ein Stück nach oben, sodass sich ihre Scheide vor ihm entblößte. Julien rieb seine Nase an ihrem Venushügel und steckte sie zwischen ihre großen Schamlippen. Vorsichtig kostete er ihre Feuchtigkeit, die nun in wahren Schwallen aus ihr rann.

„Das fühlt sich gut an", gurrte sie lüstern und legte ihre Hände auf seinen Hinterkopf, um ihn näher an ihren Unterleib zu drücken.

Einem ausgedürsteten Tier gleich trank er ihren Liebesquell und presste dabei mit beiden Händen ihre Beine stärker auseinander. Während er sie ungestüm leckte, streifte sie den Hausmantel ab, zerrte das Hemd über ihren Kopf und warf es in eine Ecke. Dann beugte er sich plötzlich über sie, griff nach ihren Armen und drückte sie über ihrem Kopf zusammen, sodass sie sich nur eingeschränkt bewegen konnte.

Tief blickte er ihr in die Augen, als wollte er sagen: Du gehörst mir. Im nächsten Moment spürte sie seine Eichel am Eingang ihrer Scheide, die neckisch gegen ihre Lust drückte, sie reizte, bis sie es vor Verlangen kaum noch aushielt. Zu ihrem Bedauern drang er nicht in sie ein. Im Gegenteil, er schien das Spiel auszukosten, den Moment so lange wie möglich hinauszuzögern. Flehend blickte Lorraine zu ihm empor. Anstatt endlich in sie zu stoßen, neigte er sein Haupt zu ihren Brüsten und begann zuerst an der linken, dann an der rechten Warze zärtlich zu saugen. Ihre Knospen erblühten in seinem Mund, schwollen rot an und wurden hart.

„Sei nicht so grausam! Wie lange willst du mich noch warten lassen?“, fragte sie ihn sehnsüchtig. Aber dann fiel ihr ein, dass all dies neu für ihn war. Der weibliche Körper, ihr sinnlicher Duft, die prallen Brüste. Es war nur verständlich, dass er sich Zeit ließ, alles zu erforschen. Seine Lippen ertasteten jede noch so kleine Wölbung, glitten über diese hin zur nächsten. Sie spürte seinen Atem auf ihrer Haut, der sie zugleich wärmte und kitzelte. Das zärtliche Spiel gewann an Reiz für sie, und sie fing an, es zu genießen, von ihm verwöhnt zu werden. Gerade als sie sich zu entspannen begann, drang er ohne Vorwarnung in sie.

Seine Wucht raubte ihr den Atem. Doch nach den ersten Stößen gewöhnte sie sich an seine Kraft. Ihre Erregung nahm erneut zu. Willig schob sie ihm ihr Becken entgegen. Wieder und wieder tauchte Juliens Schwengel in sie, so lange, bis es ihr kam. Lorraine gelang es nur schwer, ihren Lustschrei zu unterdrücken.

Nun lag sie da, die Arme noch immer über ihrem Kopf zusammengedrückt, und genoss das Nachglühen dieses gigantischen Höhepunktes. Julien starrte sie auf merkwürdige Weise an, und sie erkannte, dass das Feuer in seinen Augen noch immer loderte. Dann ließ er von ihr ab und widmete sich seinem Glied, an dem er kräftig zu reiben begann.

„Ich könnte dir helfen", hauchte Lorraine und legte sich auf den Bauch.

„Keine falsche Scheu", sagte sie aufmunternd und streckte ihm gierig ihr Hinterteil entgegen.

Ehe sie wusste, wie ihr geschah, warf er sich auf sie, drückte sie auf die Matratze und packte erneut ihre Handgelenke. Mit aller Kraft riss er ihre Arme nach oben und hielt sie neben ihrem Kopf fest. Alles ging so schnell, dass Lorraine kaum Zeit hatte, einen klaren Gedanken zu fassen. Schon verschwand sein steinharter Schwengel in ihrer Höhle, und das Bett begann unter seinen Stößen zu wanken. Ihr Körper wurde derart durchgeschüttelt, dass sie schon bald glaubte, Sterne zu sehen.

Julien gönnte ihr keine Pause, und Lorraine genoss es, hart rangenommen zu werden. Innerhalb weniger Augenblicke erreichte sie erneut den Gipfel ihrer Lust. Ein letztes Mal schlossen sich die Muskeln ihrer Vagina fest um seinen Stab. Dann vergaß sie alles um sich herum und konzentrierte sich einzig und allein auf ihren Höhepunkt, der noch gewaltiger war als der erste. Erschöpft blieb sie liegen. Juliens Schwengel steckte noch immer in ihr und bewegte sich in einem rasanten Rhythmus vor und zurück. Da bemerkte sie das verräterische Zucken seiner Manneskraft.

„Julien! Nicht!"

Sie fürchtete, er würde sich in sie ergießen. Doch er zog sich rechtzeitig aus ihr zurück und spritzte auf die Decke ab. Sein Körper bebte vor Anstrengung, und sein seliger Gesichtsausdruck verriet, dass es ihm ebenso gefallen hatte wie ihr.

Nun saßen sie sich gegenüber und starrten einander an. Lorraine spürte ein wachsendes Unbehagen, weil ihr bewusst wurde, dass sie zu weit gegangen war.

„Ich sollte jetzt besser gehen", sagte sie und richtete sich auf.

Sie schnappte sich ihr Nachthemd, streifte es über, legte den Hausmantel um die Schultern und wankte zur Tür. Ihr war noch immer ein wenig schwindelig. Als sie gerade die Hand auf die Klinke legen wollte, wurde sie plötzlich nach hinten gerissen.

Julien wirbelte sie herum und drückte sie mit dem Rücken gegen die Wand.

„Was soll das?", rief sie erschrocken.

Seine Finger wanderten unter ihr Nachthemd, strichen über ihre Brüste, den Bauch und begannen ihr Schamdreieck zu liebkosen.

„Nein!", rief sie heiser. „Es war ein Fehler, hörst du? Ein Fehler!"

Sie wünschte, er könnte sie verstehen, zweifelte jedoch daran, ob dies irgendetwas geändert hätte. Julien hob sie ein Stück hoch und setzte sie auf seinen Phallus, der geschmeidig in sie glitt und sie durch sanfte Stöße reizte. Wie groß und hart er noch immer war! Ihre Schamlippen schwollen an, wurden heiß und prall. Zähflüssig tropfte der Liebessaft aus ihrer pochenden Scheide, benetzte seine Hoden und rann an ihren Beine hinab.

„Du raubst mir den Verstand, Julien", stöhnte sie und

grub ihre Finger in seinen schwarzen Schopf. Jeder Stoß drückte sie stärker gegen die Wand.

„Nicht so laut, sonst wird Papa noch wach“, keuchte sie.

Julien taumelte mit ihr durch den Raum und warf sie auf das Bett, um sich sogleich auf sie zu stürzen, in sie zu dringen und sie an den Rand der Besinnungslosigkeit zu treiben. Sie krallte ihre Finger in die Bettdecke, atmete stoßweise und bäumte sich stöhnend auf, als sie das dritte Mal in dieser Nacht kam.

„Ich werde mich gleich bei dir revanchieren“, versprach sie Julien und genoss die wohltuende Entspannung, die sich in ihr ausbreitete. Als das Nachglühen verklungen war, setzte sie sich auf und blickte auf seinen wundervollen Penis, bei dessen Anblick ihr das Wasser im Munde zusammenlief. Sie beugte sich über seinen Schoß und streichelte sein Genital zärtlich mit der Hand. Dann küsste sie zaghaft die schimmernde Eichel. Ein erstauntes Keuchen drang aus Juliens Kehle, als sich ihre Lippen über seine Spitze stülpten und an seinem Schaft hinab und wieder hinauf glitten. Sein Becken begann sich in ihrem Rhythmus zu bewegen und seine Eichel stieß einige Male gegen ihren Gaumen, sodass sie gezwungen war, diese mit ihrer Zunge umzulenken. Das wilde Zucken seines Phallus in ihrem Mund erregte sie. Zu ihrem Bedauern musste sie feststellen, dass sie nicht in der Lage war, diesen Riesen komplett in sich aufzunehmen. Er war schlichtweg zu groß. Für Julien schien die Erfahrung dadurch nicht schlechter. Sein leises Stöhnen verriet seine Erregung. Als er sich schließlich verkrampfte und das Zucken in ihrem Mund stärker wurde, wusste sie, dass ihr nicht mehr viel Zeit blieb. Seine Hoden zogen sich zusammen und sie gab ihn frei, woraufhin sein Liebessaft in einem Schub auf die Decke spritzte.

Erschöpft sank ihr Kopf auf das Kissen. Julien legte sich neben sie. Seine Fingerspitzen berührten hauchzart ihre Brüste, fuhren die Wölbungen nach und neckten verspielt ihre Nippel. Mit einem Seufzen musterte sie ihn, diesen gefährlichen, wilden Mann, der doch so zärtlich sein konnte. Sie konnte nicht umhin, ihn zu mögen.

Gen Morgengrauen verließ sie Juliens Zimmer und zog sich in ihres zurück, damit ihr Vater nicht misstrauisch wurde. Er durfte niemals erfahren, was heute Nacht geschehen war! Und wenn er es doch erfuhr, würde sie vor Scham auf der Stelle sterben! Als sie sich ins Bett legte, drangen bereits die ersten zögerlichen Sonnenstrahlen durch ihr Fenster.

7. KAPITEL

Julien war anders. Einerseits so unschuldig und unsicher wie ein Kind, andererseits unberechenbar und von animalischen Instinkten beherrscht. Es war aufregend gewesen, ihn zu bändigen, seine Wildheit in andere Bahnen zu lenken, um dann seine kräftigen Hände auf ihrer weichen Haut zu spüren, die vorsichtig, doch voller Neugier, jede Wölbung ihres Körpers erkundeten. Unter seinem besitzergreifenden Blick waren ihre Knie weich geworden. Selbst jetzt, zwei Wochen nach ihrem intimen Erlebnis, konnte sie nicht aufhören, an diesen magischen Moment zurückzudenken. Etienne hatte sie gelehrt zu lieben. Julien hatte sie gelehrt, sich fallen zu lassen, sich ganz ihrer Lust hinzugeben. Zwischen ihnen war etwas entstanden, das schwer in Worte zu fassen war. Eine sonderbare Mischung aus Fasziniertheit, Vertrautheit, Zuneigung und Hingabe.

Während Julien am Tisch in der Küche saß und Bauklötze nach Formen sortierte, setzte Lorraine heißes Wasser auf. Dabei warf sie ihm einen verstohlenen Blick zu. Die langen, schwarzen Haare, die sich nur schwer kämmen ließen, fielen ihm ins männlich geschnittene Gesicht, als er einen kreisförmigen Klotz in die Hand nahm und ihn auf den richtigen Stapel legte.

„Das hast du gut gemacht! Nun musst du noch die Quadrate und Dreiecke zuordnen. Ich werde inzwischen ein Bad nehmen. Du bleibst schön hier, verstanden?"

Er antwortete mit einem unverständlichen Grollen. Lorraine beobachtete ihn amüsiert und schleppte zwei Eimer heißen Wassers durch den Flur in den kleinen Waschraum im Erdgeschoss und kippte sie in den großen Badezuber, in dem sich noch das Wasser vom Vortag befand. Dampf stieg auf, als die Wassermengen aufeinandertrafen. Sie krempelte ihre Ärmel hoch, tauchte mit beiden Händen ins Nass und vermischte es. Dann zog sie ihr Kleid aus, streifte die Unterröcke ab und stieg erst mit einem, dann mit dem anderen Bein in den Zuber. Seufzend ließ sie sich ins Wasser sinken, bis nur noch ihr Kopf und die Knie herausragten. Es tat gut, sich in den warmen Dämpfen zu entspannen. Sie griff nach ihrem Schwamm und wusch ihre Arme, die schlanken Beine, ihren Bauch und die cremefarbenen Brüste. Wie wundervoll sich das perlende Wasser auf ihrer Haut anfühlte. Und wie unglaublich sanft es sich an ihren Körper schmiegte. Lorraine nahm einen kräftigen Atemzug und tauchte unter. Sie genoss es, ganz und gar von Wasser umhüllt zu sein. Ihre dunklen Haare schienen durch die sanften Wellen zu schweben. Als sie an die Oberfläche zurückkehrte, wrang sie den Schwamm über ihrer Scheide aus. Leicht hob sie dabei ihr Becken an. Der sanfte Druck des Wassers ließ ihre Liebesperle anschwellen. Ihr Zeigefinger spielte an der winzigen Vorhaut ihres Kitzlers, schob sie vor und zurück, glitt dann tiefer, bis er ihre heiße Enge erreichte, wo sie ihn, ohne lange zu zögern, versenkte. Konnte sie es wagen, noch einen zweiten Finger einzuführen? Ein dumpfes Knarren schreckte sie aus ihren Gedanken. Aus dem Augenwinkel sah sie, wie sich die Tür leicht aufschob. Dahinter saß Julien! Wie lange mochte er schon dort hocken und ihr frivoles Spiel verfolgen? Der Gedanke, dass er sie beobachtete, während sie sich selbst befriedigte, erregte sie sehr und erschreckte sie zugleich. Ihre Verruchtheit kannte offenbar keine Grenzen. Ihr Blick fiel auf seinen Penis, den sie deutlich durch den Türspalt erkennen konnte. Mit dem Wissen, dass er ihr dabei zusah, rieb sie nun stärker an ihrer Vagina und stieß ihren Finger tiefer in ihren Scheideneingang. Das Wasser begann Wellen zu schlagen. Sie stellte sich vor, Julien würde vor ihr im Zuber hocken und ihre Schamlippen mit seiner Zunge verwöhnen, unzählige Küsse auf ihren Körper hauchen und sie schließlich wild und leidenschaftlich nehmen. Es war gewiss ein aufregendes Gefühl, wenn sich Mann und Frau im Wasser vereinten, die Wellen hochpeitschten und ihnen ins Gesicht schwappten. Oh, wie verzehrte sie sich in diesem Moment nach seiner Manneskraft. Diesem großen, prachtvollen Penis, der sie vollständig auszufüllen vermochte. Selbst Etiennes Glied war nicht so beeindruckend wie Juliens. Aber der Wilde blieb vor der Tür hocken, wo er sich noch immer unbeobachtet glaubte. Als sie sah, dass Julien abspritzte, konnte auch sie nicht länger an sich halten. Sie riss den Mund auf, stöhnte laut und kehlig und trieb unaufhaltsam ihrem Orgasmus entgegen, bewegte ihr Becken im Rhythmus der Wellen und kam schließlich mit einem Aufschrei. Das Wasser trat über den Rand des Zubers. Erschöpft ließ sie sich ins Nass zurückgleiten und genoss den Moment der Ruhe und Entspannung.

„Was fällt dir ein, du elender Bastard!“, drang plötzlich eine zornige Stimme an ihr Ohr. Es war Etienne!

Lorraine sprang aus dem Wasser, griff nach dem Stofftuch, das sie zum Abtrocknen bereitgelegt hatte, und hüllte sich darin ein. Sie stieß die Tür mit dem Fuß auf und taumelte in den Flur, wo der Sohn des Apothekers auf einen splitternackten Julien einschlug, der sein Glied mit den Händen zu verbergen versuchte. Wild ließ Etienne seine Fäuste auf sein schutzloses Gegenüber niedersausen, das in geduckter Haltung vor ihm flüchtete.

„Etienne! Hör auf damit!“, schrie Lorraine.

Etienne ignorierte ihre Rufe und schlug unaufhörlich auf Julien ein. „Damit hast du nicht gerechnet, nicht wahr?“, fauchte er und drängte den Wilden zur Wand, wo er ihn in den Schwitzkasten nahm.

„Lass ihn los, er bekommt keine Luft.“

„Ich denke nicht daran!“

Juliens Gesicht lief puterrot an. Verzweifelt versuchte er sich aus dem festen Griff zu befreien, doch Etienne ließ nicht locker. Schließlich krallte er Zeige- und Mittelfinger in die Nase seines Gegners, woraufhin Etienne gepeinigt aufschrie und von dem Wilden abließ.

„Dieser Mistkerl ist ein Spanner!“, fluchte Etienne und fing das Blut, das aus seiner Nase rann, mit einem Taschentuch auf.

„Er ist der Schüler meines Vaters.“

„Das gibt ihm noch lange nicht das Recht, deine Ehre zu beschmutzen.“

„Julien hat überhaupt nichts beschmutzt.“

„Warum verteidigst du ihn? Am Ende wolltest du sogar, dass er dich in dieser peinlichen Situation sieht?“

„Rede keinen Unsinn!“

Erneut stürzte Etienne auf den verunsicherten Julien zu und verteilte erbarmungslos Fausthiebe. Sie trafen den Wilden überall, im Gesicht, auf dem Rücken, in der Magengrube.

„Wehr dich, oder willst du wie ein Feigling vor ihr dastehen?", brüllte Etienne und gab ihm einen Tritt in den Bauch.

„Nein!", schrie Lorraine und kniete sich zu Julien hin.

Da riss Etienne sie am Arm hoch und zerrte sie hinter sich her. „Komm endlich zur Vernunft, Lorraine!"

„Zur Vernunft? Du bist es, der zur Vernunft kommen sollte!"

Er fasste ihre Schultern und rüttelte sie. „Er ist ein Wüstling, verstehst du das nicht?"

„Das ist noch lange kein Grund, ihn zu schlagen. Er hat dir nichts getan!"

Sie wandte sich ab, doch Etienne wirbelte sie erneut herum und griff ihre Schultern so fest, dass es schmerzte. Lorraines Herz schlug bis zu ihrem Hals. Nie zuvor hatte sie ihn derart unbeherrscht gesehen!

„Warum schützt du diesen widerwärtigen Schimpansen?", knurrte er erregt.

„Etienne! Ich bitte dich!"

„Die Situation war eindeutig. Was soll ich anderes denken, als dass du von ihm beobachtet werden wolltest? Weißt du, wie man solche Mädchen nennt, Lorraine? Huren!"

Sie verpasste ihm eine schallende Ohrfeige. Ein roter Abdruck zeichnete sich auf seiner Wange ab.

„Du bist zu weit gegangen!", sagte sie verächtlich.

Langsam richtete er den Blick auf sie. Seine Augen schienen Funken zu sprühen. Erschrocken wich sie einen Schritt zurück. Da holte er plötzlich aus und schlug zu. Lorraine wusste nicht, wie ihr geschah, sie fiel zur Seite und blieb reglos liegen. Etienne starrte unverwandt auf sie herab. Doch dann schien ihm plötzlich klar zu werden, was er angerichtet hatte.

„Das wollte ich nicht. Es tut mir leid“, stammelte er.

In diesem Moment sprang Julien auf die Beine. Er stieß einen animalischen Schrei aus, warf Etienne ohne Vorwarnung zu Boden und legte die Zähne an seine Kehle.

Etienne schrie: „Nicht!

Aber Julien bohrte seine Zähne immer tiefer in sein Fleisch.

„Lorraine, hilf mir! Er bringt mich um!“

Lorraines Kopf dröhnte noch immer, als sie sich erhob. Dann sah sie Julien, der einem Raubtier gleich über Etienne hockte.

„Julien, gib ihn frei“, stöhnte sie auf.

„Er reißt mir die Kehle heraus“, wimmerte Etienne, der verzweifelt seine Hände gegen Juliens Kopf stemmte. „Tu doch etwas, bitte!“

Lorraine sank neben den Kampfhähnen auf die Knie und streichelte beruhigend Juliens Schulter. „Es ist genug“, flüsterte sie.

Etiennes Augen weiteten sich panisch, als wollten sie aus ihren Höhlen springen.

Nun begriff Lorraine den Ernst der Lage. Julien wollte ihn töten! Seine Kiefermuskeln spannten sich an.

„Julien!“, schrie Lorraine entsetzt und zerrte an seinen breiten Schultern, um ihn von Etienne herunterzuziehen. Vergeblich!

Jegliche Farbe wich aus Etiennes Gesicht, seine Lippen wurden blau.

„Oh Gott! Nicht!“, schrie sie.

In ihrer Not packte sie Juliens Haare, fasste sie zu einem Zopf und riss mit aller Kraft seinen Kopf nach hinten. Julien kämpfte dagegen an. Tränen schossen ihr in die Augen, denn sie fürchtete um Etiennes Leben. Sie zerrte mit all ihrer Kraft, dann endlich ließ Julien von Etienne ab.

Lorraine weinte und schrie, beschimpfte Julien und wünschte ihn zum Teufel. Gnadenlos trieb sie ihn vor sich her und hob drohend die Hand, bevor er die Treppe hinaufstürmte und sie am ganzen Leib zitternd und schluchzend in Etiennes Arme sank. „Ich hätte nie gedacht, dass er so weit gehen würde."

Etienne konnte sich kaum auf den Beinen halten, stützte sie aber so gut es ging und brachte sie in die Küche, wo sie sich erschöpft setzten.

„Was ist bloß in ihn gefahren", flüsterte sie. „Wie konnte er nur so etwas Schreckliches tun?"

Etienne schien ihre Worte kaum zu hören. Mit schmerzverzerrtem Gesicht rieb er sich über den Hals. „Er ist der Wilde, von dem alle sprechen, nicht wahr?"

Sie sah zu ihm auf und nickte. „Mein Vater ist fest davon überzeugt, dass er aus ihm einen zivilisierten Menschen machen kann."

„Und glaubst du das auch?", spuckte Etienne verächtlich aus.

„Ich weiß es nicht." Sie hatte eine Seite an Julien kennengelernt, die ihr Angst machte. Ein Wesen, das nicht den klaren Verstand eines Menschen besaß, war gefährlich, weil man nie wusste, was in ihm vorging und zu welchen Taten es fähig war.

„Wie geht es deinem Hals?", fragte sie besorgt.

Er nahm die Hand von seiner Kehle und offenbarte ihr eine blutunterlaufene, ovale Stelle. Die Abdrücke von Juliens

Zähnen waren deutlich zu erkennen.

„Ich sollte eine Salbe holen.“ Sie wollte aufstehen, Etienne hielt sie jedoch am Arm fest.

„Warte, das ist nicht nötig. Es geht mir besser.“

„Aber die Wunde könnte sich entzünden.“

„Hast du schon vergessen, dass ich in eine Apothekerfamilie geboren wurde? Ich werde mir schon irgendwie zu helfen wissen.“

Er hatte natürlich recht, er saß an der Quelle und konnte zudem selbst am besten einschätzen, ob er ein Medikament benötigte. „Wie bist du überhaupt hier hereingekommen?“

„Ich wollte mit dir reden. Wegen Isabelle. Ich bereue, was ich getan habe. Die letzten Tage waren die reinste Qual, weil ich dich nicht sehen durfte. Du hast dich stets von deinem Vater verleugnen lassen. Ich wusste, dass er heute Hausbesuche machen würde. Also wollte ich zu dir gehen und um deine Vergebung bitten. Die Tür war nur angelehnt. Als ich das Haus betrat, sah ich diesen perversen Mann, der vor dem Baderaum hockte und sich selbst befriedigte. Glaube mir, ich wollte dir nur helfen, Lorraine. Stattdessen habe ich dich geschlagen.“ Er senkte den Kopf. „Kannst du mir jemals verzeihen?“

„Die Tür!“, entfuhr es ihr.

„Ich habe Julien nicht in sein Zimmer gesperrt!“ Eilig schob sie den Stuhl zurück und lief in den Flur. Die Haustür stand weit offen.

„Lorraine, was ist denn auf einmal in dich gefahren?“

„Er ist fort!“

„Wer?“

„Ich hoffe, ihm geschieht nichts!“

„Ich kann es nicht glauben“, würgte Etienne hervor. „Du machst dir Sorgen um diesen Bastard?“

„Etienne!“

„Ein Blinder würde erkennen, welch Mörderinstinkt diesem Irren inne ist.“

„Und wenn er dich gar nicht töten wollte? Wenn er nur glaubte, mich beschützen zu müssen?“

„Du verteidigst ihn schon wieder. Ist dir meine Wunde nicht Beweis genug?“ Wütend deutete er auf den blutigen Fleck an seiner Kehle.

„Das spielt keine Rolle im Moment. Wir müssen ihn finden, bevor es jemand anderes tut! Etienne, bitte hilf mir!“

„Ich? Du machst dich lustig über mich?“

„Es ist mein Ernst. Zu zweit können wir es schaffen.“

Etienne musterte sie kühl und schüttelte den Kopf. „Tut mir leid, Lorraine. Dafür musst du dir einen anderen Dummen suchen.“

„Aber Etienne!“

Er wandte ihr den Rücken zu und verließ das Haus, ohne ein weiteres Wort zu verlieren.

* * *

Wenige Augenblicke später irrte Lorraine durch die Stadt. Die Gagnoniens zeigten sich hilfsbereit, jedoch hatte keiner von ihnen Julien gesehen. Wahrscheinlich hätte sein Auftauchen für großes Aufsehen gesorgt. Da dies jedoch nicht geschehen war, konnte sie nur mutmaßen, dass er nicht in die Stadt geflohen war, sondern sich in den nahegelegenen Wald zurückgezogen hatte. Nach zwei Stunden erfolgloser Suche entschied sie schließlich, heimzukehren. Beaumont hielt sich im kleinen Salon auf, als Lorraine das Haus betrat. Er saß in einem gepolsterten Sessel und hatte ein Journal über den Beinen ausgebreitet, in dem er konzentriert las.

„Störe ich?“, fragte Lorraine zaghaft.

Beaumont hob den Kopf und lächelte ihr zu. „Natürlich nicht. Ist etwas geschehen? Du siehst blass um die Nase aus.“

Sie seufzte. Offenbar hatte ihr Vater noch gar nicht bemerkt, dass Julien verschwunden war. „Wie soll ich dir das nur erklären?“

Beaumont legte die Zeitung beiseite und musterte sie von oben bis unten. Lorraine wusste, dass es nichts brachte, ihm etwas vorzumachen. Er kannte sie zu gut und würde jede Lüge oder Ausflucht ohne Zögern als solche erkennen. Also rückte sie ohne weitere Umschweife mit der Sprache heraus. Sie erzählte von Etienne, der wie von Sinnen auf Julien eingeschlagen hatte, und wie dieser seinerseits versuchte, seinem Kontrahenten die Kehle durchzubeißen. Damit ihr Vater keinen Verdacht schöpfte, betonte sie, sie hätte nicht gewusst, dass Julien sie beim Baden beobachtete. Wahrscheinlich habe er nur nach ihr gesucht und Etienne sein Verhalten falsch gedeutet. Als sie ihre Ausführungen beendet hatte, erwartete sie ein Donnerwetter, aber es blieb zu ihrem Erstaunen aus. Beaumont nickte nur nachdenklich, erhob sich schließlich und erklärte, dass er sich im Forst nach Julien umsehen wolle.

„Ich komme mit dir“, sagte Lorraine.

Ihr Vater schüttelte den Kopf. „Bleibe hier. Vielleicht kehrt er in der Zwischenzeit zurück. Außerdem ziehen dunkle Wolken auf. Es wird bald ein Unwetter geben.“ Er deutete aus dem Fenster zum Himmel, der sich schwarz verfärbte. Die ersten Regentropfen klopften gegen die Scheibe.

„In Ordnung, Papa. Versprich mir nur, dass du acht auf dich gibst."

Beaumont lächelte seine Tochter liebevoll an, dann wandte er sich ab und ging zur Tür. Dort angekommen drehte er sich noch einmal zu ihr um. „Ehe ich es vergesse. Etienne war vorhin hier. Er hat ein Geschenk für dich abgegeben. Du findest es auf deinem Nachtschrank."

„Ich sehe gleich nach", sagte sie und verschwand in ihrem Zimmer, wo sie einen kleinen, zusammengeschnürten Karton und einen Brief entdeckte. Zumindest besaß dieser Schuft genügend Anstand, sich zu entschuldigen, überlegte sie und öffnete die Schachtel. Ein leiser Schrei entwich ihrer Kehle, als sie darin einen Penis entdeckte! Ihr Herz klopfte bis zum Hals. Nach genauer Prüfung und vorsichtigem Abtasten stellte sie jedoch erleichtert fest, dass es sich nicht um ein echtes Exemplar handelte, das einem bedauernswerten Mann abgetrennt worden war, sondern um ein Imitat aus Leder.

„Welch romantisches Geschenk", dachte sie voller Ironie und las den Brief.

Liebste Lorraine,
ich hoffe, meine kleine Aufmerksamkeit gefällt dir. Ich habe sie nur für dich anfertigen lassen. Nimm dies Geschenk als Zeichen meiner Reue und unerschütterlichen Liebe zu dir und deinem atemberaubenden Körper, den ich vermisse und am liebsten an meinem spüren würde. Vergib mir, Lorraine, dass ich so direkt bin. Aber meine Sehnsucht nach dir wächst, ohne dass ich sie daran hindern könnte. Ich möchte dich in meinen Armen halten,

dich küssen und liebkosen, an deinen Knospen saugen, bis sie rot werden und zu wunderschönen Rosen erblühen. Meine Lippen sollen dir gehören, deiner Lust dienen, sie stillen und befriedigen. Ich werde tun, was du von mir verlangst. Dich lecken, wenn du es befiehlst. Deinen Quell trinken, so du es mir gestattest. Lass mir diese Gnade zuteil werden, liebste Lorraine! Gestatte mir, vor dir zu knien, dich auf meiner Zunge zu schmecken, bis ich in deiner triefenden Süße ertrinke. Und wenn du es willst, werde ich dich mit meinem Geschenk verwöhnen, den Liebesstab in dich schieben, bis du vor Wonne nach mehr schreist.

Würde dir diese Vorstellung gefallen, Lorraine? Ich kann diesen Traum wahr werden lassen. Triff mich heute Nacht bei den Weinbergen. Und habe keine Bedenken, wenn das Wetter nicht mitspielen sollte. Ich kenne eine kleine Hütte in der Nähe, in der wir Unterschlupf finden werden.

In sehnsüchtiger Erwartung
Dein dich liebender
Etienne

Lorraine zerknüllte das Papier und warf es in den aufgeklappten Karton.

„Oh Etienne, denkst du wirklich, ich wäre so naiv? Deine Worte sind leer“, sagte sie traurig und ließ den Liebesstab in der Schublade verschwinden. So schnell würde sie ihm nicht verzeihen, dass er sie betrogen hatte. Ausgerechnet mit dieser Gans! Glaubte er wahrhaftig, er könne sie auf diese Weise zurückgewinnen? Mit einem Geschenk, das obszöner Natur war?

Sie legte sich auf das Bett und wartete sehnsüchtig auf die Heimkehr ihres Vaters. Hoffentlich würde er Julien finden!

Gen Abend hörte sie das Klacken des Haustürschlosses. Kurz darauf stand ihr Vater mit sorgenvoller Miene in ihrem Zimmer, völlig durchnässt und schwer hustend. Julien war nicht bei ihm. Lorraines Sorge wurde größer, denn sie wusste, wie sehr er sich vor Gewittern fürchtete. Beaumont versicherte, alles Menschenmögliche getan zu haben, um ihn zu finden. Leider war seine Suche erfolglos geblieben.

„Was können wir nur tun?", fragte sie verzweifelt.

„Im Augenblick gar nichts. Wir warten bis morgen, dann frage ich die Männer in der Stadt, ob sie mir bei der Suche helfen."

„Morgen könnte es zu spät sein!"

„Es wird bald dunkel, Lorraine. Und bei diesem Unwetter brennt keine Fackel lange genug, um den gesamten Wald zu durchsuchen."

„Aber …"

„Wir werden ihn finden, das verspreche ich dir. So schnell gebe ich nicht auf."

Es regnete den ganzen Abend. Selbst als Beaumont sich zu später Stunde zur Ruhe begab, tobte noch immer ein sintflutartiges Unwetter. Auch Lorraine hatte sich nachtfertig gemacht und heimlich in Juliens Bett gelegt, weil hier alles nach ihm roch. Die Wäsche, das Nachthemd, das unter der Decke lag, sogar das Laken verströmten diesen männlichen, herben Duft, der ihm inne war und der die Hitze in ihre Scham trieb. Seufzend legte sie den Kopf auf sein Kissen und schloss die Augen. Gewissensbisse plagten sie. Es war ihre

Schuld, dass er fortgelaufen war. Sie hätte Julien nicht ausschimpfen dürfen! Nun konnte sie nur hoffen, dass er einen sicheren Unterschlupf gefunden hatte – irgendwo dort draußen. Unruhig drehte sie sich zur anderen Seite, öffnete die Augen und blickte sich um. Schemenhaft sah sie den Schrank, den Tisch und den Stuhl am Fenster. Alles in diesem Raum erinnerte sie an ihn. Ihr Vater hatte die Unordnung nicht beseitigt. Das Zimmer sah genauso aus, wie Julien es zurückgelassen hatte. Sie dachte an die wilde Leidenschaft, mit der er sie geliebt hatte. Wie von selbst wanderten ihre Hände tiefer. Zart berührten die zitternden Fingerspitzen ihre anschwellenden Schamlippen, die zu atmen schienen. Süße Erregung jagte durch ihre Adern, als sie an den Moment zurückdachte, in dem er sie auf das Bett geworfen hatte und wie ein wildes Tier über sie hergefallen war. Vornehme Zurückhaltung hatte er nicht gekannt. Seine Leidenschaft war ursprünglich und rein. So wollte sie von einem Mann geliebt werden! Ohne Hemmungen.

Das Klirren von Glas, das gewaltsam zerbarst, ließ sie zusammenzucken. Angespannt lauschte sie in die Nacht hinaus, doch da war nichts außer dem Regen, der ohne Unterlass gegen die Fensterscheiben schlug. Es herrschte wahrhaftig ein scheußliches Wetter, und sie war froh, sich im Trockenen zu befinden.

Wie von Geisterhand schob sich die Tür mit einem leisen Knarren zur Seite. Erschrocken drehte Lorraine den Kopf. Da bemerkte sie die dunkle Gestalt, die auf allen vieren über die Dielen kroch. Zunächst glaubte sie zu träumen. Dann hörte sie das erschöpfte Atmen und angestrengte Schnaufen, und ihr wurde klar, dass dies kein Traum war.

„Julien!“, rief sie und sprang aus dem Bett, um vor ihm auf die Knie zu gehen und ihn in die Arme zu schließen. Er zitterte vor Kälte.

„Gott sei Dank, du bist zurück!“ Sie nahm sein Gesicht in beide Hände und bedeckte es mit Küssen. „Ich habe mir Sorgen um dich gemacht!“

Als sie ihn erneut an sich drückte, spürte sie etwas Feuchtes an ihren Fingern. Rasch entzündete sie eine Kerze und betrachtete ihre Hand im Licht. Blut!

„Du bist verletzt!“, rief sie aus und musterte ihn von allen Seiten, bis sie die blutigen Striemen auf seinem Rücken entdeckte. Hätte sie es nicht besser gewusst, sie hätte geglaubt, jemand habe ihn ausgepeitscht. „Wie konnte das nur passieren?“, fragte sie ihn, ohne eine Antwort zu erwarten.

„W…Wal…d.”

Lorraine riss die Augen weit auf. Es war das erste Mal, dass er zu ihr sprach. In einer Nacht hatte sie gemeint, ihn im Schlaf reden zu hören. Aber sie war sich nie sicher gewesen, ob es nicht doch der Donner gewesen war, den sie gehört hatte. Es dauerte einen Augenblick, ehe sie ihre Fassung zurückgewann.

„Wa…ld“, wiederholte er und sah sie dabei mit bedeutsamem Blick an.

„Du warst im Wald?“, brachte sie schließlich hervor.

Julien nickte.

Das Gewitter musste ihn aus seinem Versteck gelockt und heimwärts getrieben haben.

„Und die Verletzungen? Woher stammen sie? Von einem Tier?“

Sie riss kurzerhand ein Stück Stoff von ihrem Nachthemd,

um seine Wunde abzutupfen.

„Nein."

„Von Sträuchern?"

Julien wog den Kopf hin und her und nickte.

„Und wie bist du hier hereingekommen?"

Er deutete mit dem Zeigefinger zum vernagelten Fenster.

„Du bist durch ein Fenster im Erdgeschoss eingestiegen?"

„Fen…ster", bestätigte er.

Lorraine verstand, dass er einen Stein benutzt hatte, um die Scheibe einzuwerfen und ins Haus zu klettern. Tränen der Erleichterung rannen über ihr Gesicht.

„Wa…rum … du?" Er nahm ihr Kinn und drehte ihren Kopf, sodass sie in ansehen musste. Dann deutete er auf ihre Tränen.

„Warum ich weine?" Ein Lächeln bildete sich auf ihren Lippen, als sie seine Sorge bemerkte. „Wegen dir."

Der Wilde, den sie zuvor so abstoßend gefunden hatte, hatte sich heimlich in ihr Herz geschlichen. Zärtlich schmiegte sie ihren Kopf an seine Schulter und genoss es, seine Hände auf ihrem Rücken zu spüren. Julien streichelte sie sanft, als wollte er sie trösten, aber dabei blieb es nicht. Seine Lippen berührten ihren Hals, tasteten ihn ab, neugierig und forschend. Dann sahen sie sich einen endlosen Augenblick an. Sie glaubte sich in seinen strahlenden Augen zu verlieren. Das Verlangen, das sie in ihnen sah, entfachte ein Feuer in ihr, weckte ihre Begierde. Sie wollte ihn! Mit Haut und Haaren. Ihn, diesen faszinierenden Mann, der so anders war als jeder Mann, den sie kannte. Der stark war, voller Wärme und glühender Leidenschaft, gleichzeitig verletzlich und doch unberechenbar.

„Nimm mich“, flüsterte sie.

Und er verstand. Sacht legte er sie auf das Bett, half ihr, das Nachthemd abzustreifen, und schmiegte sich an sie, wärmte sie mit seinem Körper und streichelte sie zärtlich. Seine starke Hand legte sich auf ihre Wange. Dann fuhr er vorsichtig mit dem Zeigefinger ihre Lippen nach, andächtig, als vollführte er ein heiliges Ritual. Lorraine erzitterte, dann hauchte sie ein Küsschen auf seine Fingerkuppe, bevor er erneut über ihren Hals strich, eine Sehne nachzeichnete und seine Hand schließlich unbeirrt tiefer gleiten ließ, hin zu ihren Brustwarzen, die sich in freudiger Erregung aufgestellt hatten, als wüssten sie genau, dass er sie berühren würde.

„Julien, lass mich nicht länger warten“, hauchte Lorraine heiser. „Besorg es mir heute Nacht.“ Entschlossen griff sie nach seiner Hand und drückte sie auf ihre Brust, damit er ihren aufgeregten Herzschlag spüren konnte. Dann sah sie ihm fest in die Augen und nickte ihm zu. Deutlicher konnte sie kaum werden.

Aber Julien ließ sich Zeit. Er streichelte ihre Brüste, knetete sie erst sanft, dann allmählich fester, bis sich seine Hände ganz um sie schlossen und sie zusammendrückte. Lorraine stöhnte wohlig, während er vorsichtig über sie kletterte. Die Haare hingen ihm wild ins Gesicht. Sie konnte seine Augen nicht mehr erkennen, dafür aber das süffisante Lächeln, das sich bildete, während er mit beiden Händen nach ihren Handgelenken griff und diese über ihrem Kopf zusammendrückte. Lorraine wusste, was diese Geste bedeutete. Sie war sein. Und er konnte mit ihr machen, was er wollte und wie es ihm beliebte.

Die Hitze hatte ihre Scham längst erfasst, und sie spürte,

wie ihre Schamlippen pochten und vor Erregung anschwollen. Dring in mich, dachte sie und sah flehend zu ihm auf, da sie es vor Lust kaum noch aushielt. Sie wünschte sich so sehr, dass er sie noch einmal so leidenschaftlich nahm, wie in ihrer ersten Nacht. Sie wollte alles um sich herum vergessen, sich fallen lassen und von ihm aufgefangen werden. Und tatsächlich spürte sie bereits seinen harten Schaft, der verführerisch an ihrer Scham rieb, über ihren Venushügel glitt und einen Teil ihrer Feuchtigkeit zu ihren Schamhaaren hinaufbeförderte. Sie wünschte, sie hätte ihn nun berühren können. Aber seine Hände hatten sich nicht gelockert, noch immer hielten sie ihre Handgelenke fest zusammen. Sein Grinsen wurde nun breiter. Er sah ihr in die Augen und zwinkerte, als wüsste er genau, was sie in diesem Moment begehrte. Neckisch drückte er die Eichel gegen ihren Eingang, sodass sie vor Wonne die Augen verdrehte. Und schließlich drang er sanft in sie. Millimeter für Millimeter glitt er tiefer in ihre heiße Grotte. Lorraine schloss die Lider und genoss das Gefühl, vollständig ausgefüllt zu werden.

Ihre Hände ballten sich zu Fäusten und jeder Muskel ihres Körpers spannte sich an, als er sich in ihr vor und zurück bewegte, einen langsamen Rhythmus einleitend. Lorraines Lippen öffneten sich. Leise, doch hörbar drang ihr Atem aus ihrem Mund. Dann hob sie sacht ihr Becken und winkelte leicht die Beine an, die vor Anstrengung rasch zu zittern begannen. Julien stieß zu. Wieder und wieder. Seine Bewegungen wurden kraftvoller. Eine Erschütterung nach der anderen jagte durch ihren Körper. Lorraine spürte bereits ihren Höhepunkt nahen, als er abrupt innehielt, ihre Hände freigab und von ihr hinunterstieg, sie dann jedoch bei den Armen packte und mit Schwung aus dem Bett zog. Lorraine konnte gerade noch einen Schrei unterdrücken, schon wurde sie zu dem leer geräumten Schreibtisch gezogen, der in der Nähe des Fensters stand. Er legte sie auf der hölzernen Platte ab, platzierte die Hände auf ihre Oberschenkel und spreizte mit einem kraftvollen Ruck ihre Beine, sodass sich ihre tropfnasse, pochende Vagina schutzlos vor ihm entblößte. Lorraine war überwältigt von seinem energischen Gebaren. Unmöglich, ihm Einhalt zu gebieten, selbst wenn sie es gewollt hätte. Sollte er mit ihr machen, was er wollte. Völlig gleich, was er tun würde, sie würde es genießen! Oh, sie zitterte vor Aufregung und Erwartung am ganzen Leib, wenn sie nur daran dachte, was ihm alles einfallen mochte. Doch zunächst tat er nichts außer ihre Scham anzustarren und an ihr zu schnüffeln, als sähe er sie zum ersten Mal. Lorraine begriff, dass sie einfordern musste, wonach es ihr verlangte, und steckte beide Zeigefinger in ihren Eingang, um ihn zu weiten, das Loch zu vergrößern und Julien zu verstehen zu geben, dass sie es nicht länger ohne seine Manneskraft aushielt. Sie brauchte ihn. Sofort. Der Wilde stieß einen grollenden Laut aus, legte ihre Beine auf seine Schultern und richtete die Spitze seiner Eichel auf ihren Lusttunnel. In einem Zug drang sein Penis in sie.

„Oh ja", seufzte Lorraine erfüllt. Sie konnte seine Hoden spüren, die fest gegen sie schlugen. Juliens Hände schoben sich unter ihren Po. Seine Finger krallten sich so fest in ihr Fleisch, dass sie vor Wonne aufstöhnte. Das harte Holz drückte gegen ihren Rücken, aber in diesem Moment war ihr alles egal. Sie spürte keine Schmerzen, nur die Lust, die sie übermannte und ihr allmählich den Verstand raubte. Lorraine fühlte sich, als schwebte sie zwischen Himmel und Erde. Jeder Stoß brachte sie ihrer Erlösung näher. Jede noch so kurze, unbedeutende Unterbrechung entfernte sie ein Stück davon.

Plötzlich legte Julien ihre Beine um seine Taille und machte zwei Schritte nach hinten, sodass er ihren Oberkörper von der Tischplatte herunterzog. Lorraine keuchte erschrocken auf, als sie zu fallen drohte. Hektisch streckte sie die Arme aus, um sich mit den Händen am Boden abzufangen, während sie kopfüber hinunterhing, einzig durch Juliens kraftvolle Hände gestützt, mit denen er ihr Gesäß festhielt. Ihre Beinmuskeln zitterten vor Anstrengung. Sie spürte, wie ihr das Blut in den Kopf schoss. Die Position war ungewohnt, jedoch auch aufregend. Juliens Penis bewegte sich ohne Unterlass in ihr. Vorsichtig löste er eine Hand von ihrem Po und kraulte zärtlich ihr Schamhaar, um dann sanft über ihren Venushügel zu gleiten, über die pulsierenden Schamlippen und wieder hinauf zu ihren krausen Locken. Lorraine schloss die Augen, um sich ganz auf diese wunderbaren Gefühle zu konzentrieren, die seine Berührung in ihr auslösten. Sein Penis verweilte in ihr, während die Kuppe seines Zeigefingers erneut in ihre Spalte drang und ihre Klitoris neckte.

„Oh, du Teufel!" Sie grinste selig und wünschte sich, sie hätte mehr Kraft in den Armen gehabt, die ihr wegen der ungewöhnlichen Position zusehends schwerer wurden. Ein Zittern erfasste ihren Leib, doch sie wollte diesen Moment auskosten, in dem sich Julien einzig auf ihre Lust konzentrierte, sie mit seinem herrlich pochenden Stab ausfüllte und gleichzeitig ihre Perle verwöhnte. Welch Geschick er besaß!

Instinktiv schien er genau zu wissen, was sie begehrte, wonach sie sich sehnte. Es war, als konnte er ihre Gedanken lesen. Lorraine hatte das Gefühl, mit ihm zu verschmelzen, eins zu werden mit diesem außergewöhnlichen Mann, der rau und einfühlsam zugleich war. Allmählich erfasste ein unangenehmes Kribbeln ihre Arme.

„Zieh mich hoch", stöhnte Lorraine, da ihr die Kraft nun endgültig schwand.

Sogleich ging ein mächtiger Ruck durch ihren Körper und er riss sie hoch. Ehe sie sich versah, saß sie auf ihm und wurde auf diesen aufregend männlichen Hüften durch den Raum getragen. Julien ging in die Knie, um sie auf dem Boden zu betten, wo er erneut in sie drang und tief in sie stieß, bis sie sich vor Wonne unter ihm wand. Sie konnte seinen Atem auf ihren prallen Brüsten spüren, der stoßweise über ihre Wölbungen strich. Tiefer, immer tiefer, drang er in sie, trieb sie unaufhaltsam bis an ihre Grenzen und darüber hinaus. Lorraine zuckte am ganzen Leib. Der Schweiß rann in Sturzbächen über ihr Gesicht. Julien entfachte ein Feuer in ihr, das sich nicht länger bändigen ließ. Sie konnte und wollte nicht zurück, gab sich ihm hin und unterwarf sich seinem fordernden Rhythmus. Fest schlossen sich ihre Schenkel um seinen Körper, als suchte sie Halt, während sie sich zeitgleich ihm entgegenstreckte, ihre Hände auf seinen Rücken legend. Ihre Nägel kratzten über sein schweißnasses Fleisch und hinterließen rote Spuren auf seiner Haut. Aber der Schmerz schien ihn nur noch mehr anzutreiben. Seine Stöße wurden härter und schneller.

Fest drückte sie ihn an sich, sodass sein Penis vollständig in ihr verschwand. Das Zucken seines heißen Stabes machte sie wahnsinnig. Ein letzter, kraftvoller Stoß genügte und es kam ihr. Ihr Körper verkrampfte sich, ihre Finger bohrten sich fester in sein Fleisch und der Druck, den ihre Schenkel auf seine Taille ausübten, schien ihm sekundenlang die Luft zu rauben. Noch während sie das Gefühl hatte, von innen heraus zu explodieren, verschloss sie seine bebenden Lippen mit ihrem süßen Mund. Dann entspannte sie sich, ließ sich sinken, ohne seine Zunge dabei freizugeben, und streckte erschöpft Arme und Beine von sich.

Julien küsste sie ein letztes Mal und zog sich aus ihr zurück. Er war noch immer erschöpft und kroch dennoch mit einem verwegenen Blick über sie, ihre Taille zwischen seinen Schenkel einschließend. Mit einem Lächeln schob er seinen Penis zwischen ihre Brüste, die Lorraine mit beiden Händen zusammendrückte. Dann bewegte er sein Becken vor und zurück. Der Druck, der nun von Lorraines festen Brüsten ausging, trieb auch ihn rasant zu seinem Höhepunkt. Sein heißer Saft spritzte auf ihren Busen, glitt über ihre Nippel und sammelte sich in ihrer Halskuhle. Julien beugte sich über sie und ließ seine Zunge über ihre Haut gleiten, bis er auch den letzten Rest seines Spermas aufgenommen hatte.

„Küss mich“, flüsterte Lorraine und öffnete gierig ihren Mund, als er sich ihrem Gesicht näherte.

Fordernd schob er seine Zunge in sie. Ihre Arme schlangen sich um seinen Hals. Glücklich erwiderte sie seinen Kuss.

8. KAPITEL

„Es ist schön, dass du wieder bei mir bist", gurrte Isabelle Giffard und streichelte Etiennes muskulöse Brust. Ihre Hand fühlte sich warm an, so herrlich weich. Mit einem zauberhaften Augenaufschlag näherte sie sich seinem Gesicht, um einen Kuss auf seine Lippen zu hauchen. Isabelle war atemberaubend schön und zudem eine leichte Beute. Er hatte keine sonderliche Mühe aufbringen müssen, um sie zu verführen. Mit den Mädchen von Gagnion hatte er schon immer leichtes Spiel gehabt. Die meisten fielen auf seine betörenden Worte und seine Heiratsversprechen herein. Bisher war seine Taktik aufgegangen. Allerdings drohte ihm nun eine seiner ehemaligen Liebschaften, Jacqueline Louvert, einen Strich durch die Rechnung zu machen. Die Tochter eines Stadtratmitglieds aus Paris war vor einigen Wochen in die Apotheke gekommen, um ihm ein furchtbares Geständnis zu machen. „Ich trage dein Kind unter meinem Herzen. Nun stehe zu deinem Wort und heirate mich", hatte sie gesagt. Aus Etiennes Gesicht war sämtliche Farbe gewichen, denn er hatte nie ernste Absichten Jacqueline gegenüber gehegt und nur ein schnelles Abenteuer gesucht, als er mit seinem Vater einige Tage in Paris verweilt hatte. „Wer sagt mir, dass du die Wahrheit sprichst", hatte er ihr kühl entgegnet. Jacqueline hatte beteuert, nur mit ihm geschlafen zu haben und keinen anderen zu lieben als ihn. Doch Etienne hatten ihre Worte kalt gelassen. Er hatte sie fortgeschickt, weil er mit der Sache nichts zu tun haben wollte. Es war ihm gleich, wie sie ihrem Vater die delikate Angelegenheit beibrachte. Dass er ihren Ruf als ehrbare Frau beschädigte, interessierte ihn nicht. Er hatte andere

Dinge im Kopf. So dachte er in letzter Zeit oft an Lorraine. Selbst jetzt, da er in Isabelles Armen lag, ging sie ihm nicht aus dem Sinn. Sie bestimmte sein Denken, zu jeder Tages- und Nachtzeit.

Wieso war sie nicht zur Verabredung erschienen? Etienne hatte gewartet, bis er vor Kälte seine Hände und Füße nicht mehr gespürt hatte. Dann war er durch die Weinberge gestreift, hatte sich in das Haus der Winzerfamilie Giffard geschlichen und Isabelle in die kleine Hütte entführt, in der sie eine leidenschaftliche Nacht verbrachten.

Nun schien auch der Morgen vielversprechend zu werden, wären da nicht diese quälenden Gedanken an Lorraine, die ihn ablenkten. Gewöhnlich war es ihm gleich, ob ein Mädchen nebenbei noch andere Männer liebte. Aber bei Lorraine war es anders. Er hatte kaum Schlaf finden können, was gewiss nicht allein an dem kargen Bett lag, in dem er genächtigt hatte, sondern weil er immerzu an diesen widerwärtigen Julien hatte denken müssen. Und daran, dass sie sich um den Wilden mehr gesorgt hatte als um ihn.

„Du bist mit den Gedanken woanders“, stellte Isabelle enttäuscht fest. „Gefalle ich dir nicht mehr?“

Er sah sie mit einem abwesenden Blick an. Es dauerte eine Weile, ehe ihre Worte zu ihm vordrangen. Benommen schüttelte er den Kopf. „Natürlich gefällst du mir, wäre ich sonst hier?“

Sie lachte, zog die einfache Decke über ihren Kopf und verschwand zwischen seinen Schenkeln. Etwas Feuchtes schmiegte sich um seine Eichel und entlockte ihm die schönsten Gefühle. Zärtlich glitten ihre Lippen seinen Schaft hinab, hinauf und wieder hinab. Etienne zuckte zusammen, weil ihn selbst diese Geste an Lorraine erinnerte! Sie hatte es geliebt, ihn mit dem Mund zu verwöhnen. Das war jedoch leider Vergangenheit.

„Was ist mit dir los?“, wunderte sich Isabelle. Sein Glied schwoll immer wieder ab, ganz gleich, was sie mit ihm anstellte. Mit rotem Gesicht kroch sie unter der Decke hervor und musterte ihn nachdenklich.

„Wenn du keine Lust auf mich hast, kannst du es mir sagen. Dann besorge ich es mir eben selbst.“

Etienne beschloss, jeden Gedanken an Lorraine zu verdrängen und sich stattdessen nur noch auf das Hier und Jetzt zu konzentrieren, bevor er es sich auch noch mit Isabelle verscherzte.

„Ma chère, ich bin verrückt nach dir“, versuchte er sie zu besänftigen.

Seine Hand legte sich auf ihre Wange. Zärtlich zeichnete er ihre Konturen nach. Diese Frau sah wie ein Püppchen aus. Perfekt. Und doch so langweilig. Lorraine besaß eine natürliche Schönheit, die mit nichts zu vergleichen war. Ihre kleinen Makel machten sie nur interessanter. Völlig gleich, ob es die leicht abstehenden Ohren, die ihrem Antlitz etwas Spitzbübisches verliehen, oder die dichten Augenbrauen waren, die ein wenig zu lang für ihr kleines Gesicht geraten schienen, er mochte alles an ihr.

„Davon merke ich nicht viel, Etienne. Um ehrlich zu sein, langweilst du mich gerade.“

„Manchmal muss eine Frau die Leidenschaft eines Mannes wecken, um an ihr Ziel zu gelangen.“

„Das habe ich bereits versucht.“

„Dann war es womöglich der falsche Weg.“

„Und wie mache ich es richtig?“

„Finde es heraus, das ist es doch, was die Spannung ausmacht, nicht wahr?“

Sie überlegte und nickte schließlich.

„Probiere es aus. Ich bin zu allem bereit, Isabelle.“

Sie erhob sich, stellte sich breitbeinig über ihn und spreizte ihren großen Zeh ab, um ihn an seine Lippen zu legen.

„Was könnte dir jetzt wohl gefallen?“, überlegte sie und kicherte, als seine Zunge über ihre Sohle leckte. „Ich verstehe, dieses Spiel willst du also spielen. Dann mach schön weit den Mund auf, mein Guter.“

Etienne befolgte ihren Befehl, und Isabelle zögerte nicht, ihm ihren Zeh in den Mund zu stecken. Langsam bewegte sie ihn vor und zurück, während Etienne zärtlich an ihm saugte.

Dann wanderten seine Lippen über ihren Fuß, eine feuchte Spur auf ihrer Haut hinterlassend. Es kitzelte sie. Isabelle konnte nur schwer stillhalten. Seine Lippen schienen überall zu sein. Zwischen ihren Zehen, an ihrer Sohle, auf ihrem Fußrücken. Langsam arbeitete er sich nach oben. Bedeckte ihre Wade mit heißen Küssen, stellte dabei ihren Fuß ab und richtete den Oberkörper auf, um auch ihren Oberschenkel zu erreichen.

„Ich mag es, wenn ein Mann vor mir kniet“, sagte sie in inniger Vorfreude und streichelte ihren haarigen Venushügel.

Etienne schob seinen Zeigefinger in ihre tropfende Enge und leckte ihren Kitzler, bis dieser rot und angeschwollen aus seinem fleischigen Mantel ragte.

„Ja, du weißt, wie ich es mag“, stöhnte Isabelle und bewegte ihr Becken in seinem Takt, während Etienne von ihrer Quelle kostete. Isabelle schmeckte anders als Lorraine. Herber. Es fehlte das blumige, süße Aroma, das er so an ihr liebte. Liebe?, unterbrach er seine eigenen Gedanken und schüttelte den Kopf über diese Absurdität.

„Hör nicht auf, mich zu lecken“, bat Isabelle und legte ihre Hände auf seinen Kopf. Fordernd drückte sie sein Gesicht an ihre Scham. Etwas Ähnliches hatte auch Lorraine getan, um die Zärtlichkeiten einzufordern, die ihr zustanden. Völlig gleich was Isabelle tat, alles schien ihn plötzlich an Lorraine zu erinnern. Jede noch so kleine Begebenheit ließ ihn an Beaumonts schöne Tochter denken. Er musste dem entgegenwirken, sich voll und ganz auf Isabelle konzentrieren. Diese Frau war eine Göttin, schöner als jede andere! Er konnte ihre Vorzüge unmöglich missachten. Gierig saugte er an ihrer Klitoris, bis sie vibrierte.

„Nicht so hastig! Geh es ruhiger an, sonst beißt du mir meine Perle noch ab. Das wäre gar nicht fein.“

Er löste sich von ihr und blickte zu ihr auf. Sein Antlitz glänzte, weil ihr Liebessaft an ihm klebte.

„Vergib mir, meine Schöne. Aber ich bekomme einfach nicht genug von dir.“

Sie ging in die Hocke, legte beide Hände auf seine Wangen und küsste ihn. Ein Teil der Feuchtigkeit, die sich auf seinem Gesicht verteilt hatte, geriet in ihren Mund, der andere blieb an ihren Fingern haften. Isabelle steckte einen nach dem anderen in den Mund.

Der Anblick erregte ihn. Wer konnte einer solch süßen Verführung schon widerstehen? Er griff nach ihrem Nacken, krallte seine Finger in ihre blonden Locken und zog sie näher an sich heran. Fordernd legte er seine Lippen auf ihren

Mund. Doch als er die Augen schloss, war es Lorraines Gesicht, das vor ihm auftauchte. Verheißungsvoll lächelte sie ihm zu.

„Warum hast du aufgehört mich zu küssen?“, fragte Isabelle verblüfft. Ihre Stimme holte ihn plötzlich in die Wirklichkeit zurück.

Verwirrt starrte er die Winzertochter an. Was war nur mit ihm los? Wieso ließ er sich immerzu ablenken?

„Ich möchte, dass du unter mir liegst. Ich will dir in die Augen sehen, wenn ich dich liebe“, sagte er.

„Wenn das so ist ...“

Bereitwillig legte sich Isabelle auf den Rücken und zwinkerte ihm zu. „Worauf wartest du noch, mein wilder Hengst.“ Sie spreizte die Beine.

Etienne spürte, wie sich seine Kehle zusammenzog. Er konnte sich nicht erinnern, wann er das letzte Mal so aufgewühlt gewesen war. Er hatte früh angefangen, sich für das weibliche Geschlecht zu interessieren. Angeregt durch Linette, die ein Auge auf ihn geworfen hatte. Sie war eine Dirne gewesen, verlebt, jedoch erfahren und bereit, einen Mann aus ihm zu machen. Geld hatte sie für ihre Dienste nicht gefordert.

Mit dem Finger vergewisserte sich Etienne, dass Isabelle ausreichend geweitet war, dann glitt sein Phallus in ihre Scheide. Die Blondine räkelte sich unter ihm, drückte ihren Brustkorb durch und reckte ihm ihre Brüste entgegen, presste sie mit ihren Händen zusammen und stöhnte ohne Unterlass. Einen flüchtigen Kuss hauchte er auf einen der beiden Warzenhöfe, bevor er sich auf seinen Rhythmus konzentrierte und dazu zwang, ihr ins Gesicht zu sehen. Doch was er sah, konnte sein Herz nicht erwärmen. Ihre perfekte Schönheit langweilte ihn. Der Orgasmus war für beide enttäuschend, gleich einem winzigen Flämmchen, das im strömenden Regen nicht lang bestehen konnte. Niedergeschlagen drehte er sich zur anderen Seite des Bettes.

Isabelle schmiegte sich an seinen Rücken und streichelte seine Schulter. „Es hat mir gefallen."

Er wusste, dass sie log. Doch es war ihm gleich. Seine Leidenschaft für Isabelle war erloschen. Ihr makelloser Körper, ihr helles Lachen, die blonden Locken, absolut nichts davon ging ihm nahe. Anders Lorraine. Ihm wurde klar, dass er um ihre Liebe kämpfen musste. Noch war es nicht zu spät, er konnte sie zurückgewinnen. Abrupt richtete er sich auf. Er wusste nun, was er zu tun hatte, und schlüpfte eilig in seine Kniehosen. Rüschenhemd und Rock waren ebenso schnell angelegt.

„Wo willst du hin?", fragte Isabelle erstaunt.

„In die Stadt, ich muss etwas Wichtiges erledigen."

„So früh? Ich dachte, du würdest länger bleiben. Wann sehen wir uns wieder?"

„Ich melde mich bei dir. Versprochen, ma chère", sagte er und küsste sie geschwisterlich auf die Stirn.

* * *

In den Straßen von Gagnion herrschte reges Treiben, als Etienne seinen Rappen in den Mietstall brachte und sich auf den Weg zur Apotheke machte. Verwundert blieb er stehen. Vor dem Haus stand eine schwarze, fensterlose Polizeikutsche. Raschen Schrittes ging er in die Offizin, wo seine Mutter

Beaumont einen Beutel über den Ladentisch reichte.

„Bonjour, Herr Doktor“, sagte Etienne. „Wie geht es Lorraine?“

Beaumont klemmte sich den Beutel unter den Arm, strich seinen Rock glatt und wandte sich dem jungen Mann zu. „Sie ist wohlauf. Julien ist glücklicherweise in der letzten Nacht zurückgekehrt.“

Etienne schluckte seinen Ärger über diese Nachricht hinunter und setzte ein freundliches Lächeln auf. „Das wird sie gewiss erleichtert haben. Seien Sie so gut und grüßen Sie die Gute von mir?“

„Das werde ich machen, Etienne. Au revoir!“ Beaumont hob die Hand zum Abschied und verließ die Apotheke.

Zähneknirschend wandte sich Etienne seiner Mutter zu, um in Erfahrung zu bringen, was es mit der Kutsche auf sich hatte. Als Madame Poméroy den Kopf hob, bemerkte er sogleich ihren ungewohnt ernsten Blick. Sie war normalerweise eine Frohnatur, die selten üble Laune hatte. Das sonst füllige, strahlende Gesicht wirkte eingefallen und krank.

„Maman, ist alles in Ordnung mit dir?“, fragte er sichtlich besorgt.

„Oh Etienne, was hast du nur getan!?“

„Ich habe keine Ahnung, wovon du sprichst.“

„Dein Vater wartet im Büro auf dich. Es sind auch drei Herren von der Polizei aus Paris bei ihm.“

„Was wollen die Herren denn von mir?“

„Das musst du Monsieur le commissaire selbst fragen.“ Madame Poméroy war den Tränen nahe und schnäuzte sich in ein feines Taschentuch.

Etienne lief um den Ladentisch herum und legte eine

Hand auf ihre Schulter. „Mach dir keine Sorgen, es kann sich nur um ein Missverständnis handeln", sagte er und begab sich dann die Treppe hinauf in den ersten Stock, wo er zaghaft an die Bürotür seines Vaters klopfte.

„Herein", erklang eine Stimme auf der anderen Seite.

Unsicher betrat er den kleinen Raum, der düster und ungemütlich wirkte. Etienne war lange Zeit nicht hier gewesen, da sein Vater sein Arbeitszimmer stets verriegelte. Schwere Vorhänge schirmten das Sonnenlicht ab. Nur wenige Kerzen brannten auf dem massiven Schreibtisch. Kaum hatte Etienne die Tür hinter sich zugeschlagen, richteten sich alle Augen auf ihn. Sein Vater stand am Fenster, die Hände auf den Rücken gelegt. Vor seinem Schreibtisch saß ein Herr im schwarzen Mantel, der von zwei Männern flankiert wurde.

„Etienne Poméroy, nehme ich an?", sprach er Etienne sofort an.

„Sie vermuten richtig, das ist mein Sohn", antwortete der alte Poméroy an Etiennes Stelle. Die Stimme seines Vater klang kalt und ungehalten. „Oder vielmehr, er *war* es. Nehmen Sie ihn mit."

Etienne wich entsetzt einen Schritt zurück. Schon kamen die Begleiter des Kommissars auf ihn zu, griffen ihn an den Armen und zerrten ihn zum Schreibtisch.

„Was soll das?", empörte sich Etienne und blickte seinen Vater Hilfe suchend an. Dieser wandte sich jedoch von ihm ab. „Ich habe nichts verbrochen!"

„Es liegt aber eine Anzeige gegen Sie vor, Monsieur Poméroy."

Etienne erbleichte. Wer, um alles in der Welt, sollte ihn eines Verbrechens bezichtigen? Er hatte sich nichts zu schulden kommen lassen!

Der Kommissar spielte mit dem Dreispitz, der auf seinem Schoß lag, und nickte bedächtig. „Sie stammt vom Pariser Stadtrat Monsieur Louvert. Es heißt, Sie haben seine Tochter vergewaltigt."

„Jacqueline?", entfuhr es ihm fassungslos. „Hat sie das behauptet?" Seine Hände begannen zu zittern.

„Legt ihm das Eisen an", befahl der Kommissar.

„Nein! Warten Sie! Das ist eine gemeine Intrige! Ich bin unschuldig!"

Einer der Männer löste das klirrende Handeisen von seinem Gürtel, während der andere Etiennes Arme auf den Rücken drehte.

„Vater! Tu doch etwas, hilf mir."

„Es gibt für uns keinen Grund, an Louverts Worten zu zweifeln. Ich rate Ihnen dringlichst, sich mit Ihren Äußerungen zurückzuhalten. Das arme Mädchen ist durch Sie bereits für sein Leben gezeichnet."

„Sie lügt, diese verdammte Hure!" Etienne versuchte sich zu widersetzen, doch der Mann hinter ihm drückte seinen Oberkörper unbeeindruckt auf die Tischplatte, während der zweite ihm das Eisen um die Handgelenke legte.

Etiennes Herz raste vor Zorn und Angst so schnell, dass er glaubte, jeden Augenblick ohnmächtig zu werden. „Merken Sie denn nicht, was hier vor sich geht? Sie will sich an mir rächen!", knurrte er. „Glauben Sie mir bitte!"

Irgendwie hatte Jacqueline ihrem Vater ihren dicker werdenden Bauch erklären müssen, der unaufhaltsam wuchs. Was lag also näher, ihn als Frauenschänder zu bezichtigen und somit ihren Hals aus der Schlinge zu ziehen? Für die anderen schien alles nur zu offensichtlich. Er war ein Mann, der seine Triebe nicht unter Kontrolle hatte und über ein reizendes, junges Mädchen hergefallen war, um seine perverse Lust an ihr zu befriedigen. Sie war ein hilfloses, unschuldiges Lämmchen.

„Wir nehmen Ihre Aussage zu Protokoll. Jetzt werden Sie uns erst einmal nach Paris begleiten.“ Etienne wurde an seinen Ketten hochgerissen und zur Tür gestoßen.

Der Kommissar erhob sich, strich seinen Mantel glatt, setzte den Dreispitz auf und nickte seinen Männern zu. „Gehen wir.“

„Vater! Du musst mir glauben, Vater!“

Aber der alte Poméroy zeigte seinem Sohn die kalte Schulter. Etienne wurde hinausgeschafft. Seine Verhaftung erregte viel Aufmerksamkeit. Die Leute sammelten sich um die fensterlose Kutsche und schüttelten voller Entsetzen den Kopf. Niemand hätte gedacht, dass sich der junge Poméroy jemals etwas zu schulden kommen lassen würde, war er doch für die meisten ein leuchtendes Vorbild gewesen. Ganz wie der Herr Vater es war, hilfsbereit und anständig. Nun drang die Erkenntnis zu den Menschen vor, dass sie sich in Etienne getäuscht hatten. Etienne selbst wusste, dass es viel Gerede geben würde, das nicht nur ihn, sondern auch seine Familie in Verruf brachte. Gerüchte verbreiteten sich schnell in Gagnion.

Nun blickte er einem ungewissen Schicksal entgegen. Wahrscheinlich würde man ihn inhaftieren oder schlimmer noch, er würde am Galgen baumeln, für eine Tat, die er nicht begangen hatte!

9. KAPITEL

Frankreich, 1754

Ein Jahr war vergangen, seit Beaumont Julien in sein Haus aufgenommen hatte. Der Doktor hatte mit Fleiß und Geduld geschafft, was bisher keinem seiner Kollegen gelungen war. Er hatte einen Wolfsmenschen zivilisiert, der fernab der Gesellschaft aufgewachsen war. Monat für Monat hatte er Julien unterrichtet. Zuerst in den einfachen Dingen, die man auch einem Kind beibrachte. Die Sprache, das Benehmen, der aufrechte Gang. Dann die anspruchsvolleren Fähigkeiten wie Lesen, Schreiben und Rechnen.

Durch einen Zufall waren sie auf eine Spur gestoßen, die in seine Vergangenheit zu führen schien, als sie einen Spaziergang durch den Wald von Gagnion unternahmen und Julien plötzlich mehrere Orte wiedererkannte. Dies erklärte in Beaumonts Augen auch, wieso er damals auf dem Jahrmarkt von Gagnion einen Fluchtversuch unternommen hatte. Die Umgebung, durch die sie seinerzeit gereist waren, um in die kleine Pariser Vorstadt zu gelangen, war ihm vertraut erschienen.

Dies waren jedoch nicht die einzigen Fortschritte, die er innerhalb der letzten Monate gemacht hatte. Mittlerweile hatte er auch seine Scheu vor Kleidung abgelegt. Das Gefühl des weichen Stoffes auf seiner Haut gab ihm nicht länger das Gefühl von Beengtsein. Im Gegenteil, die kecken Kniehosen, die edlen Röcke und die rüschenverzierten Hemden gefielen ihm. Trug er sie, konnte er sich unter den Menschen bewegen, ohne unangenehm aufzufallen. Sie hielten ihn für einen der ihren und bemerkten seine Unsicherheit nicht. Kleidung, so hatte er festgestellt, war etwas ungemein Praktisches. Im Winter verhinderte sie, dass er fror, sie schützte vor Regen, und wenn es einmal zu heiß wurde, konnte er einen Hut aufsetzen, der ihm die Hitze erträglich machte.

Auch in anderer Hinsicht hatte sich Julien weiterentwickelt. Während er sich früher in Lorraines Gegenwart kaum hatte zurückhalten können und am liebsten über sie hergefallen wäre, um ihr die Kleider vom Leib zu reißen, so war aus ihm mit der Zeit ein geduldiger und empfindsamer Liebhaber geworden. Juliens Gefühle für sie waren tief und aufrichtig. In ihrer Gegenwart fühlte er sich selbstbewusst. Nachts, wenn Beaumont schlief, kam sie oft in sein Zimmer, schmiegte sich an ihn und liebte ihn, bis die Sonne aufging. Es war abzusehen, dass sich ihre Beziehung nicht ewig würde geheimhalten lassen. Beaumont beobachtete die Entwicklung mit Argusaugen. Zwar wusste er nichts von ihren heimlichen Stelldicheins, doch er schien zu spüren, dass mehr zwischen ihnen bestand, als das bloße Auge sah. Eines Abends bat er schließlich Julien um ein klärendes Gespräch im Garten.

„Was für eine herrliche Abendluft“, sagte der Doktor, der auf der kleinen Holzbank an der Hauswand Platz genommen hatte, und atmete tief durch. Er schlug die Beine übereinander, faltete die Hände und blickte zu der Mondsichel auf, die strahlend am Himmel prangte.

Julien tat es ihm gleich und sah den Doktor fragend an. Dieser griff in seine Tasche, um eine kleine Dose und seine verzierte Pfeife herauszuholen. Er öffnete die Schatulle und kippte den Tabak in den Porzellankopf. Dann nahm er ein

Schwefelholz zur Hand und zündete die Pfeife an.

„Ich bin vielleicht ein alter Mann, aber deswegen bin ich weder weltfremd noch blind." Ein Schmunzeln umspielte seine Lippen, als er einen Zug nahm.

„Ich verstehe nicht."

„Denkst du, ich wüsste nichts von den Reizen meiner Tochter? Sie ist im besten Heiratsalter und hübsch ist sie obendrein. Jeder junge Mann in der Stadt wirft ihr vielsagende Blicke zu, anfangen bei Monsieur Alan. Du bildest da keine Ausnahme."

Verschämt starrte Julien zu Boden. Er fühlte sich ertappt. „Ich mag sie sehr", gab er zu.

„Das verdenke ich dir nicht." Beaumont klopfte ihm auf die Schulter. „Aber als dein guter Freund und Lehrer sollte ich ehrlich zu dir sein. Mache dir nicht allzu große Hoffnungen. Jetzt sieh mich nicht so entsetzt an, ich meine es nur gut mit dir."

Julien schüttelte den Kopf. Er schätzte Beaumont sehr, der wie ein Vater für ihn war. Gott allein wusste, wie viel er diesem Mann zu verdanken hatte. Dennoch konnte er Lorraine nicht aufgeben. Sie war in seinem Herzen. Selbst wenn Beaumont ihn ans Ende der Welt jagte, würde sie ein Teil von ihm bleiben.

„Gabriel, ich …"

„Warte ab, ich bin noch nicht fertig. Erinnerst du dich an Etienne Poméroy?"

„Natürlich. Er war ein Frauenschänder, den sie eingesperrt haben. Recht so!"

„Jeder Mann und jede Frau in Gagnion kennt seine Geschichte. Nur die wenigsten wissen jedoch, dass er Lorraine den Hof machte, kurz bevor er inhaftiert wurde. Ich selbst habe es erfahren, weil sich Lorraine mir anvertraute. Nun stell dir vor, sie hätte ihn geheiratet! Sie wäre an dem Skandal zerbrochen."

„Ich bin aber nicht wie Etienne. Ich würde ihr niemals wehtun."

Beaumont lächelte gütig. „Das weiß ich, Julien. Dennoch will ich nur das Beste für mein Kind, andernfalls wäre ich ein schlechter Vater. Sie verdient einen Mann, der ihr ein gutes Leben bietet, keinen Hallodri, jedoch auch keinen armen Schlucker."

„Ich biete ihr alles, was ihr Herz begehrt! Meine Wünsche stelle ich hinten an."

„Der Gedanke ehrt dich, doch wie möchtest du ihre Wünsche erfüllen? In dieser Welt braucht ein Mann Geld, um seine Familie über die Runden zu bringen."

„Dann werde ich Geld verdienen!"

„Ohne eine gute Ausbildung ist das unmöglich. Wo liegen deine Talente?"

„Ich weiß nicht recht." Über eine Berufung hatte er sich bisher keine Gedanken gemacht. Er war kräftig und schnell. Wenn mit diesen Fähigkeiten Geld zu machen war, er würde es tun!

„Lorraine ist einen gewissen Lebensstandard gewöhnt. Als Stallbursche oder Knecht wirst du ihr diesen nicht erhalten können."

Nachdenklich wog Julien den Kopf.

„Ich möchte dir nicht schaden, nur verhindern, dass du dich verrennst."

Beaumont streckte sich und steckte die Schatulle in die

Tasche seines Rocks zurück, klopfte die Pfeife aus und erhob sich. „Der Tag war recht anstrengend. Wir setzen unser Gespräch ein anderes Mal fort. Bis dahin solltest du dir Gedanken über deine Zukunft gemacht haben. Ich bin gespannt darauf, sie zu hören. Gute Nacht, mein Freund. Ich bringe diese alten Knochen besser ins Bett."

„Gute Nacht", sagte Julien zerknirscht und blieb noch eine Weile auf der Bank sitzen. Geld. Er hatte mittlerweile gelernt, dass es eine wichtige Rolle im Leben der Menschen spielte. Dass es jedoch über die Wahl des Partners entschied, erschien ihm äußerst fragwürdig. Welche Möglichkeiten standen ihm denn offen? Für die meisten Bürger würde er immer der Wilde von Gagnion bleiben. Und einem Wilden gab man keine Arbeit. Ohne Arbeit konnte er kein Geld verdienen. Und ohne Geld würde ihm Beaumont nicht seinen Segen geben. Mit hängendem Kopf zog er sich auf sein Zimmer zurück und legte sich ins Bett. Die Gedanken an das Gespräch hielten ihn wach. Er hatte hart an sich gearbeitet, er konnte lesen und schreiben, er bewegte sich unter den Gagnoniens, als sei er schon immer einer von ihnen gewesen. Sollte er nun an der letzten Hürde scheitern? Nein, er würde nicht aufgeben! Er würde Beaumont beweisen, dass er seine Tochter glücklich machen konnte. Mit einem leisen Knarren ging die Tür auf. Lorraine.

„Schläfst du?", flüsterte sie und trat näher. Sie verbarg etwas hinter ihrem Rücken.

„Ich bin wach."

Ihr Nachthemd fiel von ihrem Körper ab. Unter dem Stoff kam ihr herrlicher Körper zum Vorschein. Sie schlüpfte in sein Bett und schmiegte sich an seine Brust. Ihre Haut war so weich, als wäre sie aus Seide.

„Was hat Papa mit dir beredet? Ich habe euch im Garten gesehen."

„Nichts Wichtiges."

„Dann bin ich beruhigt. Er hat beim Abendessen eine so ernste Miene gemacht, dass ich glaubte, es wäre etwas Schlimmes passiert."

„Nein, mache dir keine Sorgen. Es ist wirklich alles in bester Ordnung."

„Ich habe dir übrigens eine kleine Überraschung mitgebracht, die uns beide hoffentlich wach halten wird."

„Ich bin eigentlich wach genug."

„Mach die Augen zu und den Mund schön weit auf."

Julien blickte sie misstrauisch an. Ihr Kichern ließ erahnen, dass sie etwas im Schilde führte. Dann tat er ihr jedoch den Gefallen und spürte kurz darauf etwas Hartes, das über seine Zunge glitt und an seinen Gaumen stieß.

Erschrocken riss er die Augen auf, drückte den Gegenstand mit seiner Zunge aus seinem Mund und starrte ungläubig den riesigen Penis an, den sie in der Hand hielt.

„Ach, ich hatte gehofft, es würde dir besser gefallen."

„Was ist das?"

„Ein Penis, das sieht man doch."

„Aber ein Penis ohne Besitzer!" Das Entsetzen stand ihm ins Gesicht geschrieben.

„Er hat einen Besitzer! Mich. Keine Angst, er ist nicht echt. Im ersten Moment hatte ich mich auch sehr erschreckt, weil ich dachte, jemand wäre entmannt worden. Er ist jedoch aus Holz, umwickelt mit Leder. Wenn du vielleicht einmal fühlen möchtest?"

Sie hielt ihm den Liebesstab hin, doch er hob abwehrend die Hände.

„Wo hast du dieses Ding her?“

„Es war ein Geschenk von Etienne. Ich hatte es ganz vergessen, weil ich es im Schubfach unter meinen Strümpfen versteckte.“

Sie griff nach seinem Handgelenk, zog es zu sich heran, öffnete die Finger und drückte ihm den ledernen Phallus in die Hand. Widerwillig betrachtete er den Stab, dessen Anblick ihm eine Gänsehaut auf dem Rücken bescherte.

„Und nun würde ich diesen Riesen nur zu gern in mir spüren. Es wäre allzu schade, ihn nicht zu gebrauchen. Bist du so gut und hilfst mir dabei?“ Sie zwinkerte ihm zu und legte sich auf den Bauch.

Julien starrte unschlüssig den Schwengel an. Es war nicht dasselbe, wenn er sie mit einem Knüppel in der Hand liebte. Er würde nicht einmal ihre Hitze spüren oder das Pulsieren ihrer Vagina. Dieser Gegenstand war tot.

„Worauf wartest du? Besorg es mir.“

Sie wippte mit ihrem Po auf und ab.

„Bist du sicher, dass du nicht lieber mich in dir spüren möchtest?“

„Vielleicht später.“

Julien nickte langsam, bemüht, sich die Enttäuschung nicht allzu sehr anmerken zu lassen. Dann zog er die Decke zurück. Ihr Po lag prall und rund vor ihm. Ihre weiße Haut leuchtete wie Schnee im Licht des Halbmondes. Zärtlich legte er seine Hand auf eine Pobacke. Er liebte diese weiche, zarte Haut, die sich anfühlte, als hätte Lorraine in Eselsmilch gebadet. Seine Hand glitt tiefer, strich über die

Innenseite ihrer Schenkel und arbeitete sich zu ihrer Scham vor. Er spürte ihre Feuchtigkeit. Verspielt stieß sein Finger in sie, bis sie vor Wonne jauchzte.

„Du Filou. Hör auf damit und nimm endlich den Stab."

„Warum benutzt du ihn nicht selbst?"

„Weil ich will, dass du ihn führst."

„Aber …"

„Ach Julien." Ihre Stimme klang ungeduldig. Er wusste, dass Lorraine ein kleiner Nimmersatt war, der schnell gereizt wurde, wenn sie nicht das bekam, was sie sich in den Kopf gesetzt hatte.

„Bist du denn feucht genug?", sorgte er sich. Das Leder würde hoffentlich nicht zu sehr scheuern.

„Ja, merkst du das nicht? Ich drehe schon fast durch vor Erregung."

Vorsichtig richtete er die Spitze des Stabes auf ihren Eingang und führte ihn ein – langsam und bedächtig. Der Umfang des Knüppels war furchteinflößend. Was mochte sich Etienne nur gedacht haben, als er ihr dieses Geschenk gemacht hatte.

Mit Sorge beobachtete er, wie der Riesenstab in ihr verschwand. Lorraine stöhnte. „Oh ja, tiefer …"

„Er ist schon zur Hälfte in dir, bist du sicher, dass er …"

„Stoß ihn bis zum Anschlag in mich." Die Gereiztheit war aus ihrer Stimme gewichen, nun klang sie heiser. Es war ein Zeichen ihrer Erregung. Lorraine wurde immer heiser, wenn sie es vor Lust kaum noch aushielt.

Zentimeter um Zentimeter drang der Stab tiefer in sie. Bis tatsächlich nur noch ein zwei Finger breites Ende aus ihr herausragte. Gerade genug, um den Stab fest zu greifen und in ihr zu bewegen. Julien beobachtete ihren bebenden Körper, der sich unter seinen Stößen wand. Ihr Stöhnen ließ seine Manneskraft mächtig anschwellen. Zu gern er hätte er sich selbst in ihr gespürt, aber sie bevorzugte diesen leblosen Gegenstand. Triefend quoll ihre Lustflüssigkeit mit einem schmatzenden Geräusch an den Rändern hervor. Der Anblick dieses süßen Kätzchens, das sich im Rhythmus seiner Hand zusammenzog, jagte einen Schauer der Erregung durch seinen Unterleib.

„Jetzt ist es genug", sagte sie plötzlich und griff nach dem Stab, um ihn selbst zu entfernen. „Hattest du einen Höhepunkt?", fragte Julien verwirrt.

„Nein", hauchte sie gierig. „Aber nun sehne ich mich nach einem Liebesstab aus Fleisch und Blut."

Julien warf das Penisimitat achtlos auf den Boden, legte sich auf ihren Rücken und küsste zärtlich ihren Nacken, während er gleichzeitig mühelos in sie eindrang. Sein Glied pochte vor Lust. Erst langsam, dann immer schneller begann er sich in ihr zu bewegen. Lorraine stöhnte, ihre Hände krallten sich in den Bezug und ihr Körper drohte sich aufzubäumen, hätte ihn sein Gewicht nicht beständig auf das Laken gedrückt. Ein letzter, kraftvoller Stoß ließ sie innerlich explodieren. Erst als sie anfing sich zu entspannen, zog Julien seinen Phallus aus ihrer Scheide und spritzte auf ihren Rücken, um anschließend seinen heißen Saft von ihrer Haut zu lecken. Es war merkwürdig und doch erregend, seine eigene Lust auf der Zunge zu spüren. Nachdem er Lorraines schlanken Rücken vollständig gereinigt hatte, legte er sich neben sie und schloss die Augen.

Lorraine drehte sich herum und legte ihren Kopf auf

seine Brust. Ihre Hand strich sanft über seinen muskulösen Bauch.

„Gehst du morgen mit mir auf den Jahrmarkt?", fragte sie und hob den Kopf, um ihm in die Augen zu blicken.

Verwirrung spiegelte sich in seinen Zügen. An Jahrmärkte knüpfte er keine guten Erinnerungen. Sie flößten ihm Angst ein, waren sie doch oft genug Schauplatz seiner Demütigung gewesen. Nie war er auf den Gedanken gekommen, einen solch unseligen Ort noch einmal aufzusuchen. Lorraines Frage überraschte ihn. Sie kannte seine Geschichte und musste wissen, dass es ihn einiges an Überwindung kosten würde, ihr diesen Gefallen zu tun.

„Der Vorschlag stammt nicht von mir, sondern von meinem Vater. Heute morgen hat er mich gefragt, ob ich mit dir dorthin gehen würde. Er vermutete, dass dir die Idee Unbehagen bereiten würde, doch er sagte auch, Ängste würde man am besten los, wenn man sich ihnen stellt."

„Dein Vater steckt nicht in meiner Haut. Wie will er wissen, was gut für mich ist?" Julien hasste große Menschenmengen, laute Musik und das Gedränge, das vor den Schaubuden herrschte. Ein Jahrmarkt hatte wahrlich nichts Reizvolles an sich, und er verstand nicht, was die Leute in Scharen auf den großen Platz trieb.

„Er ist Arzt."

„Auch Ärzte wissen nicht alles. Sie können nicht in die Seele blicken."

„Das mag zwar stimmen, ich würde mich aber dennoch sehr freuen, wenn du mich begleiten würdest. Vielleicht stellst du dann fest, dass alles nur halb so schlimm ist."

Julien schloss die Augen und seufzte. Er wollte Lorraine

nicht enttäuschen. Hinzu kam, dass er ein Mensch geworden war, der in der Menge nicht auffiel und somit nicht befürchten musste, angegafft oder verhöhnt zu werden. Vielleicht hatte Beaumont recht und er musste diesen Schritt wagen. Es war besser, seine Ängste zu bekämpfen, als vor ihnen wegzulaufen.

„Ich denke darüber nach", versprach er, nahm ihre Hand und hauchte ihr einen Kuss auf jeden Finger.

* * *

Julien schlüpfte zum ersten Mal in seinem Leben in die Rolle des Zuschauers, als er sich mit Lorraine vor der kleinen Bühne einfand. Der Jahrmarkt war weniger beängstigend, als er erwartet hatte, und er bereute es nicht, Lorraines Bitten nachgegeben zu haben. Die junge Frau hatte ihn so lange beschwatzt, bis er schließlich zugestimmt hatte, sich den Jahrmarkt anzusehen. Nun, da er hier war und durch die Budengassen ging, konnte er es den Gagnoniens nicht länger verdenken, dass sie sich das ganze Jahr auf das Fest freuten. Es herrschte eine gute Stimmung in den Straßen, überall boten Händler ihre Waren an, und Künstler standen an jeder Ecke, um die Menschen zu unterhalten.

Auf der Bühne jonglierten zwei kostümierte Herren fünf Bälle durch die Luft, von denen kein einziger jemals zu Boden fiel. Obendrein balancierten sie je einen Teller auf ihrer Nase, der lediglich durch einen dünnen Stock gehalten wurde. Als die Leute einen wohlverdienten Applaus spendeten, stimmte Julien begeistert ein.

„Wer hätte gedacht, dass ausgerechnet du dich hier so gut

amüsieren würdest“, sagte Lorraine.

Tatsächlich war ein großes Stück seiner Anspannung von ihm abgefallen. Er blickte sich in der Menge um, und wohin er sah, entdeckte er strahlende Kinder und sorgenlose Erwachsene jeglichen Alters. Selten waren die Menschen von Gagnion so ausgelassen gewesen. Unter all den fröhlichen Gesichtern bemerkte er aber auch eines, das nicht recht zu den anderen passen wollte. Es war finster und weckte unangenehme Erinnerungen in ihm. Die Gestalt, der es gehörte, war klein und schlank, hatte einen dunklen Teint und Augen, die zwei glühenden Kohlestücken glichen. Die Bewegungen des Mannes, der sich an den Umstehenden vorbeidrängte, hatten etwas Katzenhaftes.

„Oh, ein dressierter Affe!“, rief Lorraine freudig und lenkte Julien ungewollt ab. Begeistert klatschte sie in die Hände, als ein kostümierter Mann einen jungen Schimpansen auf die Bühne führte. In der Hand hielt der Affe eine Glocke, die fast genauso groß war wie er selbst und die er ohne Unterlass läutete.

„Ist der Kleine nicht hinreißend!“ „Entzückend!“ „Bravo!“, vernahm Julien die Stimmen aus dem Publikum.

Da war es wieder, das sensationslüsterne Funkeln in den Augen der Menschen, das er unzählige Male gesehen hatte und das ihn bis heute in seinen Träumen verfolgte. Dieses Mal galt es jedoch einem anderem.

„Ich fühle mich unwohl“, sagte er.

„Wenn du möchtest, gehen wir woanders hin.“ Lorraine sah ihn besorgt an und fasste seinen Arm, um ihn fortzubringen. Sie kämpften sich durch die Menge, die immer größer wurde, da die Zuschauer nun von überall her strömten, um die Schau zu sehen. Erst als die Bühne außer Sicht geriet, hielten sie inne. Julien war nun kreidebleich. Die Erinnerungen an seine eigene Knechtschaft waren in ihm hochgekommen.

„Ruhe dich einen Moment aus", sagte Lorraine und deutete zu einem Brunnen in der Nähe der Verkaufsbuden.

„Ich kaufe derweil etwas für das Abendessen ein." Sie ging zu einem nahegelegenen Stand und betrachtete nachdenklich die auf dem Tisch feilgebotenen Lachse.

„Frischer Fisch! Kauft frischen Fisch! Diese hier sind bereits ausgenommen, Mademoiselle."

Die Tiere stanken derart widerlich, dass sie niemals frisch sein konnten.

Julien gab Lorraine ein Zeichen und machte sich auf den Weg zum Brunnen, um sich auf dessen Rand zu setzen und zu beruhigen. Er atmete tief durch und blickte sich um. Da bemerkte er eine dunkle Gestalt, die sich aus dem Schatten einer Hauswand löste. Lässig lehnte sich der Mann mit dem Rücken an den Pfahl einer Straßenlaterne und polierte mit seinem Ärmel goldene Plättchen, die an seinem Gürtel hingen. Als er Julien sah, der auf dem Brunnenrand saß und zu ihm herüberstarrte, weiteten sich seine Augen, und ein strahlendes Lächeln breitete sich auf seinen dunklen Zügen aus. Dann kam er eiligen Schrittes auf ihn zu.

„Das ist vielleicht ein Glück, dass ich dir hier begegne!"

„Das kann ich von mir nicht behaupten!", sprach Julien und richtete sich auf.

„Heh, wer wird denn so feindselig sein. Fein siehst du aus, sehr fein", sagte Chik, griff nach Juliens Jabot, dem Rüschenansatz seines Hemdes, und wollte es richten.

Julien schlug Chiks Hand weg und funkelte ihn ungehalten an. „Dass ich dich hier treffe, ist gewiss kein Zufall. Was willst du von mir?“

„Ich wollte wissen, wie es dir geht. Jemand gab mir den Hinweis, dass ich dich hier finden würde. Ich bin überrascht, wie gut du sprichst und wie vornehm du aussiehst. Fast hätte ich dich nicht wiedererkannt, wäre da nicht diese Narbe.“ Er deutete auf Juliens Hals.

„Wo sind denn deine Brüder?“ Julien sah sich gründlich um. Er vermutete, dass sie irgendwo in der Nähe lauerten und ihn beobachteten.

„Ich bin allein. Mein Wort darauf! Aber das ist eine lange Geschichte. Was hältst du davon, wenn ich sie dir bei einem Bier erzähle?“

In Chiks Augen trat ein gieriges Funkeln, das Juliens ungutes Gefühl verstärkte.

„Ich kann meine Begleitung nicht allein zurücklassen.“ Er deutete zu Lorraine, die noch immer mit dem Fischverkäufer verhandelte.

„Wer ist diese Schönheit?“

„Die Tochter des Doktors, der mich von dir und deiner Lumpenbande freikaufte.“

„Ich habe mir nie etwas zuschulden kommen lassen. Erinnere dich, unter mir hattest du nicht zu leiden.“

Julien schnaubte verächtlich. Zugegeben, Chik hatte ihn nicht geprügelt. Dafür hatte er weggesehen, wenn Maryo und Ubaldo mit der Peitsche gekommen waren, um ihm Gehorsam beizubringen. Seine Hilferufe waren stets auf taube Ohren gestoßen.

„Sei froh, dass ich mich soweit unter Kontrolle habe, dich nicht auf der Stelle zu erwürgen. Geh mir von nun an aus dem Weg. Das Gleiche gilt für deine Brüder, sollten sie doch in der Nähe sein."

„Warte!", rief Chik, doch Juliens finsterer Blick ließ ihn zusammenfahren. Einen Augenblick lang schien ihm der Mut zu fehlen, dann sprach er jedoch frei heraus: „Ich weiß, dass ich nicht immer gerecht zu dir war. Das wollte ich nicht herunterspielen. Aber ich bin ein neuer Mensch geworden, so wie du auch! Ich war im Gefängnis und hatte genügend Zeit über meine Verbrechen nachzudenken."

Gefängnis? Also war Chik ein Vagant, wie man Diebe und Gauner heutzutage nannte.

Julien lachte spöttisch. „Hältst du mich für derart einfältig, dass ich dir diesen Unsinn abnehme?"

„Es ist mein Ernst! Ich habe lange überlegt, wie ich meine Schuld begleichen könnte. Dann kam mir eine Idee! Ich will dir zum Ausgleich ein einmaliges Geschäft vorschlagen!" Chik stellte sich auf die Zehenspitzen und flüsterte ihm ins Ohr. „Es geht dabei um eine große Menge Geld!"

Langsam wandte sich Julien ihm zu. Eine große Menge Geld klang verlockend. Er brauchte es dringend, um Gabriel zu überzeugen, dass er ebenso gut wie jeder andere Mann für seine Tochter sorgen konnte.

„Ich sehe an deinem Blick, dass du die Bedeutung des Geldes bereits kennengelernt hast. Gut so! Dann weißt du seinen Wert zu schätzen. Ich hörte, dass sie für den Geburtstag des Comte de Laquises ein Fest geben. Für diese Feier suchen sie Attraktionen im ganzen Land."

„Ich verstehe nicht ganz, was das mit mir zu tun hat."

„Du bist der, den sie sehen wollen, von dem jeder spricht. Der Wilde von Gagnion! Jeder kennt dich, deine Geschichte steht in allen Zeitungen. Ich bin sicher, sie zahlen uns ein Vermögen, wenn du für sie auftrittst."

Juliens Augen verengten sich, langsam ballte er die zitternden Hände zu Fäusten und trat einen bedrohlichen Schritt auf Chik zu. „Ich bin es leid, wie ein Affe vorgeführt zu werden", knurrte er, sichtlich bemüht, die Fassung zu bewahren.

Chik hob beschwichtigend die Hände. „Du trittst als freier Mann auf – selbstverständlich. Glaube mir, viele gäben ihr letztes Hemd, um vor dem Comte auf der Bühne zu stehen. Es ist eine große Ehre."

„Spar dir deine verlogenen Worte." Drohend hielt Julien die Faust vor Chiks Gesicht. „Und jetzt lauf, so schnell du kannst, oder ich werde dich prügeln, bis dir Hören und Sehen vergeht."

Chik brachte Abstand zwischen sich und Julien. Nervös befühlte er seinen Hals. „Schon gut. Ich wollte dir nicht zu nahe treten. Falls du es dir dennoch anders überlegst, findest du mich im Coq Doré."

„Verschwinde!", brüllte Julien und trieb den jungen Mann in die Flucht.

„Was ist denn geschehen?", fragte Lorraine und trat mit sorgenvoller Miene an seine Seite. „Und wer war dieser Mann, mit dem du geredet hast?"

„Jemand aus meiner Vergangenheit."

„Was wollte er?"

„Nichts, was von Bedeutung wäre."

Sie runzelte die Stirn, stellte aber keine weiteren Fragen, als spürte sie, dass er ohnehin nicht darauf eingehen würde. „Ich habe zwei Forellen gekauft. Die schienen mir am frischesten." Stolz hielt sie die beiden in Papier gerollten Fische in die Höhe. „Ich habe den Verkäufer auf die Hälfte heruntergehandelt. Bringen wir sie nach Hause, ich will sie gleich zubereiten."

Er hörte zwar ihre Worte und folgte ihr zum Haus des Doktors, doch mit den Gedanken war er woanders. Er hatte sich vor einem Wiedersehen mit seinen einstigen Peinigern gefürchtet. Nun, nachdem er Chik die Stirn geboten hatte, fühlte er sich zwar befreit, doch gleichzeitig waren unangenehme Erinnerungen in ihm hochgekommen, die er am liebsten für immer verdrängt hätte.

* * *

Julien half Lorraine das Abendessen herzurichten. Geschickt nahm er die beiden Fische mit einem Fischmesser aus, entfernte die Gräten und reichte Lorraine das zarte Fleisch, das sie in einer Pfanne briet.

„Das Abendessen riecht vielversprechend", sagte Beaumont, als er die Küche mit einem Bücherstapel in der Hand betrat und sich an den gedeckten Tisch setzte. Dann hielt er eines seiner Notizbücher in die Höhe. „Ich habe deine Geschichte schriftlich festgehalten, jeden Fortschritt notiert und deine Entwicklung bis zum heutigen Tage dokumentiert."

„Warum hast du das getan? Wer interessiert sich dafür?"

„Ich hoffe, einen Verleger für meine Arbeit zu finden. Um genau zu sein, besteht bereits ein Briefwechsel zwischen Monsieur Ducat und mir. Er leitet das größte Verlagshaus von Paris und ist an wissenschaftlichen Arbeiten sehr interessiert. Morgen kommt sein Sohn und Geschäftspartner Louis nach Gagnion, um das Manuskript zu besprechen."

Julien setzte sich zu Beaumont, und Lorraine tat ihnen Fisch und Kartoffeln auf. Aber Juliens Appetit hielt sich in Grenzen. Lustlos stocherte er in den weichen Erdäpfeln herum, probierte den Fisch, doch legte schon nach den ersten Bissen das Besteck zur Seite.

„Ich werde dich beteiligen, wenn Ducat das Manuskript veröffentlicht“, versprach Beaumont, steckte sich ein Stück Fisch in den Mund und schürzte die Lippen voller Genuss.

„Das ist sehr freundlich von dir, Gabriel. Aber bitte vergib mir, wenn ich das Gespräch frühzeitig abbreche. Ich fühle mich nicht wohl und möchte mich auf mein Zimmer zurückziehen.“

„Natürlich, Julien. Ruhe dich ein wenig aus.“

„Soll ich nachher einen warmen Tee hinaufbringen?“, fragte Lorraine hoffnungsvoll.

Doch Julien schüttelte den Kopf. „Ich werde gleich zu Bett gehen.“

Mit diesen Worten erhob er sich und schleppte sich in den ersten Stock zu seinem Zimmer, wo er sich auf die Matratze legte und die Decke bis zum Kinn zog. Bauchkrämpfe quälten ihn. Hinzu kamen Kopfschmerzen, die sich anfühlten, als würde ihm jemand ohne Unterlass eine Flasche über den Schädel ziehen. Die Begegnung mit Chik hatte ihn mehr aufgewühlt, als er gedacht hatte. Noch immer pochte sein Herz bis in die Schläfen. Er wälzte sich zur anderen Seite und schloss die Augen, hoffend, sich in einen traumlosen Schlaf flüchten zu können.

Als er die Augen das nächste Mal aufschlug, fand er sich im Gasthaus Coq Doré wieder. Genauer gesagt, stand er mitten in Chiks Zimmer. Auf dem Tisch entdeckte er neben einer Blumenvase mehrere leere Flaschen und Gläser. Eines war umgekippt. Sein Inhalt tropfte über den Tischrand auf den Boden, wo sich ein roter Fleck bildete. Aus dem Nebenraum vernahm er das Stöhnen einer Frau und das unanständige Flüstern eines Mannes. Als er durch die Verbindungstür in das Zimmer trat, erblickte er ein großes Bett, in dem sich Chik mit drei leicht bekleideten Damen vergnügte. Sie verwöhnten den Vaganten mit ihren Händen und Lippen. Der Geruch süßen Parfüms lag schwer in der Luft.

Chik, dessen Kopf eben noch zwischen den Schenkeln der blonden Hure gesteckt hatte, blickte nun zu ihm auf und erklärte in einem verführerischen Flüsterton: „Das alles und noch viel mehr kann sich ein Mann für Geld kaufen.“ Wohlig räkelte er sich auf der Matratze. Die blonde Dirne richtete sich auf, um sich über den Vaganten zu beugen und seinen Mund mit ihren vollen, roten Lippen zu necken, während die Schwarzhaarige sich auf seinen entblößten Schwengel setzte. Ein rothaariges Mädchen mit runden Pausbacken und niedlichen Sommersprossen kroch aus dem Bett und kam auf Julien zu. Sie war gewiss nicht älter als achtzehn Lenze, doch ihre weiblichen Reize waren für ihr Alter schon sehr ausgeprägt. Ohne Vorwarnung legte sie ihre Hände auf seinen Po. Julien merkte erst jetzt, dass er, genau wie Chik, völlig entblößt war! Der Rotschopf schmiegte sich an seinen Leib, rieb ihre Scham an seinem Penis und blickte ihm dabei verführerisch in die Augen.

„Wen haben wir denn hier? Ein weiterer Gast, wie schön!“, hauchte sie mit heiserer Stimme.

Ihre Hände wanderten höher, glitten über sein breites Kreuz und erreichten seinen Nacken. Seufzend legte sie die

Arme um seinen Hals und näherte sich seinen Lippen, in der Absicht ihn zu küssen. Julien fasste ihre Handgelenke und schob sie zurück.

„Gefalle ich dir nicht?“, fragte sie enttäuscht.

„Nein ... doch ...“ Julien fühlte sich überfordert. Natürlich hatte die Kleine ihre Reize. Aber sie war nicht Lorraine. Schlimmer, er kannte sie nicht einmal.

„Oh, dein Freund scheint weniger wählerisch als du“, stellte sie mit einem Blick auf seinen Penis erfreut fest und nahm den erigierten Stab in die Hand, wo er rasch zu seiner vollen Größe anwuchs.

„Wenn er deinen Anblick nicht mag, kann ich Abhilfe schaffen“, sagte die Blondine, kletterte aus dem Bett und kam mit wackelnden Hüften auf ihn zu.

Die Dame war fast genauso groß wie er selbst und trug ein eng sitzendes Nachthemd aus einem netzartigen Stoff, der einen Blick auf ihre prallen Brüste erlaubte. Hinter ihrem Rücken zog sie ein weißes Tuch hervor, das sie ihm mit einem gemeinen Grinsen vor die Nase hielt.

„Keine Angst, mein Freund, es wird deine Fantasie anregen“, versprach sie, stellte sich auf die Zehenspitzen und verband ihm die Augen mit einem festen Knoten an seinem Hinterkopf.

„Habe kein schlechtes Gewissen, ich habe die Mädchen dafür bezahlt, dass sie ein wenig lieb zu uns sind“, hörte er Chik sagen. „Für Geld tun sie alles. Also entspanne dich.“

Juliens Körper lechzte förmlich nach ihren Berührungen. Die Hand des Rotschopfs an seinem Penis fühlte sich himmlisch an!

„Soll ich aufhören?“, fragte das Mädchen keck. Julien

schüttelte den Kopf. „Nein, mache weiter", stieß er heiser aus.

„Es gefällt ihm also doch", sagte die Dirne mit einem Kichern und umfasste seinen Stab fester.

Die andere legte ihre Hände auf seine Brust. Mit den Nägeln ihrer Daumen und Zeigefinger fing sie seine hochempfindlichen Knospen ein und drückte sie zusammen. Ein süßer Schmerz jagte durch seinen Körper und ließ ihn aufstöhnen. Julien biss die Zähne fest zusammen und reckte den Kopf, sodass das Tuch verrutschte und er unter den Rand blicken konnte. Die Blondine trat nun, nachdem sie seine Brustwarzen lange genug malträtiert hatte, hinter den Rotschopf und legte ihre Hände auf die Brüste ihrer Kollegin, um diese zu massieren.

„Du wirst doch hoffentlich nicht gucken, nicht wahr, Julien?", neckten ihn die Dirnen. Dieser zuckte ertappt zusammen und schüttelte den Kopf, ohne jedoch den Blick von ihnen zu lassen. „Natürlich nicht."

„Dann sind wir beruhigt."

Die Blondine positionierte ihre Hände auf die Schultern der anderen und drückte sie auf die Knie. Dann legte sie sich zwischen die Beine der Rothaarigen und küsste ihre Schamlippen. Der Anblick jagte einen Schwall der Erregung durch Juliens Körper. Nie zuvor hatte er zwei Frauen beobachtet, die es miteinander trieben. Und dann auch noch auf solche Weise!

Sein Glied begann wild zu zucken, da umschloss etwas Warmes die Spitze seines Schwengels. Julien legte entzückt die Hände auf den Kopf der Rothaarigen, die demütig vor ihm kniete, und steuerte sanft, doch bestimmt ihre Bewegungen. Bereitwillig ließ sie es geschehen und nahm seinen Penis bis zum Anschlag in ihrem Mund auf.

„Gefällt es dir?“, fragte sie in einer kurzen Atempause.

„Ja …“

„Du ahnst nicht, wie feucht ich geworden bin. Aber meine Kollegin kann es spüren, ist es nicht so, Chantal?“

Die Blondine murmelte etwas Unverständliches und versank mit Mund und Nase zwischen den triefenden Schamlippen des Rotschopfs.

„Ach herrje, ich vergaß, die gute Chantal kann gerade nicht sprechen.“ Sie lachte glockenhell.

Juliens Erregung nahm zu. Rasch riss er sich das Tuch vom Kopf, um die beiden Frauen bei ihrem verruchten Spiel zu beobachten. Von Chantal bekam er nicht viel zu sehen, denn ihr Gesicht war unter der Scham der rothaarigen Dirne verborgen. Nur ab und an erblickte er ihre Stirn, die von der Feuchtigkeit ihrer Kollegin glänzte.

„Chérie, gebe es mir! Gebe es mir richtig!“, hörte er Chiks Rufe. Julien wandte den Kopf und sah, wie das Bett beim wilden Ritt der Schwarzhaarigen wackelte. Ihre Brüste schaukelten im Takt so verführerisch hin und her, dass ihm das Wasser im Mund zusammenlief.

Erneut nahm der Rotschopf sein Glied in den Mund. Diesmal lutschte sie fester und ausgiebiger an dem zuckenden Schwengel. Dicke Adern hatten sich auf seinem Phallus gebildet und umrankten ihn wie stilvolle Arabesken. Juliens Erregung steigerte sich. Innerhalb weniger Sekunden erklomm er den Gipfel der Lust. Kurz bevor er abspritzte, gab die Rothaarige ihn frei und wich zur Seite, sodass sich sein Saft auf dem Körper der am Boden Liegenden verteilte. Sie schrie vor Schreck auf, doch ihr Schrei wandelte sich schnell in ein wohliges Stöhnen.

„Sieh nur, was du angerichtet hast", schimpfte der Rotschopf. Julien richtete seinen Blick auf den wohlgeformten Alabasterkörper, der sich unter ihm räkelte. Brüste und Bauch waren mit seiner milchigen Flüssigkeit bedeckt.

„Du solltest sie reinigen."

Julien ging auf alle viere, kletterte über Chantal und leckte ihre Brüste, schluckte den kalt gewordenen Saft und arbeitete sich zu ihrem Bauch vor, bis auch der letzte Rest seines Spermas verschwunden war.

„Sieh besser nach, ob dort nicht auch etwas hingekommen ist", sagte der Rotschopf und deutete mit dem Zeigefinger zwischen Chantals Beine.

Julien beugte sich vor und meinte das Glitzern der Fäden ihrer Lust zu erkennen. Gierig verschwand er mit dem Gesicht zwischen ihren Schenkeln, um sie von ihren Säften zu befreien. Chantals Beine schlossen sich fest um seinen Kopf. Gleichzeitig zog sie mit beiden Händen an seinen Hüften, öffnete den Mund und empfing seinen erneut stark erigierten Schwengel, der ohne Zögern in sie drang. Die Rote setzte sich vor Julien zwischen die Beine ihrer Kollegin und ließ ihren Finger in ihrer Enge verschwinden.

„Sieh nur, wie unanständig die kleine Evi wieder ist", sagte sie kichernd.

Doch Julien konnte nicht den Kopf heben, denn Chantals Schenkel hatten sich wie ein Schraubstock um seinen Kopf geschlossen. Gezwungen, in dieser Position zu verharren, leckte er ihre Klitoris, die sich ihm heiß und angeschwollen entgegenreckte. Das sachte Krampfen ihres Körpers ließ ihn ahnen, dass sich ihre Erregung dem Höhepunkt näherte. Ohne Unterlass leckte er weiter und ignorierte ihr unkontrolliertes Zucken. Ihr Becken hob und senkte sich in seinem Rhythmus. Schließlich bäumte sich sie auf und versank sogleich in selige Entspannung. Bald gab sie seinen Kopf frei, ohne jedoch von seinem Glied abzulassen.

Ihre Hände legten sich kraftvoll auf sein Gesäß und drückten seinen Unterleib fest an ihr Gesicht, sodass sein Penis noch ein Stück tiefer in ihren Rachen glitt. Julien fühlte sich nicht wohl und blickte verunsichert zu Evi, die nun mit sich selbst beschäftigt war. Von einem schmatzenden Geräusch begleitet drang ihr Finger ein letztes Mal in ihre Grotte. Dann nahm ihr Gesicht einen seligen Ausdruck an, und er wusste, dass auch sie gekommen war. Aber was war mit ihm? Durfte er in den Mund einer ihm völlig fremden Frau abspritzen? Chantal begann, härter an seinem Glied zu saugen. Es fühlte sich an, als wollte sie es gänzlich verschlingen. Und nicht nur das. Er wusste nicht, wie sie es angestellt hatte, plötzlich waren Penis und Hodensack komplett in ihr verschwunden. Julien geriet in Panik. Er wollte sich befreien, doch der Sog ließ ihn nicht mehr los.

„Chik, hilf mir!“, rief er, doch der Jüngling reagierte nicht. Er hatte mit seinem Liebchen die Position gewechselt und besorgte es ihr nun von hinten. Ihr Gesicht war in das Kissen gedrückt, während sich ihr Hinterteil ihm sehnsüchtig entgegenstreckte.

„Sie frisst mich auf!“, brüllte Julien.

Da hob Chantal die Beine an, sodass ihre Schenkel sein Gesicht ein weiteres Mal umschlossen und zerrte seinen Kopf hinab. Ihre Schamlippen legten sich auf Nase und Mund, saugten sich an ihnen fest und nahmen ihm die Möglichkeit zu atmen. Juliens Herz klopfte wild. Aufgrund des Sauerstoffmangels wurde ihm schwindelig. Verzweifelt versuchte er sich von dieser Schreckensgestalt loszureißen. Sein Bemühen blieb ohne Erfolg. Allmählich schwanden seine Sinne. Ihm war heiß, der Drang zu atmen wurde immer größer. Bunte Lichter begannen vor seinen Augen zu tanzen. Dann wurde es plötzlich dunkel um ihn. Er war nicht mehr im Coq Doré, aber wo befand er sich dann? Orientierungslos irrte er umher, bis er mit der Stirn gegen eine Wand stieß. Fluchend hielt er sich den schmerzenden Kopf. Unter seinen nackten Füßen spürte er kalten Steinboden.

„Hallo? Ist hier jemand?“, rief er in die beängstigende Stille hinein. Da öffnete sich eine Tür, und grelles Licht flutete den Raum. Jemand trat an seine Seite, doch er konnte die Person nicht erkennen. Geblendet kniff er die Augen zusammen, bis sie sich an die Helligkeit gewöhnt hatten. Mit einiger Überraschung stellte er fest, dass es Lorraine war, die ihn mit einem liebevollen Lächeln anschaute.

„Ich gehöre ganz dir“, sagte sie leise und schmiegte ihren Kopf an seine Brust. Julien schloss sie in die Arme, küsste ihren Hals, ihre Wangen, ihre Lippen.

Da schritt Beaumont mit erhobenem Zeigefinger durch die Tür. „Von Lust und Liebe allein kann der Mensch nicht leben. Lorraine braucht einen Mann, der ihr Sicherheit gibt, der sie ernähren kann.“

Lorraine hörte die Worte ihres Vaters und löste sich von Julien. Rückwärtsgehend wich sie zurück und sah ihn vorwurfsvoll an. Julien streckte die Hand nach ihr aus, doch sie wandte sich ab und stellte sich hinter ihren Vater.

„Du brauchst Geld, wenn du sie halten willst“, erklang Chiks Stimme in seinem Kopf.

„Wo soll ich es auftreiben? Ich habe keine Arbeit! Keine Ausbildung!“

Enttäuschung spiegelte sich in Beaumonts und Lorraines Gesichtern. Dann schritten sie durch die Tür, ohne sich noch einmal umzusehen.

„Geh nicht!“, rief er ihr nach.

Chiks höhnisches Lachen dröhnte schmerzhaft in seinem Schädel und zwang Julien in die Knie. „Du Narr, hast du es immer noch nicht begriffen? Frauen lieben reiche Männer! Männer von hohem Stand, Männer mit Macht und Einfluss. Du bist nur ein kleines Licht, das im Wind zu einem Nichts verglüht.“

Die Tür schwang zu. Plötzlich war es wieder erdrückend finster in dem kleinen Raum. Julien richtete sich auf und tastete sich an der Wand entlang, um den Ausgang zu finden, aber die Tür schien verschwunden. Panik stieg in ihm hoch. Er war gefangen! Chiks Stimme quälte ihn mit Vorwürfen und Belehrungen. Die Luft wurde bald stickig. Seine Kehle zog sich zusammen, er konnte nicht mehr atmen. Angstvoll griff er sich an den Hals, sank erneut auf die Knie und stieß einen markerschütternden Schrei aus.

Julien schreckte mit rasendem Atem aus seinem Traum. Seine Haare klebten schweißnass an seiner Kopfhaut, seine Beine zitterten. Am ganzen Körper bebend, beugte er sich über die Bettkante und übergab sich in den Nachttopf, den er rasch unter seinem Bett hervorzog.

„Großer Gott!“, keuchte er erschöpft und erleichtert zugleich. Ein Blick zum Fenster verriet, dass der Morgen graute. Die Vögel zwitscherten lautstark, rote Wolken zogen über den Himmel. Julien plagte noch immer eine leichte Übelkeit.

Mit einem Seufzen ließ er sich auf das Kissen zurückfallen. Die Botschaft des Traumes war unmissverständlich. Er konnte nur dann mit Lorraine zusammen sein, wenn er genügend Geld verdiente, um ihr ein standesgerechtes Leben zu ermöglichen.

* * *

„Bitte setzen Sie sich, Monsieur Ducat", sagte Beaumont und bot dem Verlegersohn einen Platz auf der gepolsterten Couch im kleinen Salon an. Er war aus Paris angereist, um Bekannte in Gagnion zu besuchen und bei der Gelegenheit mit dem Doktor über sein Buchprojekt zu sprechen. „Dies ist Julien, der Wolfsmensch. Ich dachte, Sie würden ihn gern persönlich kennenlernen. Immerhin ist er die Person, die meine Studien am meisten beeinflusste."

„Eine reizende Idee", sagte Louis Ducat und reichte Julien höflich die Hand. „Sie sehen weitaus menschlicher aus, als ich Sie mir vorgestellt hatte. Wenn die Verhandlungen gut laufen, wird bald jeder in der zivilisierten Welt Ihre Geschichte kennen, Monsieur Julien."

Julien nickte zaghaft, denn er wusste nicht recht, was er auf diese Bemerkung antworten sollte. Schon seine Bekanntheit in Gagnion und Paris bereitete ihm Unbehagen, wie würde sein Leben erst aussehen, wenn man im ganzen Land von ihm erführe?

Die Tür ging auf und Lorraine kam mit einem Tablett herein. „Verzeihen Sie die Störung“, sagte sie und stellte eine Kanne und drei Tassen und Untersetzer aus feinstem Porzellan auf den Tisch. Für ihren besonderen Gast hatte sie das teure Geschirr aus dem Schrank geholt.

„Darf ich vorstellen, dies ist meine Tochter Lorraine.“

„Lorraine!“, rief Ducat entzückt aus, erhob sich rasch und nahm ihre Hand, um einen Kuss auf ihren Handrücken zu hauchen. „Ich bin entzückt, Ihre liebreizende Bekanntschaft zu machen. Ich wusste nicht, dass der werte Doktor eine solch entzückende Tochter hat.“

„Oh, vielen Dank, Sie schmeicheln mir, Monsieur Ducat.“

„Für Sie bin ich Louis.“ Ein anzügliches Grinsen bildete sich auf seinen wulstigen Lippen.

Lorraine errötete und kicherte hinter vorgehaltener Hand. „Ich danke Ihnen. Aber nun entschuldigen Sie mich bitte, ich muss zurück in die Küche und das Gebäck holen.“

„Gern, wenn Sie versprechen, uns anschließend Gesellschaft zu leisten, Mademoiselle. Ich würde mich sehr freuen.“

Verunsichert blickte sie zu Beaumont, der ihr freundlich zunickte. Dann eilte sie aus dem Salon, um kurz darauf mit einer Keksschale zurückzukehren.

„Die sehen köstlich aus“, lobte Ducat und griff nach einem Mandelkeks.

„Vorsicht, sie sind noch heiß.“

Ducat legte ihn auf seinen Untersetzer und nickte. „Aber sie duften ganz herrlich. Sie haben sich selbst übertroffen, Mademoiselle.“

Lorraine setzte sich neben ihn auf die Couch, während Beaumont und Julien je in einem Sessel Platz nahmen. „Ich danke Ihnen für das Kompliment, doch bitte kosten Sie die Kekse, bevor Sie ein Urteil fällen. Ich möchte Sie nur ungern enttäuschen."

„Wie bescheiden sie ist", sagte Ducat bewundernd.

Julien beobachtete das Balzgehabe des Geschäftsmanns mit wachsender Unruhe.

„Dann wohnen Sie also mit Monsieur Julien unter einem Dach? Das erstaunt mich. Eine junge Frau wie Sie! Gibt es da nicht viel Gerede?"

„Die Nachbarn wissen, dass Julien für mich nicht nur Schüler, sondern auch ein Sohn ist", erklärte Beaumont schnell und legte die Notizbücher auf den Tisch. „Wollen Sie sich das Manuskript ansehen?"

„Gern." Ducat beugte sich vor, um nach dem Papierstapel zu greifen, und suchte dabei Lorraines Blick. Sie schenkte ihm ein sanftes Lächeln, das er mit einer ebensolchen Geste erwiderte. Dann blätterte er gedankenversunken in den Unterlagen und nickte schließlich. „Sehr interessant."

„Werden Sie es veröffentlichen?"

„Ich werde Ihre Arbeiten mitnehmen, wenn Sie nichts dagegen einzuwenden haben?"

„Ich besitze keine Abschrift."

„Sie sind bei mir in guten Händen. Ich will Ihr Manuskript meinem Vater zeigen. Ihre Untersuchungen sind sehr komplex. Möglicherweise müssen wir an einigen Stellen kürzen."

Beaumont nickte unsicher.

„Keine Sorge, Doktor. Sie erhalten Ihre Schriften zurück. Ich werde Sie Ihnen gern persönlich vorbeibringen", sagte er und blickte erneut zu Lorraine. „Und ich würde mich sehr freuen, Sie dann wiederzusehen und vielleicht näher kennenzulernen."

„Die Freude wäre ganz auf meiner Seite, Monsieur Duca … Louis."

In der folgenden Stunde konzentrierte sich das Gespräch auf das Geschäftliche. Nichtsdestotrotz entgingen Julien die Zeichen nicht, die Ducat Lorraine zusandte. Rein zufällig griff er nach einem Keks, auf den Lorraine es abgesehen hatte, sodass sich ihre Hände berührten. Außerdem suchte er immerzu Blickkontakt zu ihr, was Juliens Zorn entfachte. Er war erleichtert, als Ducat sich endlich bequemte, das Haus zu verlassen. Allerdings nicht, ohne sich mit einem galanten Handkuss von Lorraine zu verabschieden, der ihre Wangen zum Erglühen brachte.

„Die Gespräche verliefen recht gut, was denkt ihr?", fragte Beaumont, als sie in den Salon zurückkehrten.

Lorraine räumte das Geschirr ab und nickte ihrem Vater zu. „Ich bin gespannt, was der alte Ducat zu deinen Skripten sagt. Wenn ich Louis recht verstanden habe, stehen die Chancen gut, dass sie dein Buch drucken."

„Damit würde ein Traum wahr werden! Welch gebildeter Mann, dieser Ducat. Er hat die Komplexität meines Werkes sofort erkannt."

„Ich bin froh, dass dieser Wichtigtuer endlich gegangen ist", sagte Julien und erntete verständnislose Blicke.

„Wichtigtuer? Du bist sehr ungerecht, Julien", tadelte Beaumont.

„Ich fand ihn recht charmant", sagte Lorraine strahlend.

Ihr Lächeln jagte einen glühenden Stich in Juliens Herz. Er konnte einfach nicht glauben, dass sie auf Ducats plumpes Werben hereinfiel.

„Er hat Manieren“, fügte sie hinzu und trug das Tablett hinaus.

Welch Glück es war, dass Ducat in Paris lebte und somit nicht die Gelegenheit hatte, seine Balz fortzusetzen, dachte Julien, ohne zu ahnen, dass er unrecht behalten sollte.

Schon in den folgenden Tagen sandte Ducat einen Korb Blumen nach Gagnion, um Lorraine seine Verehrung zu zeigen. Drei Tage später erhielt sie einen spanischen Fächer. Ihre Freude über das großzügige Geschenk quälte Julien sehr. Er fürchtete, wenn er nicht bald etwas unternahm, würde ihn dieser Prahlhans ausstechen. Hinzu kam, dass Beaumont plötzlich von der Idee besessen schien, Julien in sein Zimmer im Erdgeschoss des Hauses einzuquartieren, um selbst das Gästezimmer zu beziehen. Offenbar hatte ihn Ducats Bemerkung bei dieser Entscheidung beeinflusst, nachdem er selbst vor geraumer Zeit bemerkt hatte, dass zwischen seiner Tochter und seinem Ziehsohn etwas gewachsen war, das über eine reine Freundschaft hinaus ging. Lorraine schien zwar nicht allzu begeistert von dieser Idee, befolgte jedoch die Anweisung ihres Vaters und half, die wichtigsten Sachen aus den Schränken ihres Vaters nach oben zu tragen, während Julien seine Habe in sein neues Gemach brachte.

Noch am selben Abend machte Julien sich auf den Weg zum Coq Doré, um nach Chik zu suchen. Der Vagant saß an der Bar und nippte an einem Humpen. Kaum hatte er Julien bemerkt, sprang er auf und kam ihm mit ausgebreiteten Armen entgegen, als wollte er einen alten Freund begrüßen.

„Welche Überraschung!“, rief er aus und schüttelte eifrig Juliens Hand.

„Setzen wir uns und reden.“ Julien blickte sich misstrauisch um. Die Gestalten, die hier verkehrten, waren ihm nicht geheuer. Der Geruch von Zigarren lag schwer in der Luft. Dirnen leisteten den Gästen an ihren Tischen Gesellschaft. Eine Gruppe betrunkener Taugenichtse grölte ein Lied. Es kostete ihn einiges an Überwindung, an einem der hinteren Tische Platz zu nehmen. Chik holte sein Bier von der Bar und brachte Julien ein Seidel mit.

„Wie geht es denn deiner schönen Geliebten?“, fragte er neugierig.

„Sie ist nicht meine Geliebte. Sie ist die Tochter des Doktors. Mehr nicht.“

„Ah, so ist das.“ Chik ließ keinen Zweifel offen, dass er Julien kein Wort glaubte. „Hast du über mein Angebot nachgedacht?“

„Deswegen bin ich hier. Ich bin nach wie vor unsicher.“

„Was gibt es denn zu überlegen? Der Geburtstag seiner Hochgeboren ist bereits in zehn Tagen. Es müssen Vorbereitungen getroffen werden. Wenn wir nicht bald mit dem Maître de Plaisir sprechen, werden sie jemand anderes in ihr Programm nehmen. So läuft es in der Welt. Wer zuerst kommt, mahlt zuerst. Greif die Gelegenheit beim Schopf oder lass dir fünfzehn Louis d'Or durch die Lappen gehen.“

Julien hielt den Atem an. Mit einem solch großzügigen Honorar hatte er nicht gerechnet.

„Ich sage dir das nur, damit du eine Vorstellung von der Größenordnung bekommst. Künstler haben nun einmal ihre Preise.“

„Aber, fünfzehn Louis d'Or, das ist unglaublich viel.“

„Für uns schon. Für die hohen Herrschaften sind dies nur ein paar Krumen. Du siehst mich an, als würdest du mir noch immer nicht glauben. Ich übertreibe nicht und will dich auch zu nichts zwingen. Ich kann dein Misstrauen verstehen. Warum solltest du ausgerechnet mit mir Geschäfte machen?“

Julien nahm einen großen Schluck, wischte sich den Schaum mit dem Handrücken vom Mund und blickte Chik nachdenklich an.

„Ich denke, wenn wir zusammenarbeiten wollen“, sagte Chik, müssen wir einander vertrauen können. Richtig?“

„Richtig.“

„Aus diesem Grund will ich ganz offen zu dir sein. Ich sagte dir bereits, dass ich ein anderer Mensch geworden bin. Aber niemand ändert sich von heute auf morgen. Es ist eine lange Geschichte. Sie verurteilten mich wegen Diebstahls zu einer Gefängnisstrafe. So absurd es klingt, ich war dankbar dafür. Denn in anderen Teilen des Landes erhält man für dasselbe Verbrechen die Todesstrafe! Im Nachhinein frage ich mich jedoch, welche Strafe die größere Gnade gewesen wäre. Im Gefängnis lebte ich wie ein Tier, umgeben von Ratten, Dreck und Exkrementen, sah nur ganz selten das Tageslicht und war Tag und Nacht der Willkür unserer Wärter ausgesetzt.“

„Ich kenne das Gefühl des Eingesperrtseins nur zu gut“, entgegnete Julien mit steinerner Miene.

„Ich weiß.“ Chik warf ihm einen bedauernden Blick zu. „Ich spürte nun am eigenen Leibe, was meine Brüder und ich dir angetan hatten. In mir wuchs der Wunsch, den Fehler, den ich an dir begangen hatte, wiedergutzumachen. Durch Zufall kam ich mit einem Mitgefangenen, der durch die Folter zu einem gebrochenen Mann geworden war, ins Gespräch. Wir redeten über Gott und die Welt und kamen irgendwann auf dich zu sprechen, den Wolfsmann, der die Freiheit so sehr liebte, die ich ihm geraubt hatte. Da sah er mich an und erklärte mir, er sei dir einst begegnet."

Julien hielt erstaunt den Atem an.

„Ich war ebenso überrascht wie du. Er sagte, du würdest in Gagnion bei Doktor Beaumont leben. Wenn ich dich finden wolle, sollte ich es dort zuerst versuchen. Ubaldo und Maryo sorgten dafür, dass eine ordentliche Summe in die Hände eines Wärters wanderte. Am nächsten Tag war ich wieder auf freiem Fuß. Als mir zu Ohr kam, dass der Maître de Plaisir im ganzen Land nach Attraktionen für den Geburtstag des Grafen sucht, musste ich dich finden."

Julien nahm einen weiteren Schluck. Das köstliche Bier floss seine Kehle hinab und löschte seinen Durst. Mit einem Seufzen stellte er es auf den Tisch ab und blickte Chik nachdenklich an.

„Genug von mir. Mich würde interessieren, warum du deine Meinung geändert hast."

„Ich kann dem guten Doktor nicht ewig auf der Tasche liegen."

„Es geht also nicht um Beaumonts Tochter?" Chik grinste. „Der Mann aus dem Gefängnis deutete da etwas an. Ich schätze, der Doktor wünscht sich einen reichen Mann für sein hübsches Kind. In diesem Fall hast du gar keine andere Wahl, als auf mein Angebot einzugehen, Julien. Nur so wirst du innerhalb kurzer Zeit an viel Geld gelangen."

Wenn er gegen Ducat bestehen wollte, musste er Lorraine beeindrucken. Aber konnte er Chik vertrauen? Nach allem, was dieser Kerl ihm in der Vergangenheit angetan hatte.

„Du wirst es nicht bereuen“, versicherte Chik und hielt ihm die Hand entgegen.

Misstrauisch blickte Julien ihn an, nahm dann jedoch dessen Hand und schüttelte sie.

„Ich kümmere mich um alles. Du hörst von mir, sobald es Neuigkeiten gibt.“

Julien nickte.

* * *

Chik hatte bereits am nächsten Tag den Maître de Plaisir aufgesucht und war am selben Abend mit guten Nachrichten nach Gagnion zurückgekehrt. Während eines heimlichen Treffens in der Taverne teilte er Julien mit, dass man sie engagiert habe. Julien war daraufhin mit gemischten Gefühlen nach Hause zurückgekehrt, wo er sich sogleich in sein neues Zimmer begeben hatte. Weder Beaumont noch Lorraine wussten von seinem Vorhaben. Und das sollte auch so bleiben. Er freute sich auf ihre verblüfften Gesichter, wenn er ihnen seine Louis d’Or präsentierte.

„Störe ich?“, drang eine leise Stimme an sein Ohr.

Überrascht blickte er zur Tür, durch die Lorraine zögerlich trat. Ihre Gestalt wirkte zerbrechlich. Unsicher faltete sie die Hände vor dem Bauch und starrte zu Boden wie ein kleines Mädchen, das etwas schlimmes angestellt hatte und seine Strafe erwartete.

„Natürlich nicht“, sagte er sanft und streckte die Hand nach ihr aus, froh darüber, dass sie ihn auch hier unten besuchte. Langsam kam sie näher. „Du warst heute Abend so abweisend und bist ohne ein Wort in dein Zimmer gegangen.

Ich hoffe, ich habe dich nicht verärgert, weil ich mich über Ducats Geschenke freue?“

Sie sank auf das Bett und blickte ihn betrübt an.

„Abweisend? Verzeih mir, es lag nicht in meiner Absicht, dir wehzutun.“

Ducat war ihm allerdings ein Dorn im Auge. Dieser Kerl schickte sich mittlerweile an, Lorraine Gedichte zu schreiben. Julien konnte diese Geste nur so interpretieren, dass seine Absichten ernster wurden. Früher oder später würde er ihr vielleicht sogar einen Heiratsantrag machen.

„Dann bin ich beruhigt“, sagte Lorraine. „Louis ist ein netter Mann, auch Papa mag ihn sehr. Aber du hast keinen Grund, auf ihn eifersüchtig zu sein.“ Mit diesen Worten hauchte sie ihm einen Kuss auf die Stirn und richtete sich auf.

Verwirrt hob Julien den Kopf. Er hatte fest damit gerechnet, dass sie sich zu ihm legen würde, wie sie es sonst auch tat, wenn sie ihn nachts heimlich aufsuchte.

Stattdessen ging sie zur Tür und drehte sich, dort angekommen, noch einmal um. „Schlaf gut, mein lieber Julien. Und träume süß.“

„Warum verlässt du mich?“

„Ich bin schon sehr müde, sei mir nicht böse.“

„Wie du meinst“, sagte er enttäuscht und wälzte sich zur Seite. Nun war er wieder allein mit sich und seinen Gedanken. Ihr Verhalten verwirrte ihn. Sie hielt ihn für abweisend, benahm sich jedoch selbst nicht besser. Es war unwahrscheinlich, dass sie sich deshalb so kühl zeigte, weil ihr Vater nun wachsamer geworden war. Er konnte nur hoffen, dass er Lorraine nicht bereits an Ducat verloren hatte. Die Vorstellung, sie könne den Verlegersohn tatsächlich eines Tages heiraten, schmerzte ihn sehr.

Vor seinem geistigen Auge tauchte ein Szenario auf, das ihm alles andere als gefiel. Splitternackt lag er im Ehebett der Ducats und streichelte Lorraines zauberhafte Brüste, als ihr Ehemann früher als geplant nach Hause zurückkehrte. Julien war gezwungen, rasch seine Kleidung einzusammeln und sich im Schrank zu verstecken, hoffend, dass Lorraines Gatte ihn nicht entdeckte. Durch den Türspalt beobachtete er das Paar. Louis ließ sich müde von der harten Arbeit im Verlagshaus neben sie gleiten, während sie ihn mit ihren heißen Lippen verwöhnte. Sie küsste seinen Hals, zog ihm den Rock aus und öffnete die Knöpfe seines Rüschenhemdes mit den Zähnen, unter dem eine haarlose, muskulöse Brust zum Vorschein kam. Julien verspürte brennende Eifersucht in seinem Herzen, als er dem Paar beim Liebesspiel zusah. Er war der Mann, der für Lorraine bestimmt war! Er liebte sie abgöttisch und ertrug es nicht, wenn sie sich einem anderen hingab. Aber das musste sie tun, um ihre ehelichen Pflichten zu erfüllen. Lorraine legte sich auf ihren Mann, schob sich die widerspenstigen Strähnen aus dem Gesicht, sodass ihre braunen Locken durch die Luft wirbelten, und stöhnte heiser: „Ich habe dich vermisst, Louis."

Seine Hände legten sich auf ihre Wangen. „Du bist so schön, Lorraine", sagte er und näherte sich ihrem Gesicht.

Mit einem leisen Keuchen öffneten sich Lorraines Lippen, bereit den Kuss ihres Gemahls in Empfang zu nehmen. Julien kniff die Augen zusammen, denn er hielt es nicht aus, ihnen länger zuzusehen. Die Innigkeit ihrer Küsse quälte ihn. Sie erinnerte ihn daran, dass er in Lorraines Leben von nun an nur noch die zweite Geige spielen würde. Als Julien die

Augen öffnete, saß Lorraine auf Louis' Schwengel. Sie sah wie eine Königin aus, die ihn erst sanft, dann immer wilder ritt. Ihre Brüste wippten im Takt auf und ab, genauso wie ihr herrliches, lockiges Haar. „Oh ... Louis ... ich ... komme!", stöhnte sie.

„Ich liebe dich, Lorraine!", keuchte Ducat.

„Ich ... komme!"

„Lorraine!"

Hör auf damit!, schrie alles in Julien. Hör auf, du gehörst mir! Als hätte Lorraine seinen verzweifelten Hilferuf gehört, hielt sie plötzlich inne. Sie schaute zur Schranktür. Nachdenklich wiegte sie den Kopf, dann stieg sie aus dem Bett und holte Julien aus seinem engen Gefängnis. Zu Juliens Erstaunen zeigte Louis nicht das geringste Entsetzen, ihn in seinem Schlafgemach zu sehen. Im Gegenteil. Bereitwillig rückte er zur Seite und schaffte Platz für ihn, als wäre es das Natürlichste auf der Welt, dass sich seine Frau einen heimlichen Liebhaber hielt.

„Nun verwöhnt mich", hauchte Lorraine und ließ sich rücklings zwischen die Rivalen auf das Bett fallen. Louis richtete sich auf, um ihre Brüste mit seinen Lippen zu liebkosen. Julien hingegen setzte sich zwischen ihre Schenkel, hob mit beiden Händen leicht ihren Po an und begann an ihrer Klitoris zu saugen. Gierig drückte sie ihm ihre Scham ins Gesicht, sodass er sekundenlang nicht zu Atem kam. Mund und Nase verschwanden zwischen ihren Schamlippen und wurden von der glänzenden Schicht ihrer heißen Feuchtigkeit verschlossen.

Zwischen seinen Beinen verspürte er ein aufregendes Kribbeln. Im Nu schwoll sein Penis an. Ihr süßer Duft erregte ihn. Er hätte sie stundenlang lecken können. Aber Lorraine zog es schon nach wenigen Sekunden vor, die Position zu wechseln, begab sich auf alle viere und reckte Louis ihren prallen Hintern entgegen. Louis kniete sich hinter sie, hielt sich mit beiden Händen an ihrer Taille fest und drang schwungvoll in sie. Lorraine stieß einen lustvollen Schrei aus und öffnete dabei verführerisch ihren Mund. Mit der Zunge fuhr sie sich über die Lippen, während ihr hungriger Blick auf Juliens Phallus haften blieb. Julien verstand, was sie ihm ohne Worte sagen wollte, doch er wusste nicht recht, ob er ihr eine doppelte Penetration zumuten konnte. Zumal Louis nicht gerade zimperlich mit ihr umging. Wann immer er zustieß, drohte sie das Gleichgewicht zu verlieren und vornüberzufallen.

„Komm schon, lass mich nicht warten", säuselte sie mit zuckersüßer Stimme. „Ich will es so", fügte sie hinzu, um ihm die Angst zu nehmen. „Würde es dir nicht gefallen, meine Zunge an deinem Schaft zu spüren?"

Oh doch! Es würde ihm sehr gefallen, denn er liebte es, wenn sie ihn mit ihrem Mund kontrollierte. Aber die Vorstellung, sie zwischen zwei Männern zu sehen, war für ihn alles andere als erregend.

„Julien, bitte, ich will es so", wiederholte sie eindringlich. „Du möchtest mich doch glücklich machen, nicht wahr?"

Er nickte langsam. Ihr Wunsch war für ihn alles andere als leicht zu erfüllen. Zaghaft nahm er seinen Penis in die Hand und richtete die Eichel auf ihren Mund. Ehe er sich versah, umschlossen ihre heißen Lippen seine Spitze. Fest saugte sie an dem harten Phallus, bis Julien schon bald einen nahenden Orgasmus verspürte.

Nein! Julien schreckte aus seinen Gedanken. Lorraine sollte ihm gehören, ihm ganz allein! Und er würde absolut alles dafür tun.

10. KAPITEL

Die Fassade des Lustschlosses zeichnete sich durch Schlichtheit aus. Zwei vorspringende Seitenflügel schlossen sich zu einem Mitteltrakt zusammen, der in einem flachen Dach endete. Lediglich Wandreliefs und zahlreiche, von Ornamenten umrankte Fenster verliehen dem Gebäude den kindlichen, verspielten Charme, der nach wie vor in Mode war. Julien und Chik waren mit der Postkutsche angereist und gingen nun über den Hof, an den mit goldenen Schnörkelwerk verzierten Karossen der Herrschaften vorbei zu der großen Treppe, die zu einem offen stehenden, von zwei Dienern flankierten Portal führte.

„Ihre Einladung bitte“, forderte der größere der beiden Lakaien, als sie das Tor durchschreiten wollten.

„Einladung?“, fragte Chik verblüfft.

„Sehr wohl, der Herr. Ich fürchte, ohne darf ich Sie nicht einlassen.“

„Der Maître de Plaisir Francois Fromage erwartet uns. Es geht um eine Vorführung zu Ehren des Comte.“

„Ich verstehe, dann sind Sie Künstler? Das ist natürlich etwas anderes. Bitte folgen Sie mir, ich bringe Sie durch den Seiteneingang hinein“, sagte der Diener und führte das ungleiche Paar die Treppe hinunter, um sie zu einer weniger auffälligen Tür zu lenken.

In diesem Moment stieg ein junger Mann in Begleitung einer pompös gekleideten Frau aus einer Karosse und schritt mit ihr auf den Haupteingang zu. Julien beobachtete fasziniert die puppenhaften Gestalten, deren Gesichter weiß schimmerten, als wären sie aus Porzellan. Niemals zuvor hatte er solch prächtige Gewandungen gesehen. Das Kleid der Dame leuchtete in einem hellen Rosé. Es saß an der Taille eng, an den Hüften ging es jedoch auseinander. Auch der Herr war in den schillerndsten Farben gekleidet und wedelte sich mit einem Fächer frische Luft zu – eine Geste, die Julien noch nie bei einem Mann gesehen hatte.

„Aristokraten", flüsterte Chik. „Mit ihnen darfst du es dir nie verscherzen. Sie sehen aus wie bunte Pudel, haben aber mehr Einfluss, als du dir jemals erträumen könntest."

Aristokraten. Beaumont hatte ihm vom Adel erzählt, doch Julien hatte nicht verstanden, warum einige Menschen über anderen standen, nur weil sie einen bestimmten Namen trugen.

„Ich werde den Festtagsmeister von Ihrer Ankunft unterrichten", sagte der Diener, öffnete die Tür und geleitete die beiden Männer in einen schmalen Gang, dann durch die nach Braten duftende Küche, in der ein Dutzend Köche damit beschäftigt waren ein Festmahl herzurichten, und schließlich in einen weiteren Flur, in dem ebenfalls reges Treiben herrschte.

Von überall her drang Musik und das Getuschel der Gäste, die zum Geburtstag von Robert de Laquises geladen waren. Diener eilten mit Tabletts durch eine türlose, mit Seidenstoffen verhangene Öffnung in den Saal, der Geruch von süßem Parfüm lag in der Luft.

„Warten Sie hier."

Mit diesen Worten ging der Diener zu einer Gruppe von Tänzern in hellblauen Tüllkostümen, die mit einem elegant gekleideten Herrn in Grün debattierten. Dieser gestikulierte wild und fluchte immerzu. Auch wenn er versuchte, nach außen hin Haltung zu bewahren, brodelte es nur zu offensichtlich unter der scheinbar ruhigen Oberfläche.

„Sie machen es so, wie ich es Ihnen gesagt habe, oder Sie treten nicht auf! Ich bin dafür verantwortlich, dass der Geburtstag seiner Hochgeboren ein unvergessliches Ereignis wird, das neue Maßstäbe setzt und von dem der Adel noch Jahre später spricht! Ich werde nicht zulassen, dass Sie das Fest mit Ihrer lächerlichen Zurschaustellung ruinieren. Sie haben die Wahl Messieurs."

„Das ist er. Francois Fromage!", sagte Chik bewundernd und deutete zu dem Mann im olivgrünen Rock.

Ein Tänzer erhob Einspruch, doch der Maître ignorierte ihn und wandte sich stattdessen dem Diener zu, der ihm etwas ins Ohr flüsterte. Kurz darauf hob Francois Fromage den Kopf und blickte zu Chik und Julien. Seine Augen wirkten so kalt, dass Julien ein Schauer über den Rücken lief. Er konnte nicht sagen wieso, aber er mochte Fromage vom ersten Augenblick an nicht leiden. Vielleicht lag es an der Unruhe, die er verströmte. Oder an der herablassenden Art, mit der er die Tänzer bedachte.

Schweißperlen rannen über Fromages Stirn, die er mit einem Tuch hastig abtupfte. Dann machte er eine abfällige Handbewegung und widmete sich erneut den Künstlern.

„Er ist gleich bei Ihnen", überbrachte der Diener die Botschaft des Maître und ließ die beiden Männer allein zurück.

Julien fand es erstaunlich, welch großer Aufwand für den Comte betrieben wurde. Kichernde Mädchen in Meerjungfrauenkostümen rannten zu ihren Garderoben, gefolgt von einer dicken Frau im Wikingerkleid, der unzählige Blumen hinterhergetragen wurden. Gerbera, Nelken, Chrysanthemen. Und eine mehrstöckige Torte, die auf einem kleinen, rollenden Tisch durch den Gang befördert wurde, die aber nicht für die propere Sängerin bestimmt war. „Vorsicht!“, rief der Küchenjunge den Tänzern zu, die sogleich nach beiden Seiten auswichen, um für ihn Platz zu machen, damit er durch die Öffnung in den Saal verschwinden konnte.

„Wie kann ich Ihnen behilflich sein?“, unterbrach der Maître seine Gedanken. Unbemerkt war er zu ihnen herangetreten und musterte die Neuankömmlinge.

„Maître, erinnern Sie sich nicht an meine Wenigkeit – Monsieur Chik?“

„Sie sind spät dran“, entgegnete Fromage scharf. „Ein weiterer Nagel auf dem Deckel meines Sargs.“ Grimmig schnaubte er in die Richtung der Tänzer, die sich nun auf den Weg zur Bühne machten. Dann wandte er sich erneut Chik zu. „Und jetzt stehen Sie hier, obwohl Sie längst einen Probedurchlauf hätten machen müssen. Aber darauf werden wir wohl oder übel verzichten. Die Vorstellung hat nämlich bereits vor einer Stunde begonnen. Wo haben Sie denn unsere lebende Sensation? Ist er noch draußen, in seinem Käfig? Ich hoffe, Sie hatten keine Schwierigkeiten, ihn hierher zu transportieren.“

Bei dem Wort Käfig sträubten sich Juliens Nackenhaare.

Chik musste seine Anspannung bemerkt haben und warf schnell ein: „Gewiss nicht. Um genau zu sein, er steht neben mir, Maître. Darf ich vorstellen: Dies ist Julien.“ Der Gaukler deutete zu dem jungen Herrn an seiner Seite, der höflich sein Haupt neigte, wie er es gelernt hatte.

Ungläubig blickte Fromage Julien an. Dann verlor sein Gesicht zusehends an Farbe. Tiefe Furchen bildeten sich auf seiner schweißnassen Stirn und seine Augen wurden zu kleinen Schlitzen. Die Lippen presste er fest zusammen, als wollte er einen Schrei unterdrücken. Mit zitternder Hand stützte er sich an der Wand ab. Die andere wanderte zu seiner Brust. Im Hintergrund erklang das fröhliche Spiel von Violinen, gefolgt von stürmischem Beifall. „Sagen Sie mir, dass das nicht wahr ist", sprach er geschwächt.

„Ich verstehe nicht, Monsieur Maître."

Fromage atmete tief durch, richtete den Blick nach oben und faltete die Hände, als wollte er beten. „Womit habe ich das alles nur verdient. Merde!"

„Aber Maître."

„Sie hatten mir einen Wilden versprochen, Chik! Eine Bestie! Etwas, das unsere Gäste das Fürchten lehrt. Stattdessen bringen Sie mir diesen unscheinbaren Taugenichts!" Ein verzweifelter Aufschrei drang aus seiner Kehle. Theatralisch wandte er sich ab und presste die Stirn gegen die Wand. „Ich brauche ein gefährliches Tier. Keinen Schwindler."

„Ich bin kein Schwindler", rief Julien entrüstet.

„Im ganzen Land spricht man vom Wilden von Gagnion. Jeder weiß, dass er im Wald bei den Wölfen aufwuchs. Seine Geschichte stand sogar in der Zeitung, Maître."

„Darum geht es nicht!" Langsam drehte sich Fromage um und wischte sich das Gesicht mit seinem Stofftuch. „Sehen Sie ihn sich doch an. Er ist nicht wild, nicht einmal abstoßend. Er sieht aus wie jedermann! Wo bleibt die Sensation? Wo die Unterhaltung? Ich könnte irgendeinen Schauspieler nehmen und ihn als Wolfsmann ausgeben. Ich bin sicher, er wäre in der Rolle glaubwürdiger als Ihr Begleiter."

Nun war es Chik, der nervös wurde. „Warten Sie, Maître!"

Er legte die Hände auf Fromages Schultern, der den lästigen Vaganten abschüttelte.

„Die Zeit ist knapp. Das haben Sie selbst gesagt! Es ist unmöglich, jetzt noch einen Schauspieler aufzutreiben. Lassen Sie sich nicht von Juliens Äußerem täuschen! Glauben Sie mir, er ist das Tier, das sie suchen."

Tier? Julien wollte protestieren, doch Chik hob die Hand in seine Richtung und brachte ihn zum Schweigen.

„Halten Sie mich nicht zum Narren. Ich bin nicht blind." Fromage stolzierte um Julien herum und musterte ihn von oben bis unten wie einen Gaul, den er zu kaufen gedachte. „So kann er nicht auf die Bühne. Ich würde mich mit ihm als Hauptattraktion meines Schauprogramms vor seiner Hochgeboren blamieren. Jedoch habe ich auch keinen Ersatz zur Hand. Und ohne Höhepunkt wäre der Tag ein Desaster."

„Das heißt also, wir kommen ins Geschäft?" Chiks Augen blitzten voller Hoffnung.

„Ich habe keine andere Wahl. Die einzige Bedingung ist, dass Sie sich an meine Anweisungen halten. Ich werde versuchen zu retten, was noch zu retten ist." Er schnippte mit den Fingern einen Diener herbei.

„Michel, besorgen Sie für Monsieur Julien das Wolfskostüm aus unserem Fundus und bringen Sie ihn anschließend zu seiner Garderobe."

„Maître, ich fürchte, es ist keine mehr frei", schnitt der Diener Fromage ins Wort. „Madame la Celon hat für sich und ihre Töchter alle Räume beansprucht."

„Dann finden Sie einen Raum, in dem er niemanden stört und genügend Platz hat, sich umzukleiden. Beeilen Sie sich. Die Tanzenden Himmelsstürmer stehen bereits auf der

Bühne. Nach ihrem Auftritt werde ich für eine kurze Pause sorgen, mehr Zeit bleibt uns nicht."

„Ich habe verstanden, Maître." Michel verneigte sich und wollte nach Juliens Arm greifen, als dieser einen Schritt zurückwich und ihn argwöhnisch fixierte.

„Geh nur!", sagte Chik und klopfte ihm aufmunternd auf die Schulter, bevor er mit Fromage in der anderen Richtung verschwand.

Julien fühlte sich unbehaglich. Es wäre ihm lieber gewesen, der Maître hätte den Auftritt abgesagt.

„Kommen Sie, Monsieur, hier entlang."

„Wo geht Chik hin?"

„Ich nehme an, er wird sich mit dem Maître die Tanzschau ansehen und dabei die Bühne begutachten. Machen Sie sich keine Sorgen."

Julien nickte und verdrängte sein Misstrauen. Viel hing vom heutigen Tag ab! Er durfte die Chance, die sich ihm hier bot, nicht ungenutzt verstreichen lassen. Eiligen Schrittes folgte er Michel durch den Flur, bis sie in einen zweiten Gang bogen und vor einer unauffälligen Tür im Halbdunkeln stehen blieben.

„Bitte warten Sie hier, ich bin gleich bei Ihnen", sagte der Diener, öffnete die Tür und schlüpfte durch einen Spalt nach drinnen.

Julien konnte einen Blick ins Innere des Raumes erhaschen, in dem sich prachtvolle Stoffe stapelten. Als Michel bald darauf heraustrat, drückte er ihm einen Beutel in die Hände und winkte ihn mit sich.

„Was ist das?"

„Ihr Kostüm, Monsieur."

Der Diener führte ihn in ein Zimmer im ersten Stock und verabschiedete sich mit dem Versprechen, ihn abzuholen, sobald alle Vorbereitungen getroffen seien. Julien war froh darüber, einen Augenblick allein zu sein. Die Hektik und das bunte Treiben um ihn herum hatten ihn nervös gemacht. Staunend sah er sich in dem kleinen Raum um. Sein Blick fiel auf die großen Spiegel, die Schmuckmotive auf den weißen Wandpaneelen und die filigranen Konturen des Kamins. Dieses Gemach und seine detailreichen Dekorationen waren ein Festmahl für die Augen. Er hatte nie etwas Beeindruckenderes gesehen, das von Menschenhand geschaffen worden war. Und doch schien allem eine unerklärliche Natürlichkeit inne zu sein. Im Licht der Kerzen, die Michel angezündet hatte, wirkte der Raum sogar heimelig. Julien fühlte sich auf eine seltsame Weise geborgen. Gern hätte er diesen Augenblick noch ein wenig ausgekostet, doch er wusste, dass Chik und dieser unsägliche Fromage ungeduldig auf ihn warteten. So öffnete er den Beutel und zog eine lederne Hose, Handschuhe mit Krallen und eine seltsame, leicht zerdrückte Ledermaske heraus. Ungläubig starrte er die skurrile Kostümierung an, die Michel für ihn ausgewählt hatte. Doch dem Anlass mochte sie angemessen sein. Schließlich würde er als Wolfsmensch vor den Grafen treten und musste wie ein solcher aussehen. Langsam entkleidete er sich und streifte die dunkle Lederhose über, die sich eng an seinen Hintern schmiegte. Er stellte sich vor den Spiegel, um sich von allen Seiten zu betrachten und bemerkte einen buschigen Schwanz, der an seinem Gesäß baumelte. Bei dem Anblick konnte er sich ein Lachen nicht verkneifen. Dann bemerkte er, dass etwas Wichtiges fehlte, und sah noch einmal in den Beutel, in der Hoffnung es dort zu finden. Aber dieser war leer. Michel hatte ihm kein Hemd mitgegeben! Das bedeutete, er würde mit freiem Oberkörper auf der Bühne stehen. Er hoffte nur, dass die anwesenden Damen nicht allzu entsetzt reagierten, wenn sie die nackte Haut sahen. Ihm selbst war der Gedanke ebenso unangenehm, obgleich er einen Großteil seines Lebens ohne Kleidung verbracht hatte. Doch nun, als zivilisierter Mensch, sah er die Dinge anders. Vorsichtig legte er die Maske an, die den oberen Teil seines Gesichts bedeckte und nur zwei Schlitze für die Augen frei ließ. Sie besaß eine lange Schnauze mit spitzen Zähnen sowie zwei Wolfsohren.

Julien kam sich in dem Kostüm lächerlich vor. Er sah alles andere als gefährlich aus. Insgeheim bereute er, sich auf diese Sache eingelassen zu haben. Die Handschuhe waren unbequem. Sie saßen eng. Außerdem konnte er mit ihnen nicht richtig greifen, weil die angebrachten Holzkrallen viel zu lang waren. Er spielte mit dem Gedanken, den Auftritt abzusagen. Doch dann dachte er an Chik, den er unmöglich im Stich lassen konnte, und an das Geld, das man ihm versprochen hatte. Gewiss wäre Lorraine stolz auf ihn, wenn er eine solch hohe Summe nach Hause brachte, wie Chik sie versprochen hatte. In diesem Moment klopfte es an der Tür und Michel trat ein.

„Sind Sie bereit, Monsieur Julien?“

Er nickte.

„Dann werde ich Sie zur Bühne bringen.“

Julien folgte dem Diener ins Erdgeschoss. Erneut liefen sie durch den schmalen Flur, dieses Mal in die Richtung, in der zuvor Chik und der Maître verschwunden waren. Am

Ende des Gangs blieben sie vor der offen stehenden Bühnentür stehen.

„Beeilung, die Pause hat vor wenigen Minuten begonnen. Die Herrschaften nehmen einen kleinen Imbiss zu sich, bevor wir weitermachen! Alle sind sehr gespannt auf den Höhepunkt unseres Programms." Fromage kam ihm entgegen und zerrte ihn die Stufen hinauf auf die Bühne, die mit aufgemalten Waldkulissen dekoriert war und von Kerzen beleuchtet wurde.

Auf der anderen Seite des zugezogenen Vorhangs hörte Julien das Getuschel der Gäste, dann blickte er sich suchend nach Chik um, der zusammen mit zwei Männern einen unter Tüchern verborgenen Wagen zur Mitte des Podests rollte. Chik trug ein goldenes Kostüm mit glitzerndem Cape, in dem er wie ein junger Prinz aussah. Kleine Holzklötze wurden vor die Räder gelegt, dann zogen die Männer die Stoffbahnen hinunter. Juliens Herz blieb vor Schreck stehen, als er die eisernen Gitterstäbe erblickte. Ein Käfig! Gänsehaut überzog rasant seinen Körper. Ihm wurde abwechselnd heiß und kalt. Nun verstand er, was hier gespielt wurde! Fromage wollte eine Sensation. Und er würde sie auf Juliens Kosten bekommen. Sie hatten den kleinen Käfig, in dem ein ausgewachsener Mann nicht einmal aufrecht stehen konnte, für jedermann deutlich sichtbar auf der Mitte der Bühne platziert.

„Hinein mit dir, Wölfchen!" Ein Bühnenarbeiter grinste ihn höhnisch an und öffnete ihm mit einer einladenden Handbewegung die Tür.

Plötzlich überkam ihn Panik. Er wollte nicht noch einmal in einem Käfig ausgestellt werden! Diese Zeiten waren ein für allemal vorbei! Er wollte die Flucht antreten, aber er merkte schnell, dass der Weg in die Freiheit versperrt war. Zu Fromage hatten sich Michel und der zweite Bühnenarbeiter gesellt, die nun bedrohlich auf ihn zukamen.

„Schnell, sperrt ihn ein, bevor er uns entwischt!“, befahl Fromage. Julien stürzte an Michel vorbei, doch dieser fing ihn ab. Schon war er auch von den anderen beiden umringt. Gnadenlos packten sie ihn und stießen ihn trotz aller Gegenwehr in den vergitterten Wagen. Julien stolperte und fiel auf das Stroh, das über dem Holzboden ausgebreitet worden war. Der Riegel wurde vorgeschoben.

„Nein!“, schrie er und warf sich gegen die Tür, in der Hoffnung, sie aufzubrechen. Vergeblich. Er war gefangen! Mit einem Quietschen ging der Vorhang auf. Skurrile Gestalten sammelten sich im Licht der Kerzenleuchter, die überall im Zuschauerraum standen. Die Leute hatten etwas Unwirkliches, geradezu Geisterhaftes an sich. Sie standen reglos da und starrten ihm aus leblosen Gesichtern entgegen. Er wich vor ihnen zurück, prallte doch schon nach einem halben Meter mit dem Rücken an eine Wand. Es war unmöglich, sich in dem engen Zwinger zu bewegen. Julien hatte das Gefühl, sein Käfig würde immer kleiner werden und ihn zerquetschen! Verzweifelt klammerte er sich an die Gitterstäbe und stieß dabei wirre Laute aus, die nicht im Entferntesten an die menschliche Sprache erinnerten. Sein Kopf war leer. In seiner Panik hatte er alles vergessen, was man ihm beigebracht hatte, er konnte nicht mehr sprechen. Er wollte nur eines: heraus aus diesem Käfig! So schnell wie möglich! Julien verstärkte seine Bemühungen. Er rüttelte so heftig an den Gitterstäben, dass der Käfig zu wackeln begann. Ein entsetztes

Raunen ging durch die Menge. Aufgeregtes Tuscheln drang zu ihm vor. Aber niemand half ihm, niemand dachte daran ihn zu befreien.

„Er hat den Verstand verloren!“, keifte eine Frau. Ihre herrische Stimme weckte Erinnerungen, die er am liebsten für immer aus seinem Gedächtnis verbannt hätte. Vor seinem geistigen Auge erschien ein kreischender Mob. Er sah weinende Mädchen, ängstliche Frauen und fluchende Greise. Jungen bewarfen ihn mit Steinen. Männer drohten mit den Fäusten.

Nein, er hatte sie nicht vergessen. Diese erniedrigenden Momente, die Hilflosigkeit, weil er sich niemandem hatte verständlich machen können. Diese Leute hatten nie einen Menschen in ihm gesehen, nur ein Tier, das sie anstarren, schlagen und bespucken konnten. So wie diese abscheulichen Knaben, die sich einen Spaß daraus gemacht hatten, seinen Körper durch das Gitter hindurch mit Stöcken wund zu schlagen, wohl wissend, dass er sich nicht gegen sie wehren konnte. Er schüttelte den Kopf, versuchte die Bilder fortzuwischen, weil sie unerträglich waren, ihn quälten. Aber sie blieben, und das Gefühl des Eingesperrtseins wandelte sich in Ohnmacht. Ihr Lachen erklang in seinen Ohren, als wäre es gestern gewesen. Monster, Biest – so hatten sie ihn genannt. Das alles war lange her, gehörte nicht in sein neues Leben, doch in diesem Moment schien die Vergangenheit präsenter denn je. Erneut saß er in einem Käfig, vor einer schaulustigen Menge, die nur das sah, was sie sehen wollte. Wohin er blickte, entdeckte er glotzende Adlige, die ebenso wenig Mitleid kannten wie die einfachen Bürger in den Städten, die er mit den Gauklern bereist hatte. Egal wo er gewesen war, ob in Paris oder Orléans, es war überall das gleiche Bild.

Chik stolzierte wie ein Pfau über die Bühne und wurde mit stürmischem Beifall belohnt. Wo Fromage und seine Helfer waren, wusste Julien nicht.

Ein schmerzhafter Druck breitete sich in seiner Brust aus. Es fühlte sich an, als hätte ihm jemand einen schweren Stein auf die Brust gelegt. Er konnte nicht mehr atmen! Und diese Hitze! Er glaubte innerlich zu verbrennen, falls er nicht vorher erstickte! Dann begann sich alles um ihn herum zu drehen. War es die Gnade einer Bewusstlosigkeit, die ihn heimsuchte? Mit letzter Kraft drückte er seinen Körper gegen das Gitter, um einen Sturz zu verhindern. Da bemerkte er, dass es nachgab. Nicht viel, aber immerhin spürbar. Dies war kein richtiger Käfig, es war nur eine Attrappe. Eine Requisite für ein Bühnenstück. Hoffnung keimte in ihm auf. Vielleicht konnte er sich befreien.

„Meine sehr verehrten Damen und Herren, ich präsentiere Julien, den berühmten Wolfsmenschen! Früher lebte er in den Wäldern, heute ist er zu Ehren seiner Hochgeboren hier, auf dass wir alle sehen mögen, zu welchen Streichen die Natur fähig ist. Ist er ein Mann oder ein Tier? Dies zu beurteilen sei den hohen Herrschaften selbst überlassen!“

Aus dem Augenwinkel beobachtete Julien jeden Schritt von Chik, der hinter eine Baumkulisse trat und einen langen Stock hervorholte, mit dem er entschlossen zu seinem Käfig marschierte. „Befreien wir das Biest aus seinem Zwinger, auf dass es seinem Meister begegne!“

Chik zog den Riegel zurück und Julien nutzte seine Chance. Ohne zu zögern stieß er die Tür auf, sprang nach draußen und verschwand hinter den Kulissen, um auf dem schnellsten Weg zum Bühnenausgang zu gelangen. Doch Fromage und Michel stellten sich ihm erneut in den Weg.

„Zurück!“, knurrte der Maître. Unbeeindruckt stieß Julien den Festmeister zur Seite und warf sich mit Michel zu Boden, der sich verängstigt unter ihm wand, als hätte ihn ein gefährliches Raubtier angefallen.

„Nicht! Maître, helfen Sie mir!“

Wütend bohrte Julien die hölzernen Krallen in die Schultern des Dieners, da richtete sich Fromage auf, kam energisch auf ihn zu, griff nach seinem Haar und riss seinen Kopf brutal nach hinten. Ein schmerzhafter Schrei drang aus Juliens Kehle.

„Merde! Die Herrschaften werden unruhig, weil sie merken, dass alles außer Rand und Band gerät. Das ist allein deine Schuld. Ich weiß genau, was du damit bezweckst. Du willst mir Schaden zufügen. Aber von dir lasse ich mich nicht demütigen, du Missgeburt. Diese Feier wird der Höhepunkt meiner Karriere!“

Fromage zerrte ihn auf die Bühne. „Nur ein kleiner Zwischenfall, verehrte Damen und Herren, es geht sofort weiter. Die Natur dieses Wilden ist unberechenbar, wie sich gezeigt hat. Genau das macht ihn so einzigartig, nicht wahr?“

Erneut ging ein Raunen durch die Menge, als Julien in gekrümmter Haltung von Fromage vorgeführt wurde. Es wurde getuschelt. Einige Damen verließen entrüstet den Raum. Andere klatschten entzückt.

Fromage zog Juliens Kopf hoch und flüsterte warnend in sein Ohr: „Noch ein Fehler und du wirst es bitterlich bereuen, das verspreche ich dir!“ Mit diesen Worten ließ er ihn abrupt los, sodass Julien zu Boden stürzte.

Während Fromage die Bühne eiligen Schrittes verließ, kam Chik auf ihn zu und half ihm auf. „Alles in Ordnung?“, fragte er leise.

„Ich möchte gehen“, erwiderte Julien in ebenso gedämpfter Tonlage und blickte sich hektisch um, weil er nach einem neuen Fluchtweg suchte.

„Das ist unmöglich. Halte durch. Die Schau ist fast vorüber. Geben wir ihnen den dramatischen Kampf, den sie sehen wollen, und verschwinden danach von diesem unseligen Ort.“

„Ich halte es hier nicht länger aus.“

„Vergiss nicht, für wen du das alles tust.“

„Ich weiß nicht mehr, was ich denken soll.“

Die Leute wurden ungeduldig.

„Sag ihren Namen.“

„Was?“

„Du weißt, von wem ich spreche. Sie ist es, für die du dieses Opfer bringst.“

Er schloss gequält die Augen und stellte sich ihr Lächeln vor. Dann hauchte er zärtlich: „Lorraine.“ Allein der Gedanke an sie gab ihm Kraft.

„Sie wird stolz auf dich sein, weil du nicht aufgegeben hast. Und jetzt komm.“

Ehe er antworten konnte, stellte sich Chik ihm gegenüber auf und hob provozierend den Stab. Julien zögerte noch immer. In der Nähe des Bühnenausgangs sah er Fromage, der mit zornigem Blick die Faust in seine Richtung ausstreckte. Nein, es gab keinen anderen Ausweg. Er musste durchhalten und den Auftritt so schnell wie möglich hinter sich bringen. Julien atmete tief durch und ging auf Chik zu. Der Applaus stieg an, als sich die Kontrahenten stolzen Kriegern gleich umkreisten. Julien in seinem bizarren Wolfskostüm, Chik in der Garderobe eines jungen Helden. Ihre Blicke hafteten konzentriert aneinander, jeder ihrer Muskeln war zum Zerreißen angespannt. Und dann schoss Chik nach vorn. Er täuschte eine Finte vor, holte plötzlich aus und schlug von oben mit solcher Wucht auf Juliens Schulter, dass dieser in die Knie ging. Sekundenlang sah er Sterne vor seinen Augen tanzen, weil ihn der Schmerz derart übermannte. Die Zuschauer pfiffen vor Begeisterung, und es wurde offensichtlich, welchen der beiden Kämpfer sie favorisierten. Julien schüttelte benommen den Kopf. Da schob sich Chiks Unterleib in sein Blickfeld, der sich provokativ vor seinem Gesicht bewegte. Die Herrschaften lachten, weil die Bewegungen immer eindeutiger wurden. In Julien lösten sie Beklemmungen aus.

„Heh, du Held. Nimm ihn dir richtig vor!", brüllte jemand aus dem Publikum. Erneut brachen die Zuschauer in Gelächter aus. Dieses Mal blieb es jedoch verhalten.

„Skandal!", wurden die ersten Rufe laut. „Ordinär!" „Hier geht es zu wie im Hurenhaus!" Nun waren es nicht nur ältere Damen, die pikiert den Saal verließen. Julien ahnte, dass Fromage von der Entwicklung seines Schauprogramms alles andere als begeistert sein würde und fragte sich, welche Folgen das für ihn haben mochte. Noch mehr fürchtete er, Chik könne der Aufforderung des jungen Adligen folgen, sein Glied aus der Hose befreien und es in Juliens Mund stoßen. Der Gedanke war widerwärtig. Doch unter den gegebenen Umständen traute er Chik diese Unsäglichkeit zu. Wenn es den hohen Herrschaften gefiel, zwei Männern beim Oralsex zuzusehen, dann wurde eben genau dies auf der Bühne gezeigt. Völlig gleich, ob die Beteiligten Spaß daran hatten oder nicht. In Juliens Hals bildete sich ein dicker Kloß. Er konnte förmlich spüren, wie Chiks imaginäres Glied in ihm wuchs und seinen Rachen hinabglitt. Und wie er immer wieder zustieß, jedes Mal ein bisschen tiefer, so lange, bis er würgen musste. Zorn befiel ihn. Ihn vor aller Augen zu demütigen, war eine Sache. Ihn vor aller Augen zu schänden, ging entschieden zu weit! Julien stieß einen unmenschlichen, ohrenbetäubenden Schrei aus, der durch Mark und Bein ging. Dann packte er Chiks Handgelenke und versetzte ihm einen Stoß. Es kostete ihn kaum Mühe, die viel kleinere Gestalt trotz seiner schmerzenden Schulter aus dem Gleichgewicht zu bringen.

„So geht das nicht, Julien. Ich bin der Held – ich muss gewinnen“, flüsterte Chik aufgebracht.

„Dann besiege mich, wenn du stark genug bist.“

Gebannt verfolgten die Zuschauer den überraschenden Machtwechsel. Der Wolf hatte die Oberhand gewonnen und der Held nahm Reißaus.

„Was hast du vor, um Himmels willen?“, fragte Chik ehrlich verwirrt, denn er hatte nicht im Sinn gehabt, Julien in irgendeiner Weise zu bedrängen.

„Ich biete den Leuten die Schau, die sie sehen wollen.“

„Ich glaube nicht, dass sie wirklich einen toten Helden sehen möchten.“

Julien folgte ihm zu den Kulissen, Chik war jedoch schneller. Er rannte im Halbkreis über die Bühne und erntete die Buhrufe und das Gelächter der Leute. Der Stab in seiner Hand zitterte, als Julien bedrohlich näher kam und sich dabei die Maske vom Gesicht riss, weil sie seine Sicht einschränkte. Chik wich bis an den Rand der Bühne zurück. Die Zuschauer hielten den Atem an. Als sie sich Aug in Aug gegenüberstanden, hob Chik halbherzig den Stock. In diesem Moment schnellte Juliens Hand vor und entriss ihm den Stab. Ein entsetzter Aufschrei ging durch die Menge, als er die Rute zu den Kulissen schleuderte.

„Tu mir nichts", stammelte Chik aufgelöst. Als Julien daraufhin ein tiefes, grollendes Lachen ausstieß, verlor er jeglichen Mut, schlüpfte blitzschnell unter seinen Armen hindurch und rannte zum Käfig, in den er hineinkroch und die Tür hinter sich zuzog.

„So rufe doch jemand die Wachen!", erklang eine hysterische Frauenstimme aus dem Publikum.

Niemand regte sich. Alle starrten gebannt auf die Bühne. Als Julien den Zwinger erreichte, schob er kurzerhand den Riegel vor. Nun war Chik der Gefangene.

„Dies Spiel zeigt uns, meine Damen und Herren, dass der Mensch trotz all seiner Errungenschaften der Natur unterlegen ist", sagte Fromage, der plötzlich neben Julien stand, ihn am Arm packte und zum Bühnenrand zog. „Ich hoffe, unsere bescheidene Schau gefiel."

Mit diesen Worten verbeugte er sich. Seine Hand legte sich auf Juliens Rücken und drückte dessen Oberkörper nach unten, um eine Verneigung anzudeuten. Es herrschte Stille. Niemand klatschte. Julien sah aus dem Augenwinkel Fromages schmerzverzerrtes Gesicht. Der Moment seines größten Triumphes war zu einer Niederlage geworden. Der Maître versuchte seine Fassung zu wahren, als er den Kopf hob und in die Menge blickte.

Da stand plötzlich ein einzelner Mann aus der ersten

Reihe auf und applaudierte. „Bravo, Maître! Bravo!"

Als wäre dies ein Stichwort gewesen, stimmten die anderen mit ein. Der Applaus schwoll an, und Fromages Anspannung löste sich mit einem Mal. Überwältigt wischte er sich die Tränen aus den Augen und faltete dankbar die Hände.

Die Reihen erhoben sich nacheinander. „Hervorragend!" „Wie philosophisch!" „Ein denkwürdiges Schauspiel!"

Langsam ging der Vorhang zu. Berauscht vom anhaltenden Beifall harrte der Maître aus, hielt dabei Julien fest und zwang ihn, den Triumph mit ihm auszukosten, während die Bühnenarbeiter Chik aus seinem Zwinger befreiten.

„Ich danke Ihnen", flüsterte Fromage schließlich. „Sie beide haben meine Schau zu einer einzigartigen Erfahrung gemacht. Ihr Honorar werde ich Ihnen sogleich ausstellen."

Chik nickte zufrieden. „Wir sollten auf unseren Erfolg anstoßen, meinen Sie nicht auch, Maître."

„Unbedingt Chik, unbedingt!"

Doch Julien stand nicht der Sinn nach einem Trunk und bat daher um eine kurze Pause, damit er sich sammeln konnte. Glücklicherweise zeigten Fromage und Chik Verständnis und erklärten, sie würden schon einmal in den Festsaal gehen und dort auf ihn warten. Julien zog sich zurück auf das Zimmer im ersten Stock, das ihm als Garderobe gedient hatte, und kleidete sich eilig um, denn er wollte nicht länger als nötig in dieser Aufmachung herumlaufen. Dann ließ er sich in den gepolsterten Sessel fallen, schloss die Augen und versuchte, sich nach der ganzen Aufregung zu entspannen. Doch selbst hier oben hörte er die Musik aus dem Ballsaal und das Geschwätz der Gäste. Auch in den Gängen herrschte reges Treiben. Schritte erschallten durch den Flur und machten vor seiner Tür Halt. Es klopfte.

„Monsieur Julien? Sie sind da?"

Julien seufzte. In diesem Schloss gab es offenbar keinen Ort, an dem man auch nur für kurze Zeit ungestört sein konnte. „Kommen Sie herein."

Ein schlanker Diener mit Zopfperücke trat mit einem solch strahlend weißen Lächeln ein, wie Julien es nie zuvor gesehen hatte.

„Monsieur Julien, man erwartet Sie im kleinen Saal! Der Comte möchte Sie unbedingt kennenlernen."

Überrascht hob er eine Braue. Der Graf persönlich wollte ihn sehen? Damit hatte er wahrlich nicht gerechnet. Er wusste nicht recht, was er davon halten sollte. Der junge Lakai schien seine Unsicherheit zu bemerken und redete ihm eilig zu.

„Es ist eine große Ehre, Monsieur! Nicht allen Künstlern ist dieses Privileg vergönnt. Sie haben offenbar Eindruck auf ihn gemacht."

„Um ehrlich zu sein, wollte ich bald abreisen." Nachdem er derart vor allen Leuten gedemütigt worden war, verspürte er nicht die geringste Lust, mit dem Comte zu feiern, als wäre nichts geschehen!

„Aber Monsieur, es ist der Geburtstag seiner Hochgeboren! Sie können ihm die kleine Bitte unmöglich abschlagen. Andernfalls wäre der Comte sicherlich sehr gekränkt."

Nachdenklich zupfte sich Julien mit Daumen und Zeigefinger am Kinn. Er wollte den Grafen wirklich nicht beleidigen. Es schien, als müsste er erneut gute Miene zum bösen Spiel machen.

„Ich werde in zehn Minuten im Saal sein. Jedoch werde

ich nicht lange bleiben", sagte er resignierend.

„Sehr wohl, Monsieur." Der junge Mann verbeugte sich erleichtert und verschwand rückwärtsgehend durch die Tür.

Julien trat vor den Wandspiegel und musterte skeptisch sein Ebenbild. Der feine Rock und die eleganten Breeches verwandelten ihn in einen Mann, der nichts Tierisches mehr an sich hatte. Wahrscheinlich würde er im Saal nicht weiter auffallen. Dennoch machte ihn der Gedanke, vor den Comte zu treten, nervös. Der Adlige ließ sich nicht durch prachtvolle Gewänder täuschen. Er wusste, wen er vor sich hatte. Den Wilden von Gagnion! Er band sich die Haare zu einem Zopf, begab sich dann auf den Weg in den Ballsaal und zwang sich, Ruhe zu bewahren. Gerade als er den Absatz der Treppe erreicht und die Hand auf das Geländer gelegt hatte, kam ihm Chik entgegen.

„Julien! Endlich, ich habe heute Abend wirklich ein goldenes Händchen."

„Du solltest besser hoffen, dass ich dir nicht jeden einzelnen Knochen im Leib breche, einschließlich deines Händchens", raunte Julien ihn an.

„Warum so grimmig?"

„Das fragst du noch? Ich bin sicher, du wusstest, dass sie mich in einem Käfig ausstellen würden, und hast es mir verschwiegen, damit ich meine Entscheidung nicht rückgängig mache."

„Um Himmels willen! Davon hatte ich keine Ahnung, Julien, das musst du mir glauben."

Zwei junge Frauen in prächtigen, silberglänzenden Reifröcken schritten an ihnen vorüber, die Treppe hinab und nickten ihnen freundlich zu. Chik verbeugte sich galant und wedelte mit einem Tuch in der Hand herum.

„Aber was ich dir nun zu sagen habe, wird dich gewiss aufheitern!“, sprach er leise. „Einige Damen waren sehr angetan von dir, sie würden dich gern näher kennenlernen. Und sind bereit, ordentlich dafür zu bezahlen.“

„Kennenlernen? Es steckt gewiss mehr dahinter?“

„Nun ja, auf eine sehr persönliche Art und Weise, wenn du verstehst?“

Entrüstet fuhr er herum. Chik beliebte hoffentlich nur zu scherzen! Sein Blick ließ jedoch erkennen, dass es ihm ernst damit war.

„Das kommt nicht in Frage“, knurrte Julien und lief die Treppe hinab in den Ballsaal, vorbei an den Musikern, die für die Gäste aufspielten.

„Warte!“ Chik versuchte mit ihm Schritt zu halten. „Was stört dich denn daran? Du hast ein wenig Spaß mit ihnen, flüsterst ihnen leidenschaftliche Worte ins Ohr und kassierst dafür auch noch!“

„Ich lasse mich nicht wie eine Hure von dir verkaufen. Außerdem liebe ich Lorraine!“

„Lorraine muss es nicht erfahren. Im Gegenteil, vielleicht profitiert sie sogar davon, wenn dir die Damen einige Tricks beibringen.“

„Ich sagte nein! Und nun entschuldige mich, ich möchte den Comte nicht länger warten lassen.“

„Den Comte?“ Chik eilte ihm nach. „De Laquises? Du machst Scherze.“

„Keineswegs.“

Julien schritt durch die Menge, Chik blieb zwischen Seidenröcken und imposanten Rüschenkleidern zurück. Die meisten Gäste schenkten Julien keine Beachtung. Nur ab und an richteten sich überraschte und entsetzte Blicke auf ihn. Es wurde getuschelt, aber niemand wagte es, ihn anzusprechen.

Der schlanke Diener stand plötzlich an seiner Seite, ohne dass Julien wusste, woher er so plötzlich gekommen war. „Hier entlang, Monsieur“, sagte er freundlich und geleitete ihn zu den beeindruckenden Fenstern, deren Bögen fast an die Decke reichten.

Abseits des Getöses stand eine große, breitschultrige Gestalt, die durch die klaren Scheiben zum Sternenhimmel aufblickte und ganz in ihre Gedanken vertieft schien.

„Euer Hochgeboren, Monsieur Julien ist nun endlich hier“, sagte der Diener und verabschiedete sich mit einer tiefen Verbeugung.

Als sich der Comte umdrehte und Julien mit seinen alten, doch freundlichen Augen ansah, legte sich seine Anspannung ein wenig. Der Graf hatte etwas unerwartet Gütiges an sich.

„Bon soir, Monsieur Julien, und vielen Dank für das heitere Programm. Sie haben mir sehr imponiert.“

„Habe ich das?“

Der Comte nickte.

„Ein äußerst mutiger Auftritt. Ich verfolgte Ihre Geschichte in den Journalen und freue mich, Ihnen nun persönlich gegenüberzustehen. In meiner Position lerne ich viele wichtige Menschen kennen, und Menschen, die sich für wichtig halten. Einen Waldmann im eigenen Heim willkommen zu heißen, erlebt man jedoch nicht alle Tage.“ Er prostete Julien zu und nahm einen Schluck Wein aus seinem Glas, das er lässig in der rechten Hand hielt.

„Wo sind Sie aufgewachsen, wenn ich das fragen darf?"

„Darüber lässt sich nur mutmaßen. Wahrscheinlich verbrachte ich meine Kindheit im Wald von Gagnion, der mir auch heute sehr vertraut ist. Ich ziehe mich oft dorthin zurück, wenn ich allein sein möchte."

„Ah, der Forst." Der Comte nickte gedankenversunken. „Mit ihm verbinde ich viele Erinnerungen, und nicht alle davon sind glückliche."

„Vater, hier seid Ihr. Ich habe Euch überall gesucht."

Ein Mann in einem roten Rock tauchte hinter dem Comte auf. Er war dem Grafen wie aus dem Gesicht geschnitten. Lediglich seine Nase war stärker ausgeprägt, und seine dunklen Augen standen enger zusammen.

„Ihr solltet nicht so viel trinken", sagte er scherzhaft, doch auch ein wenig tadelnd.

„Ich weiß, aber was soll der Mensch tun, wenn er sonst keine Freude mehr im Leben hat. Darf ich bekannt machen? Monsieur Julien, der Waldmensch. Und dies ist mein jüngster Sohn Antoine. Der Einzige, der mir von meiner Familie noch geblieben ist." Wehmut spiegelte sich in den Augen des Grafen.

Antoine nickte Julien zu. „Ich hoffe, ich habe Ihre Unterhaltung nicht gestört?"

„Keineswegs, ich wollte mich ohnehin gerade von Ihrem Vater verabschieden."

„Ach, das ist schade. Wollen Sie nicht das Feuerwerk sehen?", fragte der Comte sichtlich enttäuscht.

„Vielen Dank für das freundliche Angebot. Aber ..." Julien stockte. Nicht weit entfernt entdeckte er einen hageren Mann in der Menge, der ihn aus kalten Augen anstarrte. Sein

Blick bereitete ihm großes Unbehagen. Gleichzeitig weckte er ein Gefühl der Vertrautheit in ihm. Und zwar ein solch starkes, dass Julien sich plötzlich sicher war, ihm schon einmal begegnet zu sein, ohne dass er sich dabei an ein Zusammentreffen erinnern konnte!

„Wer ist dieser Mann?", fragte er aufgewühlt.

„Sie meinen Amaury de Faucet? Er ist der Schwager meines Vaters. Warum fragen Sie? Kennen Sie ihn?"

Julien antwortete nicht. Sein Blick haftete an der bleichen, in einen schwarzen Rock gekleideten Gestalt, die nun langsam in seine Richtung schritt. Die Bewegungen des Mannes waren geschmeidig. Erhobenen Hauptes ging er an Julien vorbei und steuerte auf den Comte zu, vor dem er sich verneigte. „Ich wünsche Euch einen angenehmen Abend."

„Amaury de Faucet, welch freudige Überraschung, dass Ihr es doch noch geschafft habt. Ich hoffe, Ihr genießt Euren letzten Abend in Frankreich, mein werter Schwager. Freut Ihr Euch auf Amerika? Ich hörte, es wäre dort sehr schön! Gerade zu dieser Jahreszeit."

„Ach, ich wünschte selbst, ich könnte mich meinen Pflichten entziehen. Unsere indianischen Verbündeten brauchen in diesem Krieg jede Unterstützung, die sie bekommen können. Und meine militärische Erfahrung wird ihnen von großem Nutzen sein. Aber lasst uns bitte von erfreulicheren Dingen sprechen."

Mit einem schmalen Lächeln wandte er sich Julien zu und musterte ihn von oben bis unten. Sein Blick blieb auf der Narbe haften, die trotz der Cravate gut zu sehen war. Ein seltsames Funkeln trat in seine Augen, und sein Lächeln wurde zusehends breiter.

„Ich habe Ihre Darbietung gesehen. Mein Kompliment."

„Es freut mich, dass mein Auftritt so viel Anklang fand", zwang sich Julien zu einer diplomatischen Antwort.

„Verdientermaßen! Wie, sagten Sie, war noch gleich Ihr Name?"

„Julien."

„Und weiter?"

„Nur Julien."

„Ah, richtig. Als Waldmensch haben Sie natürlich keinen Nachnamen." De Faucet lachte, als hätte er einen äußerst geistreichen Scherz gemacht. „Wie amüsant, in Ihrer Wolfskluft sahen Sie vorhin deutlich unzivilisierter aus. Ich darf annehmen, dass Sie ein talentierter Schauspieler und nicht der echte Wolfsmensch sind, dessen dramatische Geschichte in aller Munde ist?"

„Ihr irrt, ich bin wahrhaftig der Mann, den die Leute den Wilden von Gagnion nennen."

„Tatsächlich, wer hätte das gedacht? Sie müssen folglich einen ausgesprochen guten Lehrer haben. Sie sprechen ein fantastisches Französisch."

Julien nickte langsam. „Ich hatte den besten."

Die Mimik de Faucets, das leichte Spötteln seiner Augen, die Art, wie er den Kopf bewegte, alles verstärkte Juliens Gefühl der Vertrautheit, sodass er nicht länger an einen Zufall glauben mochte. Vielleicht wusste dieser Mann mehr über ihn und seine Vergangenheit.

„Sagt, Monsieur de Faucet, kann es sein, dass wir uns schon einmal begegnet sind?"

De Faucet hob die geschwungenen Augenbrauen, sah ihn unverwandt an und lachte abfällig. „Nein, das würde ich wissen. Eine Gestalt wie Sie wäre mir wahrhaftig in Erinnerung geblieben."

„Ich bin mir aber sicher", beharrte Julien.

„Wie kommen Sie auf diesen Gedanken?"

„Es ist ... ein Gefühl. Bitte haltet mich deswegen nicht für verrückt."

„Und wo soll diese Begegnung stattgefunden haben, wenn ich fragen darf?" Seine Stimme klang amüsiert und überheblich zugleich.

Julien wusste keine Antwort darauf. Sein Kopf begann zu schmerzen. De Faucet schien nicht sonderlich daran interessiert, seinen Erinnerungen auf die Sprünge zu helfen. Im Gegenteil, er wirkte gelangweilt von der Unterhaltung und schien froh darüber, als er einen jungen Mann mit feurigen Haaren entdeckte, der am Buffet stand und ihn zu sich winkte.

„Entschuldigen Sie mich, werter Julien. Man verlangt nach mir. Ich empfehle mich."

„Natürlich", sagte Julien enttäuscht und blickte der eleganten Erscheinung nach, die sich vor dem Comte verneigte, ihren Fächer öffnete und sich hastig frische Luft auf ihrem Weg zum Buffet zuwedelte.

„Machen Sie sich nichts daraus, nicht jedermann von hohem Stand weiß sich gebührend zu benehmen", sagte Antoine. „Möchten Sie mit uns anstoßen?"

„Nein, danke. Ich mache mich nun am besten auf den Heimweg." Julien bedankte sich bei seinem Gastgeber für das interessante Gespräch. Dieser drückte sein Bedauern über seinen kurzen Besuch aus und überredete ihn glücklicherweise nicht dazu, länger zu bleiben. Erleichtert darüber, dass die Begegnung mit dem Grafen nun doch ein recht schnelles Ende gefunden hatte, lief Julien an Tüll und Seide vorbei auf den Ausgang zu, wo er jedoch von Chik mit zwei Gläsern Champagner in den Händen abgefangen wurde. Eines davon reichte er Julien.

„Trinken wir auf den Grafen und unseren Erfolg."

„Ich möchte nun gehen!" Er war es leid, ständig aufgehalten zu werden. Außerdem hatte ihn die Begegnung mit de Faucet stark aufgewühlt.

„Nun zier dich nicht. Den guten Tropfen haben wir uns redlich verdient."

Missmutig nahm er das Glas und nippte daran.

„Wozu die ganze Eile, wenn wir hier die besten Geschäfte machen können?"

Ein warmes Gefühl breitete sich in Juliens Kehle aus, nachdem er den Champagner getrunken hatte. Benommen schüttelte er den Kopf. „Mir ist ein wenig heiß."

„Das kommt vom Champagner", versicherte Chik mit einem Grinsen.

„Siehst du die Adlige mit dem prachtvollen Kopfschmuck? Ihr werter Name ist Sassette de Froi. Sie hat ein Auge auf dich geworfen."

Julien blickte zu der Frau, die ihre untere Gesichtshälfte hinter einem Fächer verbarg und ihm keck zuzwinkerte.

„Gewähre ihr deine Gunst, und sie wird uns beide reichlich entlohnen." Er hielt einen Beutel gefüllt mit Talern hoch und ließ diesen klimpern. „Dies hat sie im Voraus gezahlt."

„Ich sagte dir bereits, dass ich …"

„Die Situation hat sich nun aber ein wenig geändert", schnitt Chik ihm ins Wort.

„Wie darf ich das verstehen?“

„Die Küken, die mich vorhin ansprachen, sind nicht im Geringsten so einflussreich wie es Madame de Froi ist. Du solltest dir gut überlegen, ob du es dir mit ihr verscherzen möchtest.“

„Auch wenn sie einflussreich ist, was soll sie mir schon anhaben können? Ich halte mich gar nicht in ihren Kreisen auf.“

„Das ist auch nicht nötig. Sie könnte dir großen Schaden zufügen, dein Bild in der Öffentlichkeit ruinieren. Und nicht nur deines, denk auch an Beaumont.“

Juliens Augen weiteten sich. „Sie würde Beaumont hineinziehen, nur weil ich mich ihr verweigere?“ Fassungslos schüttelte er den Kopf. „Was ist das nur für eine Person.“

„Menschen, die viel Macht haben, haben wenig Skrupel, mein Freund. Ich dachte, diese Lektion hättest du bereits gelernt. Nun sei ein braver Junge und spiele ein wenig mit ihr. So schlimm wird es nicht werden. De Froi hatte schon viele Liebhaber, vielleicht kann sie dir noch etwas beibringen.“

Wenn es stimmte, was Chik sagte, und sogar Beaumont unter seiner Ablehnung zu leiden hätte, welche Wahl blieb ihm dann noch? Er durfte nicht zulassen, dass sein Ziehvater, dem er alles verdankte, in Verruf geriet. Also willigte er mit einem Seufzen ein.

Chik nickte zufrieden und führte Julien zu der Madame, die sogleich nach seiner Hand griff und mit der anderen zum Ausgang wies.

„Komm nur mit mir, mein unzähmbarer Wilder“, säuselte sie verführerisch.

11. KAPITEL

Julien folgte Madame de Froi die Treppe hinunter, die in einen akkurat angelegten, gelben Sandweg überging. Es erstaunte ihn, wie geschickt sie die breiten und steilen Steinstufen nahm, ohne auf den Saum ihres opulenten Kleides zu treten. Ihr Gang war anmutig. Verführerisch ließ sie ihre Hüften bei jedem ihrer Schritte schwingen, während sie sich trotz der angenehmen Temperatur mit ihrem Spitzenfächer frische Luft zuwedelte. Es war eine laue Sommernacht. Der Mond stand voll und prall am Himmel, und ein Meer aus leuchtenden Sternen breitete sich über ihnen aus. Nur der Ruf eines Käuzchens aus dem nahe gelegenen Park und das Plätschern der Wasserspiele waren zu vernehmen, welche die großflächige, symmetrische Gartenanlage zierten. Im Erdboden verankerte Fackeln beleuchteten den Hauptweg, den Madame de Froi eilig voranschritt. Sie ging an geometrisch gestutzten Bäumchen vorbei, deren Formen in Juliens Augen widernatürlich aussahen. Schon bald erkannte er, dass sie auf den kleinen Hügel am Ende des Weges zusteuerte, auf dem sich ein frei stehender, überdachter Zentralbau befand. Obwohl der Pavillon von zwei Birken verdeckt wurde, um vor neugierigen Blicken zu schützen, konnte Julien die Umrisse der Liebeslaube durch das Geäst hindurch erkennen. Er hoffte, dass die Ansprüche de Frois nicht zu hoch waren und dass er sie an diesem lieblichen Ort zufriedenstellen würde.

Elegant ließ sich Madame de Froi auf einer Sitzbank nieder, die sich auf der Innenseite des von Fackeln erhellten Pavillons befand, und legte ihren Fächer neben sich.

„Komm näher“, gurrte sie.

Sie streckte ihm die Hand entgegen und lachte jugendlich. Doch die Falten an ihrem Hals verrieten ihr wahres Alter. „Worauf wartest du noch?“ Ungeduldig wiederholte sie die Armbewegung.

Dieses Mal nahm er ihre Hand und neigte sein Haupt, um einen Kuss anzudeuten. Es schien jedoch nicht das zu sein, worauf Madame de Froi abgezielt hatte. Sie packte seine Hand und führte sie zu ihrem üppigen Dekolletee.

„Nicht so schüchtern. Fühl mein warmes Fleisch.“

Ihre Brüste quollen aus dem engen Mieder. Mit jedem Atemzug schienen sie ein Stück zu wachsen. Sie fühlten sich merkwürdig weich an. Juliens Finger zitterten, als Madame de Froi seine Hand noch fester auf ihren Busen presste.

„Sag mir, Julien, gefalle ich dir?“ Neugierig blickte sie ihn an, während er ihre Brüste streichelte.

„Ich finde Euch schön“, sagte er zögerlich, denn er wollte sie nicht beleidigen.

Ein zufriedenes Lächeln trat auf ihre Lippen. „Dann küss mich hier.“ Sie deutete auf ihren Hals und warf ihren Kopf in den Nacken.

Julien setzte sich neben Madame de Froi auf die Steinbank und ließ seine Lippen über ihren faltigen, mit edlem Geschmeide behangenen Hals wandern.

„Oh ja, hör nicht auf.“

Sie stöhnte vor Wonne. Ihre Hände krallten sich in sein dichtes Haar und pressten sein Gesicht näher an ihre Kehle.

Wagemutig biss er zu. Erst sanft, dann immer stärker, um ihre Grenzen auszutesten. Zu seiner Überraschung schien es ihr zu gefallen, je fester er seine Zähne in ihr Fleisch vergrub.

Doch plötzlich stieß sie einen Schrei aus und riss seinen Kopf ein Stück nach hinten.

„Grobian!", knurrte sie. Dann fügte sie süffisant hinzu: „Das verlangt nach einer kleinen Bestrafung."

Unvermittelt griff sie mit beiden Händen nach seinem Kinn und führte es zu ihrem Gesicht. Er spürte ihren heißen Atem auf seinen Lippen. Fordernd drang ihre Zunge in seinen Mund, während ihr Speichel in einer feuchten Spur sein Kinn hinablief. Da schmiegte sich plötzlich etwas um seinen Hals und zog sich eng zusammen. Erschrocken befühlten seine Finger das merkwürdige Ding, das ihm den Atem nahm. Es war ein Lederband, an dem eine metallene Schlaufe hing.

„Und jetzt", seufzte sie wohlig, „auf die Knie mit dir!"

Julien sah sie fassungslos an. Unter ihrem Sitz zog sie eine Rute hervor.

„Da du mich gebissen hast, erwartet dich nun ein kleiner, aber feiner Tadel. Zum Glück bin ich auf alles vorbereitet. Ich genieße es, einem Liebhaber den Po zu versohlen, während er mich mit seiner Zunge verwöhnt. Schau nicht so skeptisch, du ahnst nicht, wie vielen Männern eine harte Hand gefällt." Sie schwang den Stab und schlug damit drohend in ihre offene Hand.

Julien erstarrte. Nachdem Chik ihn bereits öffentlich gedemütigt hatte, fand er nicht den geringsten Gefallen an der Vorstellung, noch einmal eine Züchtigung über sich ergehen zu lassen.

„Zieh deine Hose aus", sagte sie kühl und leckte sich über die Lippen, weil ihr das Wasser im Munde zusammenlief. Ihr gepudertes Gesicht wandelte sich zu einer teuflischen Grimasse. Noch beunruhigender war es jedoch, dass ihn die Art, in der sich ihre Hand ungeduldig, aber kraftvoll um den schmalen Holzstab schloss, zu erregen begann.

„Wird's bald?"

Er schüttelte vehement den Kopf, obgleich sich das Blut bereits in seinen Lenden sammelte und ein herrliches Kribbeln sich seiner bemächtigte.

Madame de Froi riss den Mund auf und brachte sekundenlang keinen Laut heraus, da sie wohl nicht mit Widerstand gerechnet hatte. Als sie jedoch ihre Sprache wiederfand, begannen ihre Augen auf eine eigentümliche Weise zu leuchten.

„Du möchtest mich provozieren? Dir ist bewusst, dass es dadurch nicht angenehmer für dich wird, nicht wahr? Ich werde dich bändigen, mein starker Wilder. Ob du es willst oder nicht."

Ihre Worte ließen die kleine Flamme der Erregung augenblicklich wieder erlöschen. Er hasste es, Wilder genannt zu werden. Niemand sah die Fortschritte, die er gemacht hatte. Im Gegenteil, der Wilde war es, den sie wollten! Nicht den Mann, zu dem er geworden war. Er hatte es satt, sich den Launen dieser hochgelobten Gesellschaft zu unterwerfen und dafür sogar noch schlagen zu lassen. Die ersten Schritte in den Barockgarten waren bereits getan, als ihm ihre keifende Stimme Einhalt gebot. „Noch einen Schritt und ich schreie um Hilfe!"

Verblüfft sah Julien sie an. Dann verstand er, was die Madame mit ihrer Drohung bezweckte.

„Sie werden denken, du seiest über mich hergefallen wie das wilde Biest, das sie in dir sehen, und dich in Ketten legen, die so schwer sein werden, dass du nicht einmal aufrecht wirst gehen können." Sie grinste diabolisch.

„Das kann nicht Euer Ernst sein. Ich habe Euch nichts angetan."

„Wir beide wissen das. Aber wem von uns werden sie Glauben schenken?"

Julien kannte die Antwort bereits. In den Augen der hohen Herrschaften war er kaum mehr als ein unterhaltsames Tier, das von seinen animalischen Instinkten beherrscht wurde. Man sprach ihm menschlichen Verstand ab. Ihre Blicke für ihn hatten von Hochmut und Überheblichkeit gezeugt. Nein, er hegte nicht den geringsten Zweifel daran, dass sie ihn verurteilen würden. Madame de Froi hielt die Fäden in der Hand. Ihm blieb nur, die Marionette in ihrem Spiel zu werden.

„Ich sehe, du kommst zur Vernunft. Das ist sehr erfreulich. Schließlich verlange ich nur das, was mir zusteht. Entkleide dich. Ich möchte dich näher ansehen."

Julien streifte Hemd und Hose ab, sodass er – von Strümpfen und Schuhen abgesehen – vollständig entblößt vor ihr stand. Die Abendluft, die ihm zuvor so angenehm erschienen war, strich nun kühl über seine von Narben gezeichnete Haut. Madame de Froi schritt um ihn herum und betrachtete ihn von oben bis unten. Ironischerweise war sie es, die ihn nun an ein Raubtier erinnerte, das seine hilflose Beute umkreiste. Mit den Fingerspitzen zeichnete sie einen großen, vernarbten Striemen auf seinem Rücken nach, den ihm einst Maryo mit der Peitsche zugefügt hatte.

„Manche Wunden heilen nie", sagte sie nüchtern. „Und nun, auf die Knie!"

Julien kämpfte seinen Zorn nieder und sank gehorsam zu

Boden, während sie mit einer Hand ihre Unterröcke raffte.

„Ich habe auf einen Reifrock verzichtet. Stattdessen trage ich ‚falsche Hüften' aus kräftigem Stoff. Paniers sind unbequem und erschweren gewisse Aktivitäten. Krieche unter mein Kleid und lass deine Zunge agieren." Erneut schwang sie drohend die Rute, ohne ihn dabei zu treffen. „Weil ich ein guter Mensch bin, will ich auf deine Bestrafung verzichten. Narben hast du schon genug", sagte sie. „Sei dennoch gewarnt, solltest du mich noch einmal enttäuschen, werden es bald ein paar mehr sein! Mach deine Sache gut, dann wird es für uns beide ein unvergessliches Vergnügen werden."

Julien kroch mit dem Kopf voran unter den Berg aus edlen Stoffen. Um ihm behilflich zu sein, stülpte sie ihre Unterröcke über ihn, sodass nur noch seine Beine und sein ansehnlicher Po unter ihrem Kleid hervorlugten.

Um Julien wurde es dunkel und stickig. Er hielt sich an ihren Schenkeln fest und atmete den süßen Duft ihrer stark parfümierten Vagina ein, die nun verführerisch vor seinem Gesicht schwebte. Seine Hand legte sich auf ihren Venushügel. Er spürte ihre krausen Haare. Madame de Froi besaß nicht wenige von ihnen. Dann glitten seine Finger tiefer, hin zu ihren geschwollenen, heißen Schamlippen, die bei jeder Berührung zu atmen schienen. Julien stellte sich vor, er würde vor Lorraine knien und es wären ihre Labien, die er liebevoll streichelte. Weil er Madame de Frois Gesicht nicht sehen konnte, fiel es ihm leicht, die Illusion aufrechtzuerhalten. Langsam beugte er sich vor und hauchte einen Kuss auf ihre Schamlippen. Er konnte ihre süße Lust schmecken, die bereits Fäden zog.

Ein leises Stöhnen drang aus ihrer Kehle. Lüstern schob

sie ihm ihr Becken entgegen. Julien verstand die Aufforderung. Er rieb sein Gesicht an ihrer Scham. Ließ es auf und ab gleiten, verschwand mit Nase und Mund zwischen ihren Schamlippen und nahm dabei so viel wie möglich von ihrem Saft auf. Er dachte an Lorraine, stellte sich vor, ihr und nicht de Froi zu dienen und spürte, wie etwas zwischen seinen Beinen wuchs und sich allmählich aufrichtete. Eilig wanderten seine Hände zu seinem Phallus hinab, gleichzeitig liebkoste er ihre Klitoris mit seiner flinken Zunge und lockte sie aus ihrem fleischigen Mantel hervor. Mit einem Seufzen schloss er die Augen und dachte an den aufregenden Moment, in dem er Lorraine in ihrem Badezuber durch den Türspalt beobachtet hatte. Deutlich sah er sie vor sich. Diese herrliche, elfenbeinfarbene Haut, die so samtig war, dass er sich am liebsten immerzu an sie geschmiegt hätte. In seiner Fantasie trat er in das Zimmer, aber sie erschrak nicht, sondern lächelte ihm aufmunternd zu. Er setzte sich zu ihr ins Wasser und schäumte ihre Brüste ein, woraufhin sich Lorraine wohlig räkelte. Unter seinen Berührungen wippten ihre cremefarbenen Äpfel, ihre Knospen reckten sich ihm entgegen. Lorraine warf den Kopf in den Nacken. Sie stöhnte, als er an ihren Brustwarzen saugte. Zuerst an der rechten, dann an der linken. Zärtlich ließ er seine Zunge über die Nippel gleiten, reizte sie, bis sie rot wurden. Sein Zeigefinger drang ein wenig zu stürmisch in ihre Enge, sodass sie sich für einen kurzen Augenblick verkrampfte. Als er jedoch beruhigend ihren Bauch streichelte, begann sie sich zu entspannen. Sie sank tiefer ins Wasser, sodass nur ihr Kopf und ihre Spitzen herausragten. Ihre sinnlichen Lippen öffneten sich einen Spalt. Julien bewegte seinen Finger vor und zurück, vor und zurück. Gerade als er sich auf sie legen und ihren Mund mit einem leidenschaftlichen Kuss belohnen wollte, spürte er einen stechenden Schmerz an seinem Hinterteil.

„Habe ich dir gestattet, dich selbst zu berühren?“, knurrte Madame de Froi und schlug ein weiteres Mal kräftig mit der Rute zu.

Er wand sich unter ihren Schlägen und kroch rasch unter dem Kleid hervor, um gerade noch rechtzeitig der nächsten Attacke auszuweichen. Mit Entsetzen stellte er fest, dass diese Frau, trotz ihrer zierlichen Gestalt, ungeahnte Kräfte in den Armen hatte. Stöhnend richtete er sich auf, kämpfte um das Gleichgewicht und strich mit der Hand über seine Pobacken, die förmlich glühten. Die kurze Berührung der stark geröteten, empfindlichen Haut entfachte einen noch größeren Schmerz, bei dem er augenblicklich zusammenzuckte.

Madame de Froi musterte ihn eindringlich. Ihr Blick wanderte von seinem Gesicht in tiefere Regionen. Überrascht öffnete sie den Mund, um gleich darauf selig zu lächeln.

„Es gefällt dir, ist es nicht so?“, sagte sie und tippte lachend mit dem Stock gegen seinen Hodensack und den steifen Penis. „Natürlich gefällt es dir. Die verräterischen Bewegungen waren kaum zu übersehen, mein lieber Julien. Ich fürchte, du hast deine Aufgabe noch immer nicht verstanden. Du bist mein Liebesdiener. Als solcher hast du dich nur um mich zu …“

Sie hielt inne, weil sie eine Frau in nicht allzu weiter Ferne bemerkte, die gerade die Birken passierte und unbeirrt auf den Pavillon zukam. Wie auch Madame de Froi trug sie ein prachtvolles Festkleid. Ihre Taille war so eng geschnürt, dass sie unnatürlich schmal wirkte. Auf ihrem Haupt thronte eine weiße, turmartige Perücke, die sie um einen Kopf größer erscheinen ließ.

„Giselle – wie immer zur falschen Zeit am falschen Ort“, knurrte die Madame verärgert und hob hastig ihre Unterröcke. „Schnell, schlüpfe unter mein Kleid! Sie darf uns nicht zusammen sehen.“

Julien verstand de Frois Sorge nicht, folgte jedoch ihrer Anweisung, weil sie ihn dann schwerlich noch einmal schlagen konnte. Eng an ihre Schenkel gepresst harrte er aus und lauschte den Schritten, die sich eilig näherten.

Unter dem Kleid, das nun wie eine Glocke über ihm lag, breitete sich Hitze aus, die ihm den Schweiß aus den Poren trieb. Die Perlen rannen sein Gesicht hinunter und in seinen Mund hinein, als er gerade einen tiefen Atemzug nahm. Ein salziger Geschmack breitete sich auf seiner Zunge aus. Madame de Frois süßes Parfum vernebelte seine Sinne, zudem wurde es unter den Stoffbergen immer stickiger. Es drang kaum frische Luft zu ihm vor. Benommen schloss er die Augen und lehnte erschöpft seinen Kopf an ihre Scham. Als er ihren Venushügel berührte, zuckte sie zurück.

„Genug“, zischte sie leise und presste ihre Beine enger zusammen, weil sie offenbar glaubte, er wolle sie erregen. Da kam ihm plötzlich eine Idee!

Ein glockenhelles Lachen drang aus de Frois Kehle. „Oh, Giselle, meine liebste Cousine, was treibt dich zu später Stunde hierher?“

„Ich vermisste dich, Sassette. Monsieur Chik sagte mir, ich würde dich gewiss im Garten finden. Was hast du denn mit der Rute vor?“ Erneut erklang ein amüsiertes Lachen. Diesmal gehörte es Giselle.

„Die Rute? Ah, die habe ich zufällig hier gefunden. Vielleicht hat sie jemand ...“ Sassette verschluckte die Worte und erzitterte von plötzlichen Schauern geschüttelt. Eine Hand streichelte auf quälend zärtliche Weise ihre Schamlippen und umkreiste mit dem Zeigefinger den fleischigen Eingang ihrer Scheide, nur um kurz darauf ein winziges Stückchen in ihrer Höhle zu verschwinden.

„Alles in Ordnung, meine Beste?“, fragte Giselle mit einem spöttischen Unterton in der Stimme.

Julien hätte in diesem Moment nur zu gern Madame de Frois verzweifeltes Gesicht gesehen, während sie gegen ihre zunehmende Erregung ankämpfte.

„Natürlich, alles ist bestens!“

„Vielleicht hat sie jemand ... was?“, wiederholte Giselle die Worte de Frois und deutete abermals auf die Rute. Gerade als Madame de Froi etwas sagen wollte, stieß Julien seinen Finger bis zum Anschlag in sie. Sassette jauchzte auf und fächelte sich rasch mit einer Hand frische Luft zu.

Ihr merkwürdiges Verhalten weckte Giselles Misstrauen. „Du wirkst nervös.“

„Mitnichten! Ich wollte nur sagen, vielleicht hat jemand die Rute hier vergessen.“

„Wer sollte das wohl gewesen sein?“

„Ein perverser Lüstling? Es gibt Männer, die es mögen, sie zu spüren, nicht wahr?“

Beide lachten.

„Wie wahr, wie wahr. Apropos Männer, wo hast du denn Monsieur Julien versteckt? Er wird sich doch hoffentlich nicht erkälten?“ Sie nickte zu der Herrenkleidung, die noch immer am Boden lag.

Madame de Froi hielt überrascht inne. „Woher weißt du, dass mich Monsieur Julien begleitete?"

Giselle ignorierte die Frage und griff ohne Vorwarnung nach Sassettes Kleid, hob es hoch und lugte zu Julien hinunter, der dankbar nach Luft schnappte.

„Wie ich es mir gedacht habe", sagte sie triumphierend. „Auf frischer Tat ertappt!"

Das erste Mal, seit sie den Pavillon betreten hatte, konnte Julien Giselles Gesicht sehen. Es war hübsch. Gewiss zählte sie nicht mehr als zwanzig oder einundzwanzig Lenze. Kaum vorstellbar, dass die beiden Frauen miteinander verwandt waren. Während die eine verlebt aussah und einer welken Rose glich, strahlte die andere erfrischende Jugendlichkeit aus. Giselles Augen leuchteten wie zwei himmelblaue Sterne. Ihre Züge waren sanft und freundlich. Der pralle Busen drohte aus den Körbchen zu fallen und ihm direkt ins Gesicht zu springen.

„Was fällt dir ein?", knurrte Sassette Giselle an und gab Julien einen Tritt, der daraufhin ein Stück nach vorn stürzte und sich mit einem protestierenden Grollen aufrichtete. Peinlich berührt verbarg er seine edelsten Teile mit den Händen. Gewiss hatte sein Martyrium nun ein Ende. Unmöglich konnte Madame de Froi daran denken, ihr frivoles Spiel im Beisein ihrer Cousine einfach fortzusetzen. So etwas ziemte sich nicht, weder für die Damen noch für ihn. Obgleich er zugeben musste, dass Giselle wahrlich reizend aussah und es direkt schade wäre, nicht mehr von ihr zu Gesicht zu bekommen.

„Ich bin entsetzt!" Theatralisch legte Giselle den Handrücken an ihre Stirn. „Dass du dich nicht schämst, hier, im Freien, einen wildfremden Mann zu verführen. Nun ja, zumindest kann niemand behaupten, du würdest deinem Ruf nicht gerecht werden", fügte sie spitz hinzu, um ihr Gegenüber zu provozieren.

„Dass ich nicht lache. Ich weiß, ich habe vielleicht nicht den besten Ruf, doch hinter deinem Rücken spricht man nicht eben besser von dir. Wen wundert es, du bist ein Nimmersatt. Hast du dich je mit nur einem zufriedengegeben? Du kannst weder mich noch die anderen täuschen. Ich weiß genau, warum du nach mir gesucht hast."

„Dann weißt du womöglich mehr als ich, meine Gute."

„Julien passt hervorragend zu deinen Vorlieben."

Beide Frauen wandten sich ihm zu und betrachteten seine kräftigen Schenkel, den muskulösen Oberkörper und das wilde, schwarze Haupthaar, das seinem Äußeren etwas Unbändiges verlieh.

Giselle leckte sich über die Lippen, wie ein Kätzchen, das seine Nase zu tief in ein Schälchen Milch getaucht hatte. „Ich muss dir zustimmen, Sassette. Wir sind nicht nur vom gleichen Blut, wir besitzen auch einen sehr ähnlichen Geschmack. Monsieur Chik ist ein Schlitzohr. Für die Preise, die er fordert, könnte mein Gatte seine Favoritin für eine ganze Woche aushalten."

Madame de Froi grinste verhalten. Doch aus ihrem Grinsen wurde schnell ein lautes, hysterisches Lachen. „Du kleines Luder hast mich an der Nase herumgeführt. Spielst mir die Sittenwächterin vor, aber machst in Wahrheit selbst Geschäfte mit Monsieur Chik."

„Wie du schon meintest, er passt zu meinen Vorlieben. Ich hoffe nur, Julien ist sein Geld wert?"

„Bisher hat er noch nicht viel dafür getan."

„Sehr bedauerlich."

Julien spürte, wie seine Erregung deutlich zunahm, als die beiden Frauen bedrohlich auf ihn zukamen. Die Cousinen hatten sich gegen ihn verbündet, ihr Streit schien vergessen. Fasziniert beobachtete er die wundervollen Brüste Giselles, die bei jedem Schritt anzüglich wippten und ihn sehr an Lorraines warme, weiche Brust erinnerte. Er träumte davon, an ihren Nippeln zu knabbern, die rosafarbenen Warzenhöfe mit Küssen zu bedecken und sein Gesicht an ihrem Busen zu vergraben.

Giselles Hand strich über seinen Brustkorb, hinab zu seinem Penis, der bei der Berührung wild zuckte, als besäße er ein Eigenleben. Fest schlossen sich ihre Finger um seinen Stab und rieben ihn. Erst langsam, dann schneller. Julien spürte, wie das Blut in seinen Adern pulsierte. Blutrot schimmerte seine Eichel hervor, wann immer Giselle die Vorhaut nach hinten schob. Hinter ihn trat Madame de Froi. Sie legte die Rute auf den Boden, schlang besitzergreifend die Arme um seine Hüften und küsste hingebungsvoll seinen Nacken. „Gefällt dir nicht, was wir für dich tun?", säuselte sie und ließ ihre Zunge über seine Schulterblätter gleiten.

„Es ist ... schön", gestand er, überrascht von seinen eigenen Worten. Vor wenigen Sekunden noch wäre er am liebsten geflohen. Nun fing er an, die Berührungen der zierlichen Frauenhände zu genießen, die überall zu sein schienen. Giselles Anblick war verlockend, ihre jungen Brüste weckten seinen Appetit.

„Sieh dir das an, Sassette. Ich glaube, wir haben wirklich einen richtig guten Kauf gemacht. Solch ein Prachtexemplar habe ich selten gesehen."

Madame de Froi lugte an der Seite hervor und betrachtete den harten Schaft, der in Giselles Händen immer größer zu werden schien. „Er sieht zum Anbeißen aus."

„Das denke ich auch."

Julien traute seinen Augen nicht, als die hübsche Giselle vor ihm auf die Knie ging und seine Eichel in den Mund nahm. Hitze stieg in ihm auf, als sie auch noch ihren Kopf vor und zurück bewegte.

„Es ist das erste Mal, dass dich eine Frau mit ihren Lippen liebt, habe ich recht?", nahm Madame de Froi fälschlicherweise an und setzte sich auf die Steinbank zurück, um Julien und Giselle bei ihrem Liebesspiel zu beobachten. Sie schob ihre Unterröcke hoch und entblößte ihre Vagina. Da war er wieder, der ausgeprägte Venushügel mit den krausen Haaren, die einem Urwald glichen. Ein wohliges Stöhnen drang aus Sassettes Kehle, während sie ihre Schamlippen streichelte. Dann verschwand ihr Zeigefinger mit einem schmatzenden Geräusch in ihrer heißen Enge.

„Wer hätte es dir in deiner Wildnis auch besorgen sollen? Frauen leben nur in der Zivilisation."

Giselle leckte an der Unterseite seines Schaftes, erreichte seinen Hodensack mit der Zungenspitze und tippte ihn an. Liebevoll legte er eine Hand an ihre Wange und übernahm die Führung, indem er die Bewegungen ihres Kopfes sacht steuerte. Giselle hatte keine Schwierigkeiten, sich seinem Rhythmus anzupassen.

„Abgesehen von irgendwelchen Eingeborenenstämmen in den Urwäldern vielleicht", sinnierte Madame de Froi und steckte einen zweiten Finger in ihren Eingang. Urwälder – sein Blick fiel erneut auf ihre Schambehaarung. Er fragte sich, ob Giselle ähnlich stark behaart war. Und ob sie auch dieses süße Parfum benutzte, das die Sinne vernebelte.

„Wahrscheinlich müssen die Eingeborenen ihre Frauen entführen, weil keine freiwillig bei ihnen leben will."

Giselle gab seinen Penis unvermittelt frei, woraufhin er rasch selbst Hand anlegte.

„Geduld, mein Freund", sagte sie. Aber er hörte nicht hin. Verbissen rieb er weiter, konzentrierte sich auf Lorraine und die herrliche Badeszene, die er in seiner Fantasie wieder und wieder durchgespielt hatte, bis Giselle schließlich die Hände auf seine Schultern legte und ihn mit sanftem Druck in die Knie beförderte. Julien rechnete fest damit, aus dieser Position heraus erneut unter einem Kleid verschwinden und womöglich weitere Stockschläge einstecken zu müssen. Und es war erschreckend, wie reizvoll er diesen Gedanken fand.

„Leg dich bitte der Länge nach hin", sagte sie überraschend und verwirrte Julien mit dieser Aufforderung.

„Vertrau mir", sagte sie mit einem sanften Lächeln.

Julien dachte nicht lange darüber nach, sondern tat, was sie verlangte, und legte sich auf den kalten Steinboden, der ihm schnell die Körperwärme entzog. Sein Blick haftete an der Kuppel, die mit Engelsmalereien verziert war, als plötzlich ein Schatten auf ihn fiel. Es war Madame de Froi, die sich mit einem sadistischen Grinsen über ihn beugte.

Giselle hockte sich neben ihn und streichelte seinen Hals. „Man muss ihn loben, unseren Julien. Er verhält sich wie ein Kavalier. Ganz anders als vorhin, auf der Bühne."

„In der Liebe ist es wie im Kampf. Derjenige, der sich durchsetzen kann, behält die Oberhand. Derjenige, der sich unterwirft, muss dienen. Ich glaube, Julien hat seinen Platz gefunden."

Madame de Froi hob ihr Kleid samt der Unterröcke und stellte sich breitbeinig über sein Gesicht.

„Schau mich nicht so ungläubig an, Julien. Du solltest mittlerweile wissen, dass ich immer bekomme, was ich will. Und jetzt will ich dich." Langsam ließ sie sich nieder. Der Saum ihres Kleides legte sich über ihn, bedeckte seinen Kopf und den kalten Steinboden. Nach und nach wurde es dunkler und der inzwischen vertraute Geruch ihres Parfums stieg ihm in die Nase. Gierig schnappte er nach frischer Luft, so lange es noch möglich war! Schließlich schluckte Madame de Frois Kleid das letzte bisschen Licht, und das Zirpen der Grillen drang nur noch dumpf an seine Ohren. Es fühlte sich an, als hätte ihm jemand einen Sack über den Kopf gestülpt, in der Absicht, ihm die Sinne zu rauben. Das Halsband, welches ihm de Froi angelegt hatte, schien sich fester um seine Kehle zu ziehen. Er glaubte, unter den wallenden Stoffbergen zu ersticken, geriet in Panik und versuchte sich zu befreien, unter ihrem Gesäß hervorzukommen, bevor es zu spät war. Da setzte sich jemand auf seinen Bauch und streichelte auf beruhigende und doch sehr aufregende Weise seinen Penis.

Julien konnte nichts ausrichten, denn das Gewicht der beiden Frauen drückte ihn zu Boden, und auf Widerstand drohte eine Strafe. Gleichzeitig genoss er seine Hilflosigkeit. Es war erregend, den Damen ausgeliefert zu sein, und er beschloss durchzuhalten – für Lorraine. Fest presste er die Hände auf die Steinplatten, spannte den Körper an und brachte seinen Kopf in eine angenehmere Position. Just in diesem Augenblick berührten de Frois Schamlippen seinen

Mund. Juliens Erregung nahm zu. Er wusste, was er zu tun hatte. Seine Zunge glitt gierig in ihre Spalte und nahm ihre Feuchtigkeit auf.

„So ist es gut", sagte sie großmütig.

Giselles Hand legte sich um seinen Schaft. Mit dem Zeigefinger der anderen verteilte sie ihren Liebessaft auf seinem Glied, bevor sie es zu seiner Überraschung in ihre pulsierende Scheide einführte. Etwas Warmes und Feuchtes umschloss es ganz und gar. Es war ein angenehmes, aufregendes Gefühl. Julien spürte, wie sie ihren Leib leicht anhob und sein Phallus aus ihr glitt, nur um ihn kurz darauf wieder in sich aufzunehmen. Sein Glied wurde härter. Er bewegte sein Becken in ihrem Takt, schob es ihr lüstern entgegen, stieß mit aller, ihm zur Verfügung stehender Kraft in sie und vernachlässigte darüber die ungehaltene Madame de Froi.

„Egoist!", knurrte sie. „Dafür habe ich nicht bezahlt!"

Ehe Julien reagieren konnte, presste etwas Schweres seinen Kopf auf den kalten Untergrund. Der Druck, der sich in seinem Schädel ausbreitete, war enorm und machte ihn glauben, er würde jeden Augenblick zerspringen. Feuchtigkeit verschloss Nase und Mund. Er konnte nicht atmen! Öffnete er die Lippen, glitten ihm de Frois heiße Labien in den Mund. Durchhalten!, ermahnte er sich, um die aufkeimende Panik niederzukämpfen. De Froi war eine jener Frauen, die es genossen, Macht über einen Mann zu haben. Es war Teil ihres perfiden Spiels. Aber sie würde nicht so weit gehen, ihn in Anwesenheit ihrer Cousine zu ersticken! Er dachte an Lorraine, stellte sich ihr bezauberndes Lächeln vor, und gewann an Kraft. Madame de Froi ließ ihn lange ausharren. Sehr lange. Auch wenn er es sich nur ungern eingestand, so war genau diese Hilflosigkeit, die er nun empfand, erregender als alles, was er jemals erlebt hatte. Sie rieb ihren Unterleib über sein Gesicht, feuchte Flecken auf seinen Wangen, seinem Nasenrücken und seinem Kinn hinterlassend. Eine herrliche, sinnliche Wärme ging von ihrer pochenden Scham aus. Er genoss es, sie überall zu spüren. Doch je länger sie aushielt, desto größer wurde das Beklemmungsgefühl, das sich nach und nach in ihm ausbreitete. Julien hoffte, sie würde bald zur Besinnung kommen und sich erheben, damit er zumindest einen kurzen Atemzug nehmen konnte. De Froi dachte jedoch nicht daran. Die Hitze benebelte seine Sinne, ohne dass sie je ganz schwanden. Aufgrund des Sauerstoffmangels schrumpfte sein Penis, was Giselle anheizte, ihren Ritt zu beschleunigen. Sie keuchte, schnaufte und bewegte sich immer schneller, bis es ihr mit einem lauten Stöhnen kam! Keinen Wimpernschlag später erreichte auch Madame de Froi ihren Höhepunkt. Sie drückte ihren Körper mit aller Kraft auf sein Gesicht und schrie ihre Lust in die Nacht hinaus. Ihre Schamlippen pulsierten noch, als sie sich mit einem wohligen Gurren von ihm erhob.

Sofort riss Julien den Mund auf und schnappte schwer keuchend nach Luft. Er konnte nicht genug von dieser frischen Köstlichkeit bekommen und sog sie gierig in seine Lungen.

„Sieh ihn dir an, erinnert er dich auch an einen Fisch an Land?“ De Froi lachte heiser.

„Die Ähnlichkeit ist nicht zu verkennen. Schämst du dich, Julien? Oder warum ist dein Kopf so rot?“

Die Frauen beugten sich amüsiert über ihn und schienen Gefallen an seinen zuckenden Bewegungen zu finden. Erst jetzt bemerkte Julien, wie stark sein Herz raste. Mit der Faust schlug er gegen seine Brust, um es in den richtigen Takt zurückzubefördern.

„Ach herrje, schau nur. Er hat sich völlig verausgabt. Gönnen wir ihm eine kleine Pause, bevor wir weitermachen."

Julien riss überrascht die Augen auf. Pause? Sie waren noch nicht mit ihm fertig?

„Wir können dich unmöglich leer ausgehen lassen." Giselle deutete auf seinen Penis, der nun schlaff hinunterhing. Julien winkte hustend ab. Aber das ließen die Damen nicht gelten.

„Wie bescheiden er ist. Lobenswert! Wir sollten ihn trotzdem belohnen."

„Unbedingt, Sassette, unbedingt!"

„Willst du das übernehmen?"

„Ich lasse dir den Vortritt, meine Beste."

„Sehr freundlich."

Madame de Froi hockte sich zwischen seine Schenkel, um nach seinem Penis zu greifen und rieb ihn, bis er hart wurde. Ein Lusttropfen trat aus dem Auge seiner Eichel, sein Stab begann zu vibrieren und sein Becken stimmte in ihre Bewegung ein, ohne dass er etwas dagegen tun konnte.

„Ich wusste es. Kein Mann widersteht meiner Verführungskunst." Triumphierend richtete sie die Spitze auf seinen Bauch.

Ein Schwall süßer Erregung strömte durch seinen Unterleib. Julien konnte es nicht verhindern. Die Erregung steigerte sich innerhalb weniger Sekunden ins Unermessliche. Madame de Frois sonst so grausame Händen trieben ihn unaufhaltsam auf den Gipfel der Lust. Schauer jagten durch seinen Körper und ließen ihn vor Verlangen erbeben. Mit einem animalischen Stöhnen gab er sich ihr schließlich hin und ergoss sich auf sich selbst. Sein warmer Saft rann die Seiten hinab, sammelte sich in seinem Nabel und verfing sich in seinem dunklen Schamhaar. Erschöpft blieb er liegen und genoss das Nachglühen, das sich allmählich in ihm ausbreitete. Er hörte die Schritte der Damen, die sich langsam entfernten. Sacht hob er den Kopf und erblickte die beiden Frauen, die gemächlich den Sandweg hinabschritten, hin und wieder verstohlen kicherten und sich dabei frische Luft mit ihren Spitzenfächern zuwedelten.

Gequält schloss er die Augen. Obgleich auch er auf seine Kosten gekommen war und das Spiel teilweise sogar sehr genossen hatte, fühlte er sich benutzt und nun, da die Erregung verflogen war, auch beschämt. Schlimmer war jedoch das schlechte Gewissen, das Besitz von ihm ergriff. Was würde Lorraine von ihm denken, wenn sie von der heutigen Nacht erfuhr?

Die kühle Nachtluft streichelte seinen Leib. Er begann zu zittern. Heute war nichts verlaufen, wie er es sich vorgestellt hatte. Nun wollte er zumindest seine Belohnung abholen! Chik wartete gewiss bereits. Gnade ihm Gott, wenn es keine ordentliche Summe war. Wo war seine Kleidung? Suchend blickte er sich um und entdeckte sie in der Nähe der Steinbank, auf der vorhin Madame de Froi gesessen hatte. Auch die Rute lag noch am Boden. Bei ihrem Anblick verspürte er ein schwaches Aufflammen seiner Lust. Vorsichtig strich seine Hand über die geschundenen Pobacken, die de Froi gnadenlos malträtiert hatte. Dann sah er sich nach etwas um, das er zur Entfernung seines Spermas benutzen konnte, das noch immer an ihm klebte. Die Cravate! Auf das Halstuch konnte er verzichten. Er griff nach dem weißen Stoff und reinigte seinen Körper, streifte sein Gewand über und nahm das Halsband ab, um es kurz zu betrachten und dann hinter einer Steinbank verschwinden zu lassen. Dann machte er sich auf den Weg ins Schloss.

Kaum hatte er den Pavillon verlassen, sprengte ein grandioses Feuerwerk den Nachthimmel. Einer Fontäne gleich schossen bunte Lichter empor, malten Feuerbilder in den Nachthimmel und erhellten sekundenlang das Firmament. Er hielt inne, um das atemberaubende Spektakel einen Moment lang zu genießen.

* * *

Als er in den Ballsaal zurückkehrte, kam ihm Giselle mit einem strahlenden Lächeln entgegen. „Monsieur Julien, wie schön, dass Sie zu uns zurückgefunden haben." Ihre gespielte Freundlichkeit weckte sein Misstrauen. Irritiert sah er sich nach Chik um, doch er konnte ihn nirgends entdecken. „Suchen Sie Ihren Freund? Der hat das Fest bereits verlassen. Aber keine Sorge, ich habe mich dazu bereit erklärt, Sie in meiner Kutsche mitzunehmen." Sie leckte sich über die vollen, roten Lippen.

„Chik ist fort?" Juliens Herz setzte vor Schreck einige Takte aus. Er hatte ihm seinen Anteil noch nicht ausgezahlt!

„Monsieur Chik sagte, er sei müde und könne nicht länger auf Sie warten. Also was sagen Sie, Julien? Nehmen Sie mein freundliches Angebot an?"

„Ich bin nicht sicher." Die Tatsache, dass Chik bereits aufgebrochen war und ihre gesamten Einnahmen mitgenommen hatte, bereitete ihm Sorgen.

„Sehen Sie darin eine kleine Wiedergutmachung. Meine Cousine und ich wollten Ihnen nichts Böses antun, das müssen Sie mir glauben.“ Sie klimperte mit den Augen und lächelte ihn süß an. „Ich bin ein junges Ding, eine naive Gans. Manchmal schlage ich über die Stränge. Daraus können Sie mir unmöglich einen Vorwurf machen.“

Julien lachte verächtlich über ihre Worte. „Es schien Euch zu gefallen, mich wehrlos und unbekleidet am …“ Seine Stimme wurde leiser. „Boden liegen zu sehen.“

Giselle kicherte vergnügt und hielt sich den Fächer vor den Mund. Verschmitzt blickte sie über den Spitzenrand zu ihm. „Reden Sie doch nicht so unanständig daher.“

Da er noch immer nicht einwilligte, verlor sie allmählich die Geduld. „Sie haben ohnehin keine andere Wahl. Wie wollen Sie ohne Pferd und ohne Kutsche um diese Uhrzeit nach Gagnion gelangen?“

„Ich könnte Ihnen aushelfen, Monsieur“, sagte Amaury de Faucet und trat auf Julien zu. „Der Comte lud mich ein, im Kreise der Familie zu nächtigen, bevor ich morgen meine große Fahrt antrete. Daher könnte ich Ihnen meine Kutsche zur Verfügung stellen.“

„Warum wollt Ihr das für mich tun?“

De Faucet lachte. „Mein werter Monsieur Julien, misstrauen Sie jedem, der Ihnen seine Hilfe anbietet?“

„Ich wollte nicht unhöflich erscheinen.“

„Aber nein, das tun Sie nicht“, sagte der Adlige und winkte ab. „Ich verstehe Sie. Vorhin war ich vielleicht ein wenig schroff, bitte vergeben Sie mir. Mein Angebot steht. Ob

Sie es annehmen, überlasse ich Ihnen."

Julien musste nicht lange überlegen und entschied sich, in de Faucets prachtvoller Karosse zu reisen, die das Wappen seiner Familie trug, ein Greif auf rotem Grund und silbernem Rand. Giselle wandte sich beleidigt ab, während Amaury de Faucet ihn in den Hof begleitete und dem Kutscher, einem jungen, schlaksigen Mann im schwarzen Mantel, den Auftrag erteilte, Julien sicher nach Hause zu bringen, während ein anderer Diener de Faucets Gepäck aus dem Wagen holte und zum Schloss trug.

„Bitte steigen Sie ein", sagte der Jüngling und hielt ihm die Tür auf. Julien kletterte in den Wagen und machte es sich in den gepolsterten Sitzen gemütlich.

„Ich wünsche eine angenehme Fahrt." De Faucet hob die Hand und ging zum Schloss zurück, während sein Angestellter die Tür hinter Julien schloss, auf den Bock kletterte und die Zügel in die Hand nahm, um die beiden Pferde anzutreiben, die vor den Wagen gespannt waren.

Julien hoffte, dass de Faucet seinen Angestellten für die Sonderfahrt, die ihm durch Julien entstand, ordentlich entlohnen würde, und spähte aus dem Fenster, wo sich die ersten Bäume des nahe gelegenen Waldes zeigten.

Er dachte an Chik und hoffte, dass er sich mit ihrem Lohn nicht aus dem Staub gemacht hatte. Nach allem, was heute geschehen war, traute er dem Vaganten auch einen solch ungeheuren Betrug zu. Julien presste die Stirn an die Scheibe und starrte nach draußen in die Dunkelheit. Sie drangen nun tiefer in den Wald vor. Ohne die Lampen, die am Dach des Wagens angebracht waren, hätte man die Hand vor Augen nicht gesehen. Die Fahrt ging rasant weiter. Julien lehnte sich zurück und versuchte seine Gedanken auf Lorraine zu lenken. Er fragte sich, wie sie wohl reagieren würde, wenn sie von seinem Stelldichein mit Giselle und Sassette erfuhr. Er war sich sicher, entweder würde sie ihm eine Szene machen oder nie mehr ein Wort mit ihm reden.

Plötzlich wurde Julien unsanft aus seinem Sitz gehoben und nach vorn auf die gegenüberliegende Bank geschleudert. Die beiden Pferde wieherten aufgeregt, die Räder der Kutsche schnarrten.

Der junge Mann auf dem Bock rief ungehalten: „Was soll das? Haben Sie keine Augen im Kopf!"

Julien hielt sich den schmerzenden Schädel und richtete sich auf. Irgendjemand war dort draußen. Vorsichtig drückte er die Tür auf. Eine Gestalt in schwarzer Robe hatte sich mit ihrem Ross direkt auf den Fahrweg gestellt und trieb das Pferd nun näher an die Karosse heran. Unter ihrer Kutte zog die Person eine Pistole hervor und richtete diese auf den Kutscher, dem es vor Schreck die Sprache verschlug. Ein Knall zerbarst die Stille. Vögel flatterten aufgeschreckt aus den Baumkronen und stiegen in den Nachthimmel empor. Mit einem gequälten Schrei stürzte der Kutscher vom Bock und blieb regungslos am Boden liegen.

Juliens Herz raste. Rasch stürzte er zur gegenüberliegenden Kutschentür, doch kaum hatte er sie geöffnet, versperrte ihm der dunkle Reiter den Weg. Julien konnte das Gesicht des Mannes nicht erkennen. Doch spürte er die gefährliche Aura, die ihn wie ein durchsichtiger Mantel umgab. Unter seiner Robe holte er eine zweite Pistole hervor.

„Nicht!", flehte Julien.

Dann erschallte ein weiterer Knall. Erneut hörte er den

aufgeregten Flügelschlag der Nachtvögel und ihr verängstigtes Krächzen. Julien sank in seinen Sitz zurück. Etwas fraß sich in sein Inneres, durchdrang den Stoff seines Gehrocks, seines Hemdes und dann seine Haut. Irgendwo in ihm blieb es stecken. Das Blut rauschte in seinen Ohren, er spürte das wilde Pochen seines Herzens, das gegen das Unvermeidbare ankämpfte. Dann wurde alles still. Der Reiter verschwand in der Dunkelheit, gleich einem Phantom. Alles schien so unwirklich, als wäre es nur ein Traum. Julien blieb allein zurück. Blutend. Vor seinen Augen verschwammen die Konturen. Es wurde dunkel um ihn, dann wieder hell, als befände er sich in einem Zustand zwischen Schlaf und Wachsein. Plötzlich war da ein vertrautes Gesicht vor ihm und eine Stimme, die seine Ängste schwinden ließ.

„Julien! Kannst du mich hören?" Es war Beaumont.

„Gabriel ... Wie hast du mich gefunden?"

„Man hat dich angeschossen, ich bringe dich nach Hause."

„Der Kutscher!"

Julien wurde gepackt und aus der Karosse gezerrt. Beaumont versuchte ihn so gut es ging zu stützen und brachte ihn zu seinem Pferd.

12. KAPITEL

Als Julien zu sich kam, bemerkte er einen lederartigen Geschmack in seinem Mund, der Übelkeit in ihm hervorrief. Er wollte das zusammengerollte, speicheldurchtränkte Stück ausspucken, da legte sich Lorraines Hand mit einem kräftigen Druck auf seine Lippen, um ihn daran zu hindern. Beaumont beugte sich über ihn und schabte mit einem speziell geformten Instrument die Kugel aus seiner Schulter. Der Schmerz war derart höllisch, dass er die Zähne fest auf das Leder biss und bereits wenige Augenblicke später das Bewusstsein erneut verlor. In kurzen Episoden wachte er im Laufe des Tages auf, schlief doch sogleich vor Erschöpfung wieder ein.

Erst am Tag darauf kam er zu sich. Zur späten Abendstunde klopfte es an seiner Tür. Lorraine lugte durch den Türspalt. Ihre Augen wurden größer, als sie sah, dass Julien wach war und ihr klar entgegenblickte. „Papa, Papa! Er ist zu sich gekommen“, rief sie aufgeregt. Kurz darauf vernahm er Schritte im Flur.

„Das sind gute Nachrichten, lass mich nach ihm sehen.“

Lorraine schob die Tür auf und Beaumont betrat den Raum mit einem prüfenden Blick. Er setzte sich zu Julien auf das Bett, nahm seine Hand und suchte den Puls. Anschließend betrachtete er die Augen und den Rachen seines Patienten, tastete die Verletzung durch den Verband hindurch vorsichtig ab und nickte zufrieden, als Julien nur leicht das Gesicht verzog, da er offenbar kaum noch Schmerzen hatte.

„Du hast Glück im Unglück gehabt.“

„Habe ich das?“

„Papa hat dich gerettet“, sagte Lorraine stolz und nahm

auf dem Stuhl Platz, der vor Juliens Bett stand.

„Dann war es also kein Traum", erwiderte Julien.

Beaumont schüttelte den Kopf. „Nein, das war es gewiss nicht."

„Wie hast du mich gefunden?"

Das Gesicht des Doktors wurde plötzlich sehr ernst. Er zog eine Schublade des kleinen Nachtschranks auf und nahm einen klimpernden Beutel heraus, den er Julien reichte. „Leilas Gebell hat mich letzte Nacht aus dem Schlaf geschreckt. Sie hatte den jungen Mann zuerst bemerkt, der über das Gartentor geklettert war und sich auf unserem Grund und Boden herumtrieb. Ich hielt den Fremden für einen Einbrecher, griff nach einem Küchenmesser, um mich notfalls verteidigen zu können, und riss die Tür auf, um ihn zu stellen. Ich traute meinen Augen nicht, als ich in dem Fremden Chik erkannte, der, ohne dass ich es wusste, ehrenwerte Absichten verfolgte. Ich forderte ihn auf, mir Rede und Antwort zu stehen, denn dass er zu so später Stunde in meinem Vorgarten herumschlich, erschien mir äußerst suspekt. Seine Erklärung erstaunte mich daher umso mehr. Er reichte mir diesen Beutel und erklärte, dass das Geld dir gehöre und dein gerechter Anteil für deinen Auftritt vor dem Comte de Laquises wäre. Er könne jedoch nicht bis morgen warten, um es dir persönlich zu geben, da er im Gasthaus Maryo und Ubaldo getroffen habe, die ihn warnten, dass der Kommissar nach ihm suchen ließe. Aus diesem Grund wollte er Gagnion auf dem schnellsten Weg mit seinen Brüdern verlassen. Ich konnte seine Geschichte nicht recht glauben und sah in deinem Zimmer nach. Doch als ich bemerkte, dass du nicht in deinem Bett lagst, warf ich mir den Mantel über, eilte zum Mietstall, sattelte das Pferd und ritt nach Schloss Laquises, weil ich ein ungutes Gefühl hatte und fürchtete, du könntest in Schwierigkeiten geraten sein. Als ich durch den Wald ritt und eine Karosse erblickte, die mitten auf dem Weg stand, wusste ich, dass etwas Schreckliches passiert war. Ich sah mich um und bemerkte den toten Kutscher am Boden. Als ich die Kutschtür öffnete, erblickte ich dich reglos auf der Sitzbank, stark blutend, jedoch am Leben! Zum Glück hat die Kugel nicht dein Herz getroffen."

„Hast du den Täter erkannt?", fragte Lorraine.

Julien rieb sich über die Stirn und versuchte sich zu erinnern. Schließlich schüttelte er den Kopf. „Die Person trug eine Kutte, ich konnte ihr Gesicht nicht sehen."

„Der Anschlag galt vermutlich de Faucet", sagte der Doktor ruhig.

„Woher willst du das wissen, Papa?"

„Weil die Kutsche sein Wappen trug. Der Mörder musste glauben, dass sie Amaury de Faucet transportierte. Es ist in jedem Fall besser, eine Anzeige zu machen. Auch Monsieur de Faucet wird der Vorfall interessieren."

„Wenn ich es recht verstand, befindet er sich auf einer Reise nach Nordamerika", sagte Julien geschwächt. „Es wird schwierig werden, ihn zu erreichen."

„Das ist sehr bedauerlich. Andererseits mag er im Augenblick auf dem Schiff sicherer sein als in Frankreich."

„Hört bitte auf, ich bekomme Kopfschmerzen von diesen düsteren Gedanken!", sagte Lorraine. „Es ist alles gut gegangen, also lasst uns nicht länger darüber nachdenken. Erzähl mir besser, wie das Fest des Grafen war." Lorraine blickte ihm aus leuchtenden Augen entgegen.

„Es waren viele Menschen dort. Chik sagte, einige von ihnen hätten Einfluss. Aber mir hat es nicht gefallen, vor ihnen aufzutreten."

„Das wundert mich nicht im Geringsten. Wieso hast du dir das nur einfallen lassen?", fragte Beaumont vorwurfsvoll. Juliens Blick fiel zur Antwort auf den prall gefüllten Geldbeutel. Der Doktor schien zu verstehen und seufzte schwermütig. Nachdenklich strich er über seinen Bart. „Ich verstehe deine Beweggründe und werde sehen, was ich für dich tun kann, Julien. Vielleicht finde ich eine Arbeit, die deinen Fähigkeiten entspricht. Versprich mir nur, künftig vorsichtiger zu sein."

„Julien möchte arbeiten?", wunderte sich Lorraine und sah verwirrt zwischen beiden Männern hin und her.

„Wenn er eines Tages ein normales Leben führen und eine Familie ernähren möchte, ist dies wohl unumgänglich." Beaumonts Blick wanderte vom Geldbeutel zu den harten Zügen Juliens, der in diesem Moment nur zu gern gewusst hätte, was in Gabriels Kopf vor sich ging. „Und wie ich unseren Julien kenne, wird er alles daran setzen, sein Ziel zu erreichen. Ich wäre ein schlechter Lehrmeister, wenn ich ihm dabei nicht helfen würde."

* * *

Zwei Tage nach dem Überfall ging es Julien deutlich besser. Er hatte ordentlich Appetit und verspürte einen Tatendrang, wie schon lange nicht mehr. Lorraine beobachtete seine Genesung mit Freude und entschied, ihrem Liebsten, der so lange enthaltsam hatte leben müssen, am Abend einen Besuch abzustatten, sobald ihr Vater zu Bett gegangen war. Glücklicherweise hatte Beaumont einen äußerst tiefen Schlaf.

Als Lorraine zur zehnten Abendstunde in Juliens Zimmer kam, empfing er sie mit offenen Armen. Das Licht der wenigen Kerzen, die auf dem Nachttisch standen, flackerte, weil er schwungvoll die Bettdecke zurückwarf. Er rutschte ein Stück zur Seite und machte für sie Platz. Lorraine streifte ihr Nachthemd ab, ließ es zu Boden gleiten und schlüpfte unter die Decke. Wie lange sie sich nach diesem Augenblick gesehnt hatte! Ihr schien, als wäre es eine Ewigkeit her, seit sie sich zuletzt geliebt hatten. Zärtlich glitten ihre Hände über seinen Rücken, während sie sich sacht an ihn schmiegte. Er hauchte ihr einige unanständige Worte ins Ohr, wobei sein heißer Atem sie kitzelte und ungewollt zum Lachen brachte. Julien erschien ihr leidenschaftlicher, als es sonst der Fall war. Hatte ihnen die kleine Pause gutgetan, die sie gezwungenermaßen hatten einlegen müssen? Ihre Finger wanderten tiefer, gruben sich besitzergreifend an seinen Po, da zischte er plötzlich und schob ihre Hände zurück.

„Was ist?“, wunderte sie sich.

„Nichts ... Es ist nur eine Verspannung.“ Er begann ihre Brüste zu küssen. Liebevoll saugte er an ihrer linken Warze, bis diese sich aufrichtete und wunderbar hart wurde. Dann riss er die Decke zurück, legte sich auf Lorraine und knabberte an ihrem Ohrläppchen. Ihre Hände berührten erneut ungewollt die Stelle, die ihn schmerzte. Julien stöhnte auf.

„Was ist los mit dir?“ Sie schlüpfte unter ihm hervor, um sich sein Hinterteil genauer anzusehen und erschrak, als sie die blauen Flecke bemerkte, die seine kräftigen Backen verunzierten. Entsetzt presste sie die Hand auf den Mund. „Wie konnte das nur geschehen?“

Julien seufzte schwer und dachte lange nach, ob er ihr ein Geständnis machen sollte. Er fürchtete sich vor ihrer Reaktion. Lorraine konnte sehr irrational sein. Und im Überschwang der Gefühle traute er ihr einiges zu.

„Es sieht aus, als hätte dich jemand geschlagen.“

Er nickte und wich ihrem Blick aus.

„Bitte sage mir, was geschehen ist.“ Sorge schwang in ihrer Stimme.

Julien entschied, ihr die Wahrheit zu sagen, da er sie nicht anlügen wollte und außerdem nicht wusste, wie er ihr die Blutergüsse erklären sollte.

Lorraines Augen weiteten sich voller Unglauben, als er ihr die Einzelheiten schilderte. Fassungslos schüttelte sie den Kopf. Und für seine Dienste, wie er abschließend fast ein wenig stolz verkündete, habe er eine ordentliche Summe erhalten, die er jedoch nicht in genauen Zahlen ausdrücken konnte.

Ihre Miene versteinerte. Auch wenn er nach seiner eigenen Aussage von Chik dazu getrieben worden war, so erinnerten sie seine Worte zu sehr an das, was ihr Etienne einst gesagt hatte. Sie hatte geglaubt, Julien wäre anders als die meisten Männer, doch nun musste sie feststellen, dass er keinen Deut besser war. Nein, er war sogar schlimmer! Schließlich hatte er sie gleich mit zwei Frauen betrogen! Verbittert stieg sie aus dem Bett.

Julien versuchte ihr Handgelenk zu greifen und sie zurückzuhalten, doch sie riss sich von ihm los.

„Lorraine, ich wollte dir nicht wehtun. Ich habe es nur für das Geld getan."

„Du bist eine Hure, Julien! Wie konntest du mich nur so enttäuschen?" Sie spürte, wie ihr Tränen in die Augen stiegen. Tapfer kämpfte sie gegen den Drang zu weinen an. Weil dies nicht gelang, fuhr sie zornig herum, verließ das Zimmer und schlug die Tür lautstark hinter sich zu. Sollte ihr Vater doch wach werden! In diesem Moment war ihr alles egal. Sie schloss sich in ihr Zimmer ein und entschied, nie mehr mit Julien zu sprechen.

In dieser Nacht fand sie keinen Schlaf. Sie musste immerzu an Julien denken, der Etienne so erschreckend ähnlich geworden war.

Am nächsten Tag erhielt Beaumont eine Nachricht aus Paris. Sie stammte von Louis Ducat, der einen Vertrag für die Veröffentlichung von Beaumonts Buch schickte und zudem zu einer Lesegesellschaft lud, in der Hoffnung, Beaumont würde in Begleitung seiner liebreizenden Tochter erscheinen. Lorraine zeigte sich zu Beaumonts Überraschung begeistert von der Idee. Sie hatte Paris lange nicht gesehen und freute sich darauf, dem charmanten Louis wiederzubegegnen. Ihre Freude wurde umso größer, als Julien von ihren Reiseplänen erfuhr und mit aller Macht versuchte, ihr diese auszureden.

„Ich werde meine Pläne nicht ändern", sagte sie knapp und genoss es, seine Eifersucht zu schüren. Auf seine Frage, wie lange sie zu bleiben gedenke, erwiderte sie lediglich schulterzuckend, dass sich dies ergeben würde, und verschwand in ihrem Zimmer, um die Koffer zu packen. Als sie ihr schönstes Kleid, ein Meisterstück aus hellblauem Seidenstoff, aus dem Schrank zog und ausgiebig betrachtete, kam ihr eine Idee, wie sie sich an Julien rächen könnte. Mit diesem Gewand würde es ihr gelingen, Ducat zu verführen. Sie sah atemberaubend darin aus, und er hatte ohnehin ein Auge auf sie geworfen. Allzu leicht wollte sie es ihm trotzdem nicht machen. Sie würde die Unnahbare spielen, die sich jedoch im richtigen Moment fallen ließ. Und zwar in seine Arme.

Am Wochenende fuhren Beaumont und Lorraine mit der Postkutsche nach Paris. Sie wusste, dass ihr Vater die Stadt verabscheute und es ihn einiges an Überwindung gekostet haben musste, die Einladung anzunehmen. Zumindest reizte ihn die Lesegesellschaft, was letztlich auch der Grund gewesen war, warum er zugesagt hatte.

Am frühen Nachmittag hielt die Kutsche in der Pariser Poststation. Der freundliche Angestellte holte das Gepäck aus dem Wagen und half Lorraine und den beiden anderen Damen, die mit ihnen gereist waren, beim Aussteigen. Gerade als sie den ersten Atemzug der Pariser Luft getan hatte, bemerkte sie in der Nähe eine große, vertraute Gestalt, die aus einer edlen Karosse stieg und eiligen Schrittes auf sie zukam. Es war Louis Ducat, der es sich nicht hatte nehmen lassen, seine Gäste persönlich abzuholen.

„Bonjour Mademoiselle Lorraine. Ich bin erfreut, Sie endlich wiederzusehen.“ Galant hauchte er ihr einen Kuss auf den Handrücken. „Doktor Beaumont!“, sagte er dann und reichte ihrem Vater die Hand. „Bitte folgen Sie mir! Mein Wagen steht für Sie bereit.“

„Herzlichen Dank, mein Freund!“

Sie nahmen in der gut gepolsterten Karosse Platz und fuhren durch die Stadt. Lorraine blickte voller Begeisterung aus dem Fenster. Sie wollte alles sehen. Die Leute, die Häuser, die verwinkelten Gassen und großen Plätze. Es war lange her, seit sie zuletzt in Paris gewesen war. Ihre Erinnerung an die Stadt war verblasst. Fast schien es ihr, als wäre sie zum ersten Mal hier. Die Metropole, die als wichtigste Stadt Europas galt, war voller Leben! In den Straßen herrschte Chaos, aber das gefiel ihr. Sie wünschte, die Fahrt hätte länger gedauert, da sie von diesen aufregenden Eindrücken nicht genug bekam. Ihr Vater hingegen schien froh, als der Wagen endlich vor einer großen Villa hielt, ein Diener ihnen die Tür öffnete und sie in das prachtvolle Gebäude geleitete.

„Kommen Sie, fühlen Sie sich wie zu Hause", sagte Ducat und führte sie in den Salon. „Noch ist niemand hier, aber heute Abend wird der bekannte Cornelis Duchantes etwas aus seinem neuesten Werk vortragen." Er hob beide Arme in die Höhe, als präsentierte er ihnen eine unglaubliche Sensation. Lorraine hatte jedoch noch nie von Cornelis Duchantes gehört. „Ich werde Ihnen nun Ihre Zimmer zeigen."

Es blieb nicht bei den Gästezimmern. Louis Ducat war in bester Redelaune und schloss einen Rundgang durchs Haus hintenan. Lorraine war beeindruckt. Die Villa war mit den teuersten Möbeln ausgestattet, die Fenster waren groß, sodass genügend Licht in die einzelnen Räume strömte, die Architektur war modern.

„Dies sind die Gemächer von Maman und Papa. Sie sind heute zu einer anderen Gesellschaft geladen und werden nicht vor Montag wieder hier sein."

Das klang vielversprechend. Also würden nur Ducat, ihr Vater, eine Handvoll Diener und sie selbst in diesem atemberaubenden Haus nächtigen. Wenn ihr Vater erst einmal schlief, war er nicht so schnell wieder wach zu bekommen. Und die Diener ruhten in der unteren Etage. Wenn sie es geschickt anstellte, würde sie schon heute Nacht in Louis' Bett liegen. Ein Schauer jagte über ihren Rücken, als sie daran dachte. Was Julien, Etienne und ihre Geschlechtsgenossen konnten, konnte sie schon lange. Auch sie war in der Lage, Gefühl und Lust zu trennen! Dies würde sie heute unter Beweis stellen. Für sich selbst.

Wie es Ducat vorhergesagt hatte, trafen am Abend die Gäste ein. Es handelte sich um eine kleine Gesellschaft, die in der Sitzecke des Salons Platz fand und sich um den leicht verspätet eingetroffenen jungen Autor scharte. Die Damen trugen Perücken und prachtvolle Kleider, die Herren waren modisch und nicht minder edel ausgestattet. Lorraine fühlte sich wie ein graues Mäuschen in ihrer Gegenwart und bemerkte die abschätzenden Blicke, die ihr die jungen Mädchen zuwarfen, obgleich sie doch ihr bestes Kleid trug, das in Gagnion stets für Aufsehen gesorgt hatte.

„Es ist mir eine große Freude, Sie zu unserem heutigen Leseabend begrüßen zu dürfen. Seit wir uns das letzte Mal vor zwei Monaten hier trafen, ist so manches geschehen, von dem ich nun berichten möchte. Ich darf mit Freude verkünden, dass wieder einige Bücher aus unserem Verlag erschienen sind und reißenden Absatz finden. Zum einen die philosophischen Gedanken ‚Das Ich der Welt' des werten Jean Renaldo und zum anderen der lyrische Band ‚Mondenklang' von Cornelis Duchantes, der sich heute Abend die Ehre gibt. Es ist mir nämlich gelungen, diesen begnadeten Autor zu einer kleinen Lesung in unserem Hause zu überreden. Applaus für den Meister."

Die Damen jauchzten und klatschten, wie man es von ihnen erwartete. Auch die Herren hielten ihre Begeisterung nicht zurück und spendeten ebenso Beifall. Der Autor errötete und schien es vorzuziehen, sich hinter seinem Buch zu verstecken.

„Ich bitte nun um Ruhe“, sagte Louis und setzte sich neben Lorraine. Seine Hand rutschte verdächtig nahe an ihr Kleid.

Duchantes erhob seine Stimme. Sie war warm und sanft. Lorraine gefiel die Art, wie er das Gedicht vortrug. Fasziniert lauschte sie seinen Worten und merkte nicht, wie schnell die Zeit verging. Leidenschaftlich las er aus seinen Werken und zog damit alle in seinen Bann.

„Silbern schimmert der Mond. Nacht, oh grausame Nacht!“ Ein Seufzen ging durch die Reihen.

Der Autor endete, klappte sein Buch zu und neigte sein Haupt. „Ich bedanke mich für Ihre Aufmerksamkeit“, sagte er bescheiden.

Applaus schwoll an. „Ein Meisterwerk, das seines Gleichen sucht!“ „Umwerfend!“ „Es hat mich zutiefst berührt.“

„Wenn Sie noch irgendwelche Fragen haben, stehe ich Ihnen gern zur Verfügung.“

Eine angeregte Diskussion entbrannte, in die sich auch Beaumont einmischte. Lorraine hingegen fand es sinnlos, über Reime zu diskutieren. Sie suchte Ducats Blick, doch schien auch er vollkommen gefangen von Duchantes Texten.

„Ist der Mond ein Symbol für die Weiblichkeit?“, fragte ein junger Geck.

„Den Gedanken hatte ich auch“, sagte ein anderer.

„Schreiben Sie gern über Frauen?“, fragte ein junges Mädchen und kicherte. Die anderen Frauen stimmten mit ein.

Gelangweilt erhob sich Lorraine und trat auf den Balkon, um ein wenig frische Luft zu schnappen. Das Geschnatter dieser arroganten Pariser Gänse ging ihr auf die Nerven. Sie blickte über die Stadt und seufzte leise. Paris war atemberaubend. Ganz anders, als sie erwartet hatte. Wahrscheinlich hatte ihr Vater sie mit seiner negativen Meinung zu sehr beeinflusst, obgleich sie auch Wahrheit in seinen Worten fand. Die Pariser Damen waren tatsächlich genau so arrogant, wie er sie immer geschildert hatte. Lorraine ballte zornig die Hand zur Faust. Ihr Kleid war alles andere als billig! Es hatte seinerzeit ein Vermögen gekostet, als sie es mit sechzehn Jahren zum Geburtstag geschenkt bekommen hatte. Eine Maßanfertigung! Und es stand ihr noch immer wunderbar.

„Ich hoffe, Sie frieren nicht hier draußen", sagte Ducat und trat hinter sie.

Überrascht drehte sie sich um und blickte zu ihm auf. Sie hatte nicht damit gerechnet, dass er ihr folgen würde, schien er doch sehr in das Gespräch vertieft zu sein. „Nein, es ist schließlich Sommer."

„Aber ein kühler Sommer."

Er machte einen Schritt zur Seite und sah über die Brüstung. „Ich hoffe, Sie langweilen sich nicht?"

„Oh nein, nein. Es ist alles sehr interessant."

Er wandte ihr den Kopf zu, hob eine Braue, lächelte aber dann. „Das freut mich zu hören." Er öffnete eine Schatulle, träufelte etwas Schnupftabak auf den Handrücken und saugte ihn in seine Nase. „Vielleicht finden wir heute Abend noch ein wenig Zeit für uns, was meinen Sie?"

„Zu gern“, platzte es aus ihr heraus. Peinlich berührt legte sie die Hand auf den Mund. „Ich meine, sehr gern. Es lässt sich gewiss einrichten.“

Er lachte herzlich und wischte sich über die Nase. „Ich würde Sie wirklich gern näher kennenlernen, Mademoiselle Lorraine.“

Sie lächelte. „Darum bin ich doch hier.“

Er sah ihr tief in die Augen. Lorraine erwiderte seinen Blick voller Leidenschaft, doch gerade als sie sich ihm unauffällig nähern wollte, drehte er sich um und kehrte zügigen Schrittes in den Salon zurück, wo man ihn offenbar vermisst hatte.

„Da sind Sie endlich! Wir haben eine Idee, was es mit der Sichel auf sich hat, die in der fünften Strophe im Vordergrund steht.“

Lorraine sah ihm nach und fröstelte in freudiger Erwartung. Sie wusste, sie stand kurz vor ihrem Ziel.

Wenige Stunden später verabschiedeten sich die Gäste. Dieses Ritual zog sich zu Lorraines Bedauern in die Länge und strapazierte ihre Geduld. Nach einer Ewigkeit war die letzte Dame in Begleitung ihrer Freundin verschwunden, und sie waren allein. Beaumont brachte sie auf ihr Zimmer, wünschte ihr eine angenehme Nacht und ging dann ins Bett, das sich im Nebenzimmer befand. Lorraine ließ eine halbe Stunde verstreichen, schlich sodann in den Salon und wartete dort auf Ducat, der ihr während des Kartenspiels, das sie zwischenzeitlich in einem dafür vorgesehenen Raum veranstaltet hatten, einen Schlummertrunk versprochen hatte.

Als er endlich eintrat, verspürte sie ein aufregendes Prickeln abwärts der Taille. Ducat hatte seinen Rock abgelegt und stand nun in seinem Rüschenhemd und den engen Breeches vor ihr. Nie hatte er so gut ausgesehen wie in diesem Moment. Seine Figur war männlicher als geahnt. Die breiten Schultern kamen ohne Rock erst richtig zur Geltung. In seinem Rüschenhemd strahlte er etwas Verwegenes aus.

„Bon soir, darf ich Ihnen einen Wein einschenken?“

Sie nickte ihm zu und nahm das gefüllte Glas entgegen.

„Ich hoffe, Sie genießen Ihren Aufenthalt bisher?“

„Oh ja, sehr. Es ist ein schönes Haus. Und ich bin in bester Gesellschaft.“

„Darauf sollten wir anstoßen.“ Die Gläser klirrten klangvoll aneinander.

„Ich habe mir Gedanken über den morgigen Tag gemacht. Was halten Sie davon, wenn ich Ihnen die Stadt zeige und wir abends in die Oper gehen?“

„Das klingt hervorragend“, sagte sie ehrlich begeistert.

„Fein! Ihren Herrn Vater werden wir selbstverständlich mitnehmen.“

Lorraine seufzte innerlich. Natürlich gebot es der Anstand, dass ihr Vater sie begleitete, jedoch hätte sie es bevorzugt, mit Louis allein zu sein. Nun, zumindest in diesem Augenblick waren sie allein. Diesen Umstand musste sie ausnutzen. Unauffällig rückte sie ein Stück näher und schenkte ihm ihr schönstes Lächeln.

„Ich habe mich noch gar nicht für Ihre wundervollen Geschenke bedankt.“

„Ihr Lächeln ist mir Dank genug, Lorraine.“

Sie kicherte verlegen.

„Ich finde Sie wirklich hinreißend“, sagte er dann und nahm rasch einen Schluck, als wollte er sich Mut antrinken.

„Sie sind so natürlich, gehen nicht nach der Mode und geben sich, wie Sie sind."

Lorraine verschluckte sich an ihrem Wein und hustete. Sie ging nicht nach der Mode? Sie trug heute ihr bestes Kleid! Sacht klopfte er ihr auf den Rücken.

„Danke", brachte sie hervor.

„Dies verspricht ein höchst interessantes Wochenende zu werden."

Oh ja, und es würde nur noch interessanter, wenn er sie endlich küsste! Doch das tat er nicht. Im Gegenteil, er saß nur da, sah sie nicht einmal richtig an und erhob sich auch noch in dem Moment, in dem Lorraine ihre Hand auf sein Knie legen wollte. Er stellte sein Weinglas auf der kleinen Bar ab und lächelte sie entschuldigend an.

„Sie werden mich nun für einen unmöglichen Gastgeber halten, doch ich bin bereits sehr müde und möchte gern zu Bett gehen."

Verunsichert blickte Lorraine zu ihm auf, hoffend, er würde ihr ein Zeichen geben, dass sie ihn in sein Schlafgemach begleiten sollte. Aber es kam nichts. Er war Kavalier genug, sich zu beherrschen.

„Soll ich Sie auf Ihr Zimmer begleiten?", fragte er dann. Hoffnung keimte in ihr auf, nur um einen Augenblick später im Keim erstickt zu werden. „Verstehen Sie das nicht falsch, ich meinte natürlich nur bis zu Ihrer Tür."

Sie lachte leise und winkte ab. „Nein, nein. Ich bleibe noch ein Weilchen hier."

„Ganz wie Sie wünschen, Mademoiselle."

„Ich wünsche Ihnen eine gute Nacht", sagte sie, bemüht, sich den Ärger nicht allzu sehr anmerken zu lassen.

„Die wünsche ich Ihnen ebenso. Träumen Sie süß.“ Mit diesen Worten wandte er sich ab.

Lorraine blieb sitzen und starrte ungläubig in ihr Glas. Sie konnte nicht glauben, was soeben geschehen war! Er hatte sie tatsächlich verschmäht, oder war zu einfältig, ihre Zeichen zu verstehen. Er hatte nicht einen Funken Hoffnung, es könne dieses Wochenende mehr zwischen ihnen passieren, in ihr zurückgelassen. Dennoch entschied sie, die Flinte noch nicht ins Korn zu werfen. Vielleicht war er wirklich müde. In diesem Fall hätte sie ohnehin nicht viel von ihm zu erwarten gehabt. Morgen war auch noch ein Tag. Sie hoffte, er würde besser verlaufen, und begab sich zu Bett.

Louis Ducat ließ jedoch zwei weitere Chancen verstreichen, als er Lorraine und Beaumont durch die Stadt führte. In einer kleinen Kirche waren sie einen Moment lang unbeobachtet, da Beaumont sich eine Statur ansah, die draußen im Kirchgarten stand. Sie saßen nebeneinander auf der Bank. Lorraine warf Louis ihren verführerischsten Blick zu, und es geschah – nichts! Ducat zog es vor, den Altar und die Christusfigur zu betrachten, anstatt sie leidenschaftlich zu küssen. Vielleicht hatte er es nicht getan, weil er ein frommer Christ war, überlegte sie wenig später. Doch als er sie auch in der Kutsche kein einziges Mal verrucht ansah, während sich ihr Vater mit dem Lenker des Wagens unterhielt, dämmerte ihr allmählich, dass Louis Ducat prüde war. Enttäuscht stellte sie ihre Bemühungen ein, genoss aber die Opernaufführung am Abend und fühlte sich gelangweilt, als Ducat in den Pausen zwischen den Akten das Gespräch mit seinen Freunden und Bekannten suchte, statt sich ihr zu widmen. Bald spürte sie, wie sehr Julien ihr fehlte. Er hätte sie längst genommen, ihr die Sterne vom Himmel geholt und sie leidenschaftlich geliebt. Aber das war nicht alles, wonach sie sich sehnte. Julien war nicht so förmlich und steif. Er hielt seine Gefühle nicht zurück! Ihr wurde klar, dass ihre Racheidee kindisch gewesen war. Sobald sie wieder zu Hause waren, würde sie Julien seinen Fehltritt verzeihen.

„Möchten Sie noch einen Schlummertrunk zu sich nehmen?“, fragte Ducat, nachdem sie das Haus betreten und Beaumont sich in sein Zimmer zurückgezogen hatte. Lorraine nickte nur müde und begab sich in den Salon.

„Sie waren sehr schweigsam heute Abend“, stellte Ducat fest und goss ihr Rotwein ein.

„Ich war von der Oper fasziniert.“

„Sie hat Ihnen also gefallen? Das freut mich.“ Er setzte sich neben sie, doch zurückhaltend wie er war, ließ er einen Anstandsabstand zwischen ihnen.

„Es war ein schönes Wochenende, ich danke Ihnen sehr.“ Sie hob den Blick und sah ihm in die grünen Augen, die merkwürdig funkelten.

War da nicht doch ein wenig Begierde, die sie in ihnen aufflammen sah? Lorraine schüttelte den Kopf über ihre absurden Gedanken. Ducat hatte in den letzten zwei Tagen eindrücklich bewiesen, dass er an einer körperlichen Beziehung zu ihr kein Interesse hatte. Warum sollte sich dies in den letzten Stunden, die sie noch in Paris war, ändern?

„Für mich war es atemberaubend“, hauchte er. Seine Augen verengten sich leicht und in seinen Blick trat ein unbändiges Feuer.

Lorraines Kehle wurde ganz trocken. Zittrig befühlte sie ihren Hals. Nie zuvor hatte er sie derart intensiv angesehen. Ihr fröstelte. Was war auf einmal in ihn gefahren? Was hatte er vor? Plötzlich beugte er sich über sie. Nun gab es keinen Zweifel mehr. Er wollte sie, sofort. Doch warum taute er ausgerechnet jetzt auf, da die Magie längst verflogen war? Seine wulstigen Lippen näherten sich ihren. Was sollte sie tun? Hingebungsvoll schloss er die Augen, Lorraine erstarrte zu einer Salzsäule. Unschlüssig saß sie da, ohne sich zu regen.

Sie zögerte zu lange. Ducat wich zurück und lachte leise. „Verzeihen Sie, ich hätte das nicht tun dürfen." Er sah sie entschuldigend an. „Was müssen Sie nun von mir denken?"

Sie atmete erleichtert auf. Das erste Mal, seit sie in Paris angekommen waren, war sie froh über seine zurückhaltende Art. Eines war ihr jedoch im selben Moment klar geworden. Ducat war nicht der richtige Mann für sie. Hätte er sie nun tatsächlich geküsst, so hätte sein Kuss nichts in ihr berührt. Ein wenig tat er ihr leid, da er sich nun schwere Vorwürfe zu machen schien, obgleich er ihr einen unbezahlbaren Dienst erwiesen hatte. Sie wusste nun, zu wem sie gehörte.

„Meine Meinung über Sie hat sich nicht geändert", erwiderte sie sanft, legte ihre Hand auf seine und drückte sie sacht. Dann erhob sie sich schwermütig, stellte ihr Glas auf den Tisch und ging zur Tür.

„Wohin gehen Sie?", fragte er nervös und richtete sich auf. Ein letztes Mal drehte sie sich zu ihm um und hob die Hand, bevor sie den Salon verließ. „Ich bin müde, sehr müde."

Von diesem Tag an war das Thema Ducat Geschichte. Auf ihrer Heimreise verschwendete sie keinen Gedanken mehr an ihn, sondern freute sich auf ihr Wiedersehen mit Julien. Sie spürte mehr denn je, wie stark ihre Gefühle für ihn waren, und konnte es nicht erwarten, ihn endlich in die Arme zu schließen.

Die Kutsche hielt an der Poststation von Gagnion. Beaumont nahm die beiden Koffer und schleppte sie den Hügel hinauf.

„Ich hoffe, Julien hat an uns gedacht und das Essen zubereitet, ich habe großen Hunger“, sagte er und schloss die Tür auf.

Im Haus herrschte eine gespenstische Stille. Julien war nirgends zu sehen. Einen solchen Empfang hatte Lorraine nicht erwartet.

„Ich packe erst einmal meine Sachen aus“, sagte Beaumont erschöpft. „Und mache einen Mittagsschlaf.“

„Nur zu, Papa.“

Sie ging in die Küche, um nachzusehen, ob der Mann ihres Herzens dort war, fand jedoch lediglich Leila, die unter dem Tisch lag und sie aus großen Augen anblickte. Schwanzwedelnd kam ihr die Pudeldame entgegen und ließ sich genüsslich streicheln.

„Ich werde in seinem Zimmer nachsehen“, sagte Lorraine zu sich selbst und machte sich auf den Weg dorthin. Kaum hatte sie die Tür geöffnet, griff plötzlich eine starke Hand nach ihrem Arm und zog sie hinein. Lorraine erschrak dermaßen, dass sie nur mit Mühe und Not einen Aufschrei unterdrücken konnte. Julien legte seine Arme um ihre Taille und drückte sie fest an sich. In seinen Augen sah sie das feurige Glühen der Begierde, das sie bei Ducat so sehr vermisst hatte.

„Julien!“

Er küsste sie stürmisch. Dann hob er sie hoch und ging

mit ihr zu seinem Bett. Lorraine spürte, dass ihre Scham vibrierte. Eigentlich hatte sie ihm nur sagen wollen, dass sie nicht länger böse mit ihm war. Aber unter diesen Umständen musste sie das Gespräch natürlich aufschieben.

Er warf ihre Röcke zurück und ließ seine Hände gierig über ihre Schenkel wandern. Ihr Unterleib zuckte wohlig, weil er endlich wieder von kräftigen Männerhänden berührt wurde. Ducat hatte ihr nicht geben können, was sie brauchte. Ganz im Gegensatz zu Julien, dessen Zeigefinger nun in ihre Nässe tauchte und ihre Lust weckte. Er wusste ganz genau, wie er sie nehmen musste. Und vielleicht wollte er sie mit diesem Überfall genau daran erinnern. Es gab keinen besseren Mann für sie!

„Oh Julien, ich habe dich sehr vermisst", keuchte sie und legte ihre Hände auf seinen Schopf, um diesen langsam nach unten zu drücken.

Juliens Gesicht versank in ihrem Honigtopf. Lüstern schleckte er ihren süßen Saft und reizte ihre Klitoris, bis Lorraine vor Wonne am ganzen Körper zuckte. Dann entblößte er seinen beeindruckenden Penis. Der Anblick reizte sie ungemein. Zu gern hätte sie ihn in den Mund genommen, doch Julien versenkte ihn in ihrer Grotte. Lorraine steckte stattdessen ihren Finger in ihren Mund und lutschte ausgiebig dar, während sie von seinen Stößen geschüttelt wurde. Er war wieder ganz Tier. Hemmungslos liebte er sie und trieb sie an den Rand eines Orgasmus. Dort angelangt, verlangsamte er den Rhythmus, was Lorraine gar nicht gefiel. Sehnsüchtig blickte sie ihm in die Augen. Er lächelte keck, denn er wusste sehr genau, dass nur er dazu in der Lage war, ihre Lust auf derart aufregende Weise zu kontrollieren. Mit einem lauten Stöhnen holte er Schwung mit seiner Hüfte. Sein Phallus drang bis zum Anschlag in sie. Lorraine warf den Kopf zurück. Schweiß benetzte ihren Körper. Beim nächsten Stoß bäumte sie sich auf, gleich einer wilden Stute, die erst gezähmt werden wollte, bevor man sie reiten konnte. Sie fiel auf ihr Kissen zurück und atmete schwer. Ihre Brust hob und senkte sich in einem raschen Rhythmus. Julien holte nochmals aus. Der letzte Stoß ließ sie zusammenkrampfen. Jeder Muskel ihres Körpers spannte sich an. Dann sank sie entspannt in sich zusammen, und Julien legte sich neben sie, um sie mit einem glücklichen Lächeln in die Arme zu schließen.

* * *

Madame Pirot, die in Gagnion als Schwätzerin bekannt war, hatte ein ernstes Problem. Seit Tagen quälte sie ein unerträglicher Zahnschmerz, der ihr, wie sie jedem ohne Umschweife mitteilte, die einzige Freude im Leben nahm – den Klatsch. Denn der Zahn schmerzte nicht nur dann, wenn sie kaute, sondern auch, wenn sie den Mund öffnete, um zu sprechen. Weil sie niemandem recht vertraute und schon gar nicht ihren Sohn mit der Zange an ihren Backenzahn heranlassen wollte, hatte sie sich an einem warmen Herbstmorgen den kleinen Hügel hinauf zum Hause Beaumont begeben, in der Hoffnung ein Allheilmittel von ihm zu bekommen.

„Meine liebe Madame Pirot, ich fürchte, ich kann in Ihrem Fall nur noch eines tun", sagte Beaumont nach gewissenhafter Untersuchung. Die geringste Berührung des Zahns ließ die arme Dame zusammenzucken, als hätte man ihr einen Dolch in den Gaumen gestoßen.

„Und was schwebt Ihnen vor?"

„Ich muss ihn ziehen, so leid es mir tut."

„Aber Herr Doktor, ich fürchte mich so sehr vor der großen Zange. Gibt es denn keine andere Möglichkeit?"

„An einer Zahnentzündung sind schon Menschen gestorben. Überlegen Sie es sich gut, ob sie länger warten wollen."

„Papa ist ein hervorragender Arzt, Sie können ihm vertrauen", sagte Lorraine, die neben der Patientin im Behandlungszimmer saß und ihre Hand hielt.

„Es sind schon Menschen an Zahnschmerzen gestorben?", erklang das wehleidige Stimmchen der Pirot, während Beaumont ein schreckliches, metallenes Instrument aus seinem Koffer zog und es ihr vorführte.

„Es tut kaum weh."

„Soll ich Madame Pirot Alkohol bringen? Dann legt sich ihre Angst vielleicht."

Beaumont nickte ihr zu, und Lorraine lief eilig in den Salon, schnappte sich eine Flasche von Giffards Bestem und brachte sie der zitternden Madame, der die Tränen in den Augen standen. Gierig nahm sie die Flasche an und trank einen kräftigen Schluck. Danach ging alles sehr schnell. Lorraine wandte den Blick ab, da sie die Prozedur nicht mit ansehen konnte, und hörte nur den gellenden Schrei der alten Dame und das Knirschen der Wurzel, die aus dem Kieferknochen mit einer Drehung der Zange gezogen wurde.

„Ich brauche schnell ein Tuch. Sie blutet sehr stark", sagte Beaumont.

Lorraine öffnete eine Schublade und holte ein weißes Stück Stoff heraus, das sie der armen Frau reichte.

„Erschrecken Sie sich nicht, wenn Sie in den Spiegel sehen. Ihr Gesicht wird möglicherweise stark anschwellen, das legt sich jedoch bald."

„Danke Herr Doktor", murmelte sie.

„Ich gebe Ihnen noch eine Salbe mit, die sie von außen auf die Wange auftragen." Er durchsuchte sein Regal, stellte dann aber fest, dass er die Medizin bereits aufgebraucht hatte. „Lorraine, bist du so gut und besorgst eine Salbe gegen Schwellungen?"

Sie nickte und machte sich auf den Weg zu der kleinen Apotheke am Ende der Straße. Eine Glocke läutete, als sie die Offizin betrat.

„Guten Morgen, Monsieur Poméroy!", sagte sie, während sie die Tür hinter sich zuzog.

Doch niemand stand hinter dem Ladentisch. Wahrscheinlich war der Meister in seinem Labor tätig. Sie setzte ihren Hut ab, legte ihn auf die Theke und sah sich die Regale an, die bis zur Decke hinaufragten. Der Geruch frischer Kräuter stieg ihr in die Nase, als sie einen kleinen Beutel herausnahm und ihn öffnete. Gern verfeinerte sie Gerichte mit einer raffinierten Würze. Sie überlegte ihn zu kaufen, legte den Beutel dann aber zurück, weil sie nicht genügend Geld dabeihatte, und schlenderte weiter, vorbei an Phiolen, Gläsern und Töpfen, die mit undefinierbaren Flüssigkeiten gefüllt waren. Vor dem Teeregal blieb sie stehen. Fasziniert blickte sie die verschiedenen Dosen und Beutel aus aller Herren Länder an, die sich vor ihren Augen reihten. Lorraine liebte exotischen Tee. Ihr Vater hingegen mochte ihn lieber schlicht. Sie überlegte, ob sie nachher noch einmal herkommen und den indischen Tee mitnehmen sollte, als sie ein leises Stöhnen aus dem Keller vernahm. Lorraine lief zu der

Treppe und blickte ins Dunkel hinab. Sie hatte plötzlich ein starkes Déjà-vu-Gefühl.

„Monsieur Poméroy? Madame Poméroy? Ist jemand hier?“, rief sie in die Stille hinein. Eine lange Zeit antwortete niemand, dann hörte sie jemanden krächzen.

„Hier unten, Lorraine!“

„Monsieur Poméroy?“, fragte sie.

„Wer sonst, Lorraine. Komm zu mir. Nimm die Kerze aus dem Regal, damit du nicht die Stufen hinunterfällst.“ Seine Stimme klang wie altes Reibeisen.

Vermutlich war er heiser. Lorraine zündete die Kerze an und stieg hinab. Ein mulmiges Gefühl breitete sich in ihrer Magengegend aus, weil sie von den Bildern der Vergangenheit gequält wurde. Noch einmal sah sie die obszöne Szene vor sich: Isabelle auf dem Tisch, Etienne, der vor ihr hockte und ihre Scham leckte. Damals hatte sie der Anblick nicht nur erschreckt, sondern zu ihrer Schande auch erregt. Nun konnte sie nur noch Verachtung für das schamlose Treiben der beiden empfinden.

„Ich wollte Sie nicht stören, Monsieur. Papa schickt mich“, sagte sie und trat in das von Kerzen erhellte Labor. Sie sah sich um und stieß einen gellenden Schrei aus, als sie Madame und Monsieur Poméroy entdeckte, die beide geknebelt waren und Rücken an Rücken auf dem Boden saßen. Ihre Arme und Beine waren gefesselt. Aus panisch geweiteten Augen blickten sie Lorraine an, die sich vor Schreck nicht mehr rührte. Poméroy konnte nicht mit ihr gesprochen haben! Aber wer war es dann gewesen?

Lorraine spürte, dass sie nicht allein im Raum war, und wollte fliehen. Doch als sie sich umdrehte, trat eine verlauste

Gestalt aus dem Schatten und stellte sich ihr in den Weg. Verstört wich sie einige Schritte zurück.

„Wer sind Sie?“

Der Fremde antwortete nicht und sah sie unverwandt an. Er hatte lange, verschmutzte Haare und einen ungepflegten Bart, der ihm bis zur Brust reichte.

„Sagen Sie doch etwas“, bat Lorraine voller Angst und legte die Hand auf ihren Busen, um ihr aufgeregtes Herz zu beruhigen.

Der Mann lachte abfällig. Dann breitete er plötzlich die Arme aus, als wollte er sie einer guten Freundin gleich an sich drücken.

„Lorraine, erkennst du mich nicht? Ich dachte, du magst ungepflegte Männer, die wie Tiere stinken?“

Diese Stimme. Es war dieselbe, die sie ins Labor gelockt hatte und die ihr nun, da sie nicht mehr verstellt war, vertraut erschien.

„Endlich bin ich zu Hause. Ich habe lange auf diesen Augenblick gewartet. Sehr lange.“

Lorraine erstarrte, als sie unter all den Falten und der verkrusteten Haut bekannte Züge erkannte. Züge, die ihr einst ein Lächeln ins Gesicht gezaubert hatten, sie nun aber schaudern ließen.

„Etienne?“ Konnte es wirklich ihr einstiger Liebhaber sein, der nun in Bettlerkluft vor ihr stand?

„Du bist ein kluges Mädchen.“

„Aber, ich dachte, du wärst im Gefängnis.“ Sie machte einen Schritt zurück und prallte gegen den Tisch.

„Jetzt nicht mehr.“

„Hat man dich entlassen?“

Die Frage ließ er unbeantwortet. Stattdessen wandte er sich seinen Eltern zu, die verzweifelt an ihren Fesseln zerrten. „Ja, versucht nur die Stricke zu lösen. Ihr werdet es nicht schaffen! Kannst du dir das vorstellen, Lorraine? Diese Verräter wollten mich fortjagen! Mich, ihren eigenen Sohn. Was muss ich noch alles ertragen für ein Verbrechen, das ich nicht beging?“ Seine Stimme überschlug sich vor Zorn und Verzweiflung.

„Du hast ein Geständnis abgelegt, sonst hätten sie dich nicht verurteilt.“

„Unter der Folter gestehst du alles, mein schönes Kind. Wenn sie dir das Fleisch von den Knochen peitschen oder deinen Kopf so lange in ein Wasserfass drücken, bis du glaubst, elendig zu ersaufen, sagst du ihnen, was sie hören wollen.“

„Hör auf mit diesen Geschichten, du machst mir Angst.“

„Oh ja, Angst hatte ich auch. Jeder konnte sie riechen, sie haftete an mir. Jeden Tag fürchtete ich, es wäre mein letzter. Allzu oft glaubte ich, die Ratten würden meinen geschundenen Leib über Nacht auffressen. Und doch gab es etwas, das mich am Leben hielt und alles ertragen ließ. Und weißt du auch, was das war, Lorraine?“

Sie schüttelte den Kopf und zwang sich zu einem Lächeln, als er ihre Hand nahm und sanft an seine eingefallene Wange legte.

„Der Gedanke an dich. Ich wusste, ich würde dich wiedersehen. Ich habe mein Versprechen an dich nicht vergessen. Unserer Hochzeit steht nichts mehr im Wege, meine kleine, treue Lorraine. Du siehst mich so entsetzt an. Was ist in dich gefahren? Fürchtest du dich vor dieser Gestalt? Sie ist vergänglich. Ich verspreche dir, ich werde bald der Alte sein, der Mann, den du liebst.“

Ihr Magen zog sich zusammen. Seine Worte jagten ihr Angst ein.

„Etienne, sie werden dich überall suchen.“

„Wir gehen in ein fernes Land, wo uns niemand kennt. Ich habe alles geplant. Ein Schiff bringt uns in die neue Welt. Fort von diesem unsäglichen Ort.“

„Ich darf Papa nicht allein lassen. Er braucht mich.“

Etiennes Augen wurden zu schmalen Schlitzen. „Ist es dein Vater, von dem du sprichst, oder redest du von *ihm*?“

„Ihm?“

Er baute sich vor ihr auf. „Lebt er noch immer in eurem Haus?“

„Papa? Aber natürlich.“

„Ich spreche nicht von Beaumont, sondern von diesem irrsinnigen Wilden.“

Sie fing an zu zittern, als er sich vor ihr aufbaute. „Ja, er wohnt bei uns“, stammelte sie aufgelöst.

Sie konnte Etienne nicht anlügen, denn er hätte es gemerkt. Sein prüfender Blick ruhte auf ihr. Zärtlich schob er die Haare aus ihrem Gesicht und musterte sie eindringlich. Sein Finger drückte gegen eine gerötete Stelle an ihrem Hals.

„Er hat dich berührt“, sagte er mit Grabesstimme.

„Wie kommst du darauf?“

„Halte mich nicht zum Narren“, fuhr er sie an und grub seinen Nagel in den verblassenden Knutschfleck, den er unterhalb ihres rechten Ohres entdeckt hatte.

Erst jetzt begriff Lorraine, worauf er anspielte. Sie hatte vergessen, ihr Halstuch anzulegen, das die Spuren ihrer leidenschaftlichen Beziehung zu Julien vor ihrem Vater verbergen sollte.

„Das würde ich nie wagen."

„War es Julien? Oder hast du noch einen Liebhaber? Sag es mir!", brüllte Etienne und griff sie grob bei den Schultern. „Ich muss es wissen!" Er schüttelte sie heftig.

„Etienne, du tust mir weh! Hör auf."

„Beantworte meine Frage."

„Wie …?"

Sie konnte keinen klaren Gedanken fassen. Sein plötzlicher Wutausbruch lähmte ihren Verstand. Nervös stammelte sie herum, ohne eine Antwort zustande zu bringen.

„Mein Gott, ich sehe es dir an! Du elendes Miststück hast dich mit ihm vergnügt, während ich Höllenqualen erlitt!"

Seine Finger bohrten sich wie Krallen in ihre Schultern. Er rüttelte sie so stark, dass ihr schwindelig wurde.

„Hilfe!", kreischte sie in Panik. Etienne hatte völlig den Verstand verloren!

„Hier unten hört dich niemand."

„Lass mich los!" Mit einem kräftigen Stoß gelang es ihr, ihn ein Stück zurückzudrängen.

„Das wird dir nichts nützen", sagte er, holte aus und versetzte ihr eine derart kräftige Ohrfeige, dass sie stürzte und benommen am Boden liegen blieb. Schluchzend hielt sie sich die schmerzende Wange.

„Was hat dieses Ungeheuer mit dir gemacht? Hat er dich von hinten durchgerammelt, bis du Sterne gesehen hast?" Ohne Vorwarnung griff er nach ihrem Haar und zerrte sie wie besessen durch den Raum. Dann presste er seinen Unterleib an ihren Hintern.

„Etienne, nicht!“ Tränen stiegen ihr in die Augen. „Ich habe nicht mit Julien geschlafen. Niemals!“

„Ich glaube dir nicht, kleine Hure. So habe ich mir das gedacht. Ich sitze unschuldig in Kerkerhaft, und meine Metze bumst sich durch die Gegend.“ Er riss sie an ihrem Schopf hoch und drängte sie zum Tisch zurück, wo er ihren Oberkörper auf die Platte drückte. Das raue Holz rieb schmerzhaft durch den Stoff ihres Kleides an ihren Brüsten.

„Ich mag es nicht, wenn man mich anlügt“, sagte Etienne mitleidlos.

„Ich sage die Wahrheit!“, schluchzte sie. Salzige Tränen rannen über ihre Wangenknochen.

„Du erzählst mir nur das, was ich hören will, weil du glaubst, deine wertlose Haut dadurch retten zu können.“

„Etienne, wir kennen uns seit unserer Kindheit. Du weißt genau, ich würde dir niemals wehtun.“

Er ging um den Tisch herum und blickte ihr kühl ins Gesicht. „Und woher stammt der Fleck an deinem zarten Hälschen?“

„Ein Insekt!“, schoss es geistesgegenwärtig aus ihr heraus.

Etienne rieb sich nachdenklich das Kinn. „Also habe ich dir Unrecht getan?“

Sie nickte sacht.

„Dann wird es dir nicht schwerfallen, mein Misstrauen zu zerstreuen. Zeige mir, dass du mich nie vergessen hast.“

Sie hob misstrauisch den Kopf, während er langsam seine Hose herunterzog. Ein geschwollenes Glied kam unter dem schmutzigen Stoff zum Vorschein. Neckisch tippte die Eichel gegen ihre Lippen.

„Wenn du mich wirklich vermisst hast, wie du rührend

behauptest, dann wirst du mir deine Liebe ohne jegliches Zögern beweisen, nicht wahr?“

Übelkeit kroch in ihr hoch. Sein Penis stank erbärmlich. Die Haut schuppte sich am Schaft, und die Spitze hatte eine gräuliche Farbe angenommen.

„Also, meine Schöne? Worauf wartest du?“

Seine Hand legte sich auf ihren Schopf. Verspielt wickelte er eine Locke um den Zeigefinger.

Ich muss es tun, dachte Lorraine und kämpfte gegen ihren Ekel an. Wenn ich es nicht tue, wird er nicht nur mich, sondern auch seine Eltern töten. Er ist verrückt genug, dies zu tun! Zaghaft öffnete sie den Mund, bereit seinen Phallus in Empfang zu nehmen.

„So ist es brav“, hörte sie ihn sagen. Eine Spur von Erleichterung schwang in seiner Stimme mit, aber vielleicht bildete sie sich das auch nur ein.

Die Eichel drängte sich zwischen ihre Lippen und drückte gegen ihren Gaumen, während Lorraine verzweifelt gegen das Würgegefühl ankämpfte.

„Hallo? Ist hier jemand?“, erklang plötzlich eine männliche Stimme aus der Offizin.

Es war Beaumont!

„Verdammt“, zischte Etienne und zog sich die Hose hoch.

Kurz bevor Etienne die Tür erreichte, um sich mit seinem Gewicht gegen sie zu drücken, trat Beaumont ein. Irritiert sah er den Fremden an, der ohne Vorwarnung die Faust hob und ihm mitten ins Gesicht schlug.

„Papa!“, kreischte Lorraine und rappelte sich auf, um ihm zu Hilfe zu kommen.

Stöhnend taumelte Beaumont ein Stück zurück und dann Etienne entgegen, der den Doktor auffing, während sich Lorraine panisch in dem Labor umblickte und nach einer umgekippten Flasche griff, die neben zwei großen Bottichen lag. Leise schlich sie sich von hinten an Etienne heran und hob die Flasche, um sie auf seinen Kopf zu zerschlagen. In diesem Moment fuhr ihr Peiniger herum und versuchte, Lorraine abzuwehren. Aber Lorraine ließ mit aller Kraft die Flasche auf seinen Schädel niedersausen. Das Glas zersplitterte, und Etienne sank bewusstlos zu Boden.

„Was zum Teufel ...", keuchte Beaumont und fing das Blut mit den Händen auf, das aus seiner Nase quoll.

Lorraine blickte fassungslos auf den reglosen Etienne hinunter. Der Flaschenhals, den sie noch immer in der Hand hielt, fiel zu Boden und zersprang. Beaumont zog ein Stofftuch aus seiner Tasche, um seine Blutung zu stoppen. Dann löste er die Fesseln der Poméroys und befreite sie von ihren Knebeln. Geräuschvoll zog der Apotheker die Luft in seine Lungen, während er sich erhob und seiner Frau hilfsbereit die Hand reichte.

„Was ist mit Etienne?", keuchte Madame Poméroy. Tränen standen ihr in den Augen, denn für sie war der Überfall ein noch größerer Schock als für alle anderen. Der einzige Sohn war nicht nur ein Krimineller geworden, sondern hatte obendrein den Verstand verloren.

„Ich sehe ihn mir an", sagte Beaumont, befühlte seinen Puls und drehte seinen Kopf herum. Dann nahm er eine Kerze und leuchtete in seine Pupillen. „Er lebt", stellte er erleichtert fest und gab Jacques Poméroy ein Zeichen. Der Apotheker nahm die Stricke und band Etienne die Hände vor seinem Bauch zusammen.

„Warum war Etienne in der Apotheke? Ich dachte, er säße im Gefängnis?“

„Das dachten wir auch, Doktor. Offenbar ist es ihm gelungen zu fliehen. Weiß Gott, wie er das geschafft hat. Wir werden den Kommissar verständigen, damit alles seine Ordnung hat! Welch Glück, dass Sie zufällig vorbeikamen. Es wäre sonst weit Schlimmeres passiert.“

„Ich wunderte mich, warum Lorraine nicht zurückkehrte, und wollte nach dem Rechten sehen.“

„Doktor Beaumont, ich glaube Lorraine geht es nicht gut.“

Kreidebleich stand sie in dem dunklen Labor und starrte ins Leere. Beaumont half seiner Tochter sich hinzusetzen, fühlte ihren Puls und drückte sie schließlich fest an sich. „Lorraine, es ist alles gut.“ Beruhigend streichelte er ihre Schulter.

Da schmiegte sie ihren Kopf an seine Brust und begann leise zu weinen.

13. KAPITEL

Frankreich, 1755

Das hübsche Ding kauerte zwischen seinen Schenkeln und sah mit großen, bewundernden Augen zu ihm auf. Sein steifes Glied bewegte sich in ihrem Mund. Amaury de Faucet liebte es, wenn ihm andere zu Diensten waren. Völlig gleich, ob es ein Mann oder eine Frau war. Dem jungen Fräulein, das er in einer Pariser Taverne aufgelesen und ihm sofort gefallen hatte, hatte er eine Anstellung als Magd in seinem Hause versprochen, sofern sie sich ein wenig erkenntlich zeigte.

De Faucet ließ seinen Blick aus dem Kutschfenster schweifen. Heimat! Viel zu lange war er in Nordamerika gewesen und hatte dort auf schmerzhafte Weise erkannt, dass der Krieg nicht mehr sein Metier war. Vor einigen Jahrzehnten, als er noch ein junger Mann gewesen war, hatte er das Feld beherrscht. Nun war er zu einem Lebemann geworden, dem die Kriegsverletzung, die er sich während einer Schlacht gegen die Engländer zugezogen hatte, mehr als gelegen kam, da man ihn wegen ihr in die Heimat zurückversetzt hatte. Sein Arzt hatte ihm gesagt, dass er wahrscheinlich nie mehr richtig gehen könne. Ein leichtes Hinken würde immer zurückbleiben. Doch dies schien ihm ein kleiner Preis zu sein. In den letzten Monaten hatte er viele Kameraden durch die verfluchten Rotröcke sterben sehen. Früher oder später hätte es auch ihn erwischt.

Herrisch legte er die Hand auf den roten Schopf der Magd. „Streng dich ein wenig an. Ich schlafe gleich ein."

„Verzeiht, Herr", murmelte sie und bewegte den Kopf

schneller. Aber de Faucet war noch immer nicht zufrieden. Die Kleine hatte wenig Erfahrung.

„Du hast mir doch von dem Stallknecht erzählt, dem du einen geblasen hast. Ist es ihm gekommen?“

Erneut blickte sie ihn mit großen Augen an. Für einen kurzen Moment nahm sie seinen Penis aus dem Mund. „Ja, Herr. Er spritzte ordentlich ab.“

„So wie du dich anstellst, kann ich mir das beim besten Willen nicht vorstellen. Das männliche Glied ist keine Zuckerstange, mach es mit mehr Gefühl.“

„Vergebt mir, Herr.“ Zaghaft umschlossen ihre Lippen seine Eichel. De Faucet beobachtete ihre dilettantischen Versuche mit wachsendem Amüsement. Es brauchte eben mehr als eine gefühlvolle Zunge, um ihn zu erregen. Er war wählerisch. Nicht jede Frau war nach seinem Geschmack. Manchmal bevorzugte er junge Männer mit zarten Gesichtchen. Dies war zwar selten vorgekommen, doch stets war es mit den Jünglingen, die er verführt hatte, ein besonderes Vergnügen gewesen.

Zugegeben, der kleine Rotschopf sah niedlich aus, aber das Mädchen unterwarf sich nicht genug. Ohne Fesseln verlor der Beischlaf seinen Reiz. Er stellte sich vor, sie säße nicht in ihrem braunen Kleid vor ihm, sondern splitternackt. Ihre Hände auf dem Rücken mit einer schweren Kette zusammengebunden. De Faucet spürte, wie sich nun etwas in ihm regte. Es war jenes intensive Kribbeln, das er vermisst hatte.

„Schon besser“, lobte er die kleine Unschuld, die nicht ahnte, was er in seiner Fantasie mit ihr anstellte. Ein wenig erinnerte sie ihn an seinen loyalen Diener und Liebhaber Pierre, der ihn nach Nordamerika begleitet und den er nachts im Zelt verführt hatte, weil es im Lager keine Huren gab. Pierre hatte dasselbe feurige Haar und die gleichen unschuldigen, blauen Augen wie dieses Mädchen. In de Faucets Fantasie verschmolzen die Magd und Pierre zu einer Person. Plötzlich saß nicht mehr die Kleine vor ihm, sondern der nackte Bursche, der de Faucets Schwengel hingebungsvoll liebkoste.

In seiner Hand lag eine Gerte, die er dem jungen Mann mit einem gefährlichen Lächeln vor das Gesicht hielt.

„So ist es recht, Pierre. Sei schön lieb zu mir. Oder du bekommst meine Rute zu spüren."

De Faucet genoss es, in das verängstigte Gesicht zu blicken. Es brachte sein Blut in Wallung. Doch zu de Faucets Bedauern gab Pierre ihm keinen Anlass zur Bestrafung, er erfüllte seine Aufgabe zu seiner vollsten Zufriedenheit.

„Wie langweilig", gähnte de Faucet und überlegte, was er als Nächstes mit Pierre anstellen könnte. Er war nun einmal ein Genussmensch und brauchte Abwechslung! Pierre hingegen konnte stundenlang seinen heißen Stab lecken. Dass er in solchen Dingen eine unvergleichliche Ausdauer besaß, hatte er in der Vergangenheit mehr als einmal bewiesen.

„Wechseln wir die Position. Leg dich mit dem Oberkörper auf die gegenüberliegende Bank", befahl de Faucet herrisch.

Pierre führte gehorsam den Befehl aus und streckte de Faucet seinen Po entgegen. Dieser kniff in die knackigen Backen.

„Festes Fleisch, so habe ich es gern", sagte er mit einem sadistischen Unterton in der Stimme, bevor er überraschend und rücksichtslos den Anus des Jünglings stieß, dass diesem ein Aufschrei entfuhr.

„Reiß dich zusammen", knurrte de Faucet und zog Pierre an den roten Haaren. De Faucet stieß zu.

„Herr, es tut weh!"

„Halt den Mund, oder muss ich dich knebeln?"

Nun biss Pierre die Zähne zusammen, bereit dazu, alles zu ertragen. Für ihn, seinen Herrn, dem er unter allen Umständen gefallen wollte. Nur ab und an drang ein leises Stöhnen aus seiner Kehle, wenn de Faucets Schwengel allzu kraftvoll in ihn drang.

„Mach dich für das Finale bereit", sagte Amaury de Faucet und steigerte den Rhythmus, bevor er seinen Saft in den am ganzen Körper bebenden Pierre ergoss.

Erschöpft sank der Jüngling in sich zusammen, und de Faucet betrachtete zufrieden sein Werk. Er ließ seine Finger zärtlich über den schweißnassen Rücken des jungen Mannes gleiten. Der Unglückliche zuckte bei jeder Berührung zusammen, als wären es Peitschenhiebe.

„Seid Ihr mit mir zufrieden, Herr?", drang die Stimme der Rothaarigen in sein Bewusstsein vor. De Faucet stand hinter ihr, sein Penis war in ihrem Anus versenkt. „Es fühlt sich himmlisch an, Eure Liebe in mir zu spüren", seufzte sie glücklich. „Auch wenn ich selbst keine Befriedigung erfahren habe. Vielleicht möchtet Ihr mich noch auf andere Weise gebrauchen?" Sie deutete auf ihren tropfenden Scheideneingang.

„Warum sollte ich? Ich bin fertig", sagte de Faucet kühl und zog sich aus ihr zurück.

„Wie Ihr wünscht, Herr." Sie setzte sich breitbeinig auf die Bank und tauchte ihren Finger in die feuchte Grotte. „Seid Ihr Euch wirklich sicher, dass Ihr nicht von mir kosten wollt?" Sie zwinkerte ihm verführerisch zu. Plötzlich sprang de Faucet auf und packte sie an der Kehle.

„Habe ich dir eigentlich gestattet, dich vor meinen Augen selbst zu berühren?"

Sie schüttelte verängstigt den Kopf. „Nein, Herr. Verzeiht mir, ich wollte Euch nicht verärgern."

Er ließ sie los und sank auf seinen Sitz zurück. Zu gern hätte er sich den echten Pierre vorgenommen. Er verspürte eine unbändige Lust, dem adretten Jüngling den Hintern zu versohlen. Stattdessen musste er sich mit dieser unfähigen Metze abgeben.

„Du tust, was ich dir sage. Hast du mich verstanden?"

„Natürlich", sagte sie. „Ich werde mich bessern. Das verspreche ich Euch."

De Faucet blickte in ihr hübsches, doch einfältiges Gesicht und entschied, sich nicht länger mit ihr zu befassen. Gelangweilt wandte er sich dem Fenster zu. Draußen sah er die Weinberge, die sich weit über die hügelige Landschaft erstreckten. Es war Herbst, und die Erntezeit hatte begonnen. Die Bauern trugen riesige Körbe auf ihren Rücken und gingen mit ihnen von Weinstock zu Weinstock, um die süßen, roten Trauben zu ernten und sie zu einer Sammelstelle zu bringen, wo sie ihre Körbe in einen großen Behälter entluden. De Faucet mochte Wein, so lange er nicht sauer war, was leider häufig vorkam.

Während er gedankenversunken die Schönheit der Landschaft bewunderte, erweckte ein Weinbauer seine Aufmerksamkeit. De Faucet glaubte sich verguckt zu haben und steckte den Kopf rasch aus dem Fenster, während die Karosse weiterfuhr. Dann gab er seinem Kutscher ein Zeichen, unverzüglich anzuhalten.

„Ist etwas passiert?", fragte das Mädchen aufgeregt.

De Faucet beachtete sie nicht weiter und öffnete die Tür. Er wartete nicht darauf, dass der Kutscher ihm beim Aussteigen half, sondern sprang umständlich heraus. Eilig ging er den Sandweg hinunter, sein Bein nach sich ziehend. Neben der großen Gestalt tauchte eine junge Frau auf, die einen ganzen Kopf kleiner war und dem Hünen kichernd eine Traube in den Mund steckte. Der Mann trug die dunklen Haare zu einem Zopf gebunden und bewegte sich auf eine Art und Weise, die de Faucet auf Anhieb vertraut erschien. Als er sich umdrehte und de Faucet einen Blick auf sein markantes Gesicht erhaschen konnte, bestand kein Zweifel mehr. Vor ihm stand der Wilde von Gagnion! Fassungslos rang de Faucet nach Atem. Er konnte nicht glauben, dass Julien noch am Leben war!

Auch Julien erkannte ihn nun und kam mit einem freundlichen Lächeln auf ihn zu.

„Monsieur de Faucet, seid Ihr es wirklich?"

„Ganz recht. Die Heimat hat mich zurück", sagte er, noch immer um seine Fassung ringend. „Ich hoffe, es geht Ihnen gut, Julien."

„Ja. Herzlichen Dank. Und Euch?"

„Nichts zu danken, mein Freund." Er deutete auf sein Bein. „Abgesehen von einer kleinen Verletzung bin ich wohlauf." Sein Blick fiel auf Lorraine, die sich hinter Juliens breiten Schultern zu verstecken schien. „Und dies ist wohl Ihre Verlobte?"

„Nein, sie ist … nur eine gute Freundin", sagte Julien, doch de Faucet entging nicht das Leuchten in seinen Augen.

„Lorraine Beaumont", sagte sie zögerlich und machte einen Knicks.

„Ah, die Tochter Ihres Herrn Lehrers, wie ich in der Zeitung las. Interessant. Bekommen Sie öfter Besuch von ihr während der Arbeitszeit?", sagte er und deutete auf den großen Korb, der neben Julien am Boden stand.

„Nein, nein." Verunsichert blickte Julien zu Lorraine, die ihr Kleid richtete und die Falten glatt strich. Aus ihrem Haar zog sie einige Gräser, die sich, so vermutete de Faucet, nur auf eine Weise dorthin verirrt haben konnten. Für de Faucet war es nur zu offensichtlich, dass die beiden eine Affäre miteinander hatten. Es stand ihnen geradezu ins Gesicht geschrieben. Er lächelte müde.

„Ich habe ihm lediglich etwas zu essen gebracht. Die Arbeit auf dem Feld ist sehr anstrengend. Dieses Jahr gibt es sogar mehr zu tun als im letzten. Die Männer arbeiten hart und brauchen ab und an eine Stärkung."

„Wahrlich, eine fürsorgliche Geste. Ich hoffe, Sie haben weiterhin Fortschritte gemacht, Julien? Sind Ihre Erinnerungen mittlerweile zurückgekehrt?"

„Leider nicht."

„Ach, wie bedauerlich, dabei hätte ich es Ihnen so gewünscht. Nun, die Zeit rennt davon. Vielleicht mögen Sie mich einmal auf meinem Anwesen besuchen?"

„Sehr gern!"

„Fein, dann können wir unser Gespräch bei einer Tasse Tee oder Kaffee fortführen. Sie hören von mir. Ich wünsche noch einen schönen Tag. Ihnen auch, werte Lorraine."

„Auf bald, Monsieur de Faucet", erklang ein leises Stimmchen hinter ihm, während er in die Kutsche stieg und seinen Bediensteten anwies, die Reise fortzusetzen.

Erschöpft ließ er sich auf die Sitzbank fallen und ballte die Hände zu Fäusten. Wie war es möglich, dass Julien noch lebte? Pierre hatte doch behauptet, ihn und den Kutscher erschossen zu haben.

„Ist alles in Ordnung mit Euch?“, wollte das Mädchen wissen, das geduldig auf ihn gewartet hatte, und schmiegte sich an de Faucets schmale Brust. „Ihr seht aus, als hättet Ihr Sorgen, Herr.“

Er stieß sie unsanft zurück. „Ich habe vorerst genug von dir. Kein Wort mehr, hörst du? Oder ich setze dich hier aus. Dann kannst du zusehen, wie du nach Hause kommst.“

Nachdenklich blickte de Faucet aus dem Fenster. Vor seinem geistigen Auge tauchten Bilder auf, die er längst verdrängt geglaubt hatte. Camille de Laquises, die älteste Tochter des Grafen, sank zu Boden. Mitleidlos blickte er in ihr bleiches Gesicht. Ihr Mund war geöffnet. Verzweifelt versuchte sie zu atmen. Doch de Faucets Hände lagen wie ein Eisenring um ihren Hals und lösten sich erst, als sie sich nicht mehr regte. Warum hatte sie sich ihm verweigert? Sie hätte ihren Tod verhindern können, wenn sie sich ihm nur hingegeben hätte.

„Nun zahlst du den Preis, meine Schöne. Hier im Hain von Gagnion wird dich niemand finden.“

De Faucet hatte sie liegen lassen, jene eine, die er begehrt hatte wie niemanden sonst. Dann hatte er den Jungen bemerkt, der sich hinter einem Busch versteckt und den Mord beobachtet hatte. De Faucets Hand hatte rasch den Griff des Dolches an seinem Gürtel umschlossen. Dann war er auf das Kind losgegangen und hatte es am Hals verletzt. Blutend war es in den Wald geflüchtet – und erst Jahre später wieder aufgetaucht. In der Gestalt des Wilden von Gagnion, ohne Erinnerung an das Geschehene.

„Ich werde mich schon noch um dich kümmern, Javier. Verlass dich darauf.“

14. KAPITEL

In der nächsten Woche erhielt Beaumont einen Brief von Amaury de Faucet, den er Julien und Lorraine beim abendlichen Zusammensein im kleinen Salon vorlas. Die Aufregung darüber war dem sonst so selbstbeherrschten Doktor anzumerken. Jeden Satz trug er vor, als handelte es sich um das schönste Gedicht, das jemals geschrieben worden war.

Verehrter Doktor Beaumont,
mit großem Interesse verfolge ich Ihre Arbeit. Ich habe mir Ihr Buch gekauft und lese es mit großer Begeisterung. Das Volk spricht gut von Ihnen, weil Sie sich für die Kinder der Armen einsetzen und sie unterrichten. Bedauerlicherweise, so kam mir zu Ohr, fehlen oft die finanziellen Mittel, um derartige Unterfangen langfristig aufrechtzuerhalten. Da ich ein Bewunderer Ihrer Arbeit bin, möchte ich Ihnen einen größeren Betrag zur Verfügung stellen und Sie einladen, mich in meiner Villa zu besuchen, damit wir die Formalitäten besprechen können. Ich würde mich sehr freuen, wenn Ihr Zögling Julien, den ich bereits kennenlernen durfte, Sie begleiten würde.

Ich verbleibe mit den freundlichsten Grüßen und tiefer Bewunderung
Amaury de Faucet

„Ich frage mich, was ihn zu dieser Großzügigkeit bewogen hat“, sagte Lorraine nachdenklich. Sie wusste nicht wieso, doch sie hegte ein gewisses Misstrauen gegen den Edelmann seit ihrer Begegnung in den Weinbergen. Er hatte etwas an sich, das ihr nicht geheuer war.

„Er ist, wie er selbst sagt, ein Bewunderer meiner Arbeit. Ich wünschte, es gäbe mehr solcher Menschen, die sie zu schätzen wüssten."

„Ob dies der einzige Grund ist?"

„Warum zweifelst du, Lorraine?"

Sie zuckte unbeholfen die Schultern, da sie ihre Gefühle durch nichts begründen konnte.

„Ich hätte nichts dagegen einzuwenden, Monsieur de Faucet in seinem Haus zu besuchen", sagte Julien. „Hat er einen Termin genannt?"

„Ja, er steht auf dieser Visitenkarte. Genauso wie seine Adresse."

Beaumont hielt das Kärtchen nah an sein Gesicht und kniff die alten Augen zusammen, um besser lesen zu können. Überrascht öffnete er den Mund. „Herrje, schon übermorgen! Und wir sind gar nicht vorbereitet. Ich muss meine Unterlagen suchen, die Forschungsergebnisse zusammentragen. Ich mache mich am besten sofort an die Arbeit."

Lorraine sah ihrem Vater, der eilig den Salon verließ, amüsiert nach. Dann erhob sie sich und stellte sich hinter Julien, der im purpurfarbenen Sessel saß und einen Pudding aß. Zärtlich küsste sie ihn auf die Wange.

„Ich habe Papa selten so aufgeregt gesehen."

„Es bedeutet ihm viel, dass seine Arbeit gewürdigt wird."

„Und ich verderbe ihm alles, indem ich Zweifel erhebe. Dabei habe ich dazu eigentlich gar keinen Grund. Ich verstehe selbst nicht, warum ich solch ein schlechtes Gefühl bei dieser Sache habe."

„Du machst dir wie immer zu viele Sorgen."

Vielleicht hatte Julien recht? Vielleicht war de Faucet ein anständiger Mann und sie tat ihm Unrecht? Nur weil er keinen besonders sympathischen Eindruck bei ihr hinterlassen hatte, bedeutete das nicht, dass er ein schlechter Mensch war.

Beaumont und Julien brachen am Samstagvormittag mit der Postkutsche auf, um ihrem edlen Gönner einen Besuch abzustatten, während sich Lorraine schlaftrunken in ihrem Bett räkelte. Mit der Hand tastete sie unter ihr Kopfkissen und zog den Lederschwengel hervor, den ihr Etienne geschenkt hatte. Das Instrument hatte ihr mehr als einmal gute Dienste erwiesen, wenn kein echtes Exemplar zur Verfügung gestanden hatte. Sanft küsste sie die Spitze, befeuchtete sie mit ihrem Speichel und schob sie dann vorsichtig in ihre Enge. Mit der anderen Hand rieb sie ihre Klitoris, die unter ihrer Berührung wie eine Knospe erblühte. Vorsichtig bewegte sie den Liebesstab vor und zurück, woraufhin er die schönsten Gefühle in ihr auslöste. Mit einem Seufzen schloss sie die Augen und stellte sich vor, es wäre Julien, der sie leidenschaftlich nahm. Er lag auf ihr und bedeckte ihren Hals mit leidenschaftlichen Küssen. Zärtlich umschlossen seine Finger ihre Nippel und drückten sie zusammen, bis sie rot und steif wurden. Ein Schwall süßer Lust jagte durch ihren Körper. Sie vertiefte sich so sehr in ihre Fantasie, dass sie alles um sich herum vergaß. Sie hörte weder das Zuschlagen der Tür noch das Knarren der Treppe. Vor ihrem geistigen Auge strahlte Julien sie an. Er näherte sich ihren Lippen. Lorraine reckte ihm ihren Kopf entgegen, um seinen Kuss in Empfang zu nehmen. Im Hintergrund vernahm sie leise Schritte, doch erst als das Quietschen ihrer Zimmertür an ihr Ohr drang, ahnte sie, dass sie nicht allein im Haus war.

Panisch öffnete sie die Augen und richtete sich auf. Ihr Kopf fuhr herum. In diesem Moment drückte sie eine Gestalt in einer schwarzen Kutte mit beiden Händen in ihr Kissen zurück. Sie konnte das Gesicht nicht erkennen und fürchtete, es könne sich bei dem Mann um Etienne handeln, der ihr erneut nach dem Leben trachtete!

„Was wollen Sie?

„Ich will zu dir“, raunte die Stimme.

„Wie sind Sie hier hereingekommen?“

Zur Antwort zeigte er ihr ein Stück Draht und zog nun einen Dolch aus seinem Ärmel, den er an ihre Kehle setzte.

„Steh auf, du wirst nun mit mir kommen“, sagte er und entdeckte im selben Moment den künstlichen Schwengel, der noch immer zwischen ihren Schenkel steckte. Er schob die Kapuze zurück, sodass sie sein amüsiertes Grinsen sehen konnte. Die weißen Locken einer gepuderten Perücke umschmiegten ein zartes Männergesicht mit fein gezogenen Augenbrauen und vollen Kusslippen.

„Wer sind Sie?“, fragte Lorraine starr vor Angst.

„Was spielt das für eine Rolle?“

Lorraine verkrampfte sich am ganzen Körper, als er mit der freien Hand nach dem Liebestab griff und ihn aus ihrer Scheide zog.

„Ein kleines Luder bist du also. Das wird meinem Meister gefallen.“

Meister? Wer um alles in der Welt sollte ein derart starkes Interesse an ihr haben, dass er sie verschleppen ließ?

„Sie werden damit nicht durchkommen! Die Nachbarn

haben ihre Augen und Ohren überall."

„Du vergisst etwas, meine hübsche Gefangene."

Er verstärkte den Druck des Dolches an ihrer Kehle. Lorraines Augen weiteten sich vor Angst.

„Ich bin bewaffnet."

„Nicht, tun Sie das nicht!", flehte sie.

„Wenn du brav bist, wird dir nichts geschehen."

Er klemmte den künstlichen Penis unter seinen Gürtel, wo er in den Falten der Kutte versank.

„Was verlangen Sie von mir?"

„Du wirst mich begleiten."

„Wohin?"

„Steh auf."

Er löste die Klinge von ihrem Hals und wartete, bis sie sich erhoben hatte. Dann deutete er zu der Stuhllehne, über der ihr Kleid hing. „Zieh dich an, mach dich ein wenig hübsch."

Lorraine nickte eifrig und befolgte seinen Befehl. Ihre Hände zitterten vor Aufregung. Es gelang ihr nicht das Mieder anzulegen, daher beschloss sie darauf zu verzichten, streifte ihr Kleid über und stellte sich vor den Spiegel, um Puder und Rouge aufzutragen und die Haare hochzustecken.

Der Fremde pfiff anerkennend, als sie sich vor ihn stellte.

„Du bist eine hübsche kleine Person", sagte er und legte den Arm um ihre Schulter. „Meine Kutsche wartet draußen. Folge mir, aber mach keine Dummheiten, hörst du? Sobald du die Flucht ergreifst, wirst du meine Klinge in deinem Rücken spüren."

Lorraine tat wie ihr geheißen. Der Mann hatte nicht gelogen, eine wappenlose Karosse stand vor dem Gartentor.

Hilfe suchend blickte sie sich um, in der Hoffnung, ein Nachbar oder ein Passant würden ihre Not bemerken. Aber es war niemand auf der Straße.

„Steig ein“, knurrte der Mann ungehalten, weil er ihre hektischen Blicke bemerkt hatte. Sein Gesicht verbarg er erneut unter der Kapuze.

Lorraine kletterte ins Innere der Kutsche und nahm auf der Bank nahe am Fenster Platz. Ihr Entführer gab dem Kutscher, der den Dreispitz tief ins Gesicht gezogen hatte, ein Zeichen, bevor er ebenso einstieg und sich ihr gegenüber setzte.

„Wohin fahren wir?“, fragte sie verstört.

„Das wirst du schon sehen“, sagte er. Dann zog er die Vorhänge zu.

* * *

„Es ist mir eine große Freude, dass Sie es so schnell einrichten konnten, mich in meinem bescheidenen Heim zu besuchen. Bitte langen Sie kräftig zu.“

De Faucet deutete auf die reichlich gedeckte Tafel, an der Julien und Beaumont Platz genommen hatten. Auf dem Tisch standen Torten, Keksschalen sowie reichlich gefüllte Obstplatten mit heimischen und afrikanischen Früchten. Nach einer kurzen und sehr angenehmen Fahrt hatten Beaumont und Julien das prachtvolle Anwesen de Faucets früher als erwartet betreten. Die zweistöckige Villa besaß eine blumenverzierte Terrasse und einen großen Garten mit Wasserspielen und eigener Orangerie.

„Wir haben Euch zu danken“, sagte Beaumont und biss

in ein Rosinengebäck, das er sodann in seinen Kaffee tunkte. „Köstlich!“

„Es freut mich, dass es Ihnen schmeckt, Doktor. Lassen Sie uns gleich zum geschäftlichen Teil unseres Treffens kommen. Für den amüsanten bleibt uns danach genügend Zeit. Einverstanden?“

„Nur zu. Wenn Ihr Euch meine Unterlagen einmal ansehen wollt?“ Beaumont reichte de Faucet einen Stapel Papiere und begann, sie ausschweifend zu kommentieren.

Julien gelang es nicht recht, sich auf das Gespräch zu konzentrieren, das von den Fortschritten handelte, die er gemacht hatte, aber auch von den Erziehungsmethoden, die Beaumont bei minderbemittelten Kindern anwandte. Teilnahmslos starrte er in seine Teetasse. Die beruhigenden Dämpfe ließen seine Gedanken träger werden. Das Gerede der Männer trat in den Hintergrund seines Bewusstseins. Stattdessen beherrschte Lorraine sein Denken. Ihr Gesicht tauchte vor seinem geistigen Auge auf. Es schien, als wollte sie ihn durch ihr Lächeln aufmuntern. Er freute sich darauf, sie bald wieder in die Arme schließen zu können. Doch plötzlich schien etwas mit ihren Augen zu geschehen, das ihm Angst und Bange machte. Sie nahmen eine dunklere Farbe an und wirkten von einem Moment zum nächsten leblos. Innerhalb weniger Sekunden verwandelte sich ihr zartes Gesicht zu einer starren Maske. Es dauerte eine Weile, ehe er erkannte, dass die Frau, die tot vor ihm lag, nicht Lorraine war, sondern jene Fremde, die ihn in seinen Träumen schon oft heimgesucht hatte. Verstört schüttelte er den Kopf. Mit einem Mal fand er sich an einem fremden Ort wieder. Rasant huschten Bilder an seinem geistigen Auge vorbei, doch es gelang ihm nicht, sie festzuhalten und genauer zu betrachten. Ein Wald. Hohe Bäume. Hastige Schritte, Bedrohung, ausgeliefert!

„Schmeckt Ihnen der Tee nicht?", fragte de Faucet und sah ihn auf diese unheimliche Weise an, die ihm bereits bei ihrem ersten Treffen auf Schloss Laquises Unbehagen bereitet hatte. „Vielleicht möchten Sie etwas Zucker?"

Julien nickte benommen und fuhr sich mit beiden Händen über die Augen. Sein Herz klopfte zum Zerspringen, doch er war bemüht, sich seine Unruhe nicht anmerken zu lassen. Er griff nach der kleinen Dose, um zwei Löffel Zucker in seinen Tee zu geben.

„Euer Angebot ist wahrlich großzügig. Mir fehlen die Worte!", sagte Beaumont.

„Ich bitte Sie, mein lieber Beaumont. Es handelt sich nicht um eine einmalige Spende. Ich möchte Sie und Ihr Unterfangen langfristig unterstützen. Eine Schule für arme Kinder. Wie herzerwärmend."

Das Gespräch wurde zu Juliens Bedauern in den Garten verlegt, wo sich die Herren nochmals zwei Stunden mit dem Thema beschäftigten. Er wusste, wie wichtig die Unterredung für Beaumont war. Daher machte er gute Miene zum bösen Spiel und versuchte ihrem Gespräch zu folgen, so gut es ging. Innerlich war er noch immer aufgewühlt, doch die Erinnerung an die fremde Frau verblasste nach und nach.

„Ach, es ist schon so spät", sagte Beaumont endlich. „Ich hoffe, wir halten Euch nicht auf, Monsieur de Faucet?"

„Mitnichten, Doktor. Im Gegenteil, ich hatte gehofft, Sie würden bis zum Abendbrot bleiben. Wenn Sie möchten, zeige ich Ihnen meine umfangreiche Bibliothek. Sie müssen wissen, ich sammle Medizinbücher!"

In Beaumonts Augen trat ein Leuchten, das von großer Begeisterung zeugte. „Zu gern! Es stört dich doch nicht, nicht wahr, Julien?“

* * *

Lorraine fröstelte trotz der dicken Decken, in die man sie gehüllt hatte. Der Entführer hatte sie aus der Karosse in den Wald gezerrt, in eine Höhle verschleppt und ihre Arme und Beine zusammengebunden, sodass sie gezwungen war, in einer gekrümmten Haltung auszuharren. Alsdann hatte der Mann in der schwarzen Robe die Höhle verlassen. Lorraine hoffte, dass er zurückkehren würde. Da aber inzwischen gewiss zwei Stunden vergangen waren, ohne dass er wieder aufgetaucht war, hegte sie Zweifel daran. Allmählich begann Panik Besitz von ihr zu ergreifen.

„Sind Sie hier?“, rief sie so laut sie konnte. „Bitte sagen Sie mir, dass Sie hier sind.“

So absurd es war, doch in diesem Moment zog sie die Gegenwart ihres Entführers der Einsamkeit vor. Sie hatte keine Ahnung, wo sie sich befand. Der Wald von Gagnion war groß. Zudem hatten sie eine ordentliche Strecke mit der Kutsche zurückgelegt. Es war fraglich, ob sie den Weg nach Hause allein zurückfinden würde, wenn es ihr gelänge, sich zu befreien.

„Sind Sie hier?“, fragte sie noch einmal verzweifelt.

Er antwortete nicht.

Lorraines schlimme Befürchtung wurde zur Gewissheit. Der Fremde hatte sie allein an diesem unglückseligen Ort zurückgelassen. Aber warum? Was bezweckte er damit? Und was nützte sie ihm, wenn sie vor Angst einen Herzanfall erlitt oder wilden Tieren zum Opfer fiel? Aus der Ferne hörte sie den Ruf eines Käuzchens und das sanfte Rauschen des Windes.

Wenigstens war ihr Peiniger nicht auf den Gedanken gekommen sie zu knebeln, so konnte sie wenigstens aus Leibeskräften um Hilfe rufen. Minutenlang. Stundenlang. Bis ihre Stimme versagte. Doch niemand kam, um sie zu befreien.

Offenbar lag die Höhle fernab der Zivilisation. Das erklärte auch, warum dieser Schuft auf eine Knebelung verzichtet hatte. Sie konnte sich hier die Seele aus dem Leib schreien, ohne dass jemand auf sie aufmerksam würde. Tränen stiegen ihr in die Augen und rannen in salzigen Perlen über ihre Wangen. Würde er zurückkehren und nach ihr sehen, oder würde er sie elendig in diesem Loch verrecken lassen? Nein, er hatte sie in mehrere Wolldecken gehüllt. Offenbar wollte er nicht, dass sie erfror. Es war ihm wichtig, dass sie am Leben blieb. Aber was hatte er mit ihr vor? Und wer war der geheimnisvolle Meister, den er erwähnte?

* * *

„Herzlichen Dank für diesen angenehmen Tag!“ Der Doktor reichte de Faucet die Hand und stieg in die Kutsche, die sein Gönner freundlicherweise für die Heimkehr zur Verfügung gestellt hatte.

„Es war mir eine Freude. Ich hoffe, auch Ihnen hat es ein wenig in meinem Hause gefallen, mein lieber Julien. Sie schienen mir die meiste Zeit ein wenig abwesend.“

„Verzeiht mir, ich war sehr müde“, sagte Julien und verneigte sich vor de Faucet. Er hatte keine Lust auf eine Ausdehnung der Konversation. Die letzten Stunden hatten ihn mürbe gemacht.

„Werden Sie mir nicht krank. Ich wünsche Ihnen eine gute Heimreise!"

Julien kletterte ohne ein weiteres Wort in die Karosse und setzte sich neben Beaumont. Während der Fahrt auf unebenen Wegen sprang eines der Räder durch das Ruckeln von der Achse, sodass der Kutscher die Pferde zum Stehen brachte und das Rad behelfsmäßig angebracht werden musste. Die Reparaturarbeiten dauerten bis zum Einbruch der Dunkelheit an, sodass Beaumont und Julien erst zu später Stunde Gagnion erreichten. Die Müdigkeit zwang Julien, sich ohne einen Trunk im Salon auf sein Zimmer zu schleppen. Er brachte es nicht einmal zustande, sich umzukleiden, sondern fiel wie er war ins Bett und schlief auf der Stelle ein.

Von sonderbaren Träumen blieb er jedoch auch in dieser Nacht nicht verschont. Zunächst hörte er nur ihren wunderschönen Gesang, dem er folgte und der ihn in einen prachtvollen Raum führte. Dann erblickte er die junge Maid, die an einer Harfe saß und ihn freundlich anlächelte. Ihr Gesicht war ihm vertraut, ohne dass er hätte sagen können, wo er es schon einmal gesehen hatte. Ein Mann stand im Schatten und lauschte ihrem Spiel. Obgleich Julien ihn nicht erkennen konnte, spürte er, dass von ihm keine Gefahr ausging, sondern Güte und Freundlichkeit. Erst jetzt bemerkte Julien, dass Tränen über seine Wangen rannen. Eine Hälfte seines Gesichts war gerötet und schmerzte. Jemand hatte ihm eine Ohrfeige verpasst und einen glühenden Abdruck auf seiner Haut hinterlassen. Als die junge Frau den Knaben sah, erhob sie sich, beugte sich zu ihm hinunter und zog ein Tuch aus seiner kleinen Jackentasche, mit dem sie seine Tränen zärtlich fortwischte.

„Wer hat dir das angetan?“, fragte sie leise.

„Der Küchenjunge. Er hat mich geschlagen.“

Nun flossen die Tränen in Sturzbächen über sein Gesicht. Die Maid versuchte ihn zu beruhigen, aber der Zorn und der anhaltende Schmerz ließen ihn immer wieder aufschluchzen.

„So beruhige dich.“

Aber Julien ließ sich nicht beruhigen.

„Der Edle verneigt sich, doch er beugt sich nicht“, vernahm er plötzlich die tiefe, gutmütige Stimme eines Mannes, der nun an ihn herantrat.

Da der Stoff noch immer seine Augen bedeckte, konnte er ihn jedoch nicht sehen. Julien verstand den Sinn der Worte nicht, doch er spürte instinktiv, dass sie bedeutsam waren. Als die junge Frau das Tuch von seinen Augen nahm und es in seine Jackentasche zurücksteckte, war der Mann verschwunden. Es schien, als habe er sich in Luft aufgelöst.

Er sah sich in dem Zimmer um. Alles um ihn herum erschien ihm fremd und vertraut zugleich. Genau wie die Frau, die noch immer vor ihm kniete und sanft anlächelte.

„Wie heißt du?“, fragte er die Maid, doch sie schwieg. „Sag mir deinen Namen. Ich bin sicher, ich kenne ihn! Er liegt mir auf der Zunge. Nur will er mir nicht einfallen.“

Sie nahm seine Hand und öffnete die Lippen, als wollte sie ihm die ersehnte Antwort geben, aber dann verzog sie mit einem Mal das Gesicht zu einer schrecklichen Grimasse. Verstört beobachtete er ihre Wandlung. Aus ihren Augen wich sämtliches Leben. Im nächsten Moment sank sie leblos zu Boden. Die Abdrücke zweier Hände bildeten sich an ihrem schlanken, schneeweißen Hals.

„Nein!“, stöhnte er gequält.

Ihr schmaler Körper versank Stück für Stück im Boden und löste sich dann vor seinen Augen auf. Julien zog an ihrer Hand, er wollte sie festhalten, an die Oberfläche zurückziehen. Doch der Sog, der sie in die Tiefe riss, war zu stark.

Schweißgebadet wachte Julien auf. Sein Brustkorb hob und senkte sich im hektischen Rhythmus seines Atems. Die Sonne schien warm durch das Fenster in sein Gesicht. Ein neuer Tag war angebrochen. Er war nicht mehr der kleine Junge aus seinem Traum. Er war wieder er selbst.

Langsam versuchte er sich zu beruhigen, kletterte aus dem Bett und machte sich auf den Weg in die Küche, wo ihn eine aufgeregte Leila empfing. Der Futternapf der Pudeldame war leer. Auch auf dem Tisch stand kein Frühstück, wie es sonst jeden Morgen der Fall war, wenn er hinunterkam. Beaumont war bereits außer Haus, um sich um seine Patienten zu kümmern. Und Lorraine hatte allem Anschein nach verschlafen.

„Es scheint, als wäre ich heute für die Verköstigung zuständig“, sagte Julien zu sich selbst und bereitete das Frühstück zu, das er Lorraine ans Bett bringen wollte. Damit Leila endlich Ruhe gab, warf er ihr zwei Scheiben Wurst zu, die sie gierig vertilgte.

„Guten Morgen, meine Schöne“, sagte Julien, als er die Tür zu Lorraines Zimmer aufstieß und das opulente Frühstück – Baguette, ein Frühstücksei und mehrere Aufstriche sowie ein kleiner Salat – auf einem Tablett hereintrug. Aber dann sah er ihr ungemachtes, leeres Bett.“Wo bist du, Lorraine?“, rief er verwirrt.

Er stellte das Tablett auf dem kleinen Tisch am Fenster ab, wo er einen versiegelten Brief entdeckte, der an einer Blumenvase lehnte und auf dem sein Name geschrieben stand. Neugierig brach er das Siegel und klappte das Schreiben auf, um die Buchstaben, die in geschwungener Handschrift auf weißem Papier geschrieben standen, mühevoll zu entziffern.

Lorraine ist in meiner Gewalt. Du findest sie, wenn du dem Weg auf der Karte folgst. Komm allein am früheren Mittag und verliere zu niemandem ein Wort, andernfalls wirst du deine Geliebte nicht wiedersehen.

Gezeichnet: Der Herr über Leben und Tod.

Totenbleich sank Julien auf die Knie und starrte das Papier an, das er noch immer in seinen zitternden Händen hielt. Das Blut rauschte wild in seinen Ohren, Angst schnürte ihm die Kehle zu. Wer, um alles in der Welt, wollte Lorraine schaden? Oder ging es dem „Herrn über Leben und Tod“ gar nicht um sie, sondern um ihn, Julien? Er drehte den Brief um und fand eine Landkarte auf der Rückseite.

„Das ist der Wald von Gagnion“, stellte er überrascht fest. Dann erhob er sich, eilte in die Küche, um ein scharfes Messer mitzunehmen, irgendetwas, womit er sich im Notfall verteidigen konnte.

15. KAPITEL

Lorraine blinzelte. Vor ihr stand ein Mann von hagerer Gestalt, gekleidet in einen Jagdrock aus rotem Stoff, der mit feinen Stickereien und goldenen Knöpfen verziert war. Eine Halbmaske verbarg sein Gesicht, in der Hand hielt er ein Gewehr, dessen Lauf zum Boden zeigte.

„Monsieur, wie haben Sie mich hier gefunden? Bitte befreien Sie mich“, stammelte sie benommen.

Ihre Hände fühlten sich taub an, denn die dicken Stricke schnürten ihr das Blut ab. Die nächtliche Kälte hatte sie fast umgebracht.

„Man hat mich verschleppt, bitte helfen Sie mir.“ Hoffnungsvoll sah sie zu ihm empor, aber der Fremde regte sich nicht. Er starrte sie nur unverwandt an.

„Wer kann es Javier verübeln, dass er dich begehrt? Du bist wahrlich ein hübsches Ding“, flüsterte er. Langsam bückte er sich und griff mit Daumen und Zeigefinger nach ihrem Kinn.

Lorraine erschrak, als er ihren Kopf brutal in seine Richtung drehte, sodass sie gezwungen war, ihm in die Augen zu sehen.

„Was wollen Sie von mir? Binden Sie mich los.“

Ein bösartiges Grinsen bildete sich auf seinen Zügen. Allmählich dämmerte ihr, dass er nicht gekommen war, sie zu befreien. Er musste der Meister sein, von dem ihr Entführer gesprochen hatte.

„Ich habe dir eine wichtige Rolle zugedacht. Du bist das Stück Speck, mit dem ich die Maus fangen werde. Javier wird kommen, um dich zu retten.“

„Javier? Wer ist dieser Javier? Ich habe noch nie von ihm gehört."

„Ich spreche von Javier Ubert de Laquises, den lange bereits tot geglaubten Sohn des Comte, der sich als Knabe im Wald Gagnions verlief und trotz aller Widrigkeiten überlebte."

Lorraines Augen weiteten sich, als sie endlich begriff. J.U.L – die Initialen auf seinem Taschentuch standen nicht für Julien, sondern für Javier Ubert de Laquises. Javier war Julien!

„Ich sehe, du verstehst nun, worum es geht."

„Nein, ich verstehe gar nichts. Was wollen Sie von ihm? Und wer sind Sie?"

Mit dem Finger fuhr er über ihre Lippen und hauchte: „Ein Mann, der seine Gründe hat."

Lorraine erzitterte, als seine Hand langsam über ihren Hals glitt.

„Ich hatte vergessen, wie schön du bist. Jetzt, da ich dich vor mir sehe, bereue ich es, Pierre nicht beauftragt zu haben, dich in mein Haus zu bringen."

Er zog die Wolldecke zurück und legte seine Finger auf ihren Brustansatz. „Aber noch haben wir ein wenig Zeit, bevor der letzte Vorhang fällt."

„Bitte, tun Sie das nicht." Lorraine verkrampfte sich am ganzen Körper.

„Sträube dich nicht, schönes Kind. Welchen Nutzen hat es? Es wird nur noch mehr schmerzen."

„Fassen Sie mich nicht an oder ich schreie!" Vielleicht hatte sie Glück, und es war doch jemand in der Nähe, der ihren Hilferuf hörte!

„Dann werde ich dir wohl oder übel deinen süßen Mund stopfen. Willst du das?“

Lorraine sah trotzig zu ihm auf.

„Wenn ich es mir recht überlege, mag ich es nicht, wenn Frauen zu viel quasseln.“ Mit diesen Worten zog er ein Schnupftuch aus seiner Rocktasche und drückte es tief in ihren Mund. Der Stoff rutschte in ihren Rachen, sodass sie würgen musste.

In diesem Moment näherten sich zwei berittene Gestalten der Höhle. Erschrocken fuhr der Meister herum und blickte zum Ausgang, wo sie sich sammelten.

„Hätte mein Pferd nicht vor dem Zaun gescheut, hätten wir die anderen nicht aus den Augen verloren“, rief einer der Männer.

„Mach dir keine Vorwürfe, Astain. Wer weiß, vielleicht befindet sich der Fuchs in der Gegend, und wir stehen als Helden da, wenn wir ihn vor den anderen finden. Sehen wir nach.“

„Und wenn in der Höhle ein Bär haust?“

„Das glaube ich nicht, ich habe in der Gegend noch nie Bären gesehen. Sei kein Feigling und komm mit.“

Der Meister sah Lorraine mit strengem Blick an. „Verhalte dich ruhig“, flüsterte er warnend und erhob sich.

Er kehrte ihr den Rücken zu, nahm die Maske ab und ließ sie zu Boden fallen. Hinkend ging er auf die beiden Jäger zu, die unentschlossen von ihren Pferden stiegen. Lorraine beobachtete den eigenartigen Gang des Meisters. Auch seine Stimme schien ihr irgendwie vertraut. Ihr dämmerte, dass er kein Fremder war, doch wusste sie nicht, wo sie ihm schon einmal begegnet war.

„Da bewegt sich etwas!“, sagte einer der Jäger.

„Ist es der Bär?“

„Ich kann es nicht richtig erkennen. Schnell, richte die Waffe auf ihn.“

„Messieurs, ich bitte Sie. Ich bin doch kein Bär.“ Lorraines Peiniger lachte.

„Amaury de Faucet? Was macht Ihr denn hier?“

De Faucet? Lorraine glaubte sich verhört zu haben. Ausgerechnet ihres Vaters Gönner hatte sie entführt?

„Ich meinte den Fuchs zu sehen und folgte ihm in die Höhle. Es stellte sich jedoch heraus, dass es sich nicht um einen Fuchs, sondern um ein Wiesel handelte.“

„Welch köstliche Anekdote! Wer hätte gedacht, dass Ihr den Unterschied zwischen einem Wiesel und einem Fuchs nicht kennt.“

Während sich die Männer über de Faucets angeblichen Fauxpas amüsierten, versuchte Lorraine verzweifelt den speicheldurchtränkten Stoff mit der Zunge aus ihrem Mund zu stoßen. Es musste ihr gelingen, die beiden Jäger auf sich aufmerksam zu machen! Mit aller Kraft zerrte sie an ihren Fesseln, die sich dadurch jedoch noch fester um ihre Handgelenke zogen.

„Wir verloren unsere Gefährten, Ihr hingegen offenbar obendrein Euer Pferd.“

„Es befindet sich nur wenige Schritte von hier entfernt auf einer Wiese und grast. Wenn die verehrten Messieurs es wünschen, helfe ich gerne dabei, die Kompagnons zu finden. Ich glaube, ich höre sogar das Gebell der Hunde in nicht allzu weiter Ferne.“

„Ihr habt erstaunlich gute Ohren, mein Freund.“

„Zweifeln Sie an meinen Worten?“

„Aber nicht doch!“

„Gut, dann setzen Sie auf und folgen Sie mir.“

* * *

Der Forst von Gagnion war groß und glich einem Labyrinth. Dennoch gelang es Julien, sich zu orientieren. Er folgte dem eingezeichneten Weg auf der Karte und versteckte sich hinter einer großen Eiche, als er einen Reitertrupp in der Ferne erblickte. Drei Männer und eine Dame jagten durch das Unterholz, begleitet von einem Rudel bellender Hunde. Die Herrschaften gehörten allem Anschein nach einer Jagdgesellschaft an, die sich ausgerechnet den heutigen Tag ausgesucht hatte, einer Parforcejagd nachzugehen. Julien presste sich mit dem Rücken an den Stamm und bemühte sich, keinen Laut von sich zu geben, um nicht das feine Gehör der Hunde zu reizen.

„Wohin reiten wir nun, Pascal?“

„Ich schlage vor, wir versuchen es noch einmal unten am Fluss.“

„Dann kehren wir wieder um?“

„Hast du einen besseren Vorschlag, Madeleine? Die Hunde finden nun einmal keine Spur.“

„Nein, habe ich nicht“, knurrte die junge Frau erzürnt. „Also gut, treiben wir die Bracken zurück. Ich habe eine Wette zu gewinnen.“

„Ich mag Frauen, die wissen, was sie wollen.“

„Seid still! Habt ihr das auch gehört?“ Madeleine lenkte ihr Pferd näher an die Eiche heran. „Die Hunde sind unruhig. Vielleicht sind wir doch auf der richtigen Fährte?"

Auch Julien hatte das Eichhörnchen bemerkt, das geschickt von einem Ast zum nächsten sprang und sich nun ausgerechnet in der Krone der Eiche versteckte.

„Ich spüre, dass er hier ist."

Sie nahm das Gewehr vom Rücken, lenkte ihr Pferd herum und suchte die Gegend um die Eiche ab. Julien hielt die Luft an, weil sie ihm gefährlich nahe kam. Schweiß trat auf seine Stirn. Er fürchtete, sie würde ihn jeden Augenblick entdecken. Da erklang plötzlich schallendes Gelächter, das ihn zusammenzucken ließ.

„Sieh nur, dort ist dein Fuchs, Madeleine! Der ist aber noch recht klein."

Einer der Männer deutete zu dem Zweig, auf dem das Eichhörnchen saß und an einer Eichel nagte, die es vom Boden aufgesammelt haben musste.

„Du bist ein verdammter Idiot, François!" Mit diesen Worten stieß sie ihre Stiefel in die Flanken ihres Pferdes und trieb es den Weg zurück. Die Männer folgten ihr mit amüsierten Gesichtern.

Julien verharrte noch einen Augenblick, bis die Jäger außer Sichtweite waren. Dann wagte er sich aus seinem Versteck und betrachtete missmutig die Karte. Auch er musste hinunter zum Fluss. Als er jedoch das Ufer erreichte, waren die Reiter längst verschwunden. Julien entdeckte die Hufspuren ihrer Pferde im feuchten Sand, die flussaufwärts führten. Er hingegen musste das Wasser überqueren, um zu der Höhle zu gelangen, die als Ziel auf seiner Karte markiert war.

Er kämpfte sich durch den Fluss und lief am anderen

Ufer so lange weiter, bis ein Hügel in Sichtweite kam. Misstrauisch blickte er sich um. Eine Schar Raben sammelte sich in der Krone des einzigen Baumes, der auf halber Höhe des Hügels stand und dessen knorrige Wurzeln den Eingang zu Lorraines Gefängnis bildeten. Julien rollte die Karte zusammen, steckte sie in seine Rocktasche und straffte die Schultern. Raschen Schrittes ging er den Pfad hinauf, bis er auf dem Vorsprung des Hügels stehen blieb. Vorsichtig näherte er sich der Höhle und trat ein. Es fiel nur wenig Tageslicht durch den Eingang, aber es war genug, um die kleine, blasse Gestalt erkennen zu können, die ihm mit schreckgeweiteten Augen entgegenblickte.

Lorraine! Er stürzte zu ihr und zog das scharfe Messer aus der ledernen Scheide, das er vorsorglich mitgenommen hatte. Gerade als er sich daran machte, ihre Fesseln zu durchtrennen, begann Lorraine, durch den Knebel hindurch wirre Laute auszustoßen. Ehe Julien wusste, wie ihm geschah, spürte er den Lauf eines Gewehrs an seinem Hinterkopf.

„Aufstehen – und zwar schön langsam. Und lass das Messer fallen!"

Julien tat, was er verlangte. Es gelang ihm jedoch, Lorraine das Messer unbemerkt zuzuschieben und dabei einen Stein vom Boden aufzuheben.

„Keine falsche Bewegung oder ich erschieße dich, du Missgeburt!"

Langsam drehte sich Julien um, sodass er eine Gesichtshälfte des „Herrn über Leben und Tod" erkennen konnte. Die andere lag im Schatten verborgen. Doch die hageren Züge, die sich ihm offenbarten, kamen ihm bekannt vor. Ebenso wie die ausgemergelte Gestalt! Amaury de Faucet.

Was, um alles in der Welt, war in ihn gefahren? Was bezweckte er mit diesem absurden Spiel?

Unbarmherzig dirigierte de Faucet Julien aus der Höhle und sonnte sich in der Macht, die er nun über ihn hatte.

„Du hast mehr Glück als Verstand! Meinem ersten Attentat bist du entgangen, und auch dieses Mal sah es fast so aus, als würden mir meine Jagdkumpanen einen Strich durch die Rechnung machen, als sie unerwartet hier aufkreuzten. Jedoch gelang es mir, sie fortzulocken und unter dem Vorwand, ich hätte mein Schwarzpulver hier vergessen, zurückzukehren, um zu vollenden, was längst hätte vollendet sein sollen."

„Was habe ich Euch angetan, dass Ihr mir nach dem Leben trachtet?"

„Welch unverbesserlicher Narr. Ist es nicht zu offensichtlich? Das Leben in der Wildnis muss deinen Geist verkrüppelt haben. Deswegen sind deine Erinnerungen nicht zurückgekehrt! Noch nicht! Doch eines Tages werden sie es vielleicht tun, und dann wirst du ein Verbrechen ans Tageslicht bringen, von dem nie eine menschliche Seele erfahren darf."

„Ihr wollt mich erschießen? Man wird Euch vor Gericht stellen."

„Mein Guter, es wird wie ein Unfall aussehen. Ich ritt mit der Gesellschaft zur Jagd, verlor meine Gefährten und meinte in der Ferne ein Wildschwein zu erkennen, das sich in einem Busch versteckte. Jedermann weiß, dass diese Tiere äußerst gefährlich werden können, weshalb ich mich veranlasst sah zu schießen, bevor es mir Schaden zufügt. Wer konnte denn ahnen, dass du dich im Gestrüpp verbargst? Niemand wird meine Geschichte anzweifeln. Niemand wird sich fragen, warum du zu dieser Zeit durch den Wald streiftest, denn alle glauben, dass du tief in deinem Herzen noch immer dasselbe unberechenbare Tier bist, das auf den Jahrmärkten ausgestellt wurde.“

Juliens Miene verdunkelte sich. Seine Hand schloss sich fester um den Stein. Dieser Mann war ein Teufel.

„Wollt Ihr mich hier töten? Ich sehe weit und breit kein Gestrüpp, Monsieur.“

„Ich werde deinen toten Körper ins Tal schleifen, wo sich genügend Sträucher finden.“

„Mit Eurem verletzten Bein dürfte sich das aber höchst schwierig gestalten.“

De Faucet lachte überheblich. „Ich habe einen Gehilfen, der in der Nähe auf mich wartet. Und nun genug! Hiermit eröffne ich die Jagd! Lauf so schnell du kannst, Wölflein. Lauf!“

Julien wusste, dass de Faucet ihn von hinten erschießen würde. Doch soweit würde er es nicht kommen lassen. Er spannte jeden Muskel in seinem Körper an, holte aus und warf den Stein nach de Faucet, der vor Schreck aus dem Gleichgewicht geriet und abdrückte. Der Schuss ging mit einem ohrenbetäubenden Knall ins Leere. Julien machte einen Satz nach vorn, in der Absicht, de Faucet die Flinte zu entreißen, doch dieser hielt dagegen. Verbissen rangen die beiden Männer miteinander. Unvorstellbarer Hass flammte in de Faucets Augen auf, als Julien ihn zu einem Abgrund trieb. Sein Stiefel schnellte vor und traf Juliens Schienbein, der schmerzerfüllt aufschrie und das Gewehr losließ. In diesem Moment schleuderte de Faucet die Waffe zur Seite, zog einen

Dolch aus der Scheide an seinem Gürtel und ging auf Julien los. Julien warf sich mit dem Kopf voran gegen seinen Kontrahenten, sodass de Faucet nicht die Gelegenheit bekam, die Klinge in sein Fleisch zu stoßen. Stattdessen taumelte er zurück und rutschte mit einem markerschütternden Schrei den Abgrund hinab. Julien versuchte ihn zu greifen, doch bekam nur den Stoff seines Ärmels zu fassen, der im nächsten Moment riss. De Faucet fiel in die Tiefe.

Fassungslos blickte Julien in die Tiefe, wo der reglose Körper des Adligen lag. Sein Hals war in einem unnatürlichen Winkel verdreht.

Rasch lief er den Pfad hinunter zu dem Unglücklichen. Er tastete nach seinem Puls, wie es Beaumont unzählige Male bei ihm getan hatte, wenn er ihn untersuchte, konnte bei de Faucet jedoch kein Leben mehr feststellen.

„Kommt zu Euch!", schrie er den Leblosen an und rüttelte ihn. „Sprecht mit mir!" Aber de Faucet schwieg. Sein Antlitz war zu einer bleichen Maske geworden.

„Amaury!", drang die hysterische Stimme einer Frau zu ihm vor.

Erschrocken hob Julien den Kopf und entdeckte den Jägertrupp, der schon einmal seinen Weg gekreuzt hatte. Das Entsetzen stand den Gefährten ins Gesicht geschrieben. Rasch stiegen sie von ihren Pferden. Zwei Männer eilten mit ihren Gewehren auf ihn zu. Ehe er sich versah, hatten sie ihn wie einen Schwerverbrecher umzingelt.

„Was hat das zu bedeuten?", rief Julien, als sich erneut ein Gewehrlauf auf seinen Kopf richtete.

„Mein Gott, Amaury ist tot", sagte Madeleine mit zitternder Stimme. „Der Wilde von Gagnion hat ihn getötet!"

Julien wollte etwas sagen, die Situation aufklären, doch da holte einer der Jäger aus und schlug ihm den Kolben seines Gewehrs gegen den Kopf. Augenblicklich schwanden ihm die Sinne.

* * *

Verzweifelt hatte Lorraine versucht, ihre Fesseln mit dem Messer durchzutrennen, um Julien zu Hilfe zu eilen. Als sie jedoch endlich die Stricke abstreifen und den Knebel aus ihrem Mund nehmen konnte, waren die Jäger bereits verschwunden und hatten Julien mitgenommen. Sie hatte zwar nicht gesehen, was in den letzten Minuten geschehen war, aber sie hatte das meiste gehört und wusste, in welcher Gefahr der Mann schwebte, den sie über alles liebte. Sie musste schnell nach Hause gelangen, um ihrem Vater von alldem zu erzählen. Wenn es jemanden gab, der eine Lösung wusste, dann war er es.

Die Heimkehr gestaltete sich jedoch schwieriger als gedacht. Lorraine verirrte sich im Wald und fand erst mit der Abenddämmerung nach Gagnion zurück. Ihr Vater war von Juliens Verhaftung längst unterrichtet worden, die wahre Geschichte kannte er bisher jedoch nicht. Lorraine erzählte ihm alles, und Beaumont schenkte ihr zu ihrer Erleichterung Glauben, da er sich nicht vorstellen konnte, dass Julien zu einem Mord fähig war. Dennoch blieben Fragen offen. Nach Lorraines Erzählung trachtete de Faucet nach Juliens Leben, weil dieser in Wahrheit Javier war, der Sohn des Comte. Dies allein war jedoch kein Mordmotiv. Es musste mehr dahinter stecken. Beaumont sah sich nicht in der Lage, das Rätsel um

Javier zu lösen, setzte jedoch ungeachtet der mangelnden Informationen alle Hebel in Bewegung, um Julien vor dem sicheren Tod am Galgen zu bewahren.

Noch in der Nacht sattelte er sein Pferd und machte sich auf den Weg nach Schloss Laquises. Lorraine hoffte, er würde den Comte überzeugen, sodass dieser Partei für seinen verloren geglaubten Sohn ergriff. Aber Beaumont hatte keinen Erfolg. Man ließ ihn nicht einmal zum Grafen vor, da dieser in seiner Trauer um seinen guten Freund und Schwager Amaury de Faucet nicht gestört werden wollte.

Julien bekam von alldem nichts mit. Man hatte ihn in den Gefängnisturm der Stadt Gagnion gebracht und führte in der Früh ein peinliches Verhör durch, um ein Geständnis zu erzwingen. Sie fesselten ihn an Armen und Beinen an einen langen Tisch und traktierten seinen nackten Körper mit glühenden Eisenstangen, bevor sie ihn der Wasserfolter unterzogen, bei der ein Gefühl des Ertrinkens bei dem Delinquenten hervorgerufen wird. Die Wassermengen, die Juliens Kehle hinunterflossen, schürten seine Angst und zermürbten seinen Widerstand. Nachdem sie ihm drei Karaffen eingeflößt hatten, legte der Folterknecht eine Pause ein und nahm den Trichter aus Juliens Mund. „Gestehe, dass du Amaury de Faucet auf heimtückische und niederträchtige Weise ermordet hast! Sage die Wahrheit und deine Tortur hat ein Ende.“

Gequält schloss Julien die Augen. Er hatte das Gefühl, sich sogleich übergeben zu müssen. Mit zitternder Stimme beteuerte er seine Unschuld, doch es war völlig gleich, was er sagte. Diese Leute glaubten ohnehin nur das, was sie glauben wollten!

„Du bist hartnäckig. Wie du willst, Bürschchen. Wie

du willst." Mit diesen Worten schob der Folterknecht den Trichter erneut in Juliens Mund und setzte die nächste Karaffe an. Eine wahre Flut schoss Juliens Kehle hinab. Sein Magen war längst gefüllt, und sein Bauch blähte sich. Der Schwall riss nicht ab. Schon hielt ein Helfer die nächste Karaffe in der Hand und reichte sie dem Folterknecht. Nach zwei weiteren Krügen traktierten sie seinen Bauch mit Stockschlägen. Julien schrie vor Pein, aber seine Schreie ließen die Männer ungerührt. Lediglich ein Jüngling im roten Rock, der das Verhör protokollierte, zuckte hin und wieder zusammen und warf ihm mitleidige Blicke zu.

„Die nächste Kanne!", sagte der Folterknecht. Sein emsiger Gehilfe übergab sie ihm mit einem sadistischen Grinsen und beobachtete Juliens Reaktionen. Julien rannen Tränen über die Wangen, da er die Qual nicht länger aushielt. Die Schmerzen marterten seinen Körper derart, dass er in diesem Moment alles gestanden hätte, nur damit die Folter ein Ende nahm. Doch der Trichter in seinem Mund erschwerte ihm das Sprechen. Ehe er auf sich aufmerksam machen konnte, goss der Knecht den Inhalt der Karaffe in seinen Rachen.

„Sind wir immer noch stur?", fragte der Mann und zog endlich den Trichter aus Juliens Kehle.

„Aufhören! Bitte, hört auf. Ich gestehe!", keuchte Julien und rang nach Luft.

„Das wurde auch langsam Zeit. Schreiben Sie alles auf, was er sagt. Damit der Richter ein gerechtes Urteil über den Delinquenten fällen kann."

Der kalte und doch zufriedene Blick des Folterknechts ruhte auf Julien, als dieser die Tat in allen Einzelheiten schilderte. Hin und wieder machte der Peiniger ihm Vorgaben, die Julien nur zu bestätigen hatte, damit der Tathergang ein rundes Bild ergab. Am Schluss hieß es dann, Julien hätte aufgrund seines tierischen Triebes, doch in vollem Bewusstsein gehandelt.

Nachdem das Verhör beendet war, brachte man Julien in seine Zelle und ließ ihn mit seinen Schmerzen allein im Dunkeln zurück. Schwere Ketten lagen um seinen Hals und seine Handgelenke. Ihr Gewicht und die Erschöpfung zwangen ihn zu Boden. Schon morgen würde man ihm das Urteil verkünden, hatte der Wärter ihm mitgeteilt, nachdem er ihn wie ein Stück Dreck in den Kerker gestoßen hatte. Julien fürchtete sich, denn er hatte nicht viel Hoffnung, dass sie sein Leben schonen würden. Sein Kopf fühlte sich heiß und fiebrig an. Er kroch zu dem Strohlager, wo ihn die Gnade des Schlafes heimsuchte. Aber auch im Traum hatten seine Qualen kein Ende. Er fand sich im Wald von Gagnion wieder, und de Faucet war ihm auf den Fersen. Sein Körper fühlte sich fremd an, als gehörte er nicht ihm. Dann bemerkte er, dass er nicht im Leib eines erwachsenen Mannes, sondern in dem des kleinen Jungen steckte, von dem er schon einmal geträumt hatte und der nun durch das Unterholz jagte, wegen seiner geringen Größe ohne Probleme tiefen Zweigen auswich und sich schließlich in einem Erdloch versteckte. De Faucet holte auf und stand schließlich über ihm, entdeckte ihn jedoch nicht, denn sein Blick ging in die Ferne. In seiner Hand blitzte die Klinge des Dolches, an dem noch immer warmes Blut klebte. Juliens Blut! Der Junge berührte die Wunde an seinem Hals und zuckte vor Schmerz zusammen.

„Die Wölfe werden sich um dich kümmern, Javier“, sagte

de Faucet und lachte grollend. Einige Herzschläge lang harrte der Adlige aus, bevor er die Suche aufgab, sich abwandte und ihn allein im Wald zurückließ.

Verängstigt kletterte der Junge aus seinem Versteck und blickte sich um. Er wusste nicht, welcher Weg der richtige war und nach Hause führte. Er versuchte sich zu erinnern, aus welcher Richtung er gekommen war, aber dann verirrte er sich immer tiefer in dem dunklen Forst. Die Bäume verwandelten sich in Schreckensgestalten. Die Risse und Löcher in ihren Rinden wurden zu Grimassen, ihre Äste zu langen Armen und die Zweige zu spindeldürren Fingern, die nach ihm griffen.

Verängstigt stieß Julien einen Schrei aus und wachte im selben Moment schweißgebadet auf. Sein Schrei hallte laut durch den Kerker. Es dauerte eine Weile, ehe sich seine Augen an die Dunkelheit des Kerkers gewöhnt hatten. De Faucets höhnische Grimasse schwebte noch immer vor seinem geistigen Auge, gleich einem bösen Omen.

Im Laufe des nächsten Tages besuchte ein Abgesandter des Gerichts Julien in seiner Zelle und verkündete das Urteil, das Menschen über ihn gefällt hatten, die ihn noch nie zu Gesicht bekommen hatten. Tod durch den Galgen, so stand es in der offiziellen Schriftrolle. Bereits am nächsten Nachmittag sollte das Urteil öffentlich vollstreckt werden.

In der Nacht fand Julien keinen Schlaf, denn die Angst vor dem kommenden Tag nagte an seinen Nerven. Dann tischte man ihm eine Henkersmahlzeit auf, die er jedoch kaum anrührte. Als man ihn schließlich kurz nach Mittag abholte und in Ketten zum Galgen brachte, sammelten sich die Gagnoniens in den Straßen, um ihn mit faulem Obst zu bewerfen. In Sprechchören verfluchten sie ihn, wünschten ihm die Pest an den Hals und hofften auf einen möglichst qualvollen Tod.

Auf einer Tribüne unweit der Hinrichtungsstätte saßen die Angehörigen und Freunde de Faucets, unter ihnen der Comte de Laquises, dessen Sohn Antoine sowie die Herrschaften der Jagdgesellschaft, um dem Schauspiel beizuwohnen. Auch Beaumont, Giffard und Lorraine machte er in der Nähe der Tribüne aus.

„Er ist unschuldig. Ich kann es bezeugen! Seht doch her, seht Euch dieses Tuch an! Es trägt die Initialen Eures Sohnes", rief Lorraine.

Aber es gelang ihr nicht, die Aufmerksamkeit des Grafen auf sich zu ziehen, obgleich ihre Stimme die der anderen übertönte. Der Comte schien in seine Gedanken versunken und ignorierte sie. Stattdessen drohten die Wachen sie abzuführen, wenn sie sich nicht endlich zurücknahm.

Der maskierte Henker führte Julien die Treppe zur Plattform hinauf und stellte ihn auf eine Falltür. Sein Herz drohte, sich vor Angst zu überschlagen, als ihm der Vermummte den Strick um den Hals legte.

„Im Namen des Hohen Gerichts wird Julien, bekannt als der Wilde von Gagnion, zum Tode durch den Strick verurteilt. Hat er noch einen letzten Wunsch, bevor das Urteil vollstreckt wird?", sprach ihn ein Mann mit weißer Perücke von der Tribüne an.

Sekundenlang hörte er nur das Schlagen seines eigenen Herzens, dann drang die Bedeutung der Worte des Richters zu ihm vor. Ein letzter Wunsch.

Zu gern hätte er noch einmal Lorraines süße Lippen gekostet. Doch der Gedanke an den eigenen Tod war derart verstörend, dass er seinen Körper nicht länger unter Kontrolle halten konnte und wie Espenlaub zu zittern begann.

„Delinquent, hat er einen letzten Wunsch?“, wiederholte der Richter seine Frage ungeduldig. Und noch ehe Julien ein Wort sagen konnte, befahl er: „Verbindet ihm die Augen!“

„Ich wünsche, dass man mir die Augen mit meinem Tuch verbindet“, schoss es aus Julien heraus.

Verwirrung machte sich in den Gesichtern der Menschen breit. Irritiert blickte der Henker zum Richter, der seine Zustimmung durch ein Nicken kundtat.

„Wo ist dieses Stück Stoff, das ihm so am Herzen liegt?“

„Ich trage es bei mir!“, erklang Lorraines Stimme, während sie nach vorn eilte.

„Sie soll es mir anlegen“, bat Julien.

Ein Raunen ging durch die Reihen der Zuschauer. Solch eine Entwicklung hatten die Gagnoniens nie zuvor bei einer Hinrichtung erlebt. Aber dies war auch kein gewöhnlicher Fall!

Der Henker reichte Lorraine die Hand und half ihr die Treppe hinauf. Sie stellte sich vor Julien und blickte ihm traurig in die Augen. Tränen rannen ihre Wange hinab. Mit schimmernden Augen blickte er sie an. Auch ihm war zum Weinen zumute. Als er die Lider schloss, traten Tränen in seine Augenwinkel, die sie mit dem Tuch zärtlich fortwischte. Julien fühlte den Trost, der in ihrer Berührung lag, doch zugleich spürte er seine Furcht, Traurigkeit und einen Schmerz, dessen Ursachen weit in seine Vergangenheit zurückreichte. Nun, in diesem Augenblick der Wahrheit, kehrten seine Erinnerungen an den Moment zurück, da ihm einst jemand mit diesem

Tuch die Augen abgetupft hatte. Aus weiter Ferne vernahm er eine Stimme. Angestrengt lauschte er, um ihre Botschaft zu verstehen.

„Der Edle verneigt sich, doch er beugt sich nicht", sagte er heiser.

„Was hast du gesagt?", fragte Lorraine. Sie sah ihn verwirrt an.

„Der Edle verneigt sich, doch er beugt sich nicht", wiederholte er, was die Stimme ihm geflüstert hatte.

„Er möge lauter sprechen", forderte der Richter.

Juliens zusammengekettete Hände formten sich zu Fäusten. Dieser Satz war das Einzige, an das er sich aus seinem früheren Leben erinnerte. Irgendwann hatte ihm jemand, der ihm nahestand, diese Worte gesagt! Nun sollten sie ruhig alle hören.

„Der Edle verneigt sich, doch beugt sich nicht!", rief er voller Stolz und wandte sich der nach Sensationen gierenden Menschenmenge zu.

„Wie war das?" Der Comte erhob sich mit totenbleichem Gesicht und lehnte sich über die Brüstung der Tribüne. „Wie kann er davon wissen?"

„Comte, bitte setzt Euch", bat der Richter. „Das Urteil muss vollstreckt werden."

„Nein! So wartet einen Augenblick!" De Laquises schritt die Treppe der Tribüne hinab und ging durch die Menge, die ehrfürchtig eine Gasse für ihn bildete.

„Ihr habt dies einst zu mir gesagt."

Der Comte blieb abrupt stehen. „Es ist lange her, seit ich diese Worte aussprach. Ihr wart gewiss nicht in der Nähe."

„Ich war noch ein Kind. Ihr sagtet diese Worte zu mir,

und eine Frau wischte meine Tränen fort mit diesem Tuch."

„Zeigt es mir! Ich muss es sehen."

Lorraine reichte es ihm.

Mit zittrigen Händen nahm er das Schnupftuch entgegen, zeichnete die eingestickten Initialen mit dem Finger nach und blickte zu Julien. Tränen schimmerten in den Augen des Comte.

„Ich kenne dieses Tuch, es war ein Geschenk an meinen Sohn Javier. Wo hat er es her?"

„Es gehört mir. Es war schon immer in meinem Besitz."

„Dann ... ist es also wahr?"

Unglauben spiegelte sich in den Gesichtern der Bürger, als sie die Worte des Grafen vernahmen.

„Comte! Es gibt keine Beweise, dass dieser Sträfling Euer Sohn ist," knurrte der Richter ungehalten. „Selbst wenn er es wäre, ist es völlig unerheblich, da dieser Mann einen Mord begangen hat."

„Amaury de Faucet wusste, dass dieser Mann Javier Ubert de Laquises ist!", rief Lorraine in die Menge hinein. „De Faucet entführte mich, um Julien in eine Falle zu locken und zu töten."

„Sie lügt!", schrie Madeleine. „Zu solcher Gräueltat wäre de Faucet niemals imstande gewesen. Ich war dort und sah, wie diese grässliche Kreatur ihm das Genick brach!"

Die Menschen wurden unruhig. „Hängt ihn!" „Dieser Mann ist ein Mörder!" „Gebt ihn frei!"

„Ruhe!", beschied der Richter.

„Es gibt weitere Beweise!", sagte Julien. „De Faucet schrieb mir einen Brief, in dem er mich erpresste!"

„Wo ist dieser Brief?", fragte der Comte.

„Er wurde beschlagnahmt, als man mich ins Gefängnis warf. Offenbar wurde er vom Hohen Gericht nicht zur Kenntnis genommen."

Entschlossen wies der Graf den Henker an, dem Verurteilten den Strick abzunehmen.

„Euer Hochgeboren, was hat das zu bedeuten?", fragten die Freunde de Faucets entrüstet, doch der Comte ließ sich nicht beirren.

„Dieser Fall verlangt nach einer erneuten Prüfung! Es wurden nicht alle Fakten berücksichtigt! Man wird die Hinrichtung aufschieben, bis die Untersuchung abgeschlossen ist." Robert de Laquises blickte sich um und fügte hinzu: „Richter Chambien, Doktor Beaumont und Sie", er deutete auf Lorraine, „mögen mir zum Rathaus folgen."

Während Julien zurück in seine Zelle geführt wurde, fand eine Unterredung in der Amtsstube des Stadtrats statt, die mehrere Stunden dauerte, ehe eine Entscheidung getroffen wurde. Julien dachte über die neue Situation nach. War er wirklich der Sohn des Comte de Laquises? In der Tat war ihm der Graf bereits bei dessen Geburtstagsfeier vertraut erschienen. Wenn es also stimmte, so konnte er nur hoffen, dass sich de Laquises zu ihm bekannte!

Als sein Wärter die Zelltür öffnete, schlug Juliens Herz bis zum Hals. Würde man ihn erneut auf das Schafott führen? Dann aber erblickte er hinter dem bulligen Mann zwei vertraute Gestalten.

„Du darfst gehen", grollte der Wärter und öffnete die Schlösser der eisernen Schellen.

Julien erhob sich von seinem Strohlager, eilte zu Lorraine und schloss sie in die Arme.

„Machen wir uns auf dem Heimweg", sagte Beaumont und schritt voran.

Gemeinsam verließen sie das Gefängnis, vor dem sich die Bürger Gagnions versammelt hatten. Richter Chambien hatte das revidierte Urteil bereits verkündet. Nicht alle jubelten ihm zu, doch die meisten begrüßten die Entscheidung.

Ein in einen langen Mantel gehüllter Mann kam eiligen Schrittes auf Julien zu, drängte sich an den Leuten vorbei und blieb schließlich vor ihm stehen.

„Der Comte wünscht Sie zu sprechen, Monsieur. Wenn Sie mir bitte folgen mögen?"

Julien entdeckte die edle Karosse des Grafen in einer Seitenstraße des großen Platzes.

„Ihre Begleiter dürfen selbstverständlich mit Ihnen kommen. Es ist genügend Platz in der Kutsche", sagte der Kutscher und bahnte sich erneut einen Weg durch die Menge.

Julien half Lorraine und Beaumont beim Einsteigen und nahm am Fenster gegenüber dem Comte Platz, der die Hände auf einen Spazierstock stützte.

„Lass dich ansehen", sagte der Graf und legte beide Hände auf Juliens Schultern. Er blickte ihm tief in die Augen, als suchte er in ihnen nach etwas. Dann nickte er schließlich und wischte sich Tränen aus den Augenwinkeln. „Ich erkenne in dir den kleinen Javier. Ich danke Gott, dass er dich mir zurückgeschickt hat."

„Auch ich erinnere mich wieder an Euch … an dich", sagte Julien.

Der Comte lehnte sich zurück und betrachtete Juliens Begleiter. „Ich nehme an, unsere Familien werden in absehbarer Zeit zusammenwachsen." De Laquises bedachte Lorraine mit einem wissenden Lächeln.

Lorraine errötete und wich dem Blick des Grafen aus.

„Ich verdanke Ihnen beiden viel“, sagte der Graf. „Sie haben aus meinem Sohn einen wunderbaren Menschen gemacht. Gehen Sie davon aus, dass ich mich erkenntlich zeigen werde. Ich hörte, der werte Herr Doktor möchte eine Schule gründen, doch fehlt es an finanzieller Unterstützung?“

„Das ist richtig“, antwortete Beaumont. „Doch ist dies nicht der rechte Moment, um über solche Dinge zu sprechen. Ihr werdet sicher viel mit Eurem Sohn zu besprechen haben. Er wird sich Eurer Familie gewiss als würdig erweisen.

„Sie haben recht. Wir haben viel nachzuholen. Dennoch sollen Sie wissen, dass ich wiedergutmachen möchte, was de Faucet Ihnen und Javier angetan hat.“

„Das ist sehr freundlich, Euer Hochgeboren.“

De Laquises nickte zufrieden, blickte dann aus dem Fenster und gab dem Kutscher ein Zeichen.

„Nach Hause, Raoul! Nach Hause.“

EPILOG

Mercure de France, November 1755

Schrecklicher Mordfall in der Familie de Laquises nach Jahren aufgeklärt

... Die Wahrheit über Javier de Laquises' Vergangenheit und den Tod seiner Schwester Camille ist Wochen nach seiner Freilassung ans Tageslicht gekommen. Nach und nach kehrten seine Erinnerungen zurück und ergaben eine grausige und tragische Geschichte. Amaury de Faucet, der viel geschätzte Schwager des Comte des Laquises, begehrte dessen Tochter Camille. Weil sie sich ihm verweigerte, fühlte er sich in seinem Stolz verletzt und erwürgte sie in seinem Zorn während eines Spaziergangs im Wald von Gagnion, ohne zu ahnen, dass der damals vierjährige Javier ihnen gefolgt war. Der Knabe versuchte einzuschreiten und wurde dabei von de Faucet am Hals verletzt. Der Junge konnte in den Wald flüchten und wurde seitdem nicht mehr gesehen. Dem Comte machte de Faucet Glauben, Räuber hätten seine geliebten Kinder auf dem Gewissen. Als de Faucet in dem ‚Wilden von Gagnion' unlängst Javier de Laquises erkannte, versuchte er einen Mordanschlag auf den legitimen Erben des Comte de Laquises und entführte zu diesem Zweck die Tochter des Arztes Beaumont. Das Gericht kam zu dem Schluss, dass Javier de Laquises einzig aus Notwehr gehandelt haben konnte und somit keine Schuld seinerseits bestand.

Nach seiner Freilassung zog Javier in das Schloss seines Vaters. Die Familie akzeptierte ihn und auch seine Wahl, die Bürgerliche Lorraine Beaumont am Sonntag in der L'Église Sanctifier Croix zu heiraten …

Lorraine legte das Journal auf ihren Nachtschrank und seufzte. Es war ungewohnt, in einer Zeitung von ihren eigenen Hochzeitsplänen zu lesen. Der Gedanke an den nächsten Morgen versetzte sie in große Aufregung. In wenigen Stunden würde sie mit Javier vor den Traualter treten. Vorsichtig kletterte sie aus dem Bett, nahm die Kerze in die Hand und schlich aus ihrem Gemach.

Das Licht der Kerze flackerte, als sie durch den bogenförmigen Flur des Schlosses schlich. Sie trug einen reich verzierten Hausmantel über einem einfachen Baumwollnachthemd sowie gefütterte Pantoffeln, die ihr ein Diener gegeben hatte, damit sie ihre kalten Füße wärmen konnte. Seit ihre Verlobung mit Javier bekannt gemacht worden war, wurde sie wie eine Dame von hohem Stand behandelt. Es war ein schönes Gefühl, umsorgt zu werden. Alle waren sehr freundlich zu ihr.

Vor Javiers Gemach blieb sie stehen und klopfte zaghaft an. Er öffnete ihr mit müden Augen.

„Lorraine, ist etwas passiert?“, fragte er besorgt.

Sie winkte ab.

„Kannst du nicht einschlafen?“ Er machte eine einladende Handbewegung und führte sie zu seinem Himmelbett. Es musste ungewohnt für ihn sein, nach all den Jahren, die er in den Wäldern verbracht hatte, nun in einem luxuriösen Bett zu schlafen, das mit Seidengardinen ausgestattet war.

„Ich muss immerzu an morgen denken." Sie nahm Platz und schlang den Mantel enger um sich. Es war sehr kalt geworden. Besonders abends spürte man, dass der Winter vor der Tür stand.

„Mir geht es nicht anders", sagte Javier und setzte sich hinter sie. Sanft legte er seine Hände auf ihren Nacken und massierte ihn. „Aber ich bin sicher, der morgige Tag wird der schönste in unserem Leben."

Lorraine dachte an den Priester, die Gäste in der Kirche und den Moment, da sie ihm ihr Jawort geben würde. Es würde viel Gerede geben. Nicht nur, weil sie eine Bürgerliche war und er ein Adliger, sondern auch, weil die Leute seine Vergangenheit nicht vergaßen. Immer würde er der Wilde von Gagnion bleiben.

„Du bist sehr verspannt", flüsterte er in ihr Ohr und hauchte einen Kuss auf ihre Wange.

„Ich kann es nicht verhindern."

„Vielleicht fällt mir etwas schönes ein, damit du dich mehr entspannst?"

„Willst du etwa die Hochzeitsnacht vorziehen?" Sie drehte sich zu ihm herum und hob tadelnd den Finger.

„Vorziehen? Das kommt nicht in Frage. Ich werde dich morgen nach allen Regeln der Kunst verführen. Die heutige Nacht will ich dazu nutzen, um noch ein wenig zu üben."

Er zog sie nah an sich heran und küsste sie zärtlich.

Hitze stieg in ihr hoch, als sich ihre Zungen berührten. Seine Hände stützten ihren Kopf, wanderten dann jedoch tiefer und öffneten ihren Hausmantel.

„Ich hoffe nur, niemand hat gesehen, dass ich vor der Hochzeit in dein Zimmer gekommen bin."

„Ganz bestimmt nicht."

„Und wir dürfen nicht zu laut werden. Ich will nicht, dass man unser Stöhnen hört, wenn wir …"

„Mach dir keine Sorgen. Die Wände in diesem Schloss sind sehr dick." Er lächelte zärtlich.

Wenn er sie so ansah, konnte sie alles um sich herum vergessen. Gierig legte sie die Hände auf seinen Hinterkopf und zog ihn näher, um ihn stürmisch zu küssen. Oh, er schmeckte so wunderbar herb und männlich!

Javiers Hände glitten über ihr Nachthemd, unter dem sich jede Wölbung abzeichnete. Erstaunt beobachtete sie, wie er den Saum des Gewandes anhob und mit dem Kopf voran darunter schlüpfte.

„Was hast du vor?", wunderte sie sich. Da spürte sie seine feuchte Zunge, die an ihrer linken Brustwarze spielte.

„Ich bringe deine Knospen zum Erblühen", stöhnte er leise.

Sein heißer Atem strich zärtlich über ihre Haut, umkreiste den Nippel, der allmählich hart wurde und sich aufrichtete.

„Vernachlässige den anderen nicht!" Ihre Stimme zitterte vor Erregung.

„Eins nach dem anderen, ich bin mit diesem noch nicht fertig", entgegnete er heiser und saugte kräftig an ihrer Warze.

Lorraine stöhnte leise, legte ihre Hände auf seinen Rücken und drückte ihn fest an sich. Sein Mund wanderte über ihre Haut. Langsam arbeitete er sich zu ihrer rechten Knospe vor, die noch immer klein und weich war, doch in seinem Mund rasch größer wurde.

Das Nachthemd spannte sich, als er mit dem Kopf durch

ihren Ausschnitt schlüpfte, um sie zu küssen.

Lorraine musste lachen. Nie zuvor hatte sie sich ein Nachtgewand mit einem Mann geteilt. Der Stoff fesselte sie eng aneinander und ließ ihnen nur wenig Bewegungsraum. Sie spürte seine schweißnasse Haut, die sich an ihre schmiegte. Auch seinen Herzschlag glaubte sie zu fühlen.

„Lachst du mich etwa aus?", fragte er gespielt empört.

„Das würde ich niemals wagen."

„Das will ich hoffen, andernfalls hätte ich dich Frechdachs bestrafen müssen."

„Wie hätte eine solche Strafe wohl ausgesehen?", fragte sie voller Neugierde.

„Glaube mir, das willst du gar nicht wissen. Aber einen kleinen Hinweis werde ich dir geben."

Etwas Hartes drückte an ihre Scheide. Lorraine verdrehte die Augen vor Wonne. „Das wäre mitnichten eine Strafe."

Er grinste schelmisch. „Die Strafe bestünde darin, dich so lange zu reizen, bis du es vor Wollust nicht mehr aushältst."

„Du bist so grausam."

Die Eichel umkreiste ihre Öffnung, drang jedoch nicht in sie.

„Nimm mich", hauchte Lorraine voller Ungeduld und krallte ihre Finger in das Laken.

In diesem Moment riss das Nachthemd entzwei. Entblößt lag sie vor ihm. Beim Anblick ihres weißen Alabasterkörpers trat ein Funkeln in seine Augen. Andächtig fuhr er ihre Kurven mit der Hand nach, als berührte er etwas Heiliges.

„Lass mich nicht länger warten", flehte sie und streckte ihm ihr Becken entgegen.

Seine Hand glitt tiefer, strich über ihren Bauch und ihren Venushügel.

„Du bist wunderschön, Lorraine." Er besiegelte seine Worte mit einem Kuss auf ihre Klitoris. Dann drang er behutsam in sie ein und bewegte sich vorsichtig in ihr, als fürchtete er, sie versehentlich zu verletzen.

Lorraine genoss die sanften Stöße. Sie wusste, dass mehr Kraft in seinen Lenden steckte. Aber das Gefühl des Verschmelzens war so viel intensiver.

„Ich liebe dich", flüsterte sie und blickte ihm tief in die leuchtend blauen Augen, die sie an die glühenden Augen eines Wolfes erinnerten.

– ENDE –

Sandra Henke
Loge der Lust

Band-Nr. 35011
8,95 € (D)
ISBN: 978-3-89941-391-5
432 Seiten

Sandra Henke / Kerstin Dirks
Begierde des Blutes

Band-Nr. 35006
8,95 € (D)
ISBN: 978-3-89941-355-7
304 Seiten

Tanja Albers
Unter dem Jademond

Band-Nr. 35008
8,95 € (D)
ISBN: 978-3-89941-381-6
528 Seiten

Original-
ausgabe

Ria Wallmann
Blutrote Rosen

Die Psychologin Dr. Nora Jacobi berät die Polizei bei der Jagd nach einem gefährlichen Serienmörder. Während der Ermittlungen wird Nora mit ihrer Vergangenheit konfrontiert und gerät dabei in einen gefährlichen Sog von Sehnsucht und Angst.

Band-Nr. 35005
8,95 € (D)
ISBN: 978-3-89941-354-0
496 Seiten

Original-
ausgabe

Mona Vara
Versuchung

In dem Moment, in dem Nikolai Brandanowitsch Katharina heiratet, wird aus dem Verführer ein Verführter!

Band-Nr. 35003
8,95 € (D)
ISBN-10: 3-89941-321-0
ISBN-13: 978-3-89941-321-2
464 Seiten

Kayla Perrin
Enthemmt!

Band-Nr. 35004
8,95 € (D)
ISBN: 978-3-89941-353-3
416 Seiten

Suzanne Forster
Im Reich der Lust

Band-Nr. 35002
8,95 € (D)
ISBN-10: 978-3-89941-320-2
ISBN-13: 978-3-89941-320-5
352 Seiten

Jina Bacarr
Die blonde Geisha

Band-Nr. 35001
8,95 € (D)
ISBN-10: 978-3-89941-306-7
ISBN-13: 978-3-89941-306-9
352 Seiten

Deutsche Erstveröffentlichung

Bertrice Small
Der Teufel in meinem Bett

Vorsicht mit erotischen Fantasien! Sie könnten wahr werden …

Band-Nr. 35007
8,95 € (D)
ISBN: 978-3-89941-380-9
304 Seiten

Deutsche Erstveröffentlichung

Megan Hart
Dirty

Exquisite Schokolade und Sex: Elle hat zwei Leidenschaften, von denen eine ihr zum Verhängnis wird …

Band-Nr. 35009
8,95 € (D)
ISBN: 978-3-89941-382-3
400 Seiten